KB105980

헤르만 헤세

환상동화집

Hermann Hesse

헤르만 헤세

환상동화집

Die Märchen

정서웅 · 윤예령 옮김

민음사

차례

난쟁이

늙은 이야기꾼 체코가 어느 날 저녁 부둣가에서 다음과 같은 이야기를 시작했다.

여보게들, 자네들만 좋다면, 오늘은 내가 아주 오래된 이야기 하나를 들려주겠네. 한 아름다운 여인과 난쟁이, 사랑의 묘약, 믿음과 불신, 사랑과 죽음에 관한 이야기야. 물론 모두, 옛날이든 요즈음이든, 이야기나 모험담에 흔히 나오는 내용이지만 말이야.

귀족 바티스타 카도린의 딸 마르게리타 카도린은 그 당시 베네치아에서 가장 아름다운 여인이었다네. 그녀를 칭송하는 시구와 노래는 대운하 옆에 늘어선 저택들의 아치형 창문들보다, 봄날 저녁 폰테 델 빈과 도가나 사이를 오가는 곤돌라의 수보다 더 많았지. 베네치아는 물론 인근의 무라노나 파두아의 수많은 귀족들은 젊었건 나이를 먹었건, 밤에 눈을 감았다 하면 그녀의 꿈을 꾸었고, 아침이 되어 눈을 뜨기가 무섭게 그녀의 얼굴을 보고 싶어 안달이었으니까. 그러니, 온 도시에서 마르게리타 카도린을 질투하지 않는 여인이 있었겠냐 말일세.

그녀의 모습을 묘사한다는 것이 나로선 쉬운 일이 아니야. 다만 그녀의 머리카락이 금발이라는 것, 어린 실측백나무처럼 키가 크고 늘씬하다는 것, 바람이 그녀의 머리카락을 쓰다듬어주고, 땅이 그녀의 발바닥을 어루만져 준다는 것, 티치아노*가 그녀를 보자, 일 년 내내 이 여인 외에는 아무것도 그리고 싶지 않다는 소망을 피력했다는 것 정도만 일러주기로 하겠네.

옷이며 레이스며 비잔틴풍의 황금빛 비단, 보석과 장신구, 어느것 하나 이 미인에겐 부족한 게 없었네. 그녀의 집엔 무엇이든 풍성하였고, 화려한 것들로 넘쳐났지. 발밑에는 소아시아에서 온 두껍고 다채로운 양탄자가 깔려 있고, 장마다 은그릇들이 가득했으며, 탁자에는 아름다운 직물과 화려한 도자기들이 가득했어. 거실 바닥에선 아름다운 모자이크 무늬가 아롱댔고, 천장과 벽 한쪽은 황금 비단에 고블랭 융단으로, 다른 한쪽은 갖가지 아름답고 밝은 그림들로 장식되어 있었다네. 시중 들 사람들도 부족함이 없었지. 곤돌라와 사공들은 말할 것도 없고.

이처럼 즐거움을 주는 값진 물건들이야 물론 다른 집에도 있었지. 그녀의 집보다 더 크고 부유한 집도 많았으니 더 그득한 장, 더 값나가는 식기며 양탄자며 장신구들은 얼마든지 있었을

---

* 이탈리아 르네상스 시대 유명한 베네치아파 화가(1488/90-1576). 특히 인물의 특성을 잘 드러내는 초상화로 유명하다.

거야. 그 당시 베네치아는 굉장히 부유했으니까 말이야. 하지만 마르게리타 아가씨만이 소유하고 있어서 많은 부자들이 샘내는 보물이 하나 있었다네. 다름이 아니라 필리포라고 불리는 난쟁이였어. 일 미터 이십도 채 안 되는 키에, 두 개의 혹을 등에 달고 있는 희한한 난쟁이였지. 필리포는 키프로스 태생으로, 비토리아 바티스타 씨가 여행중에 데려왔을 때는 그리스어와 시리아어만 할 수 있었네. 하지만 곧 토박이 베네치아 말을 얼마나 잘하는지, 그가 베네치아의 리바 강가나 산지오베 교구에서 태어난 게 아닐까 싶을 정도였다니까.

그의 여주인이 아름답고 늘씬한 반면, 난쟁이는 그렇듯 추한 몰골이었으니, 이 곱사등이 곁에 함께 있는 처녀가 두 배나 크고 더욱 여왕답게 보일 것은 당연하지 않았겠냐고. 마치 어부의 오두막 옆에 교회의 탑이 솟아 있는 것 같았다고나 할까. 난쟁이의 손은 주름투성이에 그을려 있었고, 관절이 구부러져 걸음걸이가 말도 못하게 우스웠다네. 거기에 엄청나게 큰 코하며, 안짱다리의 널따란 두 발이라니. 하지만, 옷차림만은 영주 같았지. 진짜 비단에 금빛 찬란한 옷만 입고 다녔으니 말일세.

이미 이 겉모습만으로도 난쟁이는 보물이 되고 남았네. 아마 베네치아는 물론 밀라노를 포함한 전 이탈리아를 뒤져도 이처럼 기이하고 익살맞게 생긴 친구는 없었을 거야. 만일 그를 팔려고 내놓았다면, 많은 군주와 귀족, 또는 고관대작들이 자기 몸무게 만큼의 금을 주고서라도 이 난쟁이를 수중에 넣으려고 했을걸.

혹시 궁중이나 부유한 도시에도 필리포같이 키 작고 못생긴 난쟁이들이 더러 있기는 했을 거야. 하지만 정신성과 재능 면에서 아무도 그를 능가할 수는 없었을 걸세. 현명함으로 말하자면, 이 난쟁이는 10인 회의*의 의원이나 대사직을 맡을 자격이 충분하였네. 그는 3개 국어에 능통하였을 뿐 아니라, 역사와 발명에도 정통해 훌륭한 조언자 노릇을 할 수 있었고, 옛날 이야기를 들려주고 새로운 이야기를 지어내는 데도 대단한 솜씨를 보였지. 좋은 충고를 해주는가 하면, 짓궂은 장난도 서슴지 않았고, 원하기만 하면 누구든 쉽사리 웃게 만들거나 또는 절망에 빠뜨릴 수가 있었다네.

화창한 날 여주인이 발코니에 앉아 그녀의 아름다운 머리카락을 당시의 유행에 따라 햇빛에 그을릴 때면, 늘 두 명의 하녀와 아프리카산 앵무새, 그리고 난쟁이 필리포가 함께 있었지. 하녀들은 그녀의 긴 머리카락을 축여서 빗질을 한 다음 색이 바래지도록 챙 넓은 모자 위에 펼쳐놓고 장미 이슬이나 그리스산 향수를 뿌리는 거야. 그러면서 도시에서 일어난 일들을 가지고 이야기 보따리를 풀어놓는 거지. 예컨대 누가 죽었고 누가 잔치를 벌였고 누가 결혼했고 뉘 집에 아기가 태어났고 누가 도둑을 맞았는가 하는 갖가지 재미있는 사건들을 말일세. 앵무새는 예쁜 색깔의 날개를 퍼덕거리며 세 가지 재주를 뽐내곤 했지. 노래를 부르거나, 염소 울음소리를 흉내 내거나, 〈안녕히 주무세요〉 하고 소리치는 것 말이야.

그 옆의 난쟁이는 양지 쪽에 조용히 웅크리고 앉아 하녀들의 수다나 떼지어 몰려드는 모기에도 아랑곳없이 옛날 책만 읽고

---

* 옛 베네치아 공화국의 정치 기구이다.

있었지. 매번 그랬지만, 조금 있으니 앵무새란 놈이 꾸벅꾸벅 졸다가 하품을 하고는 잠이 들고, 하녀들도 말수가 적어지다가 마침내 입을 다물고 피곤한 몸짓으로 묵묵히 시중을 들게 마련이었어. 그도 그럴 것이 한낮의 태양이 베네치아 저택의 발코니보다 더 뜨겁고 나른하게 불타는 곳이 어디 또 있었겠나? 그래서 하녀들이 머리카락이 상하게 그냥 내버려두거나 서투르게 다루었다간 그 즉시 아가씨가 기분이 상해 호된 나무람을 하게 마련인 거지. 그러면 결국 그녀가 이렇게 소리치는 순간이 오는 거야.

「저놈의 책 좀 뺏어버려!」

하녀들이 필리포의 무릎에서 책을 빼앗아버리자, 그는 화를 내며 올려보다가 이내 자신을 억제하고 여주인이 원하는 게 무언지 정중하게 물어보았지.

여주인은 명령했다네.

「이야기 하나를 들려다오!」

그러자 난쟁이가 대답했지.

「생각을 해봐야겠습니다」

그러고는 생각에 잠기지.

이럴 때면 종종 너무 오랫동안 뜸을 들인 나머지, 그녀가 큰 소리로 욕설을 해대는 경우가 많았지. 그렇지만 난쟁이는 몸뚱이에 비해 너무 큰 머리를 태연히 흔들면서 침착하게 말하는 거야.

「아가씨에겐 참을성이 좀 필요하군요. 좋은 이야기는 흡사 귀한 야생동물 같은 것이지요. 그놈들은 숨어 살기 때문에, 종종 골짜기와 숲의 어귀에서 오랫동안 기다리며 놈들의 동태를 살펴야 합니다. 제가 생각을 좀 하도록 내버려두세요!」

그러나 충분히 생각한 뒤 일단 이야기를 시작하면, 끝날 때까지 그는 중단하는 법이 없었네. 산에서 흘러나오는 강물 위에 조그만 풀잎으로부터 푸른 하늘에 이르기까지 삼라만상이 모두 비치듯 중단 없이 이야기 보따리를 풀어놓는 거야. 잠을 자는 앵무새가 꿈속에서 이따금 굽은 부리로 딱딱거리는 소리를 냈고, 작은 운하들은 너무나 잔잔하여 거기에 비친 집들이 마치 진짜 담장처럼 늘어서 있었지. 태양이 평평한 지붕 위에서 불타는 가운데 하녀들은 졸음을 이겨내느라 기를 쓰는 거야.

그러나 난쟁이는 졸지 않고 마법사가 되고 왕도 되면서 그의 요술을 시작하였지. 그는 태양을 녹여버린 다음 조용히 귀기울이고 있는 여주인을, 때로는 어둡고 무시무시한 숲속으로, 때로는 푸르고 차가운 바다 밑으로, 때로는 낯선 동화나라의 거리로 이끌고 다녔네. 그가 동양에서 이야기하는 기술을 배운 덕분이었는데, 거기에선 이야기꾼들이 대접을 잘 받으면서, 어린이가 공을 가지고 놀듯이 청중의 마음을 좌지우지한다는 거야.

그의 이야기는 거의 한번도, 듣는 사람의 영혼이 자기 힘으로 도달하기 어려운 이국 땅 같은 데서 시작한 적이 없었지. 그게 황금 핀이든 비단 천이든 늘 눈으로 볼 수 있는 것, 즉 가까운 곳에 현존하는 것부터 시작하였다네. 여주인의 상상력을 그가 원하는 방향으로 은밀히 이끌고 갔으니, 요컨대 이전에 그런 보물들을 소유했던 사람과 장인(匠人), 그리고 판매 상인에 대한 이야기로부터 시작하여, 이야기는 자연스레 물 흐르듯이 저택의

발코니를 떠나 상인들의 거룻배로, 거룻배를 떠나 항구로, 선상
(船上)으로, 세상 각지의 머나먼 장소까지 넘나들었네. 그의 말
을 듣는 사람은 자신이 항해를 하는 것 같았고, 아직 베네치아
에 앉아 있으면서도 영혼은 즐겁게 또는 불안하게 먼 바다 위나
아니면 동화의 나라를 떠도는 기분이었지. 어쨌든 필리포의 이
야기는 이런 식이었다네.

그런 신기한 동양의 이야기 외에도 옛날, 혹은 최근에 실제로
있었던 모험과 사건들, 예컨대 아이네아스 왕의 항해와 고난, 키
프로스 왕국, 요하네스 왕, 마술사 비르길리우스, 아메리고 베
스푸치*의 대담한 여행에 관해 이야기했지. 게다가 그는 놀랍기
짝이 없는 이야기들을 스스로 지어내 말할 수도 있었던 거야.

여주인은 어느 날 졸고 있는 앵무새를 가리키면서 물었네.

「만물박사님, 지금 내 앵무새가 무슨 꿈을 꾸고 있을까?」

그러자 난쟁이는 잠시 생각하더니, 즉시 마치 자신이 앵무새
라도 되는 양 긴 꿈 이야기를 하기 시작했지. 이야기가 끝나자
바로 앵무새가 깨어나 염소 울음소리를 내면서 날개를 파닥이는
거야. 또 한번은 여주인이 조그만 돌을 주워 테라스 난간 너머로
집어 던졌어. 돌이 수로에 떨어져 풍덩 소리를 내자, 이렇게 묻
는 거야.

「자, 필리포, 지금 내가 던진 돌멩이가 어디로 가고 있을까?」

그러자 곧 난쟁이는 이야기를 시작하는 거야. 그 돌이 물 속에
서 해파리, 물고기, 게, 굴, 침몰한 배, 물의 정령과 요정, 그

---

* 이탈리아의 상인, 탐험가(1454~1512). 신대륙 초기 탐험에 참가했으
며, 그의 이름에서 아메리카 대륙의 지명이 유래되었다.

리고 인어들과 만나는 이야기를 말일세. 그것들의 삶과 일어난 사건들을 너무나 잘 알고 있어서 자세하고 꼼꼼히 묘사할 수 있었던 거지.

부유하고 아름다운 여인들이 대개 그렇듯이 마르게리타 양도 오만하고 냉정했지만 자신의 난쟁이에게만은 각별한 애정을 갖고 있었네. 모든 사람들이 난쟁이에게 호감과 존경심을 갖고 대한다는 사실에 신경 쓸 수밖에 없었거든. 그녀가 이따금 장난질을 쳐 그를 좀 괴롭히긴 했지만, 어쩌겠나, 그녀의 소유물인걸. 그의 책을 몽땅 빼앗거나, 그를 앵무새 새장에 가두거나, 때로는 방바닥에 나동그라지게 했지. 물론 모두 나쁜 의도에서 한 장난이 아니었고, 필리포 역시 단 한번도 불평해 본 적이 없었네. 그러나 이따금 우화나 동화를 들려줄 때, 이 일에 대해 약간의 풍자와 암시를 곁들이곤 했는데, 이것에 대해서는 여주인도 조용히 감수할 수밖에 없었네. 그녀는 그를 지나치게 자극하지 않으려고 조심했지. 모두들 난쟁이가 은밀한 지식과 금지된 약을 가지고 있다고 믿었기 때문이야. 그가 갖가지 동물들과 대화를 할 수 있고, 날씨와 폭풍우의 예보에 틀린 적이 없다는 사실 또한 철석같이 믿었지. 하지만 그는 이런 일에 대해 온갖 질문 공세를 받을지라도, 대개 말없이 삐딱한 어깨를 으쓱하거나, 무거운 머리통을 설레설레 흔들어대는 거야. 그러면 질문하던 사람이 너무 우스운 나머지 자신의 관심사를 잊게 마련이었지.

모든 인간이 어떤 살아 있는 존재를 좋아하고 사랑을 쏟듯, 필리포 역시 책 말고도 기이한 우정을 맺은 대상이 있었으니, 그의 소유이자 잠까지 같이 자는 조그만 검정 강아지가 바로 그것이었어. 그것은 마르게리타 양에게 퇴짜당한 어느 구혼자의 선물이었는데, 좀 특별한 사정이긴 하지만 결국 난쟁이에게 넘어가게 된 것일세. 바로 첫날 강아지가 재수 없게도 닫히는 문에 끼여버린 거야. 다리가 부러져 죽여야 할 판인데, 난쟁이가 간곡히 원해서 선물로 받게 된 것이었지. 그의 간호를 받고 살아난 개는 너무 감사한 나머지 이 구원자 곁을 떠나지 않았던 거야. 그러나 다친 발이 구부러져 절뚝거렸기 때문에 역시 불구인 주인과 더욱 잘 어울렸고, 그 때문에 필리포는 많은 농담을 들어야만 했다네.

난쟁이와 개 사이의 애정이 사람들에게는 우스꽝스럽게 보였을지 몰라도, 그들은 서로 더할 나위 없이 정직하고 진실하였네. 내 보기에 많은 부잣집 귀족들도 친구들로부터 필리포의 볼로냐 종 강아지만큼 따뜻한 사랑을 받아보지는 못했을 걸세. 필리포는 강아지에게 필리피노라는 이름을 붙여주었는데, 곧 줄여서 피노라는 애칭으로 불렀다네. 난쟁이는 강아지를 어린아이처럼 부드럽게 다루었지. 함께 이야기를 나누고, 맛있는 음식을 나누어주고, 자신의 조그만 난쟁이 침대에서 함께 잤으며, 오랫동안 함께 놀 때도 많았어. 요컨대 집도 없이 가련한 자신의 삶을 생각해서 이 영리한 동물에게 온갖 사랑을 쏟았고, 덕분에 주인과 하인들의 조롱을 모두 감수할 수 있었던 거야.

그리고 자네들도 곧 알게 되겠지만 이러한 사랑이 결코 우스꽝스러운 게 아니었어. 그도 그럴 것이, 이 사랑이 개와 난쟁이뿐만 아니라 온 집안에 아주 큰 불행을 가져다주었으니 말일세. 내가 조그만 절름발이 강아지에 대해 너무 말이 많다고 짜증내지 말아주게나. 하지만 별것도 아닌 일이 빌미가 되어 중대한 운명이 생겨나는 예가 적지 않은 걸 어떡하겠나?

신분 높고 부유하고 잘생긴 남자들이 그렇게 많이 마르게리타에 눈독을 들이고, 그녀의 모습을 마음속에 지니고 다녀도, 정작 그녀 자신은 마치 세상에 남자가 존재하지 않는 것처럼 오만하고 차가웠다네. 그것은 귀스티니아니 가문 출신인 어머니가 죽을 때까지 그녀를 아주 엄하게 교육시켰을 뿐 아니라, 그녀가 천성적으로 오만하고 사랑을 거부하는 성품을 지녔기 때문이야. 어쨌든 그녀는 베네치아에서 가장 냉정한 미인으로 정평이 나게 되었지. 파두아 출신의 한 젊은 귀족이 그녀 때문에 밀라노의 한 장교와 결투를 하다가 죽게 된 사건이 있었네. 그 소식을 들었을 때는 물론이고 죽어가는 젊은이의 마지막 말을 전해 들었을 때도 그녀의 하얀 이마엔 조그만 그림자 하나 어른대지 않았더란 말이지. 자신에게 바치는 소나타를 들을 때마다 코웃음을 쳤으며, 명망있는 집안의 두 젊은이가 거의 동시에 엄숙히 구혼했을 때에도 그녀는 아버지의 간곡한 설득과 노력에도 불구하고 둘 다 물리치고 말았다네. 덕분에 집안 간에 긴 분쟁이 생겨나게 되었지만.

하지만 꼬마신 큐피드는 개구쟁이라서, 걸려든 노획물을 놓아주는 법이 없다니까. 이렇듯 아름다운 여인이라면 더더욱 말일세. 우리가 자주 겪는 일이지만, 접근할 수 없게 도도한 여인들이 외려 아주 신속하게 격렬한 사랑에 빠지는 경우가 많다네. 마치 혹독한 겨울이 지나면 아주 따뜻하고 부드러운 봄이 뒤따르는 이치와 같다고나 할까.

무라노 섬의 정원에서 열린 어느 축제일, 막 지중해 동쪽 해안에서 돌아온 젊은 기사이자 선원에게 마르게리타가 마음을 송두리째 빼앗기는 일이 생기지 않았겠나. 발다사레 모로시니라 불리는 그 청년은 자신을 바라보는 이 여인에게 귀족 못지않은 당당한 인상을 유감없이 심어주었지. 그녀의 모든 것이 밝고 경쾌한 반면, 그에겐 어두우면서도 강인한 면이 있었던 거야. 그가 오랫동안 바다와 낯선 나라를 전전한 모험의 사나이라는 것은 한눈에 알아볼 수 있었지. 갈색으로 그을린 이마 위로 번개처럼 생각들이 스치는 듯했고, 날카로운 콧날 위에선 검은 눈동자가 뜨겁게 이글거렸단 말일세.

　물론 그 역시 곧 마르게리타를 주목하게 되었지. 그리고 그녀의 이름을 알기가 무섭게 그녀의 아버지와 그녀에게 자신을 알리기 위해 갖은 애를 다 썼다네. 더할 나위 없이 정중한 태도에 온갖 기분 좋은 말을 다 동원해 가면서 말이야. 거의 자정까지 계속된 축제가 끝날 때까지 예의에 어긋나지 않는 한 줄곧 그녀 곁에 머물렀으며, 그녀는 복음을 들을 때보다 더 열심히 그의 말에 귀를 기울였지. 비록 그것이 그녀 자신이 아닌 다른 사람에 관한 말이었지만 말이야. 발다사레로서는 여행과 모험, 끊임없이 뒤따르는 위험 등에 대해 자주 이야기하지 않을 수 없었다는 것은 짐작할 만하지 않은가. 게다가 이야기를 할 때는 어찌나 공손하고 쾌활하던지, 누구나 그의 이야기를 즐거이 들었지. 그러나 실상 그의 이야기는 모두 한 여인만을 위한 것이었고, 그녀 역시 단 한마디라도 놓칠세라 열심히 귀를 기울였다네. 그는 기이한 모험담을, 누구나 벌써 겪어본 일이 아니겠냐는 듯 대수롭

지 않게 이야기하면서, 다른 선원들, 특히 젊은 뱃사람들과는
달리 애써 자신을 내세우지 않았네. 딱 한번, 아프리카의 해적
들과 싸운 이야기를 할 때 왼쪽 어깨를 가로지른 심한 부상에 대
해 얘기했다가 숨을 죽이고 듣고 있던 마르게리타를 놀라게 만
들었지.

축제가 끝났을 때 그는 그녀와 그녀의 아버지를 곤돌라까지
바래다주었네. 서로 작별을 고한 후에도 그는 오랫동안 그곳에
서서 어두운 물위로 미끄러져 가는 곤돌라의 횃불 빛을 바라보
았지. 곤돌라가 시야에서 완전히 사라지자 비로소 친구들이 있
는 정자로 되돌아왔는데, 그곳에선 젊은 귀공자들과 아리따운
아가씨들 몇이서 그리스산 황포도주와 달콤한 홍포도주를 마시
면서 따뜻한 밤을 보내고 있었어. 그들 가운데에는 베네치아에
서 가장 부유하고 유쾌한 삶을 즐기는 젊은이들 중 하나인 지암
바티스타 젠타리니도 있었네. 이 친구가 발다사레에게 다가와
그의 팔을 치더니 껄껄 웃으면서 말하는 거야.

「우리가 오늘 밤 자네에게서 여행중에 겪은 사랑의 모험담 듣
기를 얼마나 기대한 줄 아는가! 그런데 아름다운 카도린 양이 자
네의 마음을 사로잡아버렸으니 이젠 여의치 않겠는걸. 하지만
이 아리따운 아가씨가 영혼이 없는 돌멩이 인간이란 걸 자네 알
고 있나? 그녀는 마치 지오르지오네의 그림과 같아. 거기 그려진
여인들은 정말 흠잡을 데가 하나도 없지. 그들에겐 피와 살이 없
고, 단지 우리 눈을 즐겁게 해주기 위해 존재한다는 사실 말고
는 말일세. 진심으로 충고하네만 그녀를 멀리하게나. ……설마
세번째 퇴짜 맞는 청혼자가 되어 카도린 집 하인들의 웃음거리

가 되려는 건 아니지?」

그러나 발다사레는 웃기만 할 뿐 굳이 변명하려 들지도 않았어. 기름빛이 도는 달콤한 키프로스 포도주 몇 잔을 마시고는 다른 친구들보다 일찍 집으로 향했네.

다음날 그는 벌써 알맞은 시간에 카도린 씨의 아름다운 저택으로 찾아가 온갖 방법을 다 동원해 그를 기분 좋게 하고 그의 환심을 사려고 노력했다네. 저녁에는 몇 명의 가수와 악사들을 불러 아름다운 아가씨에게 세레나데를 선사함으로써 좋은 성과를 얻었지. 창가에 서서 귀를 기울이던 그녀가 잠시 발코니에 모습을 나타내기까지 했으니 말일세.

물론 온 도시에 이 소문이 파다하게 퍼졌지. 할 일 없는 수다쟁이들은, 모로시니가 마르게리타의 아버지에게 청혼하러 갈 때 입을 예복을 마련하기도 전에 결혼식 날짜까지 추측하면서 떠벌려댔다니까. 그는 자신이 직접 나서는 게 아니라 친구들 몇 명을 보내 청혼하는 당시의 관습도 무시해 버렸네. 하지만 곧 저 말 많은 수다쟁이들은 자기들의 예언이 맞아가는 것을 보는 기쁨을 충분히 누리게 되었지.

발다사레가 사위가 되고 싶다는 소망을 이야기했을 때 카도린의 아버지는 적지않이 당혹감에 빠졌네.

「여보게, 젊은이」 하고 그는 애원하듯이 말했지. 「맹세코, 자네의 청혼이 우리 가문에 가져다줄 명예를 하찮게 생각하는 것은 아닐세. 하지만 간곡히 부탁하거니와, 자네의 뜻을 거두어주게나. 그래야 자네와 나에게 닥쳐올 근심과 어려움을 덜게 될 거야. 자네는 베네치아를 떠나 오랫동안 여행을 하느라 잘 모를 것일세. 저 불행한 아이가 별 까닭 없이 명예로운 청혼을 두 번이나 거절해 나를 곤경에 빠뜨렸던 일을 말이야. 저앤 사랑이니 남자니 하는 것에 대해선 아무것도 알고 싶어하지 않는다네. 솔직히 말해서 내가 저앨 좀 버릇없이 키웠어. 이제 엄하게 다루면서 저애의 고집을 꺾기엔 내 마음이 너무 약하다네」

발다사레는 정중히 경청했지만 청혼을 거두지는 않았지. 걱정하는 노인을 격려하고 기분 좋게 해주느라 갖은 애를 다 썼단 말일세. 결국 노인도 딸과 상의를 해보겠노라고 약속하기에 이르렀어.

아가씨의 답변이 어떠했으리라는 것은 상상할 만하지 않겠나. 자존심을 지키기 위해 몇 마디 가벼운 이의를 달고, 아버지 앞에서는 아직 공주 행세를 하려고 했지만, 그녀의 마음은 청혼을 받기 전에 이미 승낙하고 있었으니까. 그녀의 응낙을 받자마자 발다사레는 우아하고 값비싼 선물을 갖고 나타났네. 약혼자의 손가락에 금반지를 끼워주고, 그녀의 아름답고 오만한 입술에 처음으로 입을 맞추었다네.

이제 베네치아 사람들에게는 구경을 하고, 수다를 떨고, 부러워할 대상이 생긴 거였지. 일찍이 누구도 그렇게 멋진 한 쌍을 본 적이 없었어. 늘씬한 둘의 키가 어쩌면 그리도 똑같았는지 머리 한 올 차이도 나지 않았다니까. 그녀는 금발인데 그의 머리는 검었지. 귀족다운 품위나 오만함에 있어 서로 조금도 기울지 않았기 때문에 둘은 머리를 높이 들고 당당히 행동할 수 있었던 거야.

다만 한 가지 이 아름다운 신부의 마음에 걸리는 것은, 약혼자가 중요한 일을 마무리 짓기 위해 다시 한번 키프로스에 다녀와야 한다는 것이었지. 이미 온 도시에 공식화된 것이나 다름없는 축제는 그곳을 다녀온 후에나 비로소 거행하기로 했다네. 그동안 신부 쪽 사람들은 아무런 방해도 받지 않고 자신들에게 떨어진 행운을 누렸지. 발다사레가 갖가지 모임을 열고, 선물을 안겨주고, 세레나데를 선사하고, 놀라운 구경거리를 마련하는 데 소홀함이 없었으며, 어느 곳에 가든 마르게리타를 데리고 다녔으니까. 심지어 엄격한 관습을 어기면서까지 은밀히 곤돌라를 타고 둘만의 시간을 즐기곤 했다네.

버릇없이 자란 귀족 처녀가 대개 그렇듯이 마르게리타는 오만하고 다소 매정한 면이 있는 반면, 신랑은 천성적으로 거만하여 남을 배려할 줄 몰랐고, 항해 생활과 이른 출세 때문에 부드러운 성품을 지니지 못했어. 청혼자로서는 열성적으로 기분을 맞추어주고 온갖 예의를 다 지켰지만, 자신의 목적을 달성하게 되자 이제는 점점 타고난 천성과 충동대로 행동하게 되었던 거야. 천성이 거칠고 지배욕이 강한 데다, 선원으로 부유한 교역자가 되자 자기 멋대로 살기를 좋아하고 다른 사람에 대한 배려를 전혀 할 줄 몰랐던 거지.

그는 처음부터 이상하게도 신부의 주변에 있는 많은 것들이 눈에 거슬렸는데, 그중에서도 앵무새와 강아지 피노, 그리고 난쟁이 필리포 녀석이 질색이었던 거야. 이것들을 볼 때마다 화가 치밀어 온갖 짓을 다해 괴롭혀 그들의 아가씨에게서 떼어놓으려 했지. 그래서 그자가 집안에 들어와 쩌렁거리는 목소리로 계단을 올라오면 강아지는 울부짖으며 도망쳤고, 앵무새는 날개를 치면서 울기 시작했으며, 난쟁이는 입을 앙 다물고 고집스레 침묵을 지켰다네.

사실대로 말하자면 마르게리타도, 동물들은 몰라도 필리포를 위해서는 이런저런 변명을 곁들이며 때때로 불쌍한 난쟁이를 두둔해 주려고 했었지. 그러나 그녀도 물론 약혼자를 자극할 엄두가 나지 않아 그가 행하는 갖가지 행패와 잔인한 행동을 막을 수도, 막을 마음도 없었던 거야. 앵무새가 제일 먼저 최후를 맞았지. 어느 날 모로시니가 작은 막대기로 찔러대며 그를 괴롭히자, 화가 난 앵무새가 그만 그의 손을 움켜잡고 강하고 날카로운 부리로 피가 나도록 손가락을 물어뜯은 거야. 그러자 모로시니는 당장 앵무새의 목을 비틀어 버렸다네. 그러곤 집 뒤편의 좁고 어두운 운하 속으로 집어던졌는데 누구 하나 슬퍼하지도 않았지.

그로부터 얼마 후 강아지 피노에게는 더욱 불행한 일이 일어났다네. 한번은 여주인의 신랑이 집에 들어오자 늘 그랬듯이 어두운 계단 구석에 숨어버렸지. 이자가 나타나기만 하면 몸을 감추는 것이 버릇이었으니까 말이야. 그러나 발다사레 씨가, 하인에게 시킬 수 없는 무언가를 곤돌라에 놓아두었던지 예기치 않게도 다시 급하게 층계를 내려가게 되었거든. 그러자 놀란 피노가 크게 짖으며 튀어나와 정신 없이 짖어대며 뛰어올랐던지 기겁을 한 신랑이 하마터면 계단에서 나자빠질 뻔하지 않았겠나? 이자는 비틀거리며 강아지와 동시에 마루에 내려섰는데, 겁에 질린 강아지는 몇 개의 넓은 돌계단이 운하로 통하는 입구로 도망을 쳤지. 발다사레는 지독한 욕설을 퍼부으면서 있는 힘껏 강아지를 걷어차 물 속 멀리 빠뜨려버리고 말았다네.

이 순간 피노의 깽깽거리는 울부짖음을 들은 난쟁이가 문간에 나타나 발다사레 옆에 섰어. 신랑은 절름발이가 된 강아지가 고통에 차서 헤어나오려고 안간힘을 쓰는 모습을 껄껄 웃으며 바라보고 있었지. 동시에 시끄러운 소리에 끌려 마르게리타도 2층 발코니에 나타났다네.

「제발 부탁합니다. 곤돌라를 띄워주세요」 필리포가 그녀에게 다급하게 외쳤어.「피노를 구해 주세요, 아가씨, 당장! 물에 빠져 죽겠습니다! 오, 피노, 피노!」

그러나 발다사레는 웃으면서, 곤돌라 줄을 풀고 있는 사공에게 그만두라고 명령하는 거야. 다시 한번 필리포는 여주인을 향해 애원했지. 그러나 이 순간 마르게리타는 한마디의 말도 없이 발코니를 떠났어. 그러자 난쟁이는 자신의 박해자 앞에 무릎을 꿇고 강아지를 살려달라고 빌었네. 발다사레는 언짢은 얼굴로 몸을 돌리더니, 집으로 돌아가라고 엄명을 내리는 것이었어. 그러곤 곤돌라를 매어놓은 계단 옆에 서서 가엾은 강아지가 허우적거리며 익사하는 광경을 끝까지 바라보는 것이었네.

필리포는 가장 높은 지붕 밑 다락방으로 올라갔어. 거기 구석에 웅크리고 앉아 큰 머리를 두 손으로 받치고 앞만 응시하고 있는 거야. 하녀가 여주인의 부름을 전하러 왔고, 다음엔 하인이 와서 소리쳐 불렀지. 하지만 그는 꼼짝도 하지 않았어. 그가 저녁 늦게까지 다락방에 앉아 있자 아가씨가 직접 손에 등불을 들고 올라왔지. 그녀는 잠시 서서 그를 내려다보았어.

「왜 일어서질 않지?」 그녀가 물었어.

아무 대답도 없었네.

「왜 일어나질 않느냐고?」 그녀가 다시 한번 물었지.

그러자 작은 곱사등이는 그녀를 응시하면서 조용히 말했어.

「왜 아가씨는 내 강아지를 죽였나요?」

「그건 내가 한 짓이 아니었어」 그녀는 자신을 변명했어.

「아가씨는 피노를 구할 수 있었는데 죽게 내버려둔 거예요」 난쟁이가 울부짖었어. 「오, 사랑스러운 것! 오, 피노, 오, 피노!」

그러자 마르게리타는 화가 났어. 그에게 욕을 퍼부으면서, 어서 일어나 잠자리에나 들라고 명령했어. 그는 아무 말도 않고 그녀의 말에 따랐지만, 사흘 동안 죽은 사람처럼 말없이 누워 음식엔 손도 대지 않고, 주위에서 무슨 일이 일어나건 무슨 말들을 하건 전혀 신경을 쓰지 않는 거야.

그 즈음 젊은 마르게리타는 커다란 불안에 휩싸이게 되었네. 약혼자에 대한 갖가지 소문이 나돌면서 그녀에게 걱정을 안겨준 것일세. 젊은 모로시니가 여행중 대단한 바람둥이였다는 것, 키프로스나 다른 장소에 수많은 애인들이 널려 있다는 소문이었는데, 그건 또한 사실이기도 했다네. 그러니 마르게리타는 절망과 두려움에 가득 차 코앞에 다가온 새 신랑과의 새로운 여행을 생각하며, 괴로운 한숨만 내쉴 수밖에. 결국 참을 수가 없어 어느 날 아침 발다사레가 그녀의 집에 왔을 때 모든 걸 털어놓았어. 자신의 걱정거리까지 숨김없이 말이야.

그는 미소를 지었지.

「사랑스럽고 아름다운 그대여, 당신에게 전해진 소문은 대부분 거짓이지만 한편 사실이기도 하다오. 사랑이란 파도와 같아서 한번 밀려오면 계속 우리를 덮치면서 저항할 수 없게 만드는 거지요. 하지만 고귀한 집안의 규수인 내 신부에 대해선 책임을 다 할 것이니, 걱정일랑 접어두구려. 여기저기에서 아름다운 여인을 많이 보았고 여러 번 사랑에 빠지기도 했지만 당신에 비할 여자는 아무도 없었소」

그의 박력과 뻔뻔스러움이 마술의 힘을 발해, 그녀는 안정을 되찾고 미소를 날리며 그의 억센 갈색 손을 쓰다듬는 것이었어. 하지만 그와 헤어지기가 무섭게 그녀에겐 걱정거리들이 모두 밀려와 다시 안절부절 못하게 되는 거야. 이 지나치게 거만하던 아가씨가 이제는 은밀한 사랑의 고통과 질투심을 알게 되어 비단 이불 속에서도 밤새 잠을 이루지 못하는 것이었지.

곤경에 처하자, 그녀는 난쟁이 필리포를 다시 찾게 되었어. 필리포는 그동안 이전의 모습으로 다시 돌아가, 그의 강아지 피노의 굴욕적인 죽음 따윈 까맣게 잊은 듯했네. 다시 그전처럼 발코니에 앉아 책을 읽거나, 마르게리타가 그녀의 머리카락을 햇빛에 말리는 동안 이야기를 들려주기도 했지. 단 한번 그녀는 그때의 사건이 머리에 떠올라 난쟁이에게, 도대체 무슨 생각을 그리 골똘히 하고 있냐고 물었지. 그는 이상한 목소리로 말하는 것이었네.

「제가 죽거나 혹은 곧 이곳을 떠나게 되더라도, 이 집안과 고귀한 아가씨에게 축복을 내려주소서」

「도대체 무슨 소릴 하는 거냐?」아가씨가 물었지.

그러자 난쟁이는 우스꽝스럽게 어깨를 으쓱하고는 말했네.

「제 예감입니다, 아씨. 앵무새도 가고, 강아지도 떠났는데, 난쟁이가 여기서 무얼 하겠습니까?」

그녀는 이후에 그런 말을 절대 하지 말라고 엄명했고, 그도 더 이상 입에 담지 않았지. 아가씨는, 난쟁이가 그 생각을 잊은 것으로 생각하고 다시 그를 완전히 신뢰하게 되었어. 그녀가 약혼자에 대한 걱정을 이야기하면, 오히려 발다사레 씨를 변호해 줌으로써 그에 대한 원한이 남아 있다는 것을 조금도 눈치 채지 못하게 하였지. 그리하여 그의 여주인과는 한층 더 친한 사이가 되었더란 말이야.

바다 쪽으로부터 제법 시원한 바람이 불어오던 어느 여름날 저녁, 마르게리타는 난쟁이와 함께 곤돌라를 타고 야외로 노를 저어 나가게 했었지. 곤돌라가 무라노 근처까지 오자, 도시의 모습이 마치 희미한 꿈의 그림처럼 멀리서 잔잔히 일렁이며 흔들거리는 거야. 그러자 그녀는 필리포에게 이야기 하나를 주문했어. 그녀는 푹신한 쿠션 위에 몸을 뻗었고, 난쟁이는 그녀의 맞은편 곤돌라 뱃머리를 등지고 앉아 있었지.

태양은 먼 산의 가장자리에 걸려서는 장밋빛 노을로 산의 윤곽을 선명하게 해주는 거야. 무라노로부터 간간이 종소리가 들려오기 시작했어. 더위에 지친 곤돌라 사공은 반쯤 졸음에 겨워 느릿느릿 노를 저었으며, 그의 구부정한 모습이 곤돌라와 함께 해조(海藻)가 떠다니는 수면에 비치고 있었지. 이따금 화물선이 가까이 지나가고, 삼각돛을 단 어선이 지나가면서 잠시나마 그 뾰족한 삼각돛으로 도시의 먼 종탑들을 가리곤 했지.

「이야기를 하나 해다오!」 마르게리타가 명령했어. 필리포는 무거운 머리를 숙이더니, 비단옷의 금 장식을 만지면서 잠시 후 다음과 같은 이야기를 시작했네.

「저의 아버님께서는 제가 태어나기 한참 전 이스탄불에 사실 때, 언젠가 놀랍고도 이상한 일을 경험하셨지요. 아버님은 그 당시 의사이자 어려운 경우에 처한 사람의 상담역 노릇을 하며 지내셨는데 이러한 두 가지의 훌륭한 지식, 즉 의술과 마술을 스미르나 지방에 살고 있던 한 페르시아 사람한테서 배웠던 것입니다. 그러나 아버님은 정직한 분이셨기 때문에 거짓이나 아첨 따위는 모르고 오로지 당신의 기술에만 의존하고 사셨습니다. 덕분에 많은 사기꾼과 돌팔이 의사들의 시기에 시달리셔야 했습니다. 아버님은 오래전부터 고향으로 돌아갈 기회가 오기를 기다리셨지만, 적어도 약간의 돈을 벌기 전엔 이를 실행에 옮길 수가 없었습니다. 고향의 가족들이 가난에 허덕이고 있는 것을 잘 알고 계셨기 때문이었지요. 많은 사기꾼과 무능한 자들이 힘들이지 않고 부자가 되는 반면, 이스탄불에서는 좀처럼 운이 트이지 않는다는 것을 알게 될수록 선량한 저의 아버님의 슬픔은 더욱 커졌습니다. 사기꾼의 수법을 쓰지 않고는 이러한 곤궁에서 벗어날 가능성이 없다는 사실을 절감하시고는 거의 절망 상태에 이르게 되셨습니다. 아버님을 찾는 환자가 결코 적은 것은 아니었습니다. 아버님은 아주 어려운 상황에 처한 사람들을 무수히 치료해 주셨습니다. 그러나 대부분이 가난하고 비천한 사람들이어서, 치료의 대가로 몇 푼씩 받는 것이 그분에겐 도대체 마음 편한 일이 아니었습니다.

이렇듯 처량한 상태에서 아버님은 돈 벌기를 단념하시고, 걸어서 그 곳을 떠나거나 아니면 배에서 일자리를 구해 보기로 결심하셨습니다. 그러나 한 달은 기다려보기로 작정했는데 그 이유인 즉, 점성학의 규칙에 따르면 틀림없이 이 기간 내에 하나의 행운이 그에게 찾아올 것처럼 보였기 때문입니다. 그러나 이 기간 역시 행운 비슷한 일도 일어나지 않는 채 지나가 버리고 말았습니다. 결국 마지막 날, 슬픈 마음으로 얼마 되지 않는 짐을 꾸려서는 다음날 떠나기로 결심하셨습니다.

마지막 날 저녁 아버님은 교외의 바닷가를 이리저리 거닐고 계셨습니다. 그분의 마음이 얼마나 절망적이었는지 짐작하고도 남지 않겠습니까? 태양은 이미 사라졌고, 어느새 별 떨기들이 잔잔한 바다 위에 하얀 빛을 드리우고 있었습니다.

그때 아주 가까운 곳에서 갑자기 크게 비탄하는 한숨소리가 들려왔습니다. 아버님은 주위를 둘러보셨습니다. 아무도 눈에 띄지 않았기 때문에 여행을 앞두고 이 무슨 나쁜 징조일까 심히 걱정하셨답니다. 그러나 비탄과 한숨소리가 좀더 크게 들려왔기 때문에 내심 용기를 내어 외치셨습니다.

〈거기 누구요?〉

그러자 즉시 해변에서 철버덩거리는 소리가 났기 때문에 아버님은 그곳으로 달려가셨습니다. 거기 흐릿한 별빛 아래 밝은 형상 하나가 누워 있는 것이었습니다. 난파당한 사람이거나 수영하던 사람이겠거니 생각하시면서 도와줄 요량으로 그쪽으로 다가가셨습니다. 그런데 거기서 본 것은 놀랍게도 아름답고 늘씬하고 눈처럼 하얀 물의 요정이 수면 위에 반쯤 몸을 내놓고 있는 광경이었습니다. 그 바다의 요정이 애원하는 음성으로 〈선생님이 황색 골목에 사는 그리스의 마술사가 아니신가요?〉하고 물었을 때 그분의 놀라움이 오죽했겠습니까?

〈내가 그 사람이오만, 당신이 내게 원하는 게 뭔가요?〉아버님은 아주 친절하게 응해 주셨습니다.

그러자 그 젊은 바다의 요정은 새로이 탄식을 시작하면서, 아름다운 양팔을 뻗고는 무수히 한숨을 내쉬었습니다. 그러곤 저의 아버님께 부탁하기를, 애인에 대한 헛된 그리움 때문에 자신이 날로 여위어가고 있으니, 처지를 불쌍히 여겨 강력한 사랑의 묘약을 만들어 달라는 것이었습니다. 바라보는 그녀의 눈이 너무 애절하고 슬퍼 보였기 때문에 아버님의 마음은 흔들릴 수밖에 없었습니다. 그는 즉시 그녀를 도와주기로 작정했습니다. 하지만 어떤 식으로 자신에게 보상해 줄 것인가를 미리 물었습니다. 그러자 그녀는 여인의 목을 여덟 번이나 휘감을 수 있는 긴 진주 목걸이를 선사하겠노라고 약속하였죠.

〈하지만 이 보물은, 당신의 마술이 효력을 보여주기 전엔 받지 못하실 거예요.〉그녀가 말했습니다.

당신의 기술에 자신감을 갖고 있었기에 아버님은 그 조건에 대해 개의치 않으셨습니다. 아버님은 서둘러 시내로 돌아와 꾸려놓았던 보따리를 다시 풀고는, 주문받은 사랑의 묘약을 조제하셨습니다. 얼마나 서둘러 만들었던지 그날 밤 자정이 지나기 무섭게 약을 가지고 바다 요정이 기다리고 있는 해변으로 다시 돌아갈 수 있었습니다. 귀중한 액체가 든 아주 조그만 약병을 건네주자 그녀는 생기에 넘쳐 감사의 말을 연발하면서, 내일 밤다시 찾아와 약속한 보상물을 받아달라고 요청하였습니다. 아버님은 그곳을 떠나온 후 그날 밤과 다음날을 아주 커다란 기대 속에 보냈습니다. 당신이 만든 묘약의 힘과 효력에는 추호의 의심도 품지 않았지만, 요정의 약속을 믿어야 좋을지는 알 수가 없었습니다. 이런 생각으로 다음날 밤이 되자 아버님은 다시 똑같은 장소를 찾으셨습니다. 요정이 근처의 바닷물 위로 떠오르기까지 오래 기다릴 필요도 없었습니다.

그러나 우리 불쌍한 아버지께서는 당신의 마법으로 생긴 일을 보았을 때 얼마나 놀라셨던지요! 즉, 그 요정이 미소를 지으며 그의 오른편 손에 묵직한 진주 목걸이를 건네줄 때, 그녀의 팔 안에는 준수하게 잘생긴 한 청년의 시체가 안겨 있는 게 아니겠어요? 그의 옷차림으로 미루어보아 그리스의 선원이 틀림없었습니다. 청년의 얼굴은 숨을 거둔 듯 창백하였고 고수머리가 물결에 일렁대고 있었습니다. 요정은 그를 부드럽게 껴안고는 마치 아기를 잠재우듯 팔 안에서 이리저리 흔들어대는 것이었습니다.

아버님이 그것을 보고 외마디 소리를 지르며 당신과 당신의 마술을 저주하자, 갑자기 요정은 죽은 애인을 데리고 바닷속 깊은 곳으로 사라져버렸습니다. 하지만 백사장 위에는 진주 목걸이가 놓여 있었습니다. 이제는 불행한 일을 되돌릴 수 없었기에 아버님은 목걸이를 주워 외투 주머니에 넣고는 집으로 돌아왔습니다. 그러곤 진주를 낱개로 팔기 위해 목걸이의 끈을 끊었습니다. 진주 판 돈으로 아버님은 키프로스로 가는 배에 탈 수 있었고, 이제부터 모든 고통에서 영원히 벗어날 수 있으리라 믿으셨지요. 그러나 죄 없는 젊은이의 죽음으로 보상받은 이 돈이 불운에 불운을 몰고 왔습니다. 결국 아버님은 풍랑과 해적을 만나 가진 것을 모두 빼앗기고, 2년 후 고향에 도착했을 땐, 난파를 당한 알거지가 되어 있었습니다」

이야기가 계속되는 동안, 여주인은 쿠션 위에 누워 열심히 귀를 기울였것다. 난쟁이가 이야기를 끝내고 입을 다물고 있을 때에도 그녀는 한마디 말도 없이 깊은 생각에 잠겨 있는 거야. 사공이 곤돌라를 멈추고 돌아가자는 명령을 기다릴 때에야, 그녀는 놀라 깨어나서는 사공에게 손짓을 하고 앞에 드리운 커튼을 내렸던 것일세. 사공은 급히 곤돌라를 돌려 나는 새처럼 도시를 향해 내달렸지. 난쟁이는 홀로 웅크리고 앉아서 다시 새로운 이야기라도 생각해 내려는 듯 조용하고 진지하게 어두운 해안의 호수들을 바라보고 있었네. 어느새 곤돌라는 도시에 이르렀고, 리오 파나다와 몇 개의 작은 운하들을 지나 집으로 돌아왔다네.

이날 밤 마르게리타는 잠을 이룰 수가 없었지. 난쟁이가 예상한 대로, 사랑의 묘약 이야기를 곱씹으면서, 바로 그 약을 이용해 약혼자의 마음을 자신에게 묶어둘 수 없을까 궁리하고 있었던 것이지. 다음날 그녀는 그것에 대해 필리포와 이야기를 시작했는데, 직접적으로 이야기하기 창피해서 이런저런 질문만 자꾸 늘어놓았던 거야. 그녀가 그날 궁금하게 여겼던 것은, 도대체 그러한 사랑의 묘약을 어떻게 만드는 것이냐, 오늘날에도 그런 것을 만드는 사람이 있기는 한 것이냐, 그 약에 독이나 무슨 해로운 액체가 들어가는 것은 아니냐, 마시는 사람이 눈치 챌 정도로 특이한 맛이 나는 것은 아니냐 하는 등등이었지. 이러한 갖가지 질문에 대해 교활한 필리포가 여주인의 소망을 전혀 모르

32

는 듯 무심하게 대답을 했기 때문에, 그녀는 점점 더 분명한 이야기를 하게 되었고, 결국은 이 베네치아에도 그런 묘약을 만들 줄 아는 사람을 찾을 수 있느냐고 까놓고 물어보기에 이르렀던 것이야.

그러자 난쟁이는 웃으면서 말하는 거였어.

「아가씨께서는 제 능력을 별로 믿지 못하시는군요. 그토록 위대한 현자였던 아버님으로부터 마술의 초보적인 기술 정도는 배웠으리라 생각지 않으십니까?」

「그렇다면 너도 그 묘약을 만들 수 있단 말이냐?」 그녀는 너무나 기뻐서 소리를 질렀지.

「그보다 쉬운 일은 없지요」 필리포가 대답했지. 「하지만 아가씨께서는 소원을 이루시어 아주 잘생기고 부유한 분과 약혼한 사인데 그따위 묘약이 왜 필요하신 건지 영 모르겠습니다」

하지만 그녀는 단념하지 않고 졸라대었고, 결국 난쟁이는 못 이기는 척 그녀의 말에 따르기로 했던 거지. 필요한 향료와 은밀한 재료를 마련하도록 돈을 받은 것은 물론, 모든 일이 잘되기만 하면 큰 선물을 주겠다는 약속까지 받아내었고.

난쟁이는 불과 이틀 만에 묘약을 완성하여 조그맣고 파란 유리병에 담아 여주인의 화장대 위에 가져다놓았다네. 발다사레가 키프로스로 떠날 날이 가까워 서두르게 된 것이었지. 그로부터 며칠 후 발다사레가 그의 약혼녀에게 오후에 둘이서만 곤돌라 소풍을 가자고 제안하는 거였어. 이런 계절엔 더위 때문에 아무도 소풍 갈 생각을 하지 않을 거라면서. 그야말로 마르게리타와 난쟁이에게는 절호의 기회라는 생각이 들었지.

약속한 시간, 그녀의 집 뒷문에 발다사레의 곤돌라가 도착했을 때 준비를 끝낸 마르게리타가 거기 서 있었어. 필리포는 포도주 한 병과 복숭아가 담긴 바구니를 배로 나른 다음, 주인들이 승선한 후 역시 뒤를 따라 올라서는 뒤편 곤돌라 사공의 발치에 자리를 잡았지. 젊은이는 필리포와 동행하는 것이 마음에 들지 않았지만 그것에 대해선 말을 않기로 작정하였지. 떠날 날도 며칠 남지 않았으니 이전보다는 약혼녀가 원하는 대로 따르는 게 좋으리라 생각했기 때문이었어. 사공은 출발하였어. 발다사레는 두꺼운 커튼을 내리고 덮개까지 쳐진 은밀한 자리에 앉아 애인과 사랑을 속살거렸지. 난쟁이는 곤돌라의 뒤편에 조용히 앉아 리오 데이 바르카로리의 높고 오래된 집들을 바라보고 있었네. 사공은 아직도 조그만 정원이 딸려 있는 옛 팔라초 귀스티아니까지 나아간 다음 대운하의 입구에 있는 해안호에 도착하였어. 다들 알다시피, 그 구석에 아름다운 팔라차 바로치가 있잖아.

이따금 은밀한 자리로부터 웃음을 참는 소리, 가볍게 입 맞추는 소리, 또는 대화 나누는 소리가 토막 토막으로 들려왔지만, 필리포에겐 관심 밖의 일이었네. 그는 수면 위로 양지 바른 리바, 혹은 성 조르지오 마조레의 날씬한 탑, 혹은 뒤편에 있는 피아제타의 사자 기둥들을 바라보고 있었네. 때로는 열심히 노 젓는 사공에게 눈짓을 하거나, 바닥에서 주운 가는 버들가지로 수면을 때리기도 하면서. 그의 얼굴은 늘 그렇듯이 추하고 무표정해서 도대체 그가 무슨 생각을 하고 있는지 알 수가 없었네. 그는 바로 물에 빠져 죽은 강아지 피노와 목이 비틀려 죽은 앵무새를 생각하면서 동물이든 인간이든 모든 존재에게 파멸은 항상 가까이

34

있으며, 이 세상에서 우리가 미리 보거나 알 수 있는 것은 죽음 뿐이라는 생각에 골몰하고 있었네. 그는 또 아버지와 고향과 자신의 한평생을 생각해 보았지. 거의 어디서나 현자가 바보들의 시중이나 들고 있으니 인생이란 한 편의 엉터리 코미디 같다는 생각에 이르자, 그의 얼굴엔 냉소가 피어올랐네. 그리고 자신이 입고 있는 값비싼 비단옷을 내려다보며 미소 지었어.

그가 조용히 앉아 미소를 짓는 동안, 오랫동안 기다려온 순간이 다가왔지. 차일이 쳐진 은신처로부터 발다사레의 음성이 들리더니, 곧 이어 마르게리타가 소리쳐 부르는 거야.

「포도주와 술잔이 어디에 있지, 필리포?」

발다사레 씨가 갈증을 느끼고 있으니 지금이야말로 포도주에 곁들여 그 묘약을 가지고 갈 기회가 온 것이었지.

필리포는 작고 푸른 병을 열고 액체를 술잔에 부은 다음 그 위에 붉은 포도주를 가득 채웠것다. 마르게리타가 커튼을 들치자, 난쟁이는 아가씨에게는 복숭아를, 신랑에게는 술잔을 내밀었지. 그녀는 궁금하다는 시선을 던지면서도, 꽤나 불안에 찬 듯이 보였어.

발다사레 씨는 술잔을 들어 입으로 가져갔지. 그러나 그의 시선이 앞에 서 있는 난쟁이에게로 가자, 문득 마음속에 의심이 고개를 들었어.

「잠깐」 하고 그는 소리쳤지. 「너 같은 종자들은 절대 믿을 수가 없어. 내가 마시기 전에 네놈이 먼저 시음을 해야겠다」

필리포는 태연한 표정으로 정중하게 말했어. 「좋은 포도주입니다」

그러나 발다사레는 의심을 풀지 못하고 화를 내며 물었지.

「마시질 못하겠다는 거냐, 이놈아?」

「용서하십시오, 주인님. 저는 술을 마시지 못합니다」 난쟁이가 대답했네.

「그렇다면 내가 명령하겠다. 네놈이 마시기 전에는 단 한 방울도 마시지 않겠다」

「걱정하지 마십시오」 필리포는 미소를 지었네. 몸을 숙여 발다사레의 손에서 잔을 받아 한 모금 마시고는 되돌려주었던 거야. 발다사레는 그 모습을 본 후에야 남은 포도주를 단숨에 죽들이켰지.

무더운 날이었어. 해안호의 수면 위에는 눈부신 햇빛이 반짝이고 있었지. 두 연인은 다시 커튼 뒤 그늘 속으로 기어들었어. 난쟁이는 곤돌라 갑판의 한쪽 옆에 앉아 넓은 이마를 손으로 감싸고는 고통스러운 듯 자신의 추한 입을 일그러뜨리는 거였네.

그는 한 시간 이상 더 살 수 없다는 것을 알고 있었지. 그 묘약은 독약이었으니까 말이야. 이렇게 죽음의 문턱에 다가서고 보니 이상한 기대감이 그의 마음을 사로잡는 거야. 그는 도시 쪽을 뒤돌아보면서 조금 전까지 골몰했던 생각들을 상기해 보았지. 말없이 반짝이는 수면을 바라보면서 자신의 삶을 돌이켜보았어. 단조롭고도 가련한 삶…… 바보들의 시중이나 드는 현자의 삶, 한 편의 공허한 코미디 같은 삶을 말일세. 심장의 고동이 불규칙해지고 이마에 땀이 흥건해짐을 느끼자 그는 쓰디쓴 웃음을 터뜨렸어.

그 소리는 아무도 듣지 못했지. 사공은 선 채로 반쯤 졸고 있었거든. 커튼 뒤에서는 아름다운 마르게리타가 돌연 발작을 일으킨 발다사레를 보고 놀라 어쩔 줄을 모르는 거야. 약혼자가 그녀의 팔에 안겨 싸늘하게 죽어갔으니까 말이야. 외마디 소리를 지르며 그녀는 밖으로 뛰어나왔지. 거기엔 난쟁이가 마치 잠이 든 듯이 화려한 비단옷을 입은 채 곤돌라 바닥 위에 죽어 있는 것이었어.

그것은 강아지의 죽음에 대한 필리포의 복수였어. 불운한 곤돌라가 두 사람의 시체를 싣고 돌아오자 온 베네치아 사람들이 놀라움을 금치 못했네.

마르게리타 아가씨는 정신착란에 빠졌지만, 여러 해를 더 살았지. 이따금 발코니의 난간에 앉아 지나가는 곤돌라나 조각배를 향해 매번 소리를 질러대는 거였어.

「구해 주세요! 강아지를 구해 주세요! 꼬마 피노를 구해 주세요!」

하지만 사람들은 어느새 그녀를 알아보고는 아무도 그녀의 말에 귀를 기울이지 않았다네.

(1903)

그림자 놀이

그 성의 넓은 전면은 밝은 색의 돌로 되어 있었다. 커다란 창들을 통해 라인 강과 갈대 숲, 그리고 멀리 강물과 갈대, 그리고 버드나무가 어우러진 밝고 시원한 풍경이 내려다보였다. 더 먼 곳에는 푸른 숲으로 뒤덮인 산들이 부드러운 활 모양을 이루고 있었는데, 그 위로 구름이 흘러가고, 그곳에 있는 밝은 성들과 농가들은 푄 바람*이 부는 날에나 작고 하얗게 빛나는 모습을 멀리서 드러내었다.

성은 조용히 흐르는 강물 위로 젊은 여인처럼 고고하고 명랑한 모습을 비추었다. 주변의 관상수들은 연푸른 나뭇가지들을 물 속에 드리웠고, 성벽을 따라 하얗게 채색된 놀이용 곤돌라들이 물위에서 흔들거리고 있었다. 이 성채의 밝은 남향에는 사람

---

* 따뜻하고 건조한 바람. 거의 모든 산악 지대의 풍하측 사면을 따라 하강하는 돌풍이다.

이 살고 있지 않았다. 이쪽 방들은 남작 부인이 없어진 뒤로 텅 빈 채였다. 그중 제일 조그만 방에만 시인 플로리베르트가 그전처럼 기거하고 있었다. 성주의 부인이 남편과 성의 명예를 더럽힌 이후, 그 많던 명랑한 시중꾼들도 모두 자취를 감추고, 남아 있는 건 하얀 곤돌라들과 조용한 시인뿐이었다.

그 불행한 일이 일어난 후, 성주는 건물의 뒤편에서 살았다. 이곳의 좁은 정원은 로마 시대부터 텅 빈 채로 서 있는 거대한 탑에 가리어 어두웠다. 성벽은 어둠침침하고 축축했으며, 창들은 좁고 낮았다. 그늘진 정원 바로 곁에는 오래된 단풍나무와 포플러나무와 너도밤나무가 빽빽이 들어찬 어두운 공원이 있었다.

시인은 외로운 가운데 누구의 방해도 받지 않고 남향 방에서 지냈다. 그는 부엌에서 식사를 하였고, 하루 종일 남작을 보지 못할 때가 많았다.

「우리는 이 성에서 그림자처럼 살고 있다네」

언젠가 그를 찾아와 손님을 맞을 줄 모르는 죽음의 저택에서 겨우 하루를 묵고 간 옛 친구에게 시인은 그렇게 말했다. 플로리베르트는 한창 시절에 남작 부인의 사교 모임을 위해 재미난 이야기와 사랑스런 시들을 지어 바쳤었다. 집안의 명랑함이 사라진 뒤에도 그는 스스로 그곳에 남았다. 순수한 성품의 그에겐 저 잣거리에서 빵을 벌기 위해 싸우는 것이 처량한 성안의 고독보다 더 두려웠기 때문이었다. 그는 이미 오래전부터 시를 짓지 않았다. 강물과 노란 갈대밭 위로 서풍이 불어올 때면, 멀리 푸르스름한 산들과 흘러가는 구름떼를 바라보았다. 밤마다 그 오래된 공원에서 키 큰 나무들이 흔들리는 소리를 들으며 오랫동안 시를 생각하였다. 그러나 단 한 줄의 시도 종이 위에 옮길 수가 없었다. 이런 시들 중 하나인 「신의 입김」은 따뜻한 남풍을 다룬 것이었고, 또 하나는 「영혼의 위안」이라 불리었는데, 꽃이 만발한 봄의 들판을 관찰한 것이었다.

플로리베르트는 이 시들을 읊거나 노래할 수가 없었다. 언어를 갖고 있지 않기 때문이었다. 그러나 때때로, 특히 저녁나절에 그는 이 시들을 꿈꾸고 느꼈다. 그 밖에는 대부분 마을에서 하루를 보내며, 금발머리 꼬마들과 함께 놀거나, 귀부인을 대하듯 모자를 벗어보이며 부인과 처녀들을 웃기곤 했다. 그에게 가장 행복한 때는 아그네스 부인을 만나는 날이었다. 아름다운 아그네스 부인, 소녀처럼 조그만 얼굴의 유명한 아그네스 부인을. 그때마다 그는 머리를 깊이 숙여 인사를 했고, 그 아름다운 여인은 고개를 끄덕이며 웃음을 보냈다. 그러곤 그의 당황한 눈동자를 들여다보고 미소를 지으며 여름 햇살처럼 계속 걸어갔다.

아그네스 부인은 성의 황량한 공원 옆 외딴집에 살고 있었다. 그 집은 전에 남작의 시종들이 기거하던 곳이었다. 그녀의 아버지는 산림 감독관이었는데, 무언가 특별한 공을 세워 지금 성주의 아버지로부터 이 집을 선사받은 것이었다. 그녀는 아주 젊어서 결혼했다가, 젊은 과부가 되어 돌아왔다. 이제는 아버지가 돌아가신 후 그 외딴집에서 하녀와 눈먼 숙모님하고만 살고 있었다.

아그네스 부인은 항상 검소하지만 부드러운 색조의 아름다운 새 옷을 입었다. 그녀의 얼굴은 소녀처럼 작고 어려 보였으며, 짙은 갈색의 머리카락을 굵게 땋아서는 예쁜 머리에 휘감고 다녔다. 남작은 부끄러운 짓을 한 부인을 내치기 전부터 아그네스 부인에게 빠져 있었는데, 이제 새로이 그녀를 사랑하였다. 아침마다 숲에서 그녀를 만났고 밤에는 그녀를 배에 태우고 강 건너 갈대 숲의 오두막으로 데려갔다. 일찍 세기 시작한 그의 수염 아래에서 그녀의 소녀 같은 얼굴이 미소 지었고, 그는 사냥꾼처럼 거친 손으로 그녀의 부드러운 손가락을 어루만졌다.

아그네스 부인은 주일마다 교회에 나가 기도하고 거지들을 동냥하였다. 마을의 가난한 노파들에게 신발을 선사하고, 바느질을 도와주거나 손녀들의 머리를 빗겨주었다. 그녀는 들르는 집마다 어린 성녀의 부드러운 광채를 남겨놓았다. 모든 남자들이 그녀를 탐냈다. 그녀의 마음에 들거나 적당한 시간에 마주친 남자는 그녀의 손등이나 입술에 키스할 수 있었다. 일이 잘 진전되는 행운을 얻은 남자는 용기를 내어 밤에 그녀의 집 창문을 기어오르기도 했다.

모든 사람들이 그것을 알고 있었다. 남작까지도. 그렇지만 이 아름다운 부인은 미소를 지으며 어떤 남자의 소망도 허락하지 않을 소녀처럼 천진한 눈빛을 하고 거리를 걸어다녔다. 이따금 새로운 연인이 나타나 도달하기 어려운 아름다움인 양 조심스레 그녀의 사랑을 청했고, 값진 것을 정복했다는, 긍지에 찬 행복감을 만끽하였다. 그러곤 사람들이 그녀를 기꺼이 이해하고 미소를 짓는다는 사실에 놀랐다.

그녀의 집은 어두운 공원의 가장자리에 조용히 서 있었다. 장미넝쿨에 뒤덮인 채 숲속 동화나라의 집처럼 쓸쓸하였다. 그녀는 그 안에서 살았다. 그 안에서 나왔다간 그 안으로 들어갔다.

그녀는 마치 여름날 아침의 장미꽃처럼 싱싱하고 부드러웠다. 어린아이 같은 얼굴엔 순수한 빛이 넘쳤고, 굵게 땋은 머리카락이 왕관처럼 예쁜 머리 위에 얹혀 있었다. 가난한 노파들은 그녀를 축복하면서 손에 입을 맞추었고, 남자들은 깊이 머리를 숙여 인사한 뒤 미소를 지었으며, 아이들은 그녀에게 달려가 떼를 써서는 그녀의 뺨을 쓰다듬도록 허락받았다.

「왜 그런 행동을 하지, 아그네스?」 이따금 남작은 우울한 눈으로 그녀를 바라보면서 위협하듯 물었다.

「당신이 절 소유할 권리라도 가지셨나요?」 그녀는 의아하다는 듯 물으면서, 짙은 갈색 머리카락을 땋아 쪽을 지었다.

그녀를 가장 사랑한 사람은 시인 플로리베르트였다. 그녀를 볼 때마다 그는 심장이 뛰었다. 그녀에 대해 나쁜 소문이 들리면 그는 슬펐고, 그것을 믿지 않았다. 아이들이 그녀에 대해 이야기할 때면, 밝은 얼굴로 마치 노래를 듣듯 이야기에 귀를 기울였다. 그의 환상 중에서 아그네스 부인을 그리워하는 꿈이 가장 아름다웠다. 그럴 때면 그가 사랑하고 있으며 아름답게 보이는 모든 것이 도움을 주었다. 서풍과 멀리 푸른 하늘, 빛나는 봄의 들판이 그녀를 에워쌌고, 그는 공허했던 유년 시절의 그리움을 모두 이 영상 속에 집어넣었다.

어느 초여름 날 저녁, 오랫동안 조용하던 이 죽음의 성에 약간의 새로운 활기가 찾아왔다. 나팔 소리를 요란히 내면서, 마차 한 대가 성안으로 들어와서는 덜커덩 소리를 내면서 멈추어 섰다. 성주의 동생이 시종 하나를 데리고 방문하였던 것이다. 뾰족한 턱수염에 이글대는 군인의 눈을 지닌 크고 잘생긴 사내였다. 그는 흐르는 라인 강에서 수영을 하고, 재미 삼아 은빛 갈매기들을 사냥했다. 가까운 시내에 말을 타고 나가 술에 취해 돌아올 때도 많았다. 이따금 착한 시인을 조롱하거나, 며칠에 한번씩 형과 싸우며 소동을 부렸다. 형에게 오만가지 일을 권할 뿐아니라, 성을 개축하고 새로운 시설을 세우도록 제안하는 등 변화와 개선을 요구했기 때문이었다. 하긴 그럴 만도 했다. 그는 결혼을 잘한 덕분에 부자가 되었는데, 성주인 형은 가난한 가운데 매일을 불행과 분노 속에서 살고 있었으니까.

성을 방문하는 것은 기분 좋은 일이 아니어서, 동생은 이미 첫주부터 후회가 되었다. 그럼에도 불구하고 그는 거기에 머물렀고, 형이 좀 언짢아하든 말든 떠나겠다는 말을 하지 않았다. 그도 아그네스 부인을 보았고, 그녀의 꽁무니를 따라다니기 시작했다.

오래지 않아 부인의 하녀가 낯선 남작이 보낸 새 옷을 입게 되었고, 오래지 않아 공원의 담장 옆에서 그 하녀가 낯선 남작의 시종이 가져온 편지와 꽃을 넘겨받았다. 그리고 다시 며칠 가지 않아 낯선 남작은 여름날 정오에 숲속 오두막에서 아그네스 부인을 만나 그녀의 손과 입술과 하얀 목덜미에 입을 맞추었다. 그러나 마을에서 만나면 그는 승마용 모자를 벗어 인사했고, 그녀는 마치 열일곱 살짜리 소녀처럼 감사함을 표했다.

그러나 불과 몇 시간 후였다. 저녁 시간을 외롭게 보내던 낯선 남작은 조각배 하나가 강을 건너는 것을 보았다. 그 안에는 노를 젓는 남자와 아름다운 여인이 타고 있었다. 저녁의 어스름 때문에 자세히 알 수 없었으나, 호기심에 찬 남작은 며칠 지나지 않아서 궁금했던 것보다 더 확실히 알게 되었다. 낮에 숲속 오두막에서 그의 품에 안겨 키스를 받고 뜨겁게 달아올랐던 여인이 저녁에는 그의 형과 어두운 라인 강을 건너 갈대 숲 저편으로 사라져갔던 것이었다.

동생은 기분이 우울해져서 못된 생각을 품게 되었다. 그는 아그네스 부인을 쾌활하고 헤픈 여자가 아니라 값진 보물을 찾아낸 듯 사랑했기 때문이었다. 키스를 할 때마다 그는 기쁨과 놀라움에 가득 차 아주 순수한 마음으로 사랑을 구했었다. 다른 어떤 여자보다 더 많은 것을 주었고, 그의 젊은 시절을 생각하면서 감사하는 마음으로 부드럽게 그녀를 포옹했었다. 그러한 그녀가 같은 날 밤 그의 형과 어두운 길을 함께 가다니. 그는 수염을 쥐어뜯었다. 성난 두 눈에서는 불길이 활활 타올랐다.

무슨 일이 일어났는지 알지 못한 채 은밀하게 성안을 감도는 열기에도 아랑곳 않고, 시인 플로리베르트는 조용한 나날을 보내고 있었다. 이따금 남작의 동생이 나타나 질책을 하는 것이 달갑지 않았지만, 시인은 전부터 살아온 습관대로 행동하였다. 그는 이 이방인을 피해 하루 종일 마을이나 라인 강변의 어부들 틈에서 지냈고, 저녁에는 훈훈한 향기를 맡으며 환상의 세계로 빠져들곤 했다. 어느 날 아침 그는 정원의 벽 쪽에 첫 티로즈*가 피어나고 있는 것을 발견했다. 지난 3년 동안 여름마다 이 갓 피어난 진귀한 장미꽃을 아그네스 부인의 문지방에 갖다놓았었기에, 시인은 이름 없는 사람의 겸손한 인사를 네번째로 보낼 수

---

* 녹차와 같은 향기가 나는 중국 원산의 장미이다.

있게 된 것을 기뻐하였다.

같은 날 낮에 성주의 동생은 밤나무 숲속에서 그 아름다운 여인과 함께 있었다. 그는 그녀에게 어제와 그제 늦은 저녁에 어디에 있었는지 묻지 않았다. 대신 전율을 느낄 듯한 놀라움을 가지고 그녀의 평온하고 천진난만한 눈동자를 들여다보았다. 그는 떠나기 전에 말했다.

「오늘 저녁 어두워질 때 당신에게 가겠소. 창문을 열어놓아요!」

「오늘은 안 돼요」 그녀는 부드럽게 말했다. 「오늘은 안 돼요」

「하지만 나는 가겠소」

「다른 날 오세요, 네? 오늘은 원하지 않아요」

「오늘 밤 가겠소. 다른 날은 안 돼. 당신이 무얼 원하든 간에」

그녀는 살며시 빠져나와 그곳을 떠났다.

저녁 때 남작의 동생은 강가에 숨어 어두워질 때까지 기다렸다. 그러나 배는 오지 않았다. 그는 애인의 집으로 향했다. 관목 속에 몸을 숨기고, 무릎 위에 엽총을 올려놓았다.

주위는 고요하고 따뜻했으며, 재스민의 향기가 진동했다. 하늘엔 하얀 구름이 흐르는 사이로 작고 흐릿한 별들이 가득하였다. 새 한 마리가 공원 깊숙한 곳에서 홀로 노래하고 있었다.

거의 어두워졌을 때 조용한 발걸음으로 한 남자가 걸어왔다. 집 모퉁이를 돌아 살금살금 다가왔다. 그는 이마를 가릴 정도로 모자를 깊숙이 쓰고 있었다. 무척 어두워서 그럴 필요가 없었는데도 말이다. 오른쪽 손에는 은은히 빛나는 하얀 장미 꽃다발을 들고 있었다. 숨어 있는 자는 날카롭게 주시하면서 총의 공이를 당겼다.

다가온 사람은 여인의 집을 올려다보았다. 집안 어디에도 불빛이 비치고 있지 않았다. 그는 문 쪽으로 다가가 허리를 굽히고는 문의 손잡이에 입을 맞추었다.

이 순간 불길이 번쩍이며 총소리가 울렸고, 그 메아리가 공원 안 쪽까지 은은히 울려 퍼졌다. 장미꽃을 들고 온 사내는 무릎을 꺾으며 자갈밭 위에 뒤로 나동그라졌다. 그리고 누운 채로 약하게 몸을 움찔거렸다.

총을 쏜 사내는 한참 동안 은폐물 속에서 기다렸다. 그러나 아무도 나타나지 않았다. 집안에도 정적이 감돌았다. 그는 조심스레 다가가 총 맞은 사내를 내려다보았다. 머리에 썼던 모자가 땅바닥에 떨어져 있었다. 그것이 시인 플로리베르트라는 것을 알아보고 그는 놀랐다.

「아니, 이자가!」 그는 신음하면서 그곳을 떠났다.

장미꽃들이 땅바닥에 흩어져 있었다. 그중 한 송이는 쓰러진 자가 흘린 피 한가운데 놓여 있었다. 마을에서 시간을 알리는 종소리가 들려왔다. 하늘에는 하얀 구름이 더욱 두껍게 끼었고, 그 속으로 거대한 성탑이 죽은 거인처럼 솟구쳐 서 있었다. 라인 강은 느릿느릿 흐르면서 부드러운 노래를 불렀고, 어두운 공원의 안쪽에서는 외로운 새가 자정이 넘을 때까지 노래를 불렀다.

(1906)

지글러라는 이름의 사나이

옛날 브라우어 거리에 지글러라는 이름의 젊은이가 살고 있었다. 그는 우리가 매일 거리에서 마주치지만 얼굴을 제대로 기억할 수 없는, 그런 종류의 남자였다. 왜냐하면 그런 사람들은 모두 똑같은 얼굴, 즉 공동체적 얼굴을 지니고 있기 때문이다.

지글러는 그런 사람들이 늘 하는 일을 모두 하면서 살았다. 그에겐 재능이 없지 않았지만, 없는 것이나 마찬가지였다. 돈과 쾌락을 좋아하여 멋진 옷을 즐겨 입었지만, 대부분의 사람들처럼 비겁하기도 했다. 그의 삶과 행동은 욕구와 노력보다는 금지, 벌에 대한 두려움 등에 의해 더 좌우되었다. 또한 여러 가지 예의 바른 면모를 지녔고, 자기 자신을 무척 사랑하고 소중하게 여기는, 요컨대 전체적으로 보아 만족스런 보통 사람이었다. 모든 사람들이 그렇듯이, 자신이 어떤 본보기가 될 때는 개성적인 인격체로 처신했고, 모든 사람들처럼 자기 자신, 즉 자신의 운명 속에서 세계의 중심점을 찾았다. 의혹이란 그와 거리가 먼 것이었으며, 어떤 사실들이 그의 세계관에 어긋날 때엔 비난하면서 눈을 감아버렸다.

현대인으로서 그는 돈 이외에도 두번째의 힘, 즉 학문에 대해 무한한 존경심을 갖고 있었다. 학문이 원래 어떤 것인가는 말할 수 없었겠지만, 통계학 또는 세균학 정도로 생각했고, 국가가 학문을 위해 얼마나 많은 돈과 명예를 부여하는지 잘 알고 있었다. 그는 특히 암 연구를 높이 평가했는데, 그 이유는 아버지가 암으로 돌아가셨기 때문이었다. 지글러는 그동안 고도로 발전한 학문 덕분에 자신에게는 그런 일이 일어나지 않으리라 기대하였다.

그는 항상 그해의 유행을 따르면서도 자신의 스타일대로 옷을 입으려는 노력 때문에 겉으로는 멋있어 보였다. 그의 스타일을 지나치게 뛰어넘는, 계절마다 또는 달마다 바뀌는 유행은 당연히 어리석은 흉내라고 경멸하였다. 그는 인격을 중시했고, 안전한 장소에서 자기처럼 인격을 갖춘 사람들과 상관이나 정부를 비방하는 것을 부끄럽게 생각지 않았다.

지글러에 대해 너무 장황하게 이야기를 늘어놓고 있는지 모르겠다. 그러나 사실 지글러는 매력 있는 젊은이였다. 우리는 그에 관해 많은 것을 잃어버렸다. 왜냐하면 그가 많은 계획과 당연시했던 희망과는 반대로 일찍 이상한 최후를 맞이했기 때문이다.

그가 우리 도시로 온 직후, 한번은 유쾌한 일요일을 보내기로 결심했다. 그는 아직 사람들과 제대로 교제를 하지 못했고, 아직 어떤 모임에 들어갈까도 정하지 못하고 있었다. 아마도 이것이 불행이었던 것 같다. 사람이 혼자 있는 것은 좋은 일이 아니다.

그래서 마음속으로 꼽아두었던 도시의 명소를 다녀보기로 했다. 충분히 검토한 끝에 역사 박물관과 동물원을 방문하기로 결정했다. 박물관은 일요일 오전에는 공짜였고, 동물원은 오후에 할인 가격으로 관람할 수 있었다.

일요일에 지글러는 가장 아끼는 새 외출복을 입고 역사박물관으로 갔다. 가느다랗고 우아한 산보용 지팡이를 휴대했는데, 이 래커 칠이 잘된 네모난 지팡이는 그에게 안정감과 동시에 화려함을 주었다. 그러나 몹시 불쾌하게도 전시실 안으로 들어오기 전에 문지기에게 압수당하고 말았다.

천장이 높은 전시실에서는 많은 것을 볼 수 있었다. 이 경건한 관람자는 마음속 깊이 전능한 학문을 칭송했다. 진열창 옆에 붙어 있는 자상한 설명문에서 알 수 있듯이, 여기서도 학문은 공로가 인정될 만한 신뢰성을 보여주었다. 녹슨 열쇠, 녹청색의 깨진 목걸이와 같은 골동품이 설명문에 의하면 놀라운 흥미를 불러일으켰다. 학문이 어떤 것들에 관심을 기울이는가, 알 수 있는 모든 것들을 어떻게 다루고 있는가를 보는 것은 놀라웠다. 그렇다, 틀림없이 학문은 곧 암을 정복할 것이다. 아마 죽음까지도.

두번째 전시실에서 그는 유리 찬장을 발견했는데, 그 유리가 아주 잘 비춰주어서, 잠시 동안 자신의 옷, 머리 모양, 옷깃, 바지의 주름, 그리고 넥타이의 매무새를 조심스럽고 흐뭇한 마음으로 매만질 수 있었다. 즐거운 기분으로 계속 나아가다가 옛 판화가의 작품 몇 점에 주의를 기울였다. 아주 순박하긴 하지만 유용한 것들이군, 하고 그는 호의적으로 생각했다. 또 코끼리 다리가 달린 옛 탁상시계와 시각을 알릴 때 미뉴에트 춤을 추는 작은 인형을 살펴보았다. 그러자 이 일이 조금 지루해지기 시작하였다. 그는 하품을 하면서 자주 회중시계를 꺼내 보았다. 이 묵직한 금시계는 아버지의 유품이었다.

유감스럽게도 점심식사를 하기까지는 아직 시간이 많이 남아 있었다. 그래서 자신의 호기심을 다시 사로잡을 만한 것이 없을까 하고 다른 전시실로 들어갔다. 거기엔 중세의 미신에 관한 물건들, 예컨대 마술 책자, 부적, 마녀의 옷 등이 진열되어 있었다. 한구석에는 대장간의 화덕, 절구, 볼록한 유리그릇, 말린 돼지방광, 풀무 등을 갖춘 연금술 작업장을 완전히 재현해 놓았다. 이 구석은 줄로 막혀 있었고, 〈물건에 손대지 마시오〉라는 팻말도 걸려 있었다. 그러나 사람들은 그런 팻말을 잘 읽지 않는 법이다. 게다가 실내에는 완전히 지글러 혼자뿐이었다.

그는 무심코 줄 위로 팔을 뻗어 우스꽝스러운 물건 몇 개를 만져보았다. 이러한 중세와 그 기이한 미신에 대해서는 이미 듣고 읽은 게 많았다. 그는 이해할 수 없었다. 어떻게 그 당시 사람들은 이렇듯 유치한 물건에 매달릴 수 있었는지, 마녀의 온갖 속임수와 도구들을 금하지 않았는지. 그것에 비하면 연금술엔 변명의 여지가 충분할 것 같다. 바로 거기에서 유용한 화학이 생겨났기 때문이다. 기막힌 일이다. 이 연금술사의 도가니와 어리석은 마술 도구가 없었다면, 오늘날 아스피린도 가스폭탄도 존재하지 못했으리라 생각하니!

그는 생각 없이 조그맣고 까만 구슬 하나를 손에 쥐었다. 무게도 나가지 않고 바싹 마른 것이 무슨 알약 같았다. 그것을 손가락 사이에서 굴리다가 막 제자리에 놓으려고 하는데 뒤에서 발걸음 소리가 들려왔다. 그는 몸을 돌렸다. 관람객 한 사람이 들어왔다. 구슬을 손에 들고 있는 게 지글러에겐 당혹스러웠다. 물론 금지 팻말을 읽었기 때문이었다. 그래서 그는 손을 오그려 주머니에 찔러넣고 밖으로 나갔다.

길 위에서야 비로소 다시 알약 생각이 났다. 그는 그것을 꺼내어 던져버릴까 생각했다. 그러나 우선 코에 대고 냄새를 맡아보았다. 그 물건에서는 연한 송진 냄새가 났다. 냄새에 흥미를 느껴 그는 다시 구슬을 주머니에 집어넣었다.

이제 그는 식당으로 가서 식사를 주문했다. 신문 몇 종을 살펴보다가 자신의 넥타이를 매만졌다. 그는 어떤 옷차림을 했느냐에 따라 어떤 손님은 공경하는 눈으로, 어떤 손님은 깔보는 눈으로 바라보았다. 그러나 식사가 좀 지체되자 지글러는 얼결에 훔쳐온 연금술사의 약을 꺼내어 냄새를 맡았다. 그 다음엔 집게손가락으로 긁어보았다. 결국 어린애같이 순진한 충동에 따라 알약을 입에 갖다 대었다. 그것은 입안에서 재빨리 녹아버렸다. 맛이 그리 나쁘지 않아 그는 맥주를 한 모금 마셔 입가심을 했다. 곧 이어 식사가 나왔다.

2시 정각에 이 젊은이는 전차에서 뛰어내려 동물원 앞마당에 들어섰고, 일요일 표를 구입했다.

다정하게 웃으면서 그는 원숭이 집으로 들어가 커다란 우리 앞에 섰다. 우람한 원숭이 하나가 눈을 깜박이며 기분 좋게 고개를 끄덕였다. 그러곤 깊이 가라앉은 목소리로 말하는 것이었다.

「잘 지내고 있나, 친구?」

이 이상한 일에 현기증이 날 정도로 놀라서 그는 재빨리 등을 돌렸다. 걸어나오는 동안 뒤에서 원숭이가 욕하는 소리가 들려왔다.「저 녀석 여전히 건방지구먼! 발바닥이 평평한 바보!」

급히 지글러는 바다표범 쪽으로 건너갔다. 그것들은 회회낙락 춤을 추면서 외쳤다.「설탕 좀 주게나, 친구!」그가 설탕을 갖고 있지 않자, 바다표범들은 화가 나서 그의 흉내를 내며 거지라고 놀려댔다. 이를 드러내고 그를 향해 으르렁대기까지 했다. 그는 참을 수가 없었다. 놀라고 당황하여 밖으로 도망쳐 나왔다. 보다 상냥한 태도를 기대하면서 사슴과 노루에게로 발길을 돌렸다.

크고 잘생긴 사슴 한 마리가 울타리 가까이 서서 이 방문객을 바라보고 있었다. 지글러는 마음속 깊이 놀랐다. 그 마술의 알약을 삼킨 뒤부터 동물들의 말을 알아들었기 때문이다. 그 큰사슴은 두 개의 커다란 갈색 눈으로 말하고 있었다. 녀석의 고요한 눈빛은 고귀함, 복종, 슬픔을 이야기했고, 구경꾼들에 대해 오만하고 진지한 경멸, 즉 무서운 경멸감을 나타냈다. 이 조용하지만 위엄에 찬 시선에서 지글러는, 모자와 지팡이와 시계를 착용하고 나들이옷을 입은 자신이 실은 쓰레기 같은 존재, 가소롭고 메스꺼운 가축에 지나지 않다는 사실을 읽어내었다.

큰사슴에게서 도망친 후 지글러는 산양, 영양, 라마, 멧돼지, 곰에게 갔다. 이들 모두에게 멸시를 당하지는 않았지만 환영을 받지는 못했다. 그들의 대화에 귀를 기울여, 그것들이 인간에 대해 어떻게 생각하는지 알게 되었다. 인간에 대한 그들의 생각은 끔찍하였다. 요컨대 그것들은, 이 추하고 냄새 나고 품위 없는 두 발 달린 인간이 말쑥한 옷을 차려입고 멋대로 돌아다니는 꼴을 의아하게 여겼다.

지글러는 퓨마가 자기 새끼와 이야기하는 말을 들었다. 그 대화는 사람들에게서는 거의 듣기 어려운, 품위와 실질적인 지혜로 가득 찬 것이었다. 아름다운 표범이 일요일의 관람객 중 무례한 사람에 대해 기품 있는 표현으로 짧지만 의젓하게 말하는 소리를 들었다. 갈색 사자의 눈을 들여다보면서, 우리도 없고 인간도 없는 야생의 세계가 얼마나 넓고 경이로운가를 알았다. 황조롱이가 죽은 나뭇가지 위에 우울하지만 당당한 모습으로 앉아 있었고, 어치들이 새장에 갇힌 신세를 단정하게, 어깨를 으쓱하는 유머를 잃지 않고 이겨내고 있었다.

멍한 상태로, 모든 사고의 습관에서 벗어나 지글러는 다시 의혹의 시선을 인간들에게 던졌다. 그의 고통과 불안을 이해해 줄 눈동자를 찾았다. 무언가 위안이 될 만한 것, 이해해 줄 만한 것, 선의로운 것을 듣기 위해 그들의 대화에 귀를 기울였다. 많은 관람객들의 태도를 유심히 관찰했다. 그들의 어느 구석에서든 품위, 천성, 고귀함, 조용한 우월감을 찾아보기 위하여.

그러나 실망하고 말았다. 그는 목소리와 대화를 들었고, 행동거지와 눈빛을 보았다. 이제 모든 것을 동물의 눈을 통해 바라보았기 때문에 그가 발견한 것은, 이 말쑥하게 차려입은 동물들이 실은 타락하고 위장된 기만의 무리에 다름없다는 사실이었다.

지글러는 스스로에 대한 수치심을 억제하지 못하고, 절망적으로 이리저리 헤매며 다녔다. 네모난 지팡이는 이미 덤불 속에 던져버렸다. 이어서 장갑까지. 그러나 이제 모자를 벗어 던지고, 장화를 벗고, 넥타이를 풀어 헤친 채 울부짖으며 큰사슴 우리의 창살에 몸을 비벼대었다. 결국 그는 많은 사람들이 지켜보는 가운데 붙잡혀 한 정신병원으로 이송되었다.

(1908)

도시

「발전해 가는구나!」

어제 새로 가설된 철로 위로 벌써 두번째 기차가 승객과 석탄, 공구와 식료품을 가득 실은 채 도착했을 때 엔지니어가 내뱉은 말이었다. 드넓은 초원은 황금빛 햇살 속에서 조용히 타올랐고, 숲으로 뒤덮인 높은 산맥은 푸르스름하게 지평선에 걸려 있었다. 들개들과 놀란 초원의 들소들은, 황무지에서 작업이 시작되고 한바탕 소동이 일어나는 것을, 녹색의 대지에 석탄과 재와 종이와 양철의 마을이 생겨나는 것을 지켜보았다.

최초의 대패질 소리가 놀란 대지 사이로 날카롭게 울려 퍼지자, 첫번째 사격 소리가 우레 소리처럼 울리며 산맥 저쪽으로 스러져갔고, 날쌘 망치질 아래 첫번째 모루 소리가 낭랑하게 울려 퍼졌다. 함석집이 한 채 생겨났고, 다음날에는 목조가옥이, 그리고 그 다음에는 매일매일 새로운 집들이 세워졌으며, 곧 돌로 된 집까지 지어졌다.

들개와 들소들은 멀리 사라져버렸다. 이 지역은 사람의 손에 길들여져 비옥하게 되었다. 벌써 이듬해 봄에는 곡식으로 가득 찬 들판에 초록색 물결이 넘실댔다. 농가와 가축우리, 헛간들이 그 위로 솟아올랐으며, 도로가 황무지를 가로지르게 되었다.

역사(驛舍)가 완성되어 낙성식을 했고, 관청과 은행이 생겼다. 불과 몇 달 사이에 근방에 자매 도시들이 형성되었다. 전세계로부터 노동자, 농민, 도시인들이 몰려들었다. 상인과 변호사, 목사와 교사들이 왔으며, 한 개의 학교와 세 개의 교구, 두 개의 신문사가 설립되었다. 서부에서 유전까지 발견되자, 이 새 도시는 엄청난 번영을 누리게 되었다.

일년의 세월이 더 흐르자 벌써 소매치기, 뚜쟁이, 강도, 백화점, 금주연맹, 파리에서 온 재단사, 바이에른식의 맥주홀 등이 생겨났다. 부근 도시들과의 경쟁은 발전 속도를 더욱 부채질했다. 이제는 선거 유세에서 동맹파업에 이르기까지, 영화관에서 심령술사 연합에 이르기까지 없는 게 없었다. 프랑스산 포도주, 노르웨이산 청어, 이탈리아산 소시지, 영국제 양복지, 러시아산 캐비어 등 무엇이든 구할 수 있었다. 이류 가수, 무희 그리고 음악가들이 이곳으로 연주 여행을 오기에 이르렀다.

그러자 서서히 문화가 형성되었다. 처음에는 근원지에 불과하던 도시가 이제는 하나의 고향이 되기 시작한 것이었다. 이곳에서는 인사하는 방식이나 만났을 때 고개를 끄덕이는 방식도 다른 도시와는 좀 차이가 있었다. 도시를 건설하는 데 참여했던 남자들은 존경과 호평을 받았다. 그들에게서는 고상한 기품 같은 것이 풍겼다. 젊은 세대가 자라자 1세대에게는 이 도시가 벌써 오래된, 거의 영원으로부터 이어져온 고향으로 여겨졌다. 여기서 첫번째 망치 소리가 울리고 첫번째 미사가 거행되고 첫번째 신문이 인쇄되던 사건은 어느덧 아득한 과거 속에 묻혀 하나의 역사가 되어버린 것이다.

이 도시는 이웃 도시들의 중심 역할을 담당하게 되었고, 방대한 지역의 수도로 승격되었다. 잿더미와 웅덩이 옆에 판자와 골함석을 얽어 만든 이전의 집들이 당당한 모습의 관청과 은행, 극장과 교회들로 바뀌어 즐비하게 늘어섰다. 학생들은 느긋한 걸음으로 학교와 도서관으로 향했다. 구급차는 조용히 병원으로 달려갔고, 국회의원의 차들은 인사받느라 바빴다. 돌과 철근으로 된 스무 개의 거대한 학교 건물에서는 해마다 돌아오는 이 유명한 도시의 창설 기념일을 노래와 연설로 축하하곤 했다.

옛날의 초원은 전답과 공장과 마을로 뒤덮였다. 스무 개의 철도 노선이 이곳을 관통하였으며, 산악철도가 깊은 골짜기까지 뻗어 나갔다. 부자들은 그 골짜기나 멀리 바닷가에 여름 별장을 세웠다.

그러나 백여 년이 지난 후 지진이 일어나 이 도시는 구석구석까지 철저하게 붕괴되었다. 그래서 새로이 도시가 건설되었는데, 모든 목조건물은 석조건물로, 작은 것은 크게, 좁은 곳은 넓게 바뀌었다. 역사는 이 나라에서 가장 컸고, 증권거래소는 전세계에서 가장 컸다. 건축가와 예술가들은 다시 젊어진 도시를 공공건물, 공원, 분수, 기념비 등으로 장식하였다.

새로운 한 세기가 흘러가면서 이 도시는 전국에서 가장 아름답고 부유한 관광 명소가 되는 영예를 누렸다. 외국 도시의 정치가, 건축가, 기술자, 시장 등이 이 유명한 도시의 건축물, 상수도 시설, 행정 체제 및 기타 시설을 관찰하기 위하여 여행을 왔다. 이 무렵 세계에서 가장 크고 훌륭한 건물 중의 하나인 새 시청의 건축이 시작되었다. 신생 도시의 부와 자만심이 가득했던 이 시기가 일반적인 취미와 건축 기술, 그리고 무엇보다도 조각술의 발전과 만나게 되었을 때, 급속도로 성장하는 이 도시는 대담하면서도 쾌적한, 경이적인 작품이 되었다. 건축물이 모두 고상한 은회색의 돌로 이루어진 도심지를 멋진 공원 시설물들이 초록색 띠처럼 에워쌌다. 이 원형 지역 저편으로는 양쪽에 집들이 늘어선 길들이 멀리 교외와 시골까지 확장되어 나갔다.

수백 개의 전시실, 마당, 화랑이 있는 거대한 박물관은 방문객들의 감탄을 자아내었다. 거기에는 초창기부터 최근까지의 발전상을 보여주는 도시의 역사가 묘사되어 있었다. 이 건물에서 제일 규모가 큰 앞뜰에는 초창기의 궁색한 거주지와 골목, 그리고 생활 시설이 들어서기 전 옛 초원의 모습이 그대로 복원되어 있었다. 청소년들은 그곳을 거닐면서 천막과 판잣집이 늘어서고 선로가 개설되던 시대의 울퉁불퉁한 좁은 길로부터 장관을 이루는 대도시의 도로에 이르기까지, 그들 역사의 변천 과정을 관찰했다. 그리고 거기서 선생님들의 안내와 가르침을 받으면서 어떻게 조야한 것으로부터 세련된 것이, 동물로부터 인간이, 야만인으로부터 교양인이, 궁핍으로부터 풍요가, 자연으로부터 문화가 생겨났는지 하는 놀라운 발전과 진보의 법칙을 이해하였다.

이어지는 한 세기의 세월 동안 이 도시는 영광의 절정에 도달했다. 하층 계급의 유혈혁명이 성공할 때까지 사치스런 풍요 속에서 급속도로 발전하고 성장했다. 폭도들이 몇 마일 떨어진 거대한 석유공장 여러 곳에 방화를 자행한 후, 공장과 농장, 마을을 포함한 그 지방의 광범위한 구역이 불타 황폐해졌다. 여러 차례의 대량 학살과 공포에 찬 사건을 겪으면서도 도시는 그것을 극복해 냈다. 평온을 되찾은 몇십 년 동안 서서히 회복되어 갔다. 그러나 이전의 활기찬 생활과 건설의 열기를 되찾는 것은 불가능했다.

이 도시가 재난의 나날을 보내고 있는 동안, 바다 건너 먼 나라가 급속히 번창했다. 그 나라는 앞으로도 충분히 캐낼 수 있는 무진장한 지하자원을 가지고 곡물과 철과 은, 그 밖의 다른 보화들을 생산해 냈다. 그 새로운 나라는 옛날 나라에서 남는 노동력을 강력하게 끌어갔다. 거기서는 도시들이 단번에 신속하게 지어졌다. 숲은 사라지고 폭포는 수력 발전에 이용되었다.

이전의 아름다웠던 도시는 차츰 황폐해지기 시작했다. 이제 더 이상 세계의 심장이나 두뇌가 아니었고, 여러 나라의 시장이나 증권거래소도 아니었다. 그저 생계나 유지하면서 새로운 시대의 소음 속에서 완전히 퇴색하지 않은 것으로 만족해야 했다. 한가한 일손은 먼 세계로 떠나지 않는 한 건설할 것도 정복할 것도 없었고, 장사해서 돈을 벌 일 같은 것은 더더욱 없었다. 그 대신에 이제는 낡아버린 문화의 기반 속에서 정신적인 생활이 싹트게 되었다. 학자와 예술가, 화가와 시인들이 이 조용해진 도시에서 배출되었다. 새로운 땅에 최초의 집들을 지었던 개척

자들의 후예는 고요한 미소를 지으며 때늦은 정신적 향유를 꽃 피우는 가운데 남은 나날을 보냈다. 그들은 풍화된 동상과 초록색 이끼가 낀 정원의 우수에 찬 화려함을 화폭에 담아냈다. 섬세한 시행 속에 옛 영웅적인 시대의 요란함이나 또는 낡은 궁전에서 사는 지친 사람들의 조용한 꿈을 노래했다. 그리하여 이 도시는 다시 한번 전세계에 명성을 떨치게 되었다.

전쟁이 바깥 세계의 여러 민족들에게 충격을 주든, 다른 민족들이 위대한 과업에 몰두하든 개의치 않은 채, 여기서는 말없는 은거 속에 평화를 누리며 가라앉은 시대의 빛을 조용히 반추할 뿐이었다. 꽃 핀 나뭇가지가 고요한 거리 위로 늘어지고, 한적한 광장을 건너 거대한 건물의 퇴색한 전면은 꿈꾸는 듯 보였으며, 이끼로 뒤덮인 분수대 위로는 나직한 음악 소리에 실려 물줄기가 춤추듯 흘러내렸다.

수세기에 걸친 오랜 역사를 지닌 꿈의 도시는 새로운 세계에 신성하고도 사랑받는 장소가 되었다. 시인과 연인들이 다투어 찾아와 찬양의 노래를 불렀다. 그러나 사람들은 점점 더 다른 대륙으로 몰려갔다. 도시에 남은 오랜 원주민 가계의 자손들도 대가 끊기거나 몰락하기 시작했다. 마지막 정신적인 번영도 오래전에 그 목표를 달성한 터였고, 이제는 삭아서 문드러진 천 조각 같은 모습만 남았을 뿐이었다. 인근의 더 작은 도시들은 완전히 사라져버려 말없는 폐허 더미가 된 지 오래였다. 가끔씩 집시나 도망쳐 온 범죄자들이 머무는 곳이 되는 정도였다.

그다지 큰 피해를 입지 않았던 지진이 한 차례 지나간 후, 도시를 관통하는 강물의 흐름이 바뀌어 황폐해진 지역의 일부는 늪으로, 다른 곳은 메마른 땅이 되어버렸다. 오래된 돌다리와 농가들이 남아 있던 산으로부터 옛날 숲이 차츰 아래로 내려왔다. 숲은 황폐하게 버려진 넓은 벌판을 조금씩 자신의 푸른 영역 안으로 끌어들였다. 이곳에서는 속삭이는 푸른 나무들이 늪을 뒤덮고, 저곳에서는 싱싱하고 강인한 침엽수가 자갈밭을 뒤덮었다.

마침내 이 도시에는 한 사람의 시민도 살지 않게 되었다. 거친 불량배들만이 비스듬하게 내려앉은 옛 궁성 안에 거처를 마련하고, 옛날의 정원이나 거리에서 비쩍 마른 염소를 길렀다. 이 마지막 주민들조차 점차로 질병과 무지로 죽어갔고, 온 산하가 늪지로 된 후 열병이 창궐하여 폐허가 되어버리고 말았다.

한때 번영기의 자부심이었던 시청 건물의 유적이 여전히 당당하게 높이 서 있어 여러 나라 언어의 노래로 불려졌다. 마찬가지로 오래전에 도시가 퇴락하고 문화도 타락해 버린 이웃 도시 주민들에게 수많은 전설을 제공하는 근원지가 되었다. 아이들에게 들려주는 이야기나 우울한 목동의 노래 속에서 왜곡되고 일그러진 모습으로 이 도시의 이름과 옛날의 화려함이 유령처럼 불쑥불쑥 나타나곤 했다. 지금 한창 번영을 누리고 있는 먼 나라의 학자들이 때때로 이 폐허의 유적지로 위험한 탐사 여행을 왔으며, 학생들은 이 유적지의 비밀에 대해 호기심 가득 찬 논쟁을 벌이곤 했다. 순금으로 만든 성문과 보석으로 뒤덮인 묘비가 있다느니, 그 지역의 사나운 유목민들은 아주 먼 옛날부터 전해져 내려오는 천년 묵은 마법을 아직도 지니고 있다느니 하는 이야기들을 가지고.

그러나 숲이 산으로부터 평지로 뻗쳐 내려왔다. 호수와 강들
이 생겨났다가는 사라졌다. 숲은 자꾸 퍼져나가 서서히 온 땅
을, 오래된 길가의 담과 궁전과 사원, 박물관의 유적을 뒤덮어
버렸다. 사람 대신 여우와 담비, 늑대와 곰이 이 황무지에 서식
했다.

무너진 궁성들 가운데 이제는 돌멩이 하나 남아 있지 않은 곳
이 있었는데, 그 위로 어린 소나무 한 그루가 서 있었다. 이 소나
무는 불과 일년 전 넓게 퍼져나가는 숲의 가장 끝자락에 자리 잡
고 있던 것이었다. 그런데 어느새 다시 어린 나무들을 멀리 내려
다보게 되었다.

「발전해 가는구나!」

이 나무 줄기를 쪼고 있던 딱따구리 한 마리가 이렇게 외치고
는 커져가는 숲과 장엄한 녹색으로 변모해 가는 땅을 만족스럽
게 바라보았다.

(1910)

크닐게 박사의 최후

　김나지움* 교사였던 크닐게 씨는 일찍이 정년퇴직해서 개인적인 철학 연구에 몰두하던 인물이었다. 호흡 곤란과 류머티즘 증세 때문에 일찍이 채식주의 단식 코스에 참여하지 않았더라면, 그는 분명 채식주의자가 되거나 채식주의와 관계를 맺는 일 따위는 없었을 것이다.

　채식의 효과는 탁월한 것이어서, 이 재야 학자는 그때부터 해마다 몇 달씩 어느곳이든지 간에, 주로 남쪽 지방의 채식주의자 전문 요양소나 숙박 시설에 머무르곤 했다. 그래서 이례적이고 특별한 일이라면 질색을 하는 성품에도 불구하고, 자신에게 맞지 않는 단체나 개인과 교분을 맺기에 이르렀다. 고향에서는 그런 사람들이 어쩌다 방문하는 것조차 좋아하지 않았는데 말이다.

---

8) 독일의 국립중등학교.

몇 년 동안 크뇔게 박사는 봄이나 초여름, 혹은 가을을 남프랑스 해안이나 마기오레 호수 근처의 채식주의자 숙소를 전전하며 보냈다. 거기서 그는 다양한 사람들을 알게 되었고, 많은 일에 익숙해졌다. 맨발로 다니는 사람, 장발족, 광적인 금식가, 채식주의자들이 있었는데, 그중에서도 그는 채식주의자들을 많이 사귀었다. 지병 때문에 점점 더 기름진 음식을 즐기지 못하게 된 박사는 채소와 과일에 의존하는 소박한 미식가가 되었다. 그러나 꽃상추 샐러드에만 만족하지는 않았다. 이탈리아산 대신 캘리포니아산 오렌지를 먹는 일 또한 없었다. 그는 채식주의에 그다지 큰 관심을 두지 않았다. 그것은 그에게 치료 방책에 불과했다. 그는 기껏해야 이 분야의 흥미 있는 신조어에 관심을 갖는 정도였다. 이 분야는 어문학자인 그의 주목을 끌 만했다. 채식가, 채식주의자, 식물성 애호가, 생식주의자, 과일편식가, 혼합미식가 등 희한한 용어가 난무했다!

그 자신은 과일이나 날것뿐 아니라 익힌 채소라든가 우유와 계란으로 만든 음식도 먹었기 때문에 전문가의 언어 관용에 따라 혼합미식가로 분류되었다. 진짜 채식주의자, 특히 엄격한 관습을 지닌 생식주의자들이 이런 부류의 사람을 딱 질색으로 여긴다는 것을 알지 못했던 것은 아니었다. 그렇지만 이러한 위인들이 광신적으로 신봉하는 논쟁에 휩쓸리는 것을 피했다. 많은 동료들, 특히 오스트리아 사람들은 명함에 적힌 그들의 신분을 자랑하려 했던 반면, 그는 자기가 혼합미식가에 속한다는 사실을 단지 행동을 통해서만 드러낼 뿐이었다.

앞에서 말했듯이, 크뇔게는 그런 자들과 맞지 않았다. 그는 이미 평화롭고 혈색 좋은 얼굴과 떡 벌어진 체격을 가지고 있어서, 대부분의 금욕주의자들처럼 수척해 보이는, 환상적 분위기의 옷차림을 즐기는 순수 채식주의자들과 전혀 다르게 보였다. 많은 사람들은 긴 머리카락을 어깨 위까지 드리우고, 각자의 특별한 이상에 대한 광신자, 신봉자, 순교자로서의 삶을 살아갔다. 크뇔게는 어문학자이며 애국자였다. 자신의 인류애 사상이나 사회적 개혁 이념을 동료 채식주의자들의 특별한 생활 방식과 분리해 생각하지 않았다. 그의 외양이 그렇게 보였으므로, 로카르노의 정거장이나 팔란자 항구에 도착하면 세계적인 호텔의 종업원들(평소에는 멀리서도 양배추 신봉자 티를 내는)이 확신에 차서 자기들의 음식점을 추천하곤 했는데, 이 점잖아 보이는 남자가 타리지아나 세레스의 종업원, 혹은 몬테 베리타의 마부에게 트렁크를 넘겨주는 것을 보고 놀라곤 했다.

그럼에도 불구하고 시간이 지남에 따라 낯선 환경이 아주 마음에 들었다. 그는 낙천주의자였다. 처세에 능한 사람이라고도 할 만했다. 점차로 그곳을 찾는 모든 국적의 채식주의자들, 특히 프랑스인들 중에서 평화를 사랑하는 혈색 좋은 친구들을 많이 만나게 되었다. 그런 사람들 곁에서는 유쾌한 담소를 나누면서 여린 샐러드나 복숭아를 방해받지 않고 먹을 수 있었다. 그럴 경우에는 엄격한 법칙을 주장하는 광신자가 이것저것 섞인 그의 혼합미식을 비난하거나, 혹은 생쌀을 씹어대는 불교도가 종교적 차이를 비난하는 일도 없었다.

그러다가 크뇔게 박사는 처음엔 신문을 통해, 나중엔 그가 알고 있던 사람들의 모임을 통해 국제 채식주의자 단체가 거대한 조직으로 결성되었다는 소식을 접하게 되었다. 이 단체는 소아시아의 방대한 지역을 확보하고, 전세계에 흩어져 있는 모든 형제들을 아주 적당한 가격으로 초청하여 거기서 지속적으로 머무를 수 있도록 주선해 준다는 것이었다. 그것은 독일, 네덜란드, 그리고 오스트리아의 채식주의자들의 계획으로, 일종의 채식주의를 위한 시오니즘이었다. 즉 그들이 믿고 있는 것을 지지하고 신봉하는 자들에게 세계 어느곳엔가 독자적인 관할 구역, 즉 자신들만의 나라를 갖게 해주려는 시도였다. 자연 조건이 그들의 이상적 삶을 가능하게 해줄 그런 곳이었다. 그러한 노력의 시작이 바로 소아시아에서의 창설 운동이었다. 그들의 성명은 〈채식주의적인 생활 방식, 나체 문화와 자연식을 통해 생활 개혁을 하고 있는 모든 친구들〉에게로 전달되었다. 너무나 많은 것을 약속하고 그럴 듯해 보였기 때문에, 크닐게 역시 동경을 불러일으키는 낙원의 부름에 저항할 수가 없었다. 그래서 돌아오는 가을에 그곳을 방문하겠다는 의사 표시를 하기에 이르렀다.

그 나라는 놀랄 만큼 부드러운 과일과 채소를 풍성하게 조달한다는 것이었다. 커다란 중앙본부의 주방은 『낙원으로 가는 길들』의 저자에 의해 관리되거니와, 거기라면 많은 사람들이 세인들의 악의적인 조롱을 받는 일 없이 전혀 방해받지 않고 유쾌하게 살 수 있으리라는 거였다. 모든 종류의 채식주의와 의복 개혁이 허용되고, 고기와 알코올을 즐기는 것 외에는 다른 어떤 금지도 없을 것이다.

그러자 전세계의 별종들이 이곳으로 모여들었다. 일부는 거기 소아시아에서 마침내 그들의 천성에 맞는 생활을 영위하며 안식과 쾌적함을 얻기 위해, 일부는 병을 치료하려고 몰려드는 자들로부터 이익을 취하고 돈을 벌기 위해 왔다. 모든 종파의 목사, 거짓 힌두교도, 심령술자, 외국어 교사, 안마사, 자력 치료사, 기도 치료사들도 왔다. 그러나 기인들로 이루어진 이 작은 민족은 사기꾼이나 사악한 인간들이라기보다는 악의 없는 거짓말쟁이들의 조그만 집합체였다고 할 수 있었다. 왜냐하면 거기서 무슨 대단한 이익을 얻을 수 있는 것도 아니었고, 대부분의 사람들은 그저 생계를 유지할 만큼의 돈을 벌려고 하는 정도에 불과했기 때문이었다. 이 비용이라는 것도 남쪽 나라 채식주의자들에게는 매우 저렴한 수준이었다.

유럽과 아메리카 대륙을 떠나온 채식주의자들 대부분은 유일한 악덕으로 일 기피증을 갖고 있었다. 그들은 돈과 향락, 권력과 즐거움을 원치 않았다. 그들이 바라는 것은 무엇보다 일 따위의 짐스러운 부담 없이 검소한 삶을 영위하는 것이었다. 그들 중 많은 사람들은 유복한 동료들 집에서 신세를 지거나, 설교하는 예언자 또는 돌팔이 의사 행세를 하면서 도보로 온 유럽을 여러 차례 횡단하였다. 크널게가 퀴지아나에 도착했을 때, 라이프치히에서 이따금 소탈한 거지 차림으로 그를 방문했던 많은 옛 지기들을 만날 수 있었다.

우선 눈에 띄는 사람들은 모든 채식주의자 캠프에서 온 대가들과 영웅들이었다. 햇빛에 갈색으로 그을린 남자들이 길게 물결 치는 머리칼과 수염을 하고 구약성서에 나오는 두건 달린 외투를 입고 샌들을 신은 채 걸어다녔다. 어떤 사람들은 밝은 색 아마포로 된 스포츠 옷을 입고 있었다. 그룹이라든가 심지어 체계화된 협회까지 결성되어, 어떤 곳에서는 과일만 먹고 사는 사람들끼리 모여 만났고, 어떤 곳에서는 금욕주의적으로 굶주린 사람들이, 또 어떤 곳에서는 접신론자(接神論者)들이나 빛 숭배자들끼리 모여 회합을 가졌다. 미국의 예언가 데이비스의 숭배자들이 사원을 세웠고, 신(新) 스베덴보리주의자*들이 예배를 드리기 위해 홀을 사용하기도 했다.

이렇듯 대단한 혼잡 속에서 크뇔게 박사가 처음에는 편견을 가진 것도 사실이었다. 그는 바덴의 전직 교사였던 클라우버의 강연을 들었는데, 그 사람은 순 알레만어로 세계 여러 민족들에게 아틀란티스 대륙의 동향에 대해 강연하던 인물이었다. 또한 원래 이름이 베포 히나리였으며 수십 년 세월의 노력 끝에 심장 박동 수를 임의로 삼분의 일 가량 줄일 수 있었던 요기 비스히난다를 경이로운 눈으로 바라보기도 했다.

상업적, 정치적 삶이 판치던 유럽에서 이 집단은 정신병원이나 환상적 코미디 같은 인상을 주었을 것이다. 여기 이 소아시아에서는 그 모든 것이 상당히 합리적이고, 도대체 불가능해 보이는 것이 없었다. 때때로 막 도착한 무리들이 평소에 마음으로 그리던 꿈이 실현된 데 대한 황홀감으로 손에 꽃을 들고 돌아다니면서 만나는 사람마다 화해의 입맞춤을 보냈다. 유령같이 빛나는 얼굴에 밝은 기쁨의 눈물을 머금은 채로.

그중 가장 눈에 띄는 그룹은 순수한 과일만 먹을 것을 주장하는 자들의 모임이었다. 그들은 사원과 집과 온갖 종류의 조직을

---

* 스베덴보리(Emanuel Swedenborg, 1688-1772)는 스웨덴의 과학자, 그리스도교 신비주의자, 철학자, 신학자이다.

포기했으며, 그들의 표현대로 〈땅에 더 가까이 근접하기 위해〉 점점 더 자연화하려는 시도만 하였다. 그들은 노천에 거주하면서 나무나 관목에서 딸 수 있는 것 외에는 아무것도 먹지 않았다. 다른 채식주의자들을 지나치게 경멸했으며, 그들 중 어떤 이는 크닐게 박사에게, 쌀과 빵을 먹는 것은 고기를 먹는 것과 똑같이 불결한 일이라고 거침없이 말할 정도였다. 그리고 소위 채식주의자를 자처하면서 우유를 마시는 자는 술꾼이나 진배없는 존재라고 주장했다.

이렇게 과일만 먹을 것을 주장하는 사람들 중에 존경할 만한 형제가 요나스였다. 그는 이 유파 안에서 가장 철저하고 성공적인 대표자였다. 허리에 천을 걸쳤지만, 털이 난 갈색 몸과 거의 구분되지 않을 정도였다. 그는 작은 숲에 살면서 나뭇가지 사이를 능숙하고 민첩하게 움직이며 다녔다. 놀랍게도 엄지손가락과 발가락은 퇴화되었다. 요컨대 그의 모든 존재와 삶은 사람이 생각할 수 있는 가장 끈기 있고 기묘한 방식으로 자연으로 귀화하는 모습을 보여주었다. 몇몇은 그를 고릴라라고 조롱하기까지 했다. 그러나 요나스는 전 지역에서 일어나는 그러한 경탄과 존경을 즐기는 듯하였다.

이 위대한 생식주의자는 언어 사용을 포기했다. 형제나 자매들이 그가 살고 있는 숲의 가장자리에서 이야기를 나누고 있을라치면, 그는 때때로 그들 머리 위 나뭇가지에 앉아 쾌활하게 히죽거리거나 그들을 비난하듯이 웃어댔다. 한마디도 하지 않고 몸짓으로, 그의 언어가 틀림없는 자연어이며 후에는 모든 채식주의자와 자연인 세계에서 통용되는 언어가 될 것임을 암시하였다. 가장 가까운 친구들은 날마다 그의 곁에 머물러 열매를 씹거나 호두 껍질 까는 기술을 만끽하였고, 그렇게 점점 완성되어 가는 자연인의 모습을 외경심에 가득 차 바라보았다. 그렇지만 그를 곧 잃게 되지나 않을까 하는 걱정도 없지 않았다. 그가 머지않아 자연과 완전히 하나가 되어, 고향으로 여기는 산간 지방의 황야 속으로 되돌아갈 것 같았기 때문이었다.

몇몇 몽상가들이, 생의 순환을 완성하고 인간이 되는 시발점을 되찾게 해준 이 경이로운 존재에게, 신에게나 어울릴 법한 명예를 줄 것을 제안했다. 그들은 어느 날 동틀 무렵, 이런 의도로 숲을 찾아 노래를 부르며 그들의 의식을 시작하였다. 그러나 축하를 받아야 할 자는 평소에 늘 앉아 있던 큰 가지 위로 나타나 조롱하듯 허리에 감고 있던 천을 풀어 허공에 흔들면서 자신의 숭배자들에게 솔방울을 마구 집어던졌다.

완성된 인간인 요나스, 이 고릴라에게 우리의 크뇔게 박사는 마음속 가장 깊숙한 곳으로부터 혐오감을 느꼈다. 말은 하지 않았지만 채식주의의 본질과 세계관이 지나치게 광적인 것에 매번 거부감을 가졌거니와, 이제 그 모든 것이 이 인물의 모습 속에 끔찍한 형태로 드러나서는 중용의 길을 걷는 자신의 채식주의까지 날카롭게 비웃는 것 같았다. 그러자 이 소박한 비전문가의 가슴속에는 병적이다 싶게 인간 존엄성에 대한 생각이 끓어올랐다. 자신과 다른 견해를 지닌 많은 사람들에 대해 그렇게 태연하게 인내하며 견디어냈던 그도 그 완전한 자가 거주하는 곳을 지나갈 때마다 그에 대한 증오와 분노를 느낄 수밖에 없었다. 그리고 나뭇가지 위에 앉아 온갖 종류의 동료, 신봉자, 비평가들을 무심하게 바라보던 이 고릴라에게도 그 남자에 대한 동물적인 증오가 점점 증대되었다. 이 고릴라 역시 본능적인 감각으로 크뇔게의 증오심을 감지했던 것이다. 박사는 지나칠 때마다 비난에 가득 찬 모욕적인 시선으로 나무 위에 거주하는 자를 쳐다보았으며, 그 시선에 대해 고릴라는 화가 잔뜩 나 이빨을 드러내 보이며 식식거렸다.

크뇔게는 다음달 이 지방을 떠나 고향으로 돌아가기로 결심했다. 그런데 보름달이 휘영청 밝은 어느 날 밤이었다. 무심히 거닐던 크뇔게는 자신의 의사와는 상관없이 근처의 그 숲으로 이끌리게 되었다. 그는 우수에 잠겨 육식을 하는 평범한 사람으로 건강하게 살았던 지난 시절을 생각하였다. 아름다웠던 시절을 회상하면서 그는 자기도 모르게 학생들이 부르는 옛 노래 한 곡을 휘파람으로 불기 시작했다.

그때 우지끈 쿵쾅 소리를 내며 덤불로부터 갑자기 그 고릴라가 나타났다. 휘파람 소리에 흥분하여 사나워진 것이었다. 그는 투박한 몽둥이를 휘두르며 위협하듯이 산보객 앞을 막아 섰다. 깜짝 놀란 박사는 우선 기분이 상하고 화가 났다. 도망갈 생각보다는 그의 적과 대결할 시간이 왔다는 느낌이 들기까지 했다. 화가 나 견딜 수 없었지만, 입에는 미소를 지으며 몸을 굽혀 인사를 했다. 그러곤, 할 수 있는 최대의 경멸과 모욕에 가득 찬 어조로 말했다.

「절 소개해도 될까요? 크뇔게 박사라고 합니다만」

그러자 고릴라는 분노에 찬 외마디 소리를 지르며 몽둥이를 내던지고는 그 연약한 자에게 덤벼들어 순식간에 무시무시한 손

으로 목을 졸랐다.

그의 시체는 다음날 아침에 발견되었다. 많은 사람들이 어떻게 된 일인지 추측할 수 있었지만, 아무도 나뭇가지에 앉아 태연하게 호두 껍질을 벗기고 있는 그 원숭이에게 감히 어떤 조치를 취할 엄두를 내지 못했다. 이 이방인이 그곳 낙원에 머무는 동안 사귀었던 몇 안 되는 친구들이 그를 근처에 묻고 무덤 앞에 조그만 판자 하나를 세워주었다. 거기에 적힌 비명(碑銘)은 간단했다.

〈독일 출신 혼합미식가 크뇔게 박사 여기 잠들다.〉

(1910)

아름다운 꿈

김나지움 학생이었던 마르틴 하버란트가 열일곱 나이에 폐렴으로 죽자, 누구나 그에 관해 이야기했고 그의 많은 재주를 아까워했다. 그런 재능을 가지고 성공해서 돈을 벌기도 전에 죽어버린 것을 매우 불행한 일로 여겼다.

그 잘생기고 재주 있는 젊은이의 죽음에 나 또한 가슴이 아팠던 게 사실이다. 이 세상에는 얼마나 엄청난 인재들이 존재하기에 자연은 이렇듯 쉽사리 내칠 수 있단 말인가! 그러나 우리가 인재에 대해 어떻게 생각하든 자연은 개의치 않는다. 그 인재라는 것도 사실 너무 많아서 우리 예술가들은 곧 동료들만 갖게 될뿐, 관중은 더 이상 생기지 않을지도 모르니까 말이다.

그러나 나는, 이 젊은이가 죽음 때문에 손해를 본 양, 그리고 그에게 주어진 최고, 최선의 것이 무참히 빼앗긴 양 애석해할 수는 없다.

행복하고 건강하게 십칠 년을 살았고 좋은 부모를 가졌던 사람이라면, 그는 분명 여러 면에서 삶의 제법 아름다운 부분을 경험했을 것이다. 비록 그의 생이 그렇게 일찍 끝나버리고 큰 고통이나 격렬한 체험, 거친 삶의 폭이 부족해서 베토벤의 교향곡은 되지 못하였다 할지라도 하이든의 실내악 소곡은 될 수 있었을 것이다. 그것도 못 되는 사람들의 삶이 얼마든지 많은데 말이다.

하버란트의 경우라면 내 생각에 확신이 든다. 그 젊은이는 실제로 그가 체험할 수 있었던 가장 아름다운 것을 경험했다. 천상의 음악 몇 소절까지 음미한 터이니, 그의 죽음은 필연적인 것이었다. 더 이상 어떤 삶도 그에게 불협화음 외에는 줄 수 없었을 것이기 때문이다. 그 학생이 단지 꿈속에서만 행복을 체험하였다는 것은 물론 그 행복이 약화된 것을 의미하지는 않는다. 대다수의 사람들이 그들의 꿈을 삶보다도 훨씬 더 격렬하게 체험하기 때문이다.

병이 난 지 이틀째 날, 즉 그가 죽기 사흘 전에 하버란트는 이미 시작된 고열에 시달리면서 다음과 같은 꿈을 꾸었다.

아버지가 그의 어깨에 손을 얹고 말했다.

「네가 이제 이 집에서는 더 이상 배울 게 없다는 것을 잘 알고 있단다. 너는 위대하고 선량한 남자가 되어야 해. 그리고 둥지와 같은 이 집에서 얻을 수 없는 특별한 행복을 누려야 한다. 명심하거라. 너는 우선 인식의 산에 올라야 한다. 그런 다음 행동에 옮겨라. 그러면 사랑을 얻고 행복해질 수 있을 게다」

아버지가 마지막 말을 하는 동안 그의 수염은 더 길어지고 눈은 더 커져서 일순간 백발이 성성한 왕처럼 보였다. 아버지는 아들의 이마에 키스를 하고 떠날 것을 명령했다. 아들은 궁전에서 나오는 것처럼 길고 아름다운 계단을 걸어 내려왔다. 그가 길을 가로질러 걸어 나가 막 그 작은 도시를 떠나려 했을 때, 어머니가 다가와 그를 불렀다.

「마르틴, 떠나면서 작별 인사도 안하는 거니?」

그는 깜짝 놀라 어머니를 쳐다보았고, 그녀가 이미 오래전에 돌아가신 줄 알았다는 말을 하기가 부끄러워졌다. 왜냐하면 어머니는 살아서 그의 앞에 서 있었다. 어머니는 그가 기억하고 있던 것보다 더 아름답고 젊었다. 거의 소녀 같은 모습이었다. 그래서 어머니가 자기에게 키스했을 때 얼굴이 빨개져 그 키스에 답할 엄두도 내지 못했다. 어머니는 밝고 푸른 시선으로 그의 눈을 들여다보았다. 그 시선은 한 줄기 빛처럼 그의 안으로 옮겨왔다. 그가 당황하여 급히 자리를 떠나려 하자, 그녀는 그에게 고개를 끄덕여주었다.

도시 앞에서 그는 물푸레나무 가로수 길이 있는 국도와 골짜기 대신 항구가 놓여 있는 것을 보았지만 놀라지 않았다. 그 항구에는 그가 좋아하는 클로드 로랭*의 그림에서처럼 연갈색의 돛을 단 고풍스러운 범선 한 척이 황금빛 하늘에 닿을 듯이 솟아 있었다. 그 배는 곧 인식의 산을 향해 항해를 시작했다.

그러나 그 배와 하늘은 어느 결에 다시 시야에서 사라졌고, 잠시 후 하버란트는 국도를 따라 정처 없이 걷고 있는 자신을 발견

---

* 프랑스의 화가(1600-1682). 자연을 실제보다 더 아름답고 조화로운 모습으로 이상화한 풍경화로 유명하다.

했다. 벌써 집에서 많이 멀어져 있었다. 그는 멀리 저녁 노을에 싸여 있는 산을 향해 걸어갔다. 그러나 아무리 걸어도 가까워지는 것 같지 않았다. 다행히도 그의 곁에 자이들러 교수가 함께 가고 있었다. 교수는 그에게 아버지처럼 말했다.

「여기서는 절대탈격* 외에 다른 어떤 구조도 적당하지 않다네. 그것을 이용해야만 자네는 사물 속의 매체**에 도달할 수 있지」

그는 곧 그 말에 따랐다. 그러자 그에게 절대탈격이 떠올랐다. 그것은 어느 정도 그 자신과 세계의 모든 과거를 내포했다. 어떤 과거든 철저하게 버리게 해서 모든 것이 현재와 미래로 가득 차 빛나게 되었다. 그러다가 그는 갑자기 산 위에 서게 되었다. 그의 곁에는 자이들러 교수도 있었다. 교수가 갑자기 말을 놓아, 하버란트 역시 친근한 호칭을 썼다. 교수는 자신이 원래 그의 아버지라고 털어놓았다. 그 말을 하는 동안 점점 아버지와 닮은 모습이 되었다. 아버지에 대한 사랑과 학문에 대한 애착이 하버란트의 마음속에서 하나가 되었다. 둘은 더 강해지고 더 아름다워졌다. 그가 곰곰 생각에 잠겨 어렴풋이 느끼는 경이로움에 에워싸여 앉아 있는 동안, 아버지가 곁에서 이렇게 말했다.

「자, 이제 주위를 둘러봐라!」

그러자 주변이 이루 형용할 수 없이 투명해졌다. 이 세상의 모든 것이 최상의 질서를 이루면서 명료해졌다. 어머니가 왜 돌아가셨는지, 그런데도 어째서 아직 살아 있는지를 확실히 알았다.

---

* 라틴어 〈Ablativus absolutus〉의 번역이다.
** 라틴어 〈medias in res〉의 번역이다.

인간들이 외모나 습관, 그리고 언어는 그렇게 다를지라도 하나의 본질에서 나왔으며 가까운 형제라는 것을 마음속 깊이 깨달았다. 곤궁과 괴로움과 추함이 아주 불가피하게 신에 의해 의도되었다는 것, 그것들이 아름답고 밝게 되어 큰소리로 세계의 질서와 기쁨에 대해 말하고 있다는 것도 깨달았다. 이제 인식의 산에 올라 현명해졌다는 사실이 분명해지기 전에, 그는 하나의 행위를 하도록 부름 받은 것을 느꼈다. 2년 전부터 상이한 부름들에 대해 언제나 생각해 왔으며 결코 하나를 선택하지는 않았지만, 이제 자신이 건축 기술자였다는 사실이 아주 정확하고 확고해졌다. 그것을 알고 거기에 대해 조금의 의심도 갖지 않는다는 것은 멋진 일이었다.

곧 거기에 흰색과 회색빛이 도는 돌이 놓여졌다. 들보가 놓여지고 기계들이 세워졌다. 많은 사람들이 주위에 둘러서 있었으나 무엇을 해야 할지 모르고 있었다. 그러나 그는 손짓으로 지시하고 설명하고 명령하였다. 설계도를 손에 들고 있었으므로 눈짓하고 암시하기만 하면 되었다. 그러면 사람들이 달려와서 합당한 작업을 할 수 있게 되어 행복해했다. 돌을 들어올리고 손수레를 밀고 기둥을 일으켜 세웠으며 통나무에는 끌질을 했다. 모든 사람의 손과 눈에는 건축 기술자의 의지가 작용하고 있었다. 집이 생겨나 커다란 궁전이 되었다. 합각머리의 삼각 벽과 현관과 앞뜰과 아치형의 창문을 지닌 이 궁전은 아주 자연스럽고도 단순하며 기쁨을 주는 아름다움을 보여주었다. 분명 괴로움과 곤경, 불만과 혐오를 이 땅에서 사라지게 하려면 이런 건물을 몇 채 더 지을 필요가 있었다.

집짓기를 마치자 마르틴은 잠이 왔고, 더 이상 모든 것에 주의를 기울이지 못했다. 어떤 음악 소리와 축제 때 같은 소란이 그의 주변에서 들려왔다. 그는 진지함과 기묘한 만족감으로 깊고 기분 좋은 피로감에 빠져들었다. 다시 어머니가 나타나 그의 손을 잡았을 때에야 비로소 그의 의식이 피로감에서 벗어났다. 어머니가 이제 그와 함께 사랑의 나라로 가려 한다는 것을 알았다. 그는 기대에 가득 차서 조용해졌다. 이 여행에서 경험하고 행했던 모든 일을 그는 잊어버렸다. 인식의 산과 그 궁전으로부터 나온 밝음만이, 그리고 근원 깊숙이까지 정화된 양심만이 그에게 빛을 발했다.

어머니는 미소를 지으며 그의 손을 잡고 산 아래쪽 저녁의 풍경 속으로 걸어 들어갔다. 어머니의 옷은 푸른색이었다. 어머니는 유쾌하게 걸어가면서 그의 시야에서 사라졌다. 어머니의 푸른 옷은 멀고 깊은 골짜기의 깊은 푸르름이었다. 이 사실을 확인하자 어머니가 실제로 그의 곁에 있었는지 아닌지 결코 알 수가 없었다. 슬픔이 그를 엄습해 왔다. 그는 초원에 주저앉아 울기 시작했다. 고통 없이, 마치 그가 전에 무언가를 만들어내려는 충동으로 건축을 하고 피로감 속에서 안식을 취했던 것처럼 몸을 던져 진지하게. 눈물을 흘리며 그는 이제 인간이 체험할 수 있는 가장 달콤한 것과 마주하리라는 것을 느꼈다. 그것에 대해 심사숙고하려 했다면, 그것이 사랑이라는 것을 알았을 것이다. 그러나 그는 제대로 상상할 수가 없었다. 사랑은 죽음과도 같은 것이라고, 그것은 더 이상 아무것도 뒤따를 수 없는 하나의 실현이며 저녁이라고 느끼는 것으로 끝을 맺었다.

그가 그것을 끝까지 생각하기도 전에 다시금 모든 것이 달라졌다. 저 아래 푸른 골짜기에서 훌륭한 음악이 은은하게 연주되었다. 그때 초원을 지나 슈타트슐트하이센의 딸인 보슬러 양이 왔다. 그는 갑자기 자기가 그녀를 사랑한다는 것을 알았다. 그녀의 얼굴은 변함없었지만, 그리스 여자처럼 아주 단순하고 우아한 옷을 입고 있었다. 그러나 그녀가 거기 나타나자마자 밤이 되었다. 크고 밝은 별들로 가득 찬 하늘만이 보일 뿐이었다.

그 소녀는 마르틴 앞에 서서 미소를 지었다.

「이제 온 거니?」 그녀는 마치 그를 기다렸던 것처럼 다정하게 말했다.

「그래」 그는 대답했다. 「어머니가 내게 길을 가르쳐주셨어. 이제야 모든 것을 완성했단다. 내가 지어야 했던 큰 집도 한 채 지었지. 네가 거기서 살아야 해」

그녀는 미소만 지을 뿐이었다. 거의 어머니처럼 보였다. 어른처럼 생각에 잠긴 듯, 그리고 다소 슬퍼 보였다.

「이제 나는 뭘 해야 하지?」 마르틴은 물으면서 소녀의 어깨에 손을 얹었다. 그녀는 앞으로 몸을 굽혀 다소 놀랄 정도로 가까운 곳에서 그의 눈을 들여다보았다. 이제 그는 그녀의 커다랗고 고요한 눈 밖에 볼 수가 없었다. 저 너머 황금빛 안개 속에는 무수한 별들이 반짝이고 있었다. 그의 심장은 격렬하게 뛰었고 아파왔다.

그 아름다운 소녀는 자신의 입을 마르틴의 입술에 포갰다. 그러자 그의 존재가 다 녹아버리고, 모든 의지가 그에게서 비껴가 버렸다. 저 위 푸른 어둠 속에서 별들이 조용히 노래하기 시작했다. 인간이 경험할 수 있는 사랑과 죽음과 가장 달콤한 것을 맛보고 있다고 느끼는 지금, 그는 주변 세계가 부드러운 윤무(輪舞) 속에서 울리며 움직이는 소리를 들었다. 입술을 소녀의 입술에서 떼지 않은 채, 그리고 이 세상에서 그 어떤 것도 더 이상 원하지 않고 욕망하지 않은 채, 그는 자신과 그녀와 모든 것이 이 윤무 속에 들어가 있는 것을 느꼈다. 그는 눈을 감았고 부드러운 현기증을 느끼며 울리고 있는, 영원히 결정되어 있던 거리를 따라 날아갔다. 그곳에서는 어떤 인식도, 행위도, 어떤 무상한 것도 더 이상 그를 기다리지 않았다.

(1911)

피리의 꿈

「자, 이걸 받아라」아버지는 이렇게 말하면서 상아로 만든 작은 피리를 내게 넘겨주었다. 「먼 타향에서 너의 연주로 사람들을 기쁘게 할 때면 부디 이 늙은 아비를 잊지 말아다오. 이제는 너도 세상을 직접 보고 뭔가를 배워야 할 때가 온 것 같다. 네가 다른 일은 하지 않고 언제나 노래 부르는 것만 좋아했기에 이 피리를 만들게 했단다. 언제나 아름답고 사랑스러운 곡만 연주하도록 해라. 그렇지 않으면 신이 네게 주신 재능이 아깝게 될 것이다」

나의 사랑하는 아버지는 음악에 대해 아는 것이 별로 없었다. 그저 학자일 뿐이었다. 아버지는 내가 좋은 피리만을 불어야 하고, 그러면 모든 것이 잘되리라고 생각하였다. 나는 아버지의 그런 믿음을 깨뜨리고 싶지 않았다. 그저 감사하고 피리를 주머니에 찔러 넣은 후 작별을 고했다.

우리 마을의 골짜기에 대해 내가 알고 있는 것이라면 커다란 물방앗간까지가 전부였다. 그러니까 세계는 그 뒤에서 시작되는 것이었다. 그 사실이 내게는 유쾌했다. 날다가 지친 꿀벌 한 마리가 내 옷소매에 앉았다. 나는 이후에 처음 휴식하게 될 때 고향에 안부를 전할 심부름꾼으로 삼을 양으로 그 녀석을 데리고 갔다.

숲과 초원이 내 길을 동행해 주었고, 시내도 나와 함께 힘차게 흘렀다. 세상은 고향과 별다를 게 없어 보였다. 나무와 꽃, 곡식의 이삭과 개암나무 숲이 내게 말을 걸어오면 그들의 노래를 함께 불렀고, 그들도 고향에서처럼 나를 이해해 주었다. 그 노랫소리에 나의 꿀벌도 잠에서 깨어났다. 천천히 내 어깨 위까지 기더니 공중으로 날아올랐다. 은은하고 달콤한 붕붕 소리를 내며 내 주위를 두 바퀴 돌다가 곧장 고향 쪽으로 날아가 버렸다.

그때 숲으로부터 한 소녀가 걸어 나왔다. 그녀는 팔에 바구니를 끼고 금발머리 위로 챙 넓은 밀짚모자를 쓰고 있었다.

「안녕하세요?」 나는 그녀에게 말을 걸었다. 「아가씨는 어디로 가세요?」

「벌초하는 사람들에게 음식을 가져가야 해요」 그녀는 말하면서 내게 가까이 왔다. 「그런데 당신은 어디로 가는 길이죠?」

「세상으로요. 아버지가 그러라고 하셨어요. 우리 아버지는 사람들에게 피리를 불어주라고 하셨지만 아직 잘 불지는 못해요. 더 배워야지요」

「그래요. 그럼 뭘 잘하시는데요? 뭔가는 잘할 줄 알아야 하는데」

「특별히 잘하는 건 없어요. 노래는 부를 줄 알죠」

「무슨 노래요?」

「아침과 저녁에 대한 노래, 모든 나무와 짐승과 꽃들에 대한 노래지요. 예를 들어 지금은 숲에서 나와 벌초하는 사람들에게 음식을 날라다 주는 소녀에 대해 노래할 수 있답니다」

「그래요? 그럼 한번 해보세요!」

「좋아요, 그런데 이름이 뭐죠?」

「브리기테라고 해요」

그래서 나는 밀짚모자를 쓴 예쁜 브리기테에 대한 노래를 불렀다. 그리고 그녀가 바구니에 가지고 있는 것, 꽃들이 그녀를 배웅하는 모습과 푸른 서양메꽃이 정원 울타리에서 그녀에게 손 내미는 모습, 그런 것들에 대해 노래했다.

그녀는 진지하게 귀를 기울여 듣다가 좋은 노래라고 말했다. 배가 고프다고 하니까 바구니 뚜껑을 열고 빵 한 조각을 꺼내주었다. 내가 빵을 씹으면서 열심히 걸어가자 그녀가 말했다.

「뛰어가면서 음식 먹는 거 아니에요. 먹고 나서 가세요」

그래서 우리는 풀밭에 앉았다. 나는 빵을 먹었고, 그녀는 햇볕에 그을린 갈색 손을 무릎에 얹고 나를 바라보았다.

「다른 노래를 하나 더 불러주시겠어요?」 내가 다 먹었을 때, 그녀가 말했다.

「기꺼이 그렇게 하지요. 뭘 부를까요?」

「애인이 달아나버려 슬퍼하고 있는 소녀의 노래요」

「안 돼요. 그럴 순 없어요. 나는 그게 어떤 건지 몰라요. 그리고 그렇게 슬퍼해선 안 되지요. 아버지가 말씀하신 대로 점잖고 사랑스런 노래만 불러야 해요. 뻐꾸기나 나비에 대한 노래를 불러 드리지요」

「그렇다면 당신은 사랑에 대해서는 아무것도 모르시나요?」 그녀가 물었다.

「사랑이오? 오, 물론 세상에서 가장 아름다운 것이지요」

나는 곧 빨간 양귀비꽃을 사랑하는 태양이, 양귀비와 함께 놀며 기쁨에 차 있는 모습을 노래했다. 그리고 수컷 피리새를 기다리다가 막상 수놈이 오자 놀라 달아나버리는 암컷 피리새에 대해서도 노래했다. 계속해서 갈색 눈을 가진 소녀와, 그리로 와서 노래를 불러주고 답례로 빵을 선물로 받은 청년에 대해서도 노래를 불렀다. 그러나 이제 그는 더 이상 빵을 원하지 않는다, 처녀의 키스를 원하며, 그녀의 갈색 눈동자를 들여다보고 싶어한다, 그녀가 미소를 띠고 입술로 그의 입을 봉해버릴 때까지 쉬지 않고 노래한다, 그런 내용의 노래였다.

그러자 브리기테는 몸을 굽혀 그녀의 입술로 내 입을 막아버렸다. 나는 눈을 떴다 감았다 하면서, 금빛 나는 갈색 별들을 들여다보았다. 그 속에는 나와 하얀 들꽃 몇 송이가 비치고 있었다.

「세상은 정말 아름다워요」 나는 말했다. 「아버지 말씀이 옳았어요. 이제 음식 나르는 일을 도와드릴게요. 당신 가족이 있는 곳으로 갑시다」

나는 그녀의 바구니를 받아 들고 함께 걸어갔다. 그녀와 나의 발걸음 소리가 함께 울렸다. 그녀와 나의 기쁨이 하나로 어우러졌다. 숲은 산 쪽에서 아름답고 시원하게 속삭이고 있었다. 나는 이렇게 즐겁게 걸어본 적이 없었다. 생기가 넘치고 가슴이 벅차 더 이상 노래할 수 없을 때까지 계속 노래를 불렀다. 골짜기와 산에서, 풀잎과 나뭇잎에서, 개울과 숲속에서 참으로 많은 것들이 살랑살랑 소리를 내며 이야기를 했다.

그때 나는 이렇게 생각할 수밖에 없었다. 이 세계의 수많은 노래를, 그러니까 풀과 꽃과 인간과 구름, 활엽수와 침엽수, 모든 동물, 먼 바다와 산, 그리고 별과 달에 대한 모든 노래를 동시에 이해하고 노래 부를 수 있다면, 나는 신이 되고, 새로운 노래 하나 하나는 별이 되어 하늘에서 빛날 것이라고.

조용히 그런 생각에 잠겨 있자니 기이한 기분이 들었다. 아직 그런 생각을 해본 적이 없기 때문이었다. 그러자 브리기테가 걸음을 멈추고 내가 들고 있던 바구니를 잡았다.

「이제 나는 저쪽으로 올라가야 해요. 저 위쪽에 가족이 있어요. 그런데 당신은 어디로 가지요? 함께 가시겠어요?」

「아뇨, 같이 갈 수는 없어요. 나는 세상으로 가야 해요. 빵 고마웠어요, 브리기테, 키스도요. 당신을 기억할게요」

그녀는 음식이 든 바구니를 들었다. 갈색 그늘 속에 있는 그녀의 눈이 바구니 너머로 다시 한번 나를 향했다. 그녀의 입술이 내 입술에 닿았다. 그녀의 키스는 너무나 달콤하고 사랑스러웠다. 너무 행복한 나머지 거의 슬픈 느낌이 들려고 했다. 그래서 재빨리 작별을 고하고 서둘러 길을 떠났다.

소녀는 천천히 산을 올라갔다. 숲 근처에 늘어져 있는 너도밤나무 아래 멈추어 서서는 아래쪽의 나를 바라보았다. 나는 손짓을 하면서 머리 위로 모자를 흔들어 보였다. 그녀는 다시 한번 고개를 끄덕이고 나서 그림처럼 조용히 너도밤나무 그늘 속으로 사라져버렸다.

나는 조용히 나의 길을 걸어갔다. 길이 모퉁이에서 구부러질 때까지 생각에 잠겼다.

거기에는 물방앗간이 서 있었다. 그 근처 강 위에는 배가 한 척 떠 있었다. 그 배 안에는 한 남자가 앉아 있었는데, 보아하니 나를 기다리는 것 같았다. 나는 모자를 벗어 인사를 하고는 그의 배 위에 올랐다. 배는 곧 움직이기 시작하더니, 강물을 따라 내리 달렸다. 나는 배 한가운데 앉았다. 그 남자는 뒤쪽에 앉아 키를 잡고 있었다. 내가 어디로 가느냐고 묻자, 그는 시선을 들어 베일에 가려진 듯한 회색빛 눈으로 나를 바라보았다.

「자네가 가고 싶은 대로」 그는 나지막한 음성으로 말했다. 「강을 따라 바다로 내려가거나, 큰 도시로 가거나, 자네 좋을 대로. 모든 게 다 내 것이니까」

「모든 게 당신 것이라고요? 그렇다면 당신은 왕인가요?」

「그럴지도 모르지」 그는 말했다. 「자네는 시인 같아 보이는군? 그렇다면 내게 여행길 노래나 한 곡 불러주게」

나는 생각을 가다듬었다. 이 근엄한 늙은 남자 앞에서 괜히 불안해졌다. 우리를 태운 배는 강물 위를 빠르게, 소리 없이 헤엄쳐 내려갔다. 나는 강물에 대해 노래했다. 배를 띄우며 햇빛을 반사하고 강기슭 바위 곁으로 소리 높여 흐르다가 기쁘게 자신의 방랑을 마치는 강물에 대해.

그 남자의 얼굴엔 움직임이 없었다. 내가 노래를 마치자 마치 꿈꾸는 사람처럼 조용히 고개를 끄덕였다. 그리고 놀랍게도 그 자신이 노래를 부르기 시작했다. 그 역시 강물과 골짜기 사이를 흐르는 강물의 여행에 대해 노래했다. 그의 노래는 나의 노래보다 더 아름답고 힘이 있었다. 그러나 전혀 다른 가락을 띠고 있었다.

그가 노래한 강물은 좌충우돌하는 파괴자가 되어 산으로부터 흘러 내려왔다. 어둡고도 거칠게. 그것은 물레방아에 걸려 삐걱거리며 돌았다. 다리에 이르러서는 극도로 긴장하였고, 자신이 날라야 하는 모든 배들을 미워했다. 파도와 긴 초록색 물풀 속에서 미소를 지으며 익사자들의 하얀 몸을 흔들었다.

이 모든 것이 내 마음에 들지는 않았다. 그러나 그 음조가 너무도 아름답고 신비에 가득 차 있었다. 나는 완전히 정신이 혼란에 빠진 채 가슴이 답답해져 침묵했다. 이 기품 있고 현명한 늙은 가수가 나지막한 목소리로 노래한 것이 맞다면, 나의 노래는 전부 어리석은 것이며 단순한 어린애 장난에 불과했다. 그렇다면 세상은 근본적으로 신의 마음처럼 선하고 밝은 것이 아니라 어둡고 괴롭고 사악하고 음울한 것이었다. 숲이 살랑거리는 것도 즐거워서가 아니라 고통 때문에 그런 것이었다.

우리는 계속해서 나아갔다. 그림자가 더욱 길어졌다. 내가 노래를 시작할 때마다 음조의 빛이 약화되고 목소리는 낮아졌다. 그때마다 낯선 가수는 내게 노래로 응답했다. 세상을 더욱 이해할 수 없게 하고 고통스럽게 하며 나를 더욱 당황하게 하고 슬프게 하는 노래로.

내 영혼은 비탄에 잠겼다. 시골에, 꽃들 곁에, 혹은 아름다운 브리기테 곁에 머무르지 못한 것이 후회되었다. 짙어가는 어스름 속에서 마음을 달래보려고, 다시 큰소리로 노래를 불렀다.
붉게 타는 저녁노을 사이로 브리기테와 그녀의 입맞춤에 대한
노래를.

땅거미가 지기 시작했다. 내가 입을 다물어버리자 키를 잡고
있던 남자가 노래했다. 그 역시 사랑과 사랑의 기쁨, 갈색과 푸
른 눈동자, 붉고 촉촉한 입술에 대해 노래했다. 어두운 강물 위
로 비통하게 부르는 그의 노래는 아름답고 감동적이었다. 그의
노래 속에서는 사랑까지도 우울하고 불안해졌다. 인간으로 하여
금 고뇌와 그리움 속에서 갈피를 잃고 상처를 입은 채 방황하게
하고, 그리하여 서로 괴롭히고 죽이는 치명적인 비밀로 변해버
리는 것이었다.

귀를 기울이고 있노라니 내가 벌써 몇 년 동안이나 떠돌아다
니며 곤경과 불행만을 겪어온 것처럼 피곤하고 슬퍼졌다. 그 낯
선 남자로부터는 줄곧 슬픔과 불안의 강물이 조용하고 서늘하게
흘러나와 내 마음속으로 스며드는 것 같았다.

「그러면 최고로 아름다운 게 삶이 아니라 죽음이군요」 마침내
나는 비통하게 외쳤다. 「그렇다면 슬픈 왕이여, 제발 내게 죽음
의 노래를 불러주세요!」

키를 잡고 있던 남자는 이제 죽음에 대해 노래하기 시작했다.
그는 이전보다 더 아름답게 노래했다. 그러나 죽음 역시 최고로
아름다운 것은 아니었다. 거기에도 위안은 없었다. 죽음은 삶이
었고, 삶은 죽음이었다. 그 둘은 영원하고 격렬한 사랑의 투쟁
속에 서로 얽혀 있었다. 그리고 이 사랑의 투쟁이 궁극적인 것이
며 세계의 의미였다. 거기에서 모든 불행까지도 찬미할 수 있는

헛된 환상이 나왔고, 모든 기쁨과 아름다움을 흐리게 하며 어둠으로 에워싸는 그림자가 나왔던 것이다. 그러나 그 어둠 속에서 기쁨은 더욱 은밀하고 아름답게 불타올랐다. 그러한 밤 속에서 사랑은 더욱 깊이 달아올랐다.

귀를 기울이면서 나는 완전히 침묵에 빠졌다. 나의 내부에서 작용하는 것은 낯선 남자의 의지뿐이었다. 그의 시선이 내게 머물렀다. 일종의 서글픈 호의를 담은 조용한 시선이었다. 그의 회색빛 눈동자 속에는 세계의 고뇌와 아름다움이 가득했다. 그는 내게 미소를 보냈다. 나는 마음을 다잡고 힘들게 간청했다.

「아, 이제 그만 돌아가요! 이런 어둠 속에서는 불안해요. 브리기테를 볼 수 있는 곳이나 고향의 아버지 곁으로 돌아가고 싶어요」

그 남자는 일어서서 어둠 속을 가리켰다. 등불이 수척하면서도 단호한 그의 얼굴을 밝게 비쳤다.

「돌아가는 길은 없다네」 그는 엄숙하면서도 친절하게 말했다. 「세상의 근본을 탐구하려면 언제나 앞으로 나아가야 하는 거야. 그 갈색 눈동자의 소녀에게서 자네는 이미 가장 좋은 것, 가장 아름다운 것을 가져버렸어. 멀리 떨어질수록, 그 소녀는 더욱 귀하고 아름다워질 걸세. 어디로든 자네가 가고 싶은 대로 배를 몰고 가보게. 내 조정석을 자네에게 양보하겠네」

나는 몹시 슬펐지만 그가 옳았다는 것을 알았다. 나는 깊은 향수에 잠겨 브리기테와 고향, 그리고 얼마 전까지만 해도 가까이 있어 밝게 빛나고 내 것이었으나, 이제는 잃어버린 모든 것을 생각했다. 그러나 이제 나는 그 낯선 사람의 자리에 앉아 키를 잡으려 했다. 그래야 했다.

나는 말없이 일어나 조종석으로 갔고, 그는 말없이 내게 다가왔다. 우리가 나란히 서 있게 되자 그는 내 얼굴을 뚫어지게 바라보고는 내게 등불을 건네주었다.

그러나 키 앞에 앉아 옆에 등불을 세워놓고 보니 배에는 나 혼자 뿐이었다. 그 사실을 깨닫고 나는 깊은 전율에 몸을 떨었다. 그 남자는 사라져버린 것이었다. 그러나 나는 놀라지 않았다. 이미 예감한 것이기 때문이었다. 아름다운 방랑의 날과 브리기테와 아버지와 고향이 한낱 꿈에 지나지 않는 것처럼 보였다. 나는 늙고 슬픔에 잠긴 채 줄곧 이 밤의 강물을 저어온 것처럼 생각되었다.

나는 그 남자를 부를 필요가 없다는 것을 깨달았다. 진리의 깨달음이 서리가 내리듯 나의 가슴속에 밀려들었다.

나는 이미 예감하고 있던 사실을 확인하기 위해 물위로 몸을 내밀고 등불을 들어올렸다. 그러자 어두운 수면에서 잿빛 눈을 가진, 날카롭고도 진지한 얼굴이 나를 마주보고 있었다. 그것은 늙고, 모든 것을 잘 알고 있는 얼굴, 즉 바로 나 자신이었다.

거기에는 되돌아갈 길이 없었다. 나는 어두운 수면 위로 밤을 뚫고 계속 나아갔다.

(1913)

아우구스투스

모스타커 거리에 한 젊은 부인이 살고 있었다. 그녀는 불행히도 결혼식이 끝난 지 얼마 안 되어 남편을 여의고 말았다. 이제 그녀는 작은 방에서 가난하고 외롭게 살아가면서 아버지 없이 태어날 아이를 기다렸다. 완전히 혼자였기 때문에, 그녀의 생각은 언제나 태어날 아이에게만 쏠려 있었다. 아이에 대해 생각하고 바라고 꿈꾸는 일 말고 그녀에게 아름답고 멋지고 부러워할 만한 일은 아무것도 없었다. 거울 같은 유리창에 정원 분수가 있는 돌로 된 집이 아이에게 아주 잘 어울릴 것 같았다. 아이의 미래에 관해 말하자면, 최소한 교수나 왕은 되어야 했다.

이 가엾은 엘리자베트 부인의 옆집에 한 노인이 살고 있었다. 그가 외출하는 모습은 보기 드물었다. 이따금 외출할 때면 이 작은 키의 백발 노인은 조그만 술이 달린 모자를 쓰고 물고기 뼈로 살을 해 단 구식의 초록색 우산을 들고 다녔다. 아이들은 그를 무서워했다. 어른들은 그 노인이 그렇게 사람들과 접촉을 끊고 살아가는 데에는 이유가 있을 거라고 생각했다. 그는 오랫동안 아무에게도 눈에 띄지 않았지만, 때때로 저녁이면 그 허물어져 가는 작은 집에서 여러 개의 작은 악기로 연주하는 듯 은은한 음악이 들려오곤 했다. 그러면 그곳을 지나가던 아이들이 엄마에게 묻곤 했다.

「저 속에서 천사나 요정이 노래하나 봐요?」

아무것도 모르는 엄마들은 이렇게 대답하기 십상이었다.

「아니, 아니야. 저건 분명 음악상자에서 흘러나오는 소리일 게다」

이웃들에게 빈스방거 씨라고 불리는 이 작은 남자는 엘리자베트 부인과 특이한 우정을 나누고 있었다. 서로 말을 걸지는 않았지만, 조그만 체구의 빈스방거 노인은 옆집 부인의 창가를 지나칠 때마다 더할 나위 없이 다정한 인사를 보냈다. 그녀 역시 감사하는 마음으로 답례했으며, 그를 좋은 분이라고 생각했다. 그러면서 두 사람은 각자, 만약에 언젠가 자기에게 몹시 힘든 일이 생기면 분명 옆집으로 가서 도움을 구하리라 생각했다. 날이 어두워질 무렵 엘리자베트 부인이 홀로 창가에 앉아 죽은 남편을 그리워하며 슬픔에 잠겨 있거나 작은 아기에 대해 생각하며 꿈속을 헤맬 때면, 빈스방거 씨는 조용히 여닫이 창문을 열었다. 그러면 그의 어두운 방에서 마치 구름 사이의 달빛처럼 나지막하고 청아한, 위로하는 듯한 음악이 흘러나왔다. 이 이웃의 뒤뜰로 향한 창문 쪽에는 오래된 제라늄 몇 그루가 서 있었다. 주인이 물 주는 것을 잊어버리는데도 언제나 푸르고 꽃이 가득 피어 있었으며 시든 잎 하나도 보이지 않았다. 매일 아침 일찍 엘리자베트 부인이 물을 주고 돌보아주기 때문이었다.

가을 무렵 바람이 불고 비가 오는 악천후의 어느 날 저녁이었다. 모스타커 거리에 아무도 지나는 사람이 없을 때 이 가엾은 부인은 때가 되었음을 알았다. 그녀는 완전히 혼자였기 때문에 두려움에 휩싸였다. 그러나 어두움이 깃들 무렵 한 늙은 부인이 등잔을 들고 집으로 들어왔다. 그리고 물을 끓이고 아마포를 준비하는 등 아이 받을 준비를 완벽하게 해놓았다. 엘리자베트 부인은 모든 것을 말없이 내맡겼다. 아이가 세상에 태어나 부드러운 새 기저귀를 차고 포근히 지상에서의 첫 잠을 자기 시작했을 때 늙은 부인에게 어떻게 왔는지를 물었다.

「빈스방거 씨가 보내서 왔다우」노파는 대답했다. 피곤한 부인은 잠이 들었다. 아침에 깨어났을 때 따뜻한 우유가 그녀를 위해 준비되어 있었다. 방안의 모든 것이 깨끗하게 정리되어 있었으며, 곁에는 조그만 아들아이가 배가 고파 울고 있었다. 노파는 가고 없었다. 어머니는 아기를 가슴에 안았다. 아기가 무척 예쁘고 건강하여 기뻤다. 그녀는 아기를 볼 수 없는 남편을 생각하며 눈물을 흘렸다. 그러나 그 조그만 유복자를 꼭 껴안자 다시 미소가 피어올랐다. 그런 뒤 아기와 다시 잠이 들었다. 깨어났을 때에는 우유와 수프가 준비되어 있었으며, 아기는 새 기저귀를 차고 있었다.

곧 어머니는 건강하게 회복되어 어린 아우구스투스를 직접 돌볼 수 있게 되었다. 그러자, 아들이 세례를 받아야 하는데 대부가 없다는 데 생각이 미쳤다. 어둠이 깔리는 저녁 무렵 다시 달콤한 음악이 흘러나왔을 때, 그녀는 이웃 빈스방거 씨 집으로 건너갔다. 그녀가 머뭇거리며 어두운 문을 노크하자 갑자기 음악이 멈추었다. 그리고 노인이 나오면서 다정스레 말했다.

「어서 들어오세요!」

방에는 조그맣고 오래된 탁상등이 켜 있고 그 앞에 책이 한 권 놓여 있었다. 모든 것이 다른 집과 다를 바가 없었다.

「제가 온 것은요」 하고 엘리자베트 부인은 입을 열었다. 「좋은 아주머니를 보내주신 데 대한 감사를 드리려고요. 제가 다시 일을 해서 돈을 좀 벌게 되면 꼭 갚아드리겠습니다. 하지만 지금은 다른 걱정이 있답니다. 아이가 세례를 받아야 하고 아버지 이름을 따서 아우구스투스라고 부르려 하는데 대부 노릇을 해줄 사람이 없어요」

「예, 저도 그 생각을 했습니다」 이웃집 노인은 이렇게 말하면서 회색 턱수염을 쓸어 내렸다. 「사는 게 어려울 때 아이를 돌봐줄 수 있는 선량하고 부유한 대부가 있으면 다행이지요. 그러나 저는 늙고 외로운 사람일 뿐이고 제게는 친구도 별로 없습니다. 제가 대부가 되는 것을 원하시지 않는다면 달리 추천해 줄 사람이 없군요」

그 말을 듣자 가련한 어머니는 기뻐했다. 그 작은 남자에게 감사를 표하고 그를 대부로 맞아들였다. 다음 주 일요일, 그들은 아기를 교회로 데려가 세례를 받게 했다. 그 자리에는 산파 노릇을 해준 늙은 부인도 나와서 아기에게 일 탈러*를 선물로 주었

---

* 18세기 중엽까지 독일에서 사용되던 은화이다.

다. 어머니가 안 받으려 하자 그녀는 이렇게 말했다.

「받아줘요. 나는 늙었고, 필요한 건 다 가지고 있다우. 이 일 탈러가 아이에게 행운을 가져다줄지도 몰라요. 내가 빈스방거 씨에게 좋은 일 한번 한 걸로 생각하구려. 우린 오랜 친구니까」

그들은 함께 집으로 돌아왔다. 엘리자베트 부인은 손님들을 위해 커피를 끓였고, 이웃집 노인은 과자를 가져왔다. 조촐한 세례 축하 잔치가 되었다. 먹고 마시기를 마치고 아기가 잠이 든 지 한참 되었을 때 빈스방거 씨가 겸손하게 말했다.

「이제 제가 꼬마 아우구스투스의 대부가 된 거지요. 마음 같아서는 궁전에다 한 자루 가득 금화를 선물하고 싶지만 그러질 못하겠네요. 대모가 준 동전 옆에 일 탈러를 더 놓아둘 수밖에 없군요. 그러나 제가 아이를 위해 할 수 있는 것은 이루어질 것입니다. 엘리자베트 부인, 당신은 벌써 아들에게 아름답고 좋은 것을 많이 빌어주었겠지요. 이제 그 아이에게 무엇이 가장 좋을까 생각해 두십시오. 그것이 이루어지도록 해드리죠. 아들을 위해 원하는 것 한 가지만 소원을 선택하세요. 그러나 딱 하나여야 합니다. 잘 생각해 두세요. 오늘 저녁 저의 작은 음악상자가 연주하는 소리가 들릴 때 그 소원을 아들의 왼쪽 귀에 대고 말하면, 이루어질 것입니다」

그리고 서둘러 작별을 고했고, 노파도 그와 함께 떠났다. 엘리자베트 부인만 어리둥절한 채 혼자 남아 있었다. 요람에 일 탈러짜리 동전 두 개, 그리고 탁자 위에 과자가 남겨져 있지 않더라면 이 모든 것을 꿈으로 여겼을 것이다. 그녀는 요람 곁에 앉아 아이를 흔들어 주면서 멋진 소원을 곰곰 생각했다. 처음에는 아이를 부자로 만들고 싶었다. 아니면 잘생기게, 아니면 굉장히 힘이 세게. 아니면 영리하고 총명하게. 그러나 모두 고려해 보아야 할 점이 있었다. 마침내 그녀는 생각했다. 휴, 이건 저 영감님의 농담이었을 거야.

벌써 날이 어두워졌다. 그녀는 요람 옆에 앉은 채 막 잠들려고 했다. 손님 접대하랴, 무슨 소원을 말할까 걱정하느라 피곤했기 때문이었다. 그때 이웃집에서 아름답고 부드러운 음악이 흘러나오기 시작했다. 그것은 지금껏 들어본 어떤 소리보다 달콤하고 멋진 음악이었다. 그 소리에 엘리자베트 부인은 정신이 번쩍 들었다. 다시금 이웃 빈스방거 씨와, 대부로서 주는 그의 선물을 믿게 되었다. 그러나 그녀가 심사숙고하고 소원을 빌려 할수록 모든 것이 머릿속에서 뒤죽박죽 엉켜버려 아무것도 결정할 수가 없었다. 그녀는 너무나 초조해져 눈물이 날 지경이었다. 음악 소리가 더 낮아지고 약해지자, 지금 이 순간 말하지 않는다면 너무 늦어져 모든 것을 잃어버리고 말리라는 생각이 들었다.

그녀는 한숨을 쉬면서 아기에게 몸을 굽혔다. 그리고 아이의 왼쪽 귀에 대고 속삭였다.

「내 아들아, 내가 네게 바라는 것은…… 바라는 것은……」

그리고 아름다운 음악이 완전히 사라지려는 찰나 깜짝 놀라서 재빨리 말했다.

「내가 네게 바라는 것은, 모든 사람들이 널 사랑하지 않을 수 없게 되는 거란다」

이제 소리는 사라지고 어두운 방안은 쥐죽은 듯 고요했다. 그녀는 요람 위에 몸을 던졌다. 눈물을 흘리며 걱정과 불안에 가득 차 외쳤다.

「아, 난 내가 아는 한 가장 좋은 것을 원했단다. 하지만 그게 옳은 것인지 모르겠구나. 모든 사람들이 널 사랑하게 되더라도 엄마처럼 널 사랑할 사람은 아무도 없을 테니까 말이야」

아우구스투스는 다른 아이들처럼 자라났다. 밝고 서글서글한 눈을 가진 예쁜 금발의 소년이었다. 어머니는 아이를 응석받이로 키웠고, 그는 어디서나 사랑을 받았다. 엘리자베트 부인은 아이가 세례를 받을 때 빌었던 소원이 이루어진 것을 곧 알아차렸다. 걸음마를 시작한 아이가 골목으로 나가 다른 사람들과 마주치자, 모두들 그가 예쁘고 아이로서는 드물게 씩씩하고 영리한 것을 알게 되었다. 누구나 아이에게 손을 내밀고 눈을 들여다보고 호의를 베풀었다. 젊은 어머니들은 미소를 보냈고, 나이든 여자들은 사과를 주었다. 어디서든 버릇없는 일을 저질렀을 때에도 아무도 그애가 그랬을 거라고 믿지 않았다. 그 사실을 부인할 수 없게 될 때에도 사람들은 어깨를 으쓱하며 말하곤 했다.

「정말로 저 귀여운 녀석은 나쁘게 생각할 수가 없다니까」

아름다운 소년을 눈여겨본 사람들은 그의 어머니를 찾아 왔다. 이전에는 아는 사람이 없는 그녀에게 바느질감을 가져오는 사람이 거의 없었다. 그러나 아우구스투스의 어머니로 알려지게 되면서부터 그녀가 바라던 것보다 더 많은 후원자를 갖게 되었다. 그녀와 아들은 아주 잘 지내게 되었다. 그들이 함께 외출이라도 하면, 이웃사람들 모두 즐거운 인사를 보내고, 이 행복한 모자를 배웅하는 것이었다.

아우구스투스에게 가장 멋진 시간은, 옆집에 사는 대부와 함께 하는 때였다. 대부는 때때로 저녁에 집으로 아이를 부르곤 했다. 집안은 어두웠고, 검은 벽난로 구멍에서 작고 빨간 불꽃이 타오를 뿐이었다. 작은 노인은 아이를 자기 옆에 깐 털가죽 요 위에 앉히고는 함께 고요한 불빛을 바라보면서 긴 이야기를 해주었다. 이야기가 끝나면 아이는 대개 너무 졸려서 반쯤 감긴 눈으로 말없이 불꽃을 바라보았다. 그러면 어둠 속에서 여러 음성이 어우러진 노래가 달콤하게 울려 나오곤 했다. 두 사람이 오랫동안 조용히 듣고 있노라면, 어느 틈엔가 온 방안에 빛나는 아이들로 가득 찰 때가 많았다. 그 아이들은 밝은 금빛 날개를 달고 원을 그리며 여기저기 날아다녔고, 아름다운 춤을 출 때처럼 멋지게 번갈아 짝을 짓기도 했다. 그러면서 그들은 노래를 불렀다. 그 노래는 기쁨과 명랑한 아름다움을 수백 배로 고조시키며 울려 퍼졌다. 아우구스투스가 이제껏 듣고 본 것 중에서 가장 아름다운 것이었다. 그가 후에 어린 시절을 생각할 때 추억 속에 떠오르며 향수를 느끼게 해준 것은 바로 늙은 대부의 고요하고 어두운 방, 벽난로의 빨간 불꽃, 노랫소리, 축제일인 양 황금빛을 번쩍이며 날아다니던 천사들의 모습이었다.

그러면서 소년은 자라났다. 그런데 이제 어머니에게는 이따금 슬픈 마음으로 세례받던 날 밤을 생각하는 시간이 생겨났다. 아우구스투스는 즐겁게 이웃 골목들을 누비고 다녔다. 그는 어디서나 환영을 받았고, 호도와 배 그리고 과자와 장난감을 선물받았다. 사람들은 그에게 먹을 것과 마실 것을 주었다. 무릎 위에 앉히거나 정원의 꽃을 꺾게 했다. 저녁 늦게서야 집에 돌아와 어머니가 만들어준 수프를 싫은 표정으로 밀쳐버릴 때가 많았다.

어머니가 슬퍼하고 울면 지겹다는 듯 투덜대면서 침대로 들어가 버렸다. 언젠가 꾸짖으면서 벌을 주었을 때는 격하게 소리지르며 불평을 늘어놓았다. 다른 사람들은 모두 자기를 사랑하고 다정하게 구는데 유독 엄마만 그렇지 않다고. 그녀는 우울할 때가 많았다. 이따금 아들에게 정색을 하고 화를 내기도 했다. 그러나 나중에 아이가 베개에 파묻혀 잠을 잘 때면, 촛불이 아이의 순진한 얼굴 위에서 희미하게 빛날 때면, 그녀는 마음속에 응어리졌던 것을 모두 풀고, 아들이 깨지 않도록 조심조심 입을 맞추는 것이었다. 모든 사람이 아우구스투스를 좋아하게 만든 것은 그녀의 책임이었다. 그녀는 때때로 슬픔에 잠겨 거의 두려운 마음으로 생각했다. 그 소원을 빌지 않았으면 더 좋았을 것이라고.

어느 날 그녀는 빈스방거 씨의 제라늄 창 바로 옆에서 작은 가위로 줄기의 시든 꽃을 잘라내고 있었다. 그때 두 집의 뒤쪽 정원으로부터 아들의 목소리가 들려왔다. 그녀는 몸을 구부리고 넘겨다보았다. 아우구스투스가 아름다운 얼굴에 약간 거만한 빛을 띠고 벽에 기대 서 있었다. 그 앞에는 그보다 큰 소녀가 서서 졸라대고 있었다.

「얘, 사랑스러운 애야, 내게 키스 한번만 해주지 않겠니?」

「싫어」 아우구스투스는 이렇게 말하면서 손을 주머니에 넣었다.

「그러지 말고, 제발」 여자애는 다시 말했다. 「네게 근사한 걸 줄게」

「그게 뭔데?」 아이가 물었다.

「나한테 사과가 두 개 있는데」 소녀가 수줍은 듯 말했다.

「나는 사과 싫어해」 그는 경멸하듯 말하며 가버리려 했다.

소녀는 그를 꼭 붙잡고, 비위를 맞추듯이 말했다.「애, 나 예쁜 반지도 있다」

「보여줘 봐!」 아우구스투스가 말했다.

그녀는 반지를 보여주었다. 그는 자세히 살펴보더니, 그녀의 손가락에서 빼내어 자기 손가락에 끼었다. 그러고는 햇빛에 비춰보고 흡족해했다.

「그럼 키스해 줄게」 그는 재빠르게 소녀의 입에 키스했다.

「이제 나랑 놀러 가지 않을래?」 그녀는 다정하게 물으면서 그의 팔에 매달렸다.

그러나 아우구스투스는 그녀를 밀쳐버리고 격렬하게 외쳤다.

「이제 날 좀 내버려둬! 나랑 놀 애들은 얼마든지 있어!」

소녀가 울면서 정원을 떠나고 있는 동안, 그는 따분하다는 듯 화난 표정을 지었다. 손가락의 반지를 빙빙 돌리며 유심히 들여다본 다음 휘파람을 불면서 천천히 그곳을 떠났다.

어머니는 꽃가위를 손에 든 채, 아이가 다른 사람들의 사랑을 얼마나 냉혹하게 업신여기는지에 대해 놀라움을 금치 못하고 있었다. 꽃을 그대로 내버려두고 머리를 흔들면서 혼잣말로 중얼거렸다.「정말 나쁜 아이야. 마음이 따뜻하질 않아」

아우구스투스가 집에 왔을 때 그녀는 한마디 해주려고 했다. 그러나 아이는 푸른 눈으로 웃으며 어머니를 바라보았다. 잘못했다는 감정 따위는 없었다. 그러고 나서는 노래를 부르며 어머니에게 애교를 부리기 시작했다. 너무 귀엽고 상냥하고 나긋나긋했기 때문에 그녀는 웃을 수밖에 없었고, 아이를 너무 심하게 대해서는 안 되겠다는 생각이 들었다.

　그리하여 아이는 아무런 벌도 받지 않고 나쁜 짓을 계속해 나
갔다. 대부인 빈스방거 씨만이 아이가 어려워하는 유일한 사람
이었다. 저녁에 그에게로 가서 방안에 들어섰을 때, 대부가 「오
늘은 벽난로에 불도 없고 음악도 없단다. 작은 천사들이 슬퍼하
고 있어. 네가 너무 나쁜 짓을 해서 말이야」 하고 말하면, 말없
이 집으로 돌아와서는 침대에 몸을 던지고 울었다. 그리고 꽤 오
랫동안 착하고 사랑스럽게 굴려고 애를 쓰는 것이었다.

　그러나 벽난로의 불이 타오르는 일은 점점 더 드물어졌다. 대
부는 아이가 아무리 울어도, 애교를 떨어도 넘어가지 않았다.
아우구스투스가 열두 살이 되었을 때, 대부 집 천사들의 마술
같은 비행은 이미 먼 꿈이 되어버렸다. 어쩌다 밤에 그 꿈을 꾸
게 되면, 아이는 다음날 곱절로 거칠고 시끄러워졌다. 총사령관
노릇을 하며 많은 친구들을 지휘해 울타리를 넘어가곤 했다.

　어머니는 이미 모든 사람들로부터 아들에 대한 칭찬을 듣는
데 지쳐 있었다. 아무리 아이가 잘나고 사랑스러워도 걱정이 앞
설 뿐이었다. 그러던 어느 날 아이의 선생이 그녀를 찾아왔다.
어떤 사람을 알고 있는데, 그 사람이 아들을 타지의 학교에 보
내 공부시켜 줄 용의가 있다는 것이었다. 그녀는 대부와 의논을
하였다. 그후 얼마 지나지 않은 어느 봄날 아침, 마차 한 대가
왔다. 아우구스투스는 멋진 새 옷을 입고 마차에 올라타, 어머
니와 대부, 그리고 이웃 사람들에게 작별 인사를 하였다. 큰 도
시로 가서 공부를 하도록 허락받았기 때문이었다. 어머니는 마
지막으로 금발의 머리카락을 예쁘게 빗어주며 축복의 말을 건넸

다. 곧 말이 움직였고, 아우구스투스는 낯선 세계를 향해 떠났다.

몇 년의 세월이 흘렀다. 어린 아우구스투스는 대학생이 되어 빨간 모자를 쓰고 콧수염을 기른 모습으로 고향에 돌아왔다. 어머니가 병이 들어 더 이상 살지 못할 거라는 편지를 대부가 보내 왔기 때문이었다. 젊은이는 저녁에 도착하였다. 사람들은 놀란 눈으로 바라보았다. 그가 마차에서 내리자, 마부가 커다란 가죽 가방을 들고 뒤따랐다. 어머니는 오래된 낡은 방에서 죽어가고 있었다. 하얗고 생기 없는 얼굴이 베개 위에 놓인 채 이 잘생긴 대학생을 고요한 눈빛으로 맞아주었다. 그는 울면서 침대머리에 주저앉아, 어머니의 차가운 손에 입을 맞추었다. 그리고 옆에 무릎을 꿇고 앉아 그녀의 손이 차가워지고 눈빛이 꺼질 때까지 꼬박 밤을 지새웠다.

어머니를 땅에 묻은 후 대부 빈스방거 씨는 그의 팔을 붙잡고 함께 자기 집으로 갔다. 그 집은 이 젊은이에게 더 낡고 어두워 보였다. 그들은 오랫동안 함께 앉아 있었다. 작은 창문들만이 어둠 속에서 희미하게 빛나게 되자, 작은 노인은 여윈 손가락으로 회색빛 수염을 쓰다듬으며 말했다.

「벽난로에 불을 지펴야겠다. 그러면 램프가 필요 없을 게다. 넌 내일이면 다시 떠나야겠지. 이제 어머니가 돌아가셨으니 곧 너를 다시 볼 수는 없겠구나」

그는 벽난로에 작은 불을 피우고 의자를 가까이 끌어당겼다. 젊은이도 그렇게 했다. 그들은 오랫동안 그렇게 앉아 불꽃이 스러져 가는 장작을 지켜보았다. 그러자 노인이 부드럽게 말했다. 「잘 살거라, 아우구스투스, 네가 잘되기를 바라마. 네 어머니는 좋은 분이셨다. 그분은 네가 알고 있는 것보다 더 많은 것을 네게 해주셨단다. 네게 다시 한번 음악을 들려주고, 작은 천사들을 보여주고 싶다만 이제는 그럴 수 없다는 걸 너도 알겠지. 하지만 그들을 잊어선 안 된다. 그들은 여전히 노래하고 있을 것이다. 알겠지. 네가 언젠가 외로워져서 그리움에 가득 찬 마음으로 그들을 찾을 때, 다시 한번 그들의 노래를 들을 수 있다는 걸. 이제 작별을 해야겠다, 얘야. 난 늙었어. 이젠 잠자리에 들어야겠어」

아우구스투스는 악수를 하고 헤어지면서 아무 말도 할 수 없었다. 슬픈 마음으로 쓸쓸한 옛집으로 건너와 고향에서의 마지막 잠을 청하기 위해 침대에 누웠다. 잠들기 전 그는 저쪽 아주 멀리서 어린 시절의 달콤한 음악이 나지막하게 들려온다고 생각했다. 다음날 아침 그는 길을 떠났고, 오랫동안 그의 소식은 들을 수 없었다.

그는 곧 대부 빈스방거와 그의 천사들을 잊어버렸다. 풍요한 삶이 그의 주위로 파도쳐 왔고, 그는 그 물결에 몸을 맡겼다. 아무도 그처럼 말발굽 소리 요란하게 골목을 달릴 수 없었고, 우러러보는 소녀들에게 조롱의 눈빛으로 인사할 수 없었다. 아무도 그렇게 가볍고 매혹적으로 춤추는 방법을 몰랐다. 아무도 그렇게 재빠르고 빈틈없이 마차를 몰 수 없었고, 여름날 밤 정원에서 그렇게 시끌벅적 떠들면서 술을 마실 수 없었다. 그를 애인으로 삼은 부유한 과부는 돈과 옷과 말과 그가 필요로 하고 갖고 싶어하는 모든 것을 주었다. 파리와 로마로 함께 여행을 다녔고, 그녀의 비단침대에서 잠을 잤다. 그러나 그의 진짜 애인은 부드러운 금발을 지닌 시장의 딸이었다. 밤이면 위험을 무릅쓰고 시장 집의 정원으로 그녀를 찾아갔고, 여행중일 땐 그녀에게 길고 뜨거운 편지를 쓰곤 했다.

그러나 어느 날엔가 그는 다시 돌아오지 않았다. 파리에서 친구들을 사귀었던 것이다. 돈 많은 애인도 싫증이 난 데다 학업도 오래 전에 지겨워졌다. 그는 먼 나라에 머물면서 귀족처럼 살았다. 말과 개를 키우고 하녀들을 거느렸으며, 큰 도박판에서 돈을 잃기도 하고 따기도 했다. 어디에나 그를 따라다니고 선물을 주고 시중을 들어주는 사람들이 널려 있었다. 그는 언젠가 어렸을 때 작은 소녀로부터 반지를 받았을 때처럼 미소 지으며 그런 것들을 받아들였다. 그 소원의 마력이 그의 눈과 입술에 깃들여 있어서 여자들은 연정을 품고 그를 둘러쌌고, 친구들도 그에게 빠졌다. 그리고 아무도——그 자신조차도 그것을 거의 느끼지 못했다——그의 가슴이 얼마나 텅 비어 있고 탐욕스러워졌는지, 그리고 그의 영혼이 얼마나 병들고 넌더리를 내고 있는지 알지 못했다. 때때로, 그렇게 모든 이로부터 사랑받는 것이 피곤해져서 혼자 변장을 한 채 낯선 도시로 가기도 했다. 그러나 어디서든 사람들은 어리석었고, 너무나 손에 넣기 쉬웠다. 어디서나 그를 그렇게 추종했지만, 그는 만족할 수 없었다. 사랑이라는 것이 그에게는 가소롭게 보였다. 여자나 남자나 좀더 당당하지 못하다는 사실에 자주 역겨워졌다. 그래서 온종일 혼자서 개를 데리고 다니거나, 산속의 아름다운 사냥터를 쏘다니며 시간을 보냈다. 살그머니 다가가 총을 쏘아 쓰러뜨린 사슴이, 아름답지만 버릇없는 여자의 구애보다도 더 그를 기쁘게 했다.

그러던 어느 날이었다. 배를 타고 여행하던 중 그는 한 대사

(大使)의 젊은 부인을 보게 되었다. 그녀는 북구의 귀족 출신으로 기품 있고 날씬하였다. 많은 귀부인들과 신사들 사이에서도 놀랄 만큼 두드러져 보였다. 그녀는 오만하면서도 말없이, 아무도 자기와 같지 않다는 듯 그렇게 서 있었다. 그가 그녀를 바라보고 관찰할 때에도, 그녀의 시선은 무관심한 듯 힐끗 그를 스치고 지나가는 것처럼 보였다. 그는 마치 생전 처음으로 사랑이 무엇인지 경험하는 것 같았다. 그는 그녀의 사랑을 얻겠다고 결심했고, 그날 그 시간부터 그녀의 주변과 눈앞을 맴돌았다. 그 자신이 언제나 자신에 대해 경탄하고 교제하려고 애쓰는 남자와 여자들에 둘러싸여 있었기 때문에, 그는 여행객들 가운데서 부인을 대동하고 있는 후작처럼 당당한 위엄을 지닐 수 있었다. 게다가 그 금발머리 여인의 남편조차도 그를 특별히 대우하면서 그의 마음에 들려고 애를 쓰는 것이었다.

배가 남쪽 나라의 어느 항구 도시에 이르렀다. 여행객 전부가 몇 시간 동안 낯선 도시를 둘러보고, 잠시나마 발바닥 아래 땅을 느껴보기 위해 배에서 내렸다. 그러나 그 낯선 여인과 단둘이 있기란 불가능했다. 그는 사랑하는 여자의 주위를 떠나지 않고 있다가, 어느 복잡한 시장의 혼잡 속에서 그녀를 붙들고 말을 거는 데 성공했다. 수없이 많은 작고 어두운 골목들이 이 시장으로 통했는데, 그는 이런 골목들 중의 하나로 그녀를 이끌었다. 그를 믿고 따라왔지만, 갑자기 그와 단둘이 있다는 것을 느끼고 그녀는 불안해했다. 일행이 보이지 않게 되자, 그는 얼굴을 빛내면서 그녀에게로 몸을 돌렸다. 머뭇거리는 그녀의 손을 잡고, 상륙한 이곳에 남아 있다가 함께 도망가자고 간청하였다.

이국의 여인은 창백해지면서 시선을 땅으로 향했다.

「오, 이건 기사답지 못해요」 그녀는 낮게 말했다. 「당신이 한 말을 잊겠어요」

「나는 기사가 아닙니다」 아우구스투스는 외쳤다. 「나는 사랑하는 사람일 뿐입니다. 사랑하는 여인밖에는 아무것도 모릅니다. 그녀 곁에 있는 것 말고는 아무 생각도 없어요. 아, 아름다운 이여, 함께 갑시다, 우리는 행복해질 것입니다」

그녀는 밝은 갈색의 눈으로 진지하게, 그리고 책망하듯 그를 바라보았다.

「대체 어떻게 아셨죠, 내가 당신을 사랑한다는 것을?」 그녀는 한탄하듯 속삭였다. 「나는 거짓말을 못해요. 나는 당신을 사랑하고 있어요. 때때로 당신이 나의 남편이었으면 하고 바라기도 했어요. 당신은 내가 마음으로부터 사랑한 최초의 사람이기 때문이지요. 아, 사랑은 얼마나 멀리까지 잘못된 길을 갈 수 있는지! 순수하지도 선량하지도 못한 사람을 사랑하는 것이 가능하리라고는 결코 생각지 못했어요. 하지만 나는 천 번이라도 남편 곁에 머무르는 쪽을 택하겠어요. 별로 사랑하지는 않지만, 그는 신사이고, 당신은 알지도 못하는 명예와 고상함을 지닌 사람이에요. 그러니 더 이상 아무 말도 하지 말고 나를 배로 데려다줘요. 그렇지 않으면 사람들의 도움을 빌려 당신의 파렴치함을 들통나게 하겠어요」

그러곤 그가 애원을 하든 심한 소리를 하든 상관없이 그에게서 몸을 돌렸다. 그가 말없이 동행하여 그녀를 배까지 데려다주지 않았어도, 필경 그녀는 혼자서 갔을 것이다. 그는 자신의 트렁크를 육지로 가져오게 한 뒤, 아무에게도 작별 인사를 않고 그곳을 떠났다.

그때부터 누구에게나 사랑받는 이 사람의 행복은 끝나갔다. 미덕과 명예를 그는 미워하게 되었고, 발로 짓밟았다. 덕성 있는 여자들을 자신이 가진 매력의 모든 기술을 동원하여 유혹하였다. 순진한 사람들을 재빨리 친구로 삼아서 충분히 이용해 먹고는 조롱하며 버리는 것이 그의 즐거움이 되었다. 부인과 소녀들을 가난하게 만들고는 내버려두었으며, 좋은 집안의 젊은이들을 찾아내 유혹하고 타락시켰다. 그가 찾아내 탕진해 버리지 않은 향락이 없었고, 배운 뒤 다시 던져버리지 않은 악덕이 없었다. 그러나 그의 마음에는 기쁨이 없었고, 그의 영혼 속에는 도처에서 부닥칠 수 있었던 사랑이 울려줄 수 있는 것이 아무것도 없었다.

어느 바닷가의 아름다운 별장에서 그는 우울하고 매사에 흥미를 잃은 채 기거하였다. 거기로 그를 찾아오는 여자들과 친구들을 광포한 변덕과 악의로 괴롭혔다. 그는 사람들에게 굴욕을 안겨주고 온갖 경멸을 보여주기를 갈망했다. 청하지도 않고 바라지도 않으며 받을 가치가 없는 사랑에 에워싸여 있는 데 싫증이 났고 넌더리가 났다. 전혀 주지도 않으면서 언제나 받기만 했던, 낭비적이고 파괴적인 삶의 무가치함을 느꼈다. 때때로 그는 금식을 하기도 했다. 다시 한번 진정한 소망을 느껴보고 욕망을 잠재우고 싶어서였다.

친구들 사이에 그가 아파서 휴식과 안정을 취해야 한다는 소식이 퍼졌다. 편지들이 왔지만 그는 읽지 않았다. 걱정하는 사람들은 하인들에게 그의 상태를 물었다. 그는 방에 홀로 앉아 깊은 분노에 잠겨 바다를 내려다보았다. 그의 인생은 공허하고 황폐하였다. 그의 인생은 아무런 결실도 거두지 못한 채 사랑의 흔적도 없이 회색빛으로 파도치는 바닷물처럼 그의 등뒤에 놓여 있었다. 높다란 창가에 웅크리고 앉아 자기 자신과 결판을 벌이고 있는 그의 모습은 추해 보였다. 하얀 갈매기들이 해변에서 부는 바람에 실려 스쳐 지나갔다. 그는 모든 기쁨과 관심이 사라져버린 공허한 시선으로 그 뒤를 좇았다. 입술만이 냉혹하고 사악한 미소를 띠고 있었다. 생각을 마치자 그는 하인을 불렀다. 일정한 날 모든 친구들을 파티에 오도록 초청했다. 그의 의도는, 방문객들에게 텅 빈 집과 자신의 시체를 보게 함으로써 놀라움과 경멸감을 함께 선사해 주려는 것이었다. 미리 독을 마시고 생을 마감하기로 결심했기 때문이었다.

파티를 열기로 한 날 저녁, 그는 모든 하인을 내보냈다. 넓은 집안이 조용해지자, 침실로 들어가 키프로스 포도주 한 잔에 강한 독약을 섞고는 그것을 입술에 갖다 대었다.

잔을 막 마시려는 순간 문을 두드리는 소리가 났다. 대답을 하기도 전에 문이 열리면서 한 작고 늙은 남자가 들어왔다. 그는 아우구스투스에게로 다가와 그의 손에서 가득 채워진 술잔을 빼앗아 들었다. 그러고는 조심스럽고 친숙한 목소리로 말했다.

「안녕, 아우구스투스, 잘 있었니?」

놀란 젊은이는 화가 나고 부끄러웠다. 그는 조롱이 가득한 얼굴로 말했다.

「빈스방거 씨, 아직 살아 계셨나요? 세월이 꽤 흘렀는데도 전혀 늙지 않으신 것 같군요. 그렇지만 지금은 절 방해하시는 거예요. 저는 피곤해서 막 잠자는 약을 마시려던 참이거든요」

「나도 안다」 대부는 조용히 말했다. 「너는 잠자는 약을 마시려는 거지. 네가 옳다. 이게 아직 너를 도울 수 있는 마지막 포도주겠지. 하지만 그 전에 우리 잠깐 얘기를 좀 하자구나. 얘야, 먼 길을 와서 그러는데, 내가 한 모금 마시고 기운을 차려도 화내지는 않겠지」

그러면서 그는 잔을 입으로 가져갔다. 건배하듯 잔을 높이 들더니, 아우구스투스가 말릴 겨를도 없이 한 모금에 죽 마셔 버렸다.

아우구스투스는 죽은 사람처럼 얼굴이 창백해졌다. 그는 대부에게 달려들어 어깨를 붙잡고 흔들며 날카롭게 외쳤다.

「할아버지, 지금 드신 게 뭔지 알기나 하세요?」

빈스방거 씨는 현자답게 백발의 머리를 끄덕이며 미소지었다.

「보다시피 키프로스 포도주 아니냐. 맛이 나쁘지 않은데. 포도주가 모자랄까 봐 고민인가 보구나. 나에겐 시간이 별로 없다. 네가 내 말을 잘 들어준다면, 너를 오랫동안 귀찮게 하지 않겠다」

당황한 젊은이는 놀란 눈으로 대부의 밝은 눈을 바라보았다. 그리고 한순간 한순간 노인이 쓰러지기를 기다렸다.

그동안 대부는 기분 좋게 의자에 앉아, 젊은 친구에게 다정하게 고개를 끄덕여보였다.

「포도주 한 모금이 내게 해로울 거라고 걱정하는 거냐? 그렇다면 안심해라! 내 걱정을 해주다니 참 친절하구나. 난 전혀 상상도 못했다. 이제 옛날처럼 한번 이야기해 보자꾸나! 보아하니, 너의 경박한 삶에 싫증이 난 게로구나? 그건 나도 이해한다. 내가 떠나면, 네 잔을 다시 가득 채워 마실 수도 있겠지. 하지만 그전에 네게 얘기해 줄 게 있다」

아우구스투스는 벽에 기대어 앉아 어린 시절부터 친숙했고, 그의 영혼 속에 과거의 그림자를 일깨우는 이 늙고 작은 남자의 선량하고 유쾌한 목소리에 귀를 기울였다. 마치 자신의 순결했던 어린 시절이 눈에 보이는 듯하여 깊은 부끄러움과 슬픔이 그를 사로잡았다.

「네 독약은 내가 다 마셔버렸다」 노인은 말을 이었다. 「나도 네 불행에 책임이 있기 때문이야. 너의 어머니는 네가 세례를 받을 때 너를 위해 한 가지 소원을 빌었단다. 비록 어리석은 것이었지만 나는 그 소원을 들어주었지. 네가 그것을 알 필요는 없다. 네 스스로 느끼다시피 그건 저주가 되어버렸으니까. 일이 그렇게 되어 정말 가슴이 아프구나. 네가 다시 한번 고향의 우리 집 벽난로 앞에 앉아 천사가 노래하는 걸 들을 수 있다면 정말 기쁘겠다. 그건 쉬운 일이 아니겠지. 지금 이 순간에는 네 마음이 다시 건강하고 순수하고 명랑해진다는 게 불가능해 보이니 말이다. 하지만 그렇게 불가능한 일도 아니니 한번 노력해 보라고 부탁하고 싶구나. 네 가련한 어머니의 소원은 네게 좋지 못한 일이 되어버렸다. 아우구스투스, 이제 어떤 것이든 네 소원을 한 가지 들어줄 수 있도록 허락해 주지 않겠니? 너는 아마 돈이나 재산을 바라지는 않을 거야. 권력이나 여인의 사랑도. 그런 것들은 충분히 가져보았을 테니까. 잘 생각해 보렴. 망쳐버린 네 인생을 다시 더 아름답고 좋게 만들고, 너를 다시 한번 기쁘게 해

줄 수 있는 마술을 알 것 같으면, 그걸 소원으로 빌려무나!」

아우구스투스는 깊은 생각에 잠긴 채 말없이 앉아 있었다. 그러나 너무나 피곤하고 절망감에 차 있었다. 잠시 후 그는 이렇게 말했다.

「고맙습니다, 빈스방거 대부님. 그렇지만 제 인생은 이젠 어떻게 해도 다시 바로 잡힐 수 없을 것 같군요. 대부님이 돌아오셨을 때 제가 생각했던 일을 하는 게 낫겠습니다. 하지만 와주신 건 감사합니다」

「그래」 노인은 서두르지 않고 말했다.「그게 너에겐 쉽지 않을 게다. 그러나 아우구스투스야, 한번 더 생각해 줄 수 없겠니? 아마도 지금까지 네게 가장 부족했던 게 무엇인지 떠오를 게다. 아니면 지난 시절을 한번 기억해 보아라. 엄마가 아직 살아 계실 때 너는 저녁마다 자주 내게 왔었지. 그때는 가끔 행복하지 않았니?」

「네, 그때는요」 아우구스투스는 고개를 끄덕였다. 빛나던 어린 시절의 영상이 마치 아주 오래된 거울에 비치듯 멀리서 희미하게 보였다.「하지만 그 시절은 다시 올 수 없어요. 다시 아이가 되기를 소원할 수는 없습니다. 아, 그렇지만 모든 것이 다시 처음부터 시작될 수만 있다면!」

「그래, 그건 의미가 없을지도 몰라. 네 말이 옳아. 그러나 다시 한번, 네가 고향에서 우리 곁에 있었던 시절을, 네가 대학생일 때 밤마다 정원으로 찾아갔던 그 가련한 소녀를, 그리고 언젠가 배를 타고 여행하던 중에 만났던 그 금발의 여인을 생각해 보아라. 한번쯤은 행복했던 순간, 삶이 훌륭하고 가치 있게 보였던 그때를 말이다. 어쩌면 그때 너를 행복하게 해주었던 것이 무엇인지 알 수 있게 되고, 그것을 바랄 수 있을지도 모른다. 나를 위해서 그렇게 해다오, 얘야!」

아우구스투스는 눈을 감고 어두운 복도에서 자신을 이끌어준 저 멀리 불빛을 바라보듯, 그의 일생을 돌아보았다. 그러자 알게 되었다. 한때 그의 주변이 얼마나 밝고 아름다웠는지, 그러고서는 천천히 어두워져서, 이제는 자신이 암흑 속에 서서 아무 것에도 기뻐할 수 없게 되었다는 사실을. 그가 곰곰 생각하고 기억해 낼수록, 저 쪽 멀리 있는 작은 불빛은 더욱 아름답고 사랑스럽고 그리운 것으로 보였다. 마침내 그는 그 불빛을 알아보았고, 눈에는 눈물이 흘러 넘쳤다.

「한번 해보겠습니다」 그는 대부에게 말했다. 「저를 돕지 못했던 옛날의 마술을 가져가시고, 그 대신 제가 사람을 사랑할 수 있게 해주세요!」

울면서 그는 옛 친구 앞에 무릎을 꿇었다. 그렇게 주저앉으면서 벌써 이 노인에 대한 사랑이 얼마나 자기 안에서 불타오르며 잊고 있었던 말과 몸짓을 갈구하는지를 느꼈다. 대부는 작은 몸집으로 그를 팔에 부드럽게 안고 침대로 데려가 눕힌 뒤 뜨거운 이마 위로 흘러내린 머리카락을 쓸어주었다.

「잘했다」 대부는 그에게 나지막하게 속삭였다. 「잘한 거야, 내 아들아, 모든 게 잘될 것이다」

순간 아우구스투스는 마치 몇 년은 늙어버린 것처럼 심한 피로가 엄습해 오는 것을 느꼈다. 그는 깊은 잠에 빠졌고, 노인은 조용히 그 쓸쓸한 집을 나왔다.

아우구스투스는 집안 가득 울리는 시끄러운 소음에 잠을 깼다. 자리에서 일어나 가장 가까운 곳에 있는 창문을 열었을 때, 홀과 모든 방에는 친구들로 가득 차 있었다. 파티에 왔는데 집이 텅 비어 있는 것을 보자, 그들은 실망한 나머지 화가 나 있었다. 그가 예전처럼 모두의 마음을 미소와 농담으로 다시 사로잡으려고 다가갔을 때, 갑자기 그 힘이 자신에게서 사라졌다는 것을 느꼈다. 그들은 그를 보자마자 동시에 소리를 질러댔고, 그가 어찌할 바를 몰라 미소를 지으며 손을 내밀었을 때 격분해서 그에게 덤벼들었다.

「이 사기꾼아」 한 남자가 소리쳤다. 「나한테 빌려간 돈 어디 있어?」

그러자 다른 한 남자도 외쳤다. 「내게서 빌려간 말은?」

한 예쁜 부인은 성이 나서 소리 질렀다. 「온 세상이 내 비밀을 알아버렸어. 네가 지껄여댔지! 오, 너를 어떻게 증오해야 하지? 이 날강도 같은 놈아!」

그리고 눈이 움푹 들어간 한 젊은이가 일그러진 얼굴로 외쳤다. 「네가 날 어떻게 만들어놨는지 알아? 이 악마, 내 청춘을 망쳐놓은 놈아!」

그렇게 소동이 계속되었다. 모두가 치욕적인 욕설을 퍼부었다. 다 옳은 말이었다. 많은 사람들이 그를 때렸고, 거울을 깨고, 값나가는 것을 들고 갔다. 아우구스투스는 얻어맞고 모욕을 당한 채 바닥에서 일어섰다. 침실로 들어가 얼굴을 씻으려고 거울을 들여다보자, 충혈된 눈에서는 눈물이 흐르고 이마에서는 핏방울이 떨어졌다. 생기를 잃은 추악한 얼굴이 그를 마주 보고 있었다.

「이게 그 보상이로군」 그는 중얼거리면서 얼굴의 피를 씻어냈다. 그러나 정신을 가다듬기도 전에 새로운 소동이 집안을 뒤흔들었다. 밀려 들어온 사람들이 계단 위로 들이닥쳤다. 집을 저당 잡혀서 그에게 돈을 빌려준 사람, 그가 유혹했던 부인의 남편, 그의 꼬임을 받아 악덕과 불행으로 빠져들어간 아들을 둔 아버지들, 해고된 하인과 하녀들, 경찰과 변호사들이었다. 한 시간 뒤 그는 포박된 채 차에 실려 감옥으로 끌려갔다. 뒤에서 군중들이 소리를 질러댔고, 조롱하는 노래를 불렀으며, 한 부랑아가 창문으로 다가가 끌려가는 이 사람의 얼굴에 오물을 한 움큼 집어던졌다.

온 시내에는 많은 이들이 잘 알고 사랑했던 이 남자의 파렴치한 행위에 대한 성토로 가득했다. 그의 악덕이 모두 고발되었고, 그는 어떤 것도 부인하지 않았다. 오래전에 잊었던 사람들이 판사 앞에서 몇 년 전 그가 했던 일들에 관해 진술했다. 선물을 받고도 그의 것을 훔쳤던 하인들이 그의 패륜의 비밀들을 털어놓았다. 모두의 얼굴은 혐오와 증오로 가득 차 있었다. 그를 변호해 주고 그를 칭찬하는 사람, 그를 용서하고 그의 좋은 점을 기억해 주는 사람은 아무도 없었다.

그는 감옥 안에서건 밖에서건, 판사 앞에서건 증인 앞에서건, 모든 일이 되어가는 대로 내버려두었다. 병든 눈으로 놀라움과 슬픔에 차서 많은 사람들의, 격분하여 증오에 찬 얼굴을 바라보았다. 동시에 그들 모두에게서 미움과 곡해의 표면 밑에서 은밀한 사랑의 충동과 진심의 빛이 희미하게 빛나는 것을 보았다. 그들 모두가 한때 그를 사랑했으나, 그는 그중 아무도 사

랑하지 않았었다. 그는 이제 모두에게 용서를 빌며, 그들 하나
하나에게서 뭔가 좋은 것을 기억해 내려고 애썼다.

결국 그는 감옥에 갇히게 되었고, 면회는 일절 금지되었다.
그는 열에 들뜬 꿈속에서 어머니, 첫번째 애인, 대부 빈스방거
씨, 배에서 만난 북구의 부인과 이야기하였다. 잠에서 깨어난
무서운 낮 시간에는 고독과 상실감에 사로잡혀 앉아 있었다. 그
리움과 소외감의 고통으로 괴로워했고, 지금까지 어떤 향락이나
소유를 갈망했던 것보다 애타게 사람의 시선을 그리워했다.

감옥에서 나왔을 때 그는 늙고 병들어 있었으며, 아무도 그를
알아보지 못했다. 세상은 여전히 제 길을 가고 있었다. 사람들은
거리에서 차를 타고 말을 타고 산책을 했다. 과일, 꽃, 장난
감, 신문들을 팔려고 내놓았다. 그러나 아우구스투스에게만은
아무도 주의를 기울이지 않았다. 한때 같이 음악을 듣고 샴페인
을 마시며 팔에 안았던 아름다운 여인들이 호화로운 마차를 타
고 그를 지나쳐갔다. 그녀들의 마차 뒤에서 먼지만 아우구스투
스에게 덮쳐왔다.

그러나 화려한 생활 속에서 숨막히게 했던 무시무시한 공허와
고독감은 이제 완전히 그를 떠났다. 잠시 강렬한 뙤약볕을 피하
기 위해 어느 집 문 안에 들어서거나 뒤채 마당에서 한 모금의
물을 청할 때면, 전에는 그의 거만하고 사랑 없는 말에도 감사
하며 빛나는 눈으로 대답했던 바로 그 사람들이 얼마나 투덜거
리며 적대적으로 대하는가에 그는 놀랐다. 그러나 이제는 모든
사람들의 시선이 그를 기쁘게 하고 매혹하고 감동시켰다. 그는
놀고 있거나 학교에 가는 아이들을 사랑의 눈길로 바라보았고, 집

앞 벤치에 앉아 시든 손을 햇볕에 쬐고 있는 노인들을 사랑했다. 한 소녀를 그리움이 담긴 시선으로 뒤쫓고 있는 젊은이, 하루 일을 끝내고 집으로 돌아가 아이들을 팔에 안아 드는 노동자, 환자를 생각하면서 침착하지만 서둘러 마차를 몰고 가는 점잖고 현명한 의사, 저녁에 교외의 가로등 곁에서 손님을 기다리다가 심지어 자기처럼 쫓겨난 자에게까지도 사랑을 흥정하려 드는, 가난하고 형편없는 옷차림을 한 창녀들을 볼 때에도, 이들 모두가 그에겐 형제 자매로 여겨졌다. 그들 모두, 사랑했던 어머니, 훌륭한 태생 혹은 아름답고 고귀한 운명의 비밀스런 징표를 기억나게 해주었다. 모두가 사랑스럽고 놀라웠으며, 그로 하여금 깊은 생각에 잠기게 했다. 자신이 스스로에 대해 느꼈던 것보다 더 나쁜 사람은 없는 것 같았다.

아우구스투스는 온 세상을 방랑하다가, 가능하다면 자기가 사람들에게 어떤 식으로든 도움이 되고 자신의 사랑을 보여줄 수 있는 곳을 찾아보기로 결심했다. 그는 자기의 모습이 더 이상 아무도 기쁘게 해주지 않는다는 사실에 익숙해져야 했다. 그의 얼굴은 움푹 패였고, 옷과 신발은 거지꼴이었으며, 그의 목소리와 걸음걸이도 이전에 사람들을 즐겁게 하고 매혹시켰던 모습은 더 이상 지니고 있지 않았다. 백발의 수염이 헝클어진 채 길게 늘어졌기 때문에 아이들은 그를 무서워했다. 잘 차려입은 사람들은 자기까지 더러워지는 듯 기분이 나빠져 그의 곁에 오기를 피했고, 가난한 사람들은 이 이방인이 자기들의 적은 몫마저 빼앗아갈까 경계했다. 사람들을 돕기가 이토록 힘이 들었다. 그러나 그는 돕는 법을 배웠고, 아무것도 꺼리지 않았다. 작은아이가 빵가게 문의 손잡이를 향해 손을 뻗쳤지만 닿지 않는 것을 보았다. 그는 아이를 도와줄 수 있었다. 때때로 자신보다도 더 가난한 사람, 장님이나 불구자를 거리에서 만나면, 약간의 도움을 주거나 호의를 베풀어주었다. 그것조차 할 수 없을 때는 기쁘게 그가 가진 사소한 것, 밝고 선량한 시선과 친밀한 인사, 이해와 연민의 태도를 보여주었다. 그는 떠돌면서 사람들을 보고, 그들이 자기에게서 무엇을 기대하는지, 또는 자기의 어떤 점에서 기쁨을 얻는지를 배웠다. 어떤 사람은 활기차고 신선한 인사에서, 어떤 사람은 고요한 시선에서, 또 어떤 사람은 자기가 비켜주어 그를 방해하지 않는 데서 기쁨을 얻는 것이었다. 이 세상에는 얼마나 많은 불행이 있는지, 그런데도 사람들은 얼마나 만족하면서 살아갈 수 있는지, 그는 매일같이 놀랐다. 모든 고통 곁에는 기쁜 웃음이 있고, 죽음을 알리는 종소리 곁에는 아이의 노래가 있으며, 모든 곤궁과 비천함 곁에는 점잖음과 위트와 위로와 미소가 있다는 것이 그에게는 언제나 멋지고도 고무적인 일이었다.

인간의 삶이라는 것이 그에게는 탁월하게 조정된 것처럼 보였다. 길모퉁이를 돌다가 한 무리의 학생들과 마주치면, 아이들의 눈에서는 용기와 생의 즐거움과 젊은 아름다움이 빛나고 있었다. 그들이 그를 조금 조롱하고 괴롭혀도 그렇게 언짢지는 않았다. 진열장 앞에서나 분수에서 물을 마실 때 거울이나 물에 비치는 자신의 모습은 정말로 주름지고 볼품이 없었다. 그렇다. 사람들의 마음에 들거나 어떤 영향력을 행사한다는 것은 그에게 더이상 중요하지 않았다. 그런 것은 충분히 경험한 것이었다. 이제 아름답고 좋아 보이는 것은, 그가 한때 걸었던 삶의 길을 다른 사람들도 열심히 정진해 가면서 자신을 채우는 모습이었다. 모든 사람들이 그렇게 열심히, 그렇게 큰 힘과 자부심과 기쁨을 지니고 그들의 목표를 향해 나아가는 것, 그것은 그에게 놀라운 광경이었다.

그러는 사이 겨울이 되고 다시 여름이 되었다. 아우구스투스는 오랫동안 빈민구호소에서 앓아 누워 있었다. 여기서 그는 조용히 감사하면서, 가난하고 비천한 인간들이 완강한 힘과 소망을 가지고 삶에 집착하여 죽음을 극복하는 것을 보는 행복을 누렸다. 중환자들의 표정에서 인내심과, 회복기 환자의 눈에서 밝은 생의 기쁨이 커지는 것을 보는 일은 멋진 일이었다. 죽은 사람들의 고요하고 위엄 있는 얼굴 역시 아름다웠고, 이 모든 것보다 더 아름다운 것은 예쁘고 순결한 간호원들의 사랑과 인내심이었다. 그러나 이 시기도 끝났다. 겨울바람이 불자 아우구스투스는 다시 방랑의 길을 떠났다. 겨울이 다가오자 자신의 행보가 얼마나 느린가를 의식하게 되었고, 이상한 초조감이 그를 사로잡았다. 아직도 도처로 나아가서 많은 사람들을 눈으로 직접 보고 싶었기 때문이었다. 그의 머리는 백발이 되었고, 그의 눈은 병들고 충혈된 눈꺼풀 아래서 둔하게 미소 지었다. 기억력도 희미해져서, 오늘과 다른 모습의 세상을 본 적이 없는 것처럼 느껴졌다. 그러나 그는 만족했고, 세상은 참으로 멋지고 사랑할 만한 것이라고 생각했다.

어느 초겨울, 그는 그렇게 한 도시로 왔다. 어두운 거리로 흰 눈이 몰아치고 있었다. 늦게까지 길에서 놀던 아이들이 이 방랑자에게 눈뭉치를 던졌지만, 그 외에는 이미 저녁나절의 고요가 깃들고 있었다. 아우구스투스는 몹시 피곤해서 좁은 골목으로 들어섰는데, 어쩐지 잘 아는 곳처럼 느껴졌다. 다시 한 골목길로 들어서자, 거기에는 어머니의 집과 대부 빈스방거 씨의 집이 차가운 눈보라 속에 작고 변하지 않은 모습으로 서 있었다. 대부의 집 창문 하나에 불이 켜져 있어 어두운 겨울밤 속에서 빨갛고 평화롭게 빛나고 있었다.

아우구스투스는 안으로 들어가 방으로 통하는 문을 두드렸다. 그러자 그 작은 남자가 나와 말없이 그를 방으로 안내했다. 그곳은 따뜻하고 고요했으며, 벽난로에는 작고 밝은 불이 타고 있었다.

「배고프니?」 대부가 물었다.

아우구스투스는 배가 고프지 않아, 미소를 지으며 고개를 흔들었다.

「하지만 피곤하기는 하겠지?」 대부는 재차 묻고는 낡은 모피를 바닥에 펼쳤다. 거기서 두 노인은 나란히 웅크리고 앉아 불을 들여다보았다.

「먼 길을 왔구나」 대부가 말했다.

「네, 하지만 참으로 아름다웠어요. 좀 피곤할 뿐이에요. 여기서 자도 되지요? 내일 다시 떠나겠습니다」

「그래, 그러려무나. 그런데 천사가 춤추는 걸 다시 보고 싶지 않니?」

「천사라고요? 그래요, 제가 다시 한번 어린아이가 될 수 있다면 그러고 싶어요」

「우린 무척 오랜만이다」 대부가 다시 말을 이었다. 「너는 참

착해졌구나. 눈은 그 옛날 너의 엄마가 살아 계시던 그때처럼 착하고 부드러워졌어. 날 다시 찾아주다니, 정말 고맙다」

방랑자는 찢어진 옷을 입고 기진맥진해서 친구 곁에 앉았다. 그렇게 피곤해 본 적이 없었다. 정다운 온기와 불빛 속에 앉아 있노라니, 오늘과 그때 사이를 뚜렷하게 구별할 수가 없을 정도로 혼란스러웠다.

「빈스방거 대부님」 그는 말했다. 「제가 또 나쁜 짓을 했어요. 엄마가 집에서 울고 계세요. 다시 착해지겠다고 하더라고 엄마에게 전해주세요. 그래주실래요?」

「그러마」 대부는 말했다. 「안심해라, 엄마는 널 사랑하신단다」

이제 불빛이 스러져갔다. 아우구스투스는 옛날 어린 시절에 그랬던 것처럼 졸린 눈을 크게 뜨고 희미한 붉은 빛을 응시했다. 대부가 그의 머리를 무릎에 얹어놓자, 정교하고 유쾌한 음악이 부드럽고 황홀하게 어두운 방을 울리기 시작했다. 수천의 작고 빛나는 요정이 쏟아져 나와 공중에서 쾌활하고 재치 있게 교차하면서 원형을 만들기도 하고 짝을 짓기도 했다. 아우구스투스는 그것을 보고 귀기울여 들으면서, 다시 발견한 낙원에 부드러운 아이의 마음을 모두 열어놓았다.

한번은 그의 어머니가 그를 부른 것 같았다. 그러나 그는 너무 피곤하였다. 약속한 대로 대부가 그녀에게 말해 주리라 믿으면서 잠이 들었다. 대부는 그의 손을 모아주고, 방안이 완전히 어두워질 때까지 고요해진 그의 심장에 귀를 기울이고 있었다.

(1913)

시인

    중국의 시인 한 포크Han Fook는 젊은 시절에 시 쓰는 법에 관한 것이면 무엇이든 배우고, 모든 면에서 완성의 경지에 도달하고자 하는 놀라운 충동에 사로잡혀 있었다고 한다. 그는 당시 황하 부근의 고향에서 살고 있었다. 자신의 소원에 따라, 그리고 그를 자상하게 사랑했던 부모의 도움으로 좋은 집안의 처녀와 약혼을 하였으며, 곧 길일을 택해 결혼식을 올리게 되어 있었다. 당시 한 포크의 나이는 스무 살 정도였다. 그는 잘생긴 젊은이로 겸손하고 예의범절도 아주 반듯했다. 학문도 두루 익혔으며, 젊은 나이인데도 탁월한 시를 많이 지어 고향의 문인들 사이에서는 꽤 알려져 있었다. 부유하지는 않았지만 먹고살기에 넉넉한 유산을 기대할 수 있었고, 그 재산은 신부의 지참금 덕택에 더 늘어날 것이었다. 게다가 약혼녀도 아주 아름답고 덕성스러워, 이 젊은이의 행복에는 부족함이 없어 보였다. 그럼에도 불구하고 그는 완전히 만족하지 못했다. 그의 마음은 완벽한 시인이 되려는 공명심으로 가득 차 있었기 때문이었다.

어느 날 저녁이었다. 강에서 등불 축제가 벌어졌을 때, 한 포크는 혼자서 맞은편 강기슭을 거닐고 있었다. 그는 강물 위로 기울어진 나뭇가지에 기대어 수천의 등불이 강물의 수면에 반사되어 아물거리고 떨리는 것을 바라보았다. 보트와 뗏목을 타고 남자와 여자와 젊은 처녀들이 서로 인사를 나누고 있었는데, 축제에 어울리는 의상이 아름다운 꽃들처럼 반짝였다. 불빛 비치는 강물의 희미한 찰싹거림, 여가수들의 노래, 현악기의 떨리는 음조와 달콤한 피리 소리가 들려왔다. 이 모든 것 위에 푸르스름한 밤이 신전의 둥근 천장같이 공중에 둥실 떠 있었다. 기분 내키는 대로 외로운 구경꾼이 되어 이 모든 아름다움을 관찰하고 있자니, 젊은이의 가슴은 두근거렸다. 강을 건너가 자신의 약혼녀와 친구들 곁에서 함께 축제를 즐기고 싶었지만, 동시에 이 모든 정경을 섬세한 관찰자로서 받아들여 한 편의 완전한 시 속에 반영해 보고 싶은 욕망이 훨씬 더 컸다. 밤의 푸르름과 물에 비치는 불빛의 유희는 물론, 축제 손님들의 즐거움, 강기슭 나무 등걸에 기대서 있는 말없는 구경꾼의 그리움을 표현해 보고 싶었던 것이다. 그는 이 지상에서 어떤 축제나 즐거움에도 완전히 즐겁고 명랑한 마음으로 빠져들지 못할 것이며, 삶의 한가운데서도 고독한 자로, 그리고 어느 정도는 구경꾼이자 이방인으로 머물게 되리라고 느꼈다. 자신의 영혼은 많은 다른 사람들 사이에 있으면서도 홀로 지상의 아름다움과 이방인의 비밀스러운 욕구를 감지하도록 그렇게 창조되어 있다는 것을 느꼈다. 마음이 슬퍼져서 그는 곰곰 생각에 잠겼다. 그리고 결국 다음과 같은 결론에 이르렀다. 즉 언젠가는 세계를 완전히 시 속에 반영하는 데 성공하여, 이 영상 속에서 세계 자체를 정화하고 영원화해서 소유하게 될 때라야 비로소 그에게 진정한 행복과 깊은 만족감이 주어질 것이라고.

한 포크는 깨어 있는지 잠들어 있는지 알지 못하는 상태에서 나지막한 소리를 들었고, 나무 기둥 옆에 한 낯선 사람이 서 있는 것을 보았다. 보라색 옷을 입고 존경할 만한 외모를 지닌 노인이었다. 한 포크는 일어서서 노인이나 신분이 높은 사람에게 어울리는 인사를 했다. 낯선 노인은 그저 미소만 지으면서 몇 줄의 시를 읊었다. 그 시구에는 젊은이가 방금 느꼈던 모든 것이 너무나 완전하고 아름답게, 대가다운 법칙에 따라 표현되어 있었으므로, 젊은이는 놀란 나머지 심장이 멈추는 것 같았다.

「오, 당신은 누구신가요?」 그는 깊숙이 몸을 굽히며 외쳤다. 「당신은 제 영혼을 들여다보시고, 제가 이제껏 모든 선생님에게서 들었던 것보다 더 아름다운 시구를 읊으시는군요」

낯선 노인은 다시 한번 완성된 인간의 미소를 지으며 말했다.

「시인이 되고 싶으면 내게로 오게나. 내 오두막은 북서쪽 산중에 있는 큰 강의 상류에 있네. 사람들은 나를 완전한 언어의 대가라고 부른다네」

그러면서 노인은 좁은 나무 그늘로 들어가 곧 사라져버렸다. 한 포크는 그를 찾아보았지만 헛수고였다. 그의 자취를 더 이상 찾지 못하자, 모든 게 피곤해져서 꾸게 된 꿈이라고 생각했다. 그는 서둘러 배를 타고 건너가 축제에 참가하였다. 그러나 이야

기와 피리 소리 사이로 계속해서 그 낯선 노인의 신비한 음성이 들려왔다. 그의 영혼은 노인과 함께 어디론가 가버린 듯했다. 그는 낯설게, 그리고 꿈꾸는 듯한 눈빛을 하고 앉아 있었다. 사람들은 한 포크는 약혼녀에게 홀딱 빠져서 그렇다고 쾌활하게 놀려댔다.

며칠 후 한 포크의 아버지는 결혼 날짜를 정하기 위해 친구와 친척들을 부르려 했다. 그때 신랑이 반대하며 말했다.

「아들이 아버지에게 마땅히 해야 할 순종을 하지 않는 것 같더라도 용서해 주십시오. 아버지께서는, 시 예술에서 두각을 나타내고자 하는 저의 욕구가 얼마나 절실한지 알고 계시지요. 친구들 몇몇이 제 시를 칭찬하지만 아직 많이 부족하고, 이제 겨우 시작 단계에 있다는 것을 잘 알고 있습니다. 그러니 얼마 동안 고독 속에 몰입하며 시작(詩作)에만 전념할 수 있도록 허락해 주십시오. 아내를 얻고 가정을 꾸려나가자면 그런 일을 하지 못할 것 같습니다. 저는 아직 젊고 달리 의무도 없으니, 얼마 동안은 혼자서 시 쓰는 일을 위해 살면서 거기에서 기쁨과 명성을 기대하고 싶습니다」

이 말을 듣고 아버지는 깜짝 놀랐다.

「시 쓰는 일이 네겐 무엇보다 중요한 모양이구나. 그것 때문에 결혼식까지 연기하려 하다니. 만일 그게 아니라 너와 네 약혼자 사이에 무슨 일이 있었다면 말해 다오. 그녀와 다시 화해를 시키든지, 아니면 다른 처녀를 구해 볼 테니」

그러나 아들은, 어제와 다름없는 마음으로 약혼녀를 사랑하고 있으며 그녀와의 사이에는 다툼의 그림자도 없었노라고 맹세했다. 동시에 아버지에게, 등불 축제가 있던 날 꿈을 통해 한 대가를 알게 되었으며, 그의 제자가 되는 것을 이 세상 어떤 행복보다 더 간절하게 바라고 있다고 말했다.

「좋다」아버지는 말했다.「그러면 일 년의 여유를 주마. 그 동안 신이 네게 보냈을지도 모르는 꿈을 따라가보아라」

「이 년이 걸릴지도 모릅니다」한 포크는 망설이며 말했다.「누가 그걸 알겠습니까?」

그리하여 아버지는 아들이 떠나도록 했으나, 마음은 울적하였다. 젊은이는 약혼녀에게 편지를 써서 작별을 고하고는 고향을 떠났다.

오랜 방랑 끝에 그는 강의 상류에 도달했고, 아주 외진 곳에서 대나무로 만든 오두막을 발견했다. 오두막 앞에 깔아논 돗자리 위에 강기슭 나무 곁에서 보았던 그 노인이 앉아 있었다. 노인은 앉아서 라우테*를 연주하고 있었다. 손님이 경외심을 가지고 다가오는 것을 바라보면서도 노인은 일어서지 않았다. 인사도 하지 않았으며, 그저 미소만 지을 뿐이었다. 부드러운 손가락은 현 위를 달리고 있었다. 매혹적인 음악이 은빛 구름처럼 골짜기를 따라 흘러내렸다. 젊은이는 머물러 선 채 경탄해 마지않았다. 달콤한 경이감에 사로잡혀 다른 것을 모두 잊어버리고 말았다. 이윽고 완전한 언어의 대가는 라우테를 옆으로 치워놓고 오두막으로 들어갔다. 한 포크는 공손히 그를 뒤따랐으며, 그의 곁에서 하인이자 제자로 머물게 되었다.

---

* 만돌린과 비슷한 옛날 현악기이다.

한 달이 지나자, 그는 전에 자기가 지었던 노래들이 모두 하잘것없다는 사실을 알게 되었다. 그리하여 그것들을 기억에서 지워버렸다. 다시 몇 달이 지나자, 고향의 스승에게서 배웠던 노래마저 기억에서 지워버려야 했다. 대가는 한마디 대화도 나누지 않고 말없이 라우테를 연주하는 기술만을 가르쳤다. 제자의 온몸에 음악이 흘러 넘칠 때까지. 언젠가 한 포크는 가을 하늘을 나는 두 마리 새에 관한 시를 지었는데 꽤 마음에 들었다. 그러나 대가에게 보여줄 엄두도 내지 못했다. 어느 날 저녁 그는 오두막에서 약간 떨어진 곳에서 그 시를 노래로 읊었다. 대가도 그 노래를 들었겠지만 한마디의 말도 없었다. 그저 라우테만을 나지막하게 연주하고 있었다. 그러자 한여름이었는데도 곧 대기가 서늘해지더니 황혼이 빠르게 밀려오면서 매서운 바람이 일어났다. 잿빛이 되어버린 하늘에는 두 마리의 재두루미가 방랑의 기쁨을 구가하면서 날아가고 있었다. 이 모든 것이 제자의 시보다 훨씬 더 아름답고 완전했다. 한 포크는 슬퍼져서 입을 다물었다. 자신의 무기력함을 뼈저리게 느꼈다. 노인은 언제나 이런 식으로 가르쳤다. 일 년이 지나자 한 포크는 라우테 연주법을 거의 완전하게 익혔다. 그러나 시 쓰는 기술은 점점 더 어렵고 고귀한 것으로 여겨졌다.

이 년이 흘러갔을 때 젊은이는 가족과 고향과 약혼녀에 대한 그리움을 참을 수가 없었다. 그리하여 스승에게 여행을 허락해 달라고 간청했다.

대가는 미소를 지으며 머리를 끄덕였다.

「자네는 자유로운 몸일세」 그는 말했다. 「어디든 원하는 대로 갈 수 있지. 다시 돌아올 수도 있고 아주 가버려도 돼. 자네 마음대로 하게나」

그래서 한 포크는 길을 떠나 쉬지 않고 걸었다. 어느 날 새벽녘에 고향의 강기슭에 도착하였고, 아치형의 다리 너머로 고향 마을을 건너다보았다. 그는 눈에 띄지 않게 집의 정원으로 살금살금 기어 들어가, 침실의 창문 너머로 잠들어 계신 아버지의 숨소리를 들었다. 그러고는 약혼녀의 집 과수원으로 숨어들었다. 대나무 꼭대기에 올라가서는 약혼녀가 방에 서서 머리를 빗고 있는 모습을 바라보았다. 눈으로 직접 본 모든 것을 향수에 젖어 그려보았던 영상과 비교하면서, 그는 자신이 시인으로 태어났음을 분명히 느꼈다. 현실의 사물 속에서는 찾아볼 수 없는 아름다움과 우아함이 자신의 꿈속에는 존재함을 보았다. 그는 나무에서 내려와 정원을 빠져나왔다. 다리를 건너 고향을 벗어난 후 산속의 깊은 골짜기로 되돌아오고 말았다. 이때에도 늙은 대가는 이전처럼 오두막 앞 초라한 거적에 앉아 손가락으로 라우테를 뜯고 있었다. 인사 대신 그는 예술의 기쁨에 대한 두 줄의 시를 읊었다. 그 심오하고 아름다운 곡조를 듣자 젊은이의 눈에는 눈물이 가득 고였다.

다시금 한 포크는 완전한 언어의 대가 곁에 머물렀다. 이 대가는 한 포크의 라우테 연주에 통달하게 되자 치터*를 가르치기 시작했다. 세월은 눈 녹듯 흘러갔다. 향수병이 두 번 더 그를 엄습했다. 한번은 밤중에 몰래 그곳을 떠났다. 그러나 골짜기의 마지

---

* 고대 그리스의 현악기. 평평한 목제 공명상자 위에 30−45개의 현이 달려 있다.

막 모퉁이에 다다르기도 전에, 오두막의 문에 걸려 있던 치터 위로 밤바람이 불었다. 그 음조가 뒤쫓아와 그를 불렀고, 그는 저항할 수가 없었다. 또 한번은 꿈을 꾸었는데, 그 꿈속에서 그가 정원에 어린 나무를 심고, 그의 부인과 옆에 서 있던 아이들이 그 나무에 포도주와 우유를 뿌리는 것이었다. 깨어보니, 달빛이 그의 방을 비추고 있었다. 혼란한 마음으로 그는 자리에서 일어났다. 옆에는 대가가 잠들어 있었다. 그의 회색빛 수염이 부드럽게 흔들거렸다. 그러자 자신의 인생을 파괴하고 미래를 기만한 것처럼 생각되어, 이 인간에 대한 극심한 증오가 한 포크를 엄습했다. 노인에게 덤벼들어 죽이고 싶은 심정이었다. 그때 노인이 눈을 떴다. 그리고 부드럽고도 슬픈 듯한 온화함으로 미소를 지었다. 그는 그만 맥이 풀려버렸다.

「잊지 말게, 한 포크」노인은 나지막하게 말했다. 「자네는 자유라는 사실을. 좋을 대로 하게나. 고향으로 돌아가 나무를 심어도 좋고, 나를 증오해서 때려 죽여도 좋네. 그건 별로 중요하지 않아」

「아, 제가 어찌 스승님을 증오할 수 있겠습니까」시인은 격렬하게 부르짖었다. 「그것은 마치 하늘을 증오하려는 것과 같습니다」

그리하여 그는 머물러서 치터 연주법을 배웠고, 다음에는 피리를, 그 다음에는 대가의 지시에 따라 시를 짓기 시작했다. 서서히, 겉으로 보면 단순하고 소박한 것을 말하는 것 같으면서도, 수면 위에 부는 바람처럼 듣는 사람의 영혼을 뒤흔들어 놓는 비밀스러운 기술을 배웠다. 그는, 태양이 떠올라서 산봉우리에 머무는 모습을 묘사하였고, 고기가 물밑에서 소리 없이 헤엄치며 그림자처럼 달아나는 모습, 혹은 어린 버드나무가 봄바람에 흔들리는 모습을 그려내었다. 그것을 들어보면, 태양이나 물고기의 유희나 버드나무의 속삭임 뿐 아니라, 언제나 하늘과 이 세계가 한순간 완전한 음악 속에서 함께 울리고 있는 것 같았다. 사람들은 이것을 들으면서 모두 기꺼이, 혹은 고통스럽게, 자기가 사랑하거나 증오하는 것을 생각하게 되어, 소년은 놀이를, 젊은이는 애인을, 그리고 노인은 죽음을 생각하는 것이었다.

한 포크는 얼마나 오랜 세월을 큰 강 상류의 오두막에 머물렀는지 알지 못했다. 때로는 바로 어젯밤에 이 골짜기로 들어와 노인의 현악 연주로 영접을 받은 듯했고, 때로는 그의 뒤로 많은 시대와 시간이 흘러가 실체가 없어진 것 같기도 했다.

그러던 어느 날 아침 눈을 떠보니, 오두막 안에 자기 혼자뿐이었다. 아무리 찾아보고 불러보아도 대가는 사라지고 없었다. 밤 사이에 갑자기 가을이 다가온 것같이 거친 바람이 낡은 오두막을 뒤흔들었고, 아직 때가 이르지 않았는데도 새들이 산마루 위로 큰 무리를 이루며 날아가고 있었다.

한 포크는 작은 라우테를 들고 고향으로 내려갔다. 마주치는 사람들마다 그에게 노인이나 신분이 높은 사람들에게 어울리는 인사를 했다. 고향에 돌아와보니, 아버지와 약혼녀와 친척들은 모두 죽었고, 다른 사람들이 그들의 집에서 살고 있었다. 저녁이 되자, 강물 위에서 등불 축제가 열렸다. 시인 한 포크는 맞은편 어두운 기슭에서 고목에 기대어 서 있었다. 그가 라우테를 연주하기 시작하자, 여자들은 한숨을 쉬면서 황홀하고 애타는 심정으로 밤하늘을 바라보았다. 어린 소녀들이 라우테 연주자를 불러댔지만, 아무데서도 그를 발견하지 못했다. 그들 중 아무도 과거에 그런 라우테 소리를 들어보지 못했노라고 외쳐댔다. 한 포크는 미소를 지을 뿐이었다. 그는 수천 개 등불의 영상이 어른 거리는 물 속을 들여다보았다. 그 영상과 실제를 구별할 수 없게 되자, 그는 마음속 깊이, 이 축제와, 그가 젊었을 때 거기 서서 낯선 대가의 말을 들었던 그 축제 사이에 아무런 차이가 없다는 것을 깨달았다.

(1913)

숲 사람

최초의 시대가 시작되어 인류가 아직 지상에 퍼지기 전에 숲 사람들이 존재하였다. 이들은 열대 원시림의 어스름 속에 밀집한 채 언제나 친척들, 즉 원숭이들과 다투면서 불안하게 살았다. 그들의 행위와 존재 위에는 유일한 신으로서, 그리고 유일한 법칙으로서 숲이 존재했다. 숲은 고향, 피난처, 요람, 둥지이자 무덤이었고, 숲 바깥에서의 어떤 삶도 생각할 수 없었다. 사람들은 숲의 가장자리까지 나아가는 것을 피했다. 특별한 사정으로, 즉 사냥이나 도망중에 거기까지 도달하게 되었던 사람은 두려워 떨면서, 치명적인 뙤약볕 속에 무서운 허무가 번쩍거리는 바깥 세계의 공허함에 대해 이야기하곤 했다.

늙은 숲 사람 하나가 살고 있었는데, 그는 수십 년 전 사나운 맹수에게 쫓겨 숲의 가장자리를 넘어 도망쳤다가 눈이 멀어버렸다. 그는 이제 일종의 사제이자 성자, 즉 마타 다람(내면의 눈을 가진 사람)이라고 불리었다. 심한 폭풍우가 몰아칠 때 모두들 그가 지은 숲의 성가를 불렀으며, 숲 사람들은 그의 말을 따랐다. 태양을 눈으로 직접 보았는데도 죽지 않았다는 사실, 그것이 그의 명성이었으며 비밀이었다.

숲 사람들은 키가 작고 갈색이며 털이 많았다. 그들은 몸을 앞으로 굽히고 걸었으며, 소심한 야생의 눈을 지니고 있었다. 사람처럼 걸을 수도, 원숭이처럼 걸을 수도 있었고, 나뭇가지 꼭대기에서도 땅에서처럼 안전하게 느꼈다. 집이나 오두막 같은 것은 아직 몰랐지만, 갖가지 무기나 기구, 장식 따위는 잘 알고 있었다. 그들은 딱딱한 나무로 활, 화살, 창과 싸움용 곤봉을 만들 줄 알았다. 식물의 껍질로 만든 목걸이와 말린 딸기, 혹은 호도로 된 목걸이를 목에 걸었다. 목이나 머리에는 또 그들의 귀중품, 즉 수돼지 이빨, 호랑이 발톱, 앵무새 깃털, 강에서 나는 조개 등을 달고 다녔다. 끝없는 숲 한복판에는 커다란 강이 흐르고 있었다. 숲 사람들은 어두운 밤에만 그 강기슭에 들어갈 수 있었고, 강의 모습을 아예 보지 못한 사람도 많았다. 제법 용감한 자들은 때때로 밤에 덤불을 빠져나와 두려움을 느끼며 강가로 숨어들곤 하였다. 그럴 때면 희미한 깜박임 속에서 코끼리들이 목욕하는 것을 보았고, 망그로브 나뭇가지가 그물처럼 얽혀 있는 사이로 빛나는 별들이 걸려 있는 것을 놀라서 바라보았다. 그들은 태양을 결코 보지 못했으며, 태양 속에서 그들의 영상을 보는 것을 가장 위험한 일로 여겼다.

눈먼 마타 다람이 이끄는 숲 사람들의 부족에 쿠부라는 청년이 있었다. 그는 젊은이들과 불만을 표하는 사람들의 지도자이자 대표자였다. 늙은 마타 다람의 지배욕이 점점 강해지자 불평하는 사람들이 생겨났던 것이다. 장님인 그가 다른 사람에 의해 음식을 공급받는 것은 특권이었다. 사람들은 그에게 조언을 구했고, 그가 만든 숲의 노래를 불렀다. 그러나 그는 점차 온갖 종류의 새롭고도 귀찮은 관습들을 도입하였다. 그의 말에 의하면, 그것은 꿈속에서 숲의 신으로부터 받은 계시였다. 그러나 몇몇 젊은이와 의심하는 사람들은, 이 늙은이가 사기꾼이며 자신의 이익만을 추구할 뿐이라고 주장했다.

마타 다람이 아주 최근에 도입한 것으로 초승달 축제가 있었다. 축제가 진행되는 동안 그 자신은 원의 중앙에 앉아 나무껍질로 만든 북을 두드렸다. 다른 숲 사람들은 그동안 손에 손을 잡고 둥글게 춤을 추면서 피곤해서 녹초가 될 때까지 「고로 에라」라는 노래를 불러야 했다. 그리고 나서는 각자 가시로 왼쪽 귀에 구멍을 뚫어야 했는데, 젊은 여자들은 사제 앞으로 이끌려 나갔고, 그가 친히 각자의 귀에 구멍을 뚫어주었다.

쿠부는 몇몇 동료들과 함께 이러한 관습에 대해 반기를 들었다. 그들의 계획은 젊은 소녀들도 이 관습에 대해 저항하도록 설득하는 것이었다. 한번은 그들이 사제의 힘을 깨뜨리고 승리를 거둘 뻔한 적이 있었다. 늙은 사제가 다시 초승달 축제를 거행하고 여자들의 왼쪽 귀를 직접 뚫어주는 자리에서였다. 힘센 소녀 하나가 끔찍한 비명을 지르면서 반항하는 일이 생겼다. 그러나 그 눈먼 남자는 그것을 묵과하지 않았다. 가시로 그녀의 눈을 찔러 눈알이 빠져나오도록 하고 말았다. 소녀가 절망적인 소리를 질러대자 모두 달려왔다. 일어난 일을 보고 모두들 당황하고 언짢았지만 입을 여는 사람이 없었다. 그때 젊은이들이 승리를 확신하면서 끼여들었다. 그러나 쿠부가 사제의 어깨를 움켜쥐려 했을 때, 노인은 자신의 북 앞에서 일어나 수탉이 우는 듯 조롱하는 목소리로 무시무시한 저주를 내뱉었다. 그러자 모두들 혼비백산해서 달아나버렸고, 젊은이 역시 놀란 나머지 심장이 얼어붙는 것 같았다. 늙은 사제가 내뱉는 말의 의미를 정확히 이해할 수 있는 사람은 아무도 없었다. 그러나 그 거칠고 무시무시한 말투나 어조가 신에게 바치는 두렵고도 성스런 주문을 연상시켰다. 사제는 젊은이의 눈이 독수리의 먹이가 될 것이라고 저주하였다. 그의 내장은 어느 날 들판에서 태양 빛에 그슬리게 될 것이라고 예언하였다. 이 순간 사제는 그 어느 때보다 더 큰 힘을 갖게 되었다. 그는 젊은 소녀를 다시 데려오라고 명령했다. 그러고는 가시로 그녀의 두번째 눈을 찔렀다. 모두가 경악해서 그 모습을 바라보았지만 아무도 숨조차 제대로 쉬지 못했다.

「너는 저 바깥에서 죽게 될 것이야」 노인은 쿠부에게 저주를 퍼부었다. 그 이후로 사람들은 이 젊은이를 가망 없는 자로 여겨 슬슬 피했다. 〈바깥!〉 그것은 고향의 밖, 어두운 숲의 밖을 의미했다! 〈바깥!〉 그것은 공포와 뙤약볕과 이글거리는 죽음의 공허를 의미했다.

쿠부는 놀라서 멀리 도망쳤다. 모두 자기를 피하는 것을 보자, 텅 빈 나무 기둥 속에 몸을 숨겼다. 죽음의 공포와 반항심이 엇갈리는 가운데 하루 밤낮 동안 그는 누워 있었다. 사람들이 그를 때려죽이려고 숨어 있는 나무 등걸로 오지 않을까, 혹은 태양이 숲을 뚫고 들어와 그를 포위하고 몰아대서 쓰러뜨리지나 않을까 알 수 없었다. 그러나 화살도, 창도 날아오지 않았고, 태양 광선이 쏟아지지도 않았다. 찾아온 것은, 걷잡을 수 없는 무력감에 배고픔을 알리는 쪼르륵 소리뿐이었다.

쿠부는 다시 일어나 나무 밖으로 기어나왔다. 정신은 말짱했으며 실망의 느낌마저 들었다.

「사제의 저주는 아무것도 아니구나」 그는 생각했다. 그러고는 먹을 것을 찾았다. 요기를 하고 나자, 다시금 사지에 활력이 넘쳐남을 느꼈다. 자부심과 증오가 함께 그의 마음속에 되돌아왔다. 그러나 이제 더 이상 동료들에게 돌아가고 싶지 않았다. 사람들의 증오와 짐승 같은 사제의 저주를 받은 고독한 자, 쫓겨난 자로 있고 싶었다. 혼자이고자 했고 혼자 머물고 싶었다. 그러나 그전에 복수를 하고 싶었다.

그는 걸어가면서 생각에 잠겼다. 매번 의심을 일으켰고 기만으로 여겨졌던 모든 것에 대해 곰곰 생각했다. 특히 사제의 북소리와 축제에 대해. 생각을 더 많이 할수록 혼자 있는 시간이 더 길어질수록 그는 분명히 알 수 있었다. 그렇다. 그것은 속임수였다. 모든 것은 속임수에 지나지 않았고, 거짓이었다. 생각이 거기까지 미치자, 진실하고 성스럽게 여겼던 모든 것에 대해서도 완전한 불신감이 조심스럽게 고개를 들었다. 예를 들어 숲의 신과 거룩한 숲의 노래는 어떤 관계가 있는가? 오, 그것 역시 아무것도 아니었다. 그것도 사기였던 것이다! 은밀한 놀라움을 참아내면서, 그는 숲의 노래를 부르기 시작했다. 조롱기가 담긴 경멸적인 목소리로 가사를 모두 왜곡해서 불렀다. 그리고 사제가 사형을 집행할 때 말고는 아무도 불러서는 안 되는 신의 이름을 세 번이나 불렀다. 그런데도 모든 것이 고요했다. 폭풍도 일어나지 않았고, 번개도 내려치지 않았다!

이 고독한 남자는 눈 위에 바짝 주름이 설 정도로 사방을 노려보는 눈빛으로 많은 날을 이리저리 방황하며 다녔다. 보름달이 뜨는 밤에 그는 강가로 나아갔다. 그것은 아직 아무도 감행해 보지 못한 일이었다. 거기서 그는 처음으로 강에 비친 달의 영상, 그리고 보름달 자체와 모든 별들을 오랫동안 대담하게 응시했다. 그런데도 아무런 고통이 생겨나지 않았다. 그는 달밤이면 강변에 나와 앉아 금지된 빛에 도취되어 탐닉했다. 그리고 생각을 가다듬었다. 대담하고 무서운 계획들이 마음속에 무수히 생겨났다.

〈달은 내 친구다.〉그는 생각했다. 〈그리고 별도 내 친구다. 그러나 저 늙은 장님은 나의 적이다. 그 '바깥'이라는 것이 아마 '안'보다 나을지도 모른다!〉

그는 어느 날 밤 모든 인간들보다 한 세대 앞서는, 대담하고도 굉장한 생각에 도달했다. 즉 나뭇가지 몇 개를 덩굴로 묶으면 그 위에 앉아 강을 저어 내려갈 수 있으리라는 착상이었다. 그의 눈은 빛났고, 심장은 힘차게 뛰었다. 그러나 그는 아무것도 할 수 없었다. 강이 악어로 가득 차 있었기 때문이었다.

그렇다면 미래로 가는 길은 숲의 가장자리를 떠나는 것 외에 다른 길이 없었다. 숲에 끝이 있다면 말이다. 그리고 그 이글거리는 공허, 즉 사악한 〈바깥〉에 자신을 맡기는 수밖에 없었다. 저 무서운 존재, 즉 태양을 찾아 이겨내어야 했다. 누가 알았으랴? 결국 외경스런 태양에 대한 오랜 가르침 역시 한낱 거짓말에 불과하다는 것을!

이 마지막의 대담하고 흥분된 생각이 쿠부를 전율케 했다. 아직 어떤 시대의 숲 사람도 자유 의지로 숲을 떠나 저 끔찍한 태양에 자신을 내맡길 엄두를 내지 못했던 것이다. 이런 생각을 지닌 채 그는 다시 며칠을 보냈다. 그러다가 마침내 용기를 냈다. 몸을 떨면서 그는 한낮에 강가로 살금살금 걸어갔다. 몸을 숨기며 반짝거리는 강변에 접근했고, 불안한 눈빛으로 물 속에 비친 태양의 영상을 찾았다. 강렬한 광채가 눈을 아프게 했다. 그는 재빨리 눈을 감았다. 잠시 후 다시 떴다가 또 감았다. 그러나 결국은 다시 눈을 뜰 수 있었다. 마침내 햇빛을 견디는 것이 가능해졌다. 그것은 쿠부를 기쁘게 했고, 용기를 주기까지 했다. 그는 태양을 믿었다. 태양이 그를 죽이게 될지라도, 태양을 사랑하게 되었다. 그는 어둡고 고리타분한 숲을 증오했다. 사제들이 꽥꽥 떠들어대면서 쿠부처럼 용기 있는 젊은이들을 배척하는 그곳을.

이제 그의 결심은 무르익었다. 그는 달콤한 열매를 따듯 행동을 개시했다. 가벼운 손잡이가 달린 나무망치를 가지고 다음날 새벽, 마타 다람의 뒤를 좇았다. 곧 그의 거처를 찾았고, 이어 마타 다람을 발견하였다. 그는 망치로 노인의 머리를 내리쳤다. 그리고 사기꾼의 영혼이 일그러진 입에서 빠져나가는 것을 지켜보았다. 그는 무기를 시체의 가슴에 올려놓았다. 누구로 인해 죽었는지 사람들이 알 수 있도록 하기 위해서였다. 망치의 매끈매끈한 면에는 조개껍질로 그림 하나를 정성들여 새겨넣었다. 많은 직선의 광선들이 방사되는 하나의 원. 즉 태양의 형상이었다.

그는 용기 있게 먼 〈바깥〉으로의 편력을 시작했다. 아침부터 밤중까지 똑바른 방향으로 나아갔다. 밤에는 나뭇가지 위에서 잠을 자고, 새벽이 되면 방랑을 계속했다. 여러 날 동안 개울과 검은 늪 위를 지났다. 이윽고 땅이 점점 높아지더니, 이끼 긴 바위층들이 나타났다. 이전에는 보지 못한 것들이었다. 가파른 언덕을 오르면, 골짜기들이 앞을 가로막았다. 산속으로 들어가자 다시금 영원한 숲이 계속되었다. 결국 그는 절망하고 슬픈 생각에 잠겼다. 숲의 피조물이 고향을 떠나는 것은 신에 의해 금지된 일이란 말인가?

어느 날 저녁이었다. 오랜 시간 계속 오르다 보니, 공기가 점점 건조하고 가벼워지면서 뜻밖에도 끝에 이르렀다. 숲이 끝나고 있었다. 숲과 함께 대지도 사라졌다. 마치 세계가 두 동강 난 것처럼 여기에서 숲은 허공 속으로 추락해 버렸다. 희미한 노을과 머리 위의 별들 몇 개 이외에는 아무것도 보이지 않았다. 밤이 벌써 시작되었기 때문이었다.

쿠부는 세계의 가장자리에 앉았다. 굴러 떨어지지 않도록 칡넝쿨로 몸을 단단히 묶었다. 두려움과 흥분 속에서 웅크리고 앉아 눈을 뜬 채로 밤을 지샜다. 두려운 새벽이 밝아오자, 그는 참지 못하고 자리에서 벌떡 일어섰다. 허공 위로 몸을 굽히고는 날이 밝기를 기다렸다.

노란색의 아름다운 광채가 멀리서 타오르기 시작했다. 하늘은 기대감에 떨고 있는 듯했다. 광활한 창공에서 날이 밝는 것을 본 적 없는 쿠부가 떨고 있듯이. 노란 빛의 다발이 활활 타오르더

니, 무시무시한 협곡의 저편에서 갑자기 크고 붉은 태양이 떠올랐다. 끝없는 잿빛의 무(無)로부터 높이 솟아올랐다. 그 잿빛의 무(無)는 곧 검푸른 색으로 변했다. 그것은 바다였다.

떨고 있는 숲 사람 앞에 베일을 벗은 〈바깥〉이 놓여 있었다. 발 앞에서 산은, 안개가 자욱하여 식별할 수 없는 심연으로 추락하였다. 맞은편으로 장밋빛 보석 같은 바위산 하나가 솟아올랐다. 옆으로 멀리 거대한 바다가 놓여 있었다. 흰 거품이 이는 해안선을 따라 머리를 조아리는 나무들이 줄지어 서 있었다. 이 모든 것 위로, 이 수천의 새롭고 낯설고 힘찬 형상들 위로 태양이 떠올랐다. 그러고는 갖가지 색깔을 띠고 웃음 짓는 세계 위로 이글대는 빛의 홍수를 쏟아 붓고 있었다.

쿠부는 태양을 마주 볼 수 없었다. 그러나 그 빛이 산과 바위와 해안선과 멀리 푸른 섬 주위로 온갖 색깔이 범람하는 가운데 솟구쳐 나오는 것은 보았다. 그는 주저앉아 이 빛나는 세계의 신들 앞에 머리를 조아렸다. 아, 그는 누구였던가, 쿠부?! 그는 작고 더러운 짐승이었다. 깊은 숲속 어두운 습지에서 무기력한 인생을 보냈던, 소심하고 암울하게 살면서 비열한 신들에게 복종했던 삶이었다. 그러나 이제 여기 세계가 있었다. 그 세계 최고의 신은 태양이었다. 숲속 생활의 길고 치욕스러운 꿈은 뒤에 놓여 있었다. 그것은 벌써 그의 영혼 속에서 죽은 사제의 창백한 모습처럼 사라지기 시작했다. 쿠부는 손과 발을 모두 사용해 가파른 낭떠러지 아래로 기어 내려갔다. 빛과 바다를 향해. 그의 영혼은 순간적인 행복의 도취경 속에서 대지를 지배하는 밝은 태양과 함께하리라는 꿈같은 예감에 전율하였다. 그곳에서는 자

유로운 존재들이 밝은 빛 속에서 살았으며, 태양 외에는 아무에
게도 예속되지 않았다.

(1914)

다른 별에서 온 놀라운 소식

우리 아름다운 별의 남쪽 지방에 매우 불행한 일이 일어났다. 무시무시한 폭풍우와 홍수를 동반한 지진이 큰 마을 셋과 그곳의 정원, 들판, 숲, 그리고 식물들을 휩쓸어버린 것이다. 무수한 사람과 동물이 죽음을 당했고, 그중에서도 가장 슬픈 일은 죽은 사람을 덮어주고 그들의 묘지에 장식할 꽃이 절대적으로 부족하다는 사실이었다.

그 외 필요한 다른 것은 물론 바로 조달되었다. 끔찍한 시간이 지나자 곧 인근 지역에서 큰 사랑의 소리를 전달하는 사절들이 급히 다녀갔다. 전 지역의 탑들로부터 가슴을 울리는 감동적인 시 낭송 소리가 들려왔다. 그 시는 옛날부터 동정심의 여신에게 드리는 인사로 알려져 왔으며, 그 음조에 저항할 사람은 아무도 없었다. 곧 모든 도시와 단체로부터 동정과 도움의 손길이 뻗쳐왔다. 집을 잃어버린 불행한 사람에게는 여기저기 친척과 친구

뿐 아니라 낯선 사람들에게서도 거처를 제공하겠다는 친절한 초대가 줄을 이었다. 음식과 의복, 마차와 말, 연장, 돌과 나무 말고도 많은 물건들이 사방에서 지원되었다. 노인과 여자, 그리고 아이들은 기꺼이 자선을 베푸는 손길들이 따뜻하게 위로하며 데려갔다. 부상자들을 조심스레 씻어주고 붕대로 감아주었다. 폐허 속에서 시체들을 찾는 동안 다른 사람들은 내려앉은 지붕을 깨끗이 치우고 흔들리는 담을 버팀목으로 받치는 등 신속한 재건을 위해 필요한 일을 모두 준비해 주었다.

그리하여 불행으로 인한 공포의 기운이 아직 공중에 떠돌고, 죽은 이들에 대한 슬픔과 경의를 침묵 속에 표하면서도, 모두의 얼굴과 목소리에서는 기쁘게 도우려는 마음과 함께 부드러운 축제의 분위기 같은 것을 감지할 수 있었다. 부지런히 일하면서 뭔가 매우 필요한 일, 아름답고 감사받을 일을 한다는 확신이 모두의 가슴 위로 파도처럼 밀려왔기 때문이었다. 처음에는 모든 것이 두려움과 침묵 속에서 진행되었지만, 곧 여기저기서 명랑한 음성과 노동 가요를 나지막하게 부르는 소리가 들려왔다. 사람들이 생각하기에 가장 많이 부른 것은 옛날 격언으로 된 두 가지 노래였다.

〈복되도다, 고난에 빠진 이에게 베푸는 도움이여. 메마른 정원이 첫 비를 마시고 꽃들을 피워 감사의 응답을 하듯, 그의 가슴 어찌 그 은혜를 마시지 않겠는가?〉라는 가사의 노래와 〈신이 선사하는 명랑함은 함께하는 행동에서 솟아 나온다〉라는 노래가 그것이었다.

그러나 이제 유감스럽게도 꽃이 부족하다는 문제가 생겼다.

처음 발견된 시체들은 파괴된 정원에서 그럭저럭 끌어모은 꽃과 가지들로 장식할 수 있었다. 그 다음에는 이웃 마을로부터 얻을 수 있는 꽃이란 꽃은 모두 가져왔다. 그러나 특히 불운한 일은, 바로 파괴된 세 마을에 이 계절의 꽃들이 가득 피어 있는 가장 크고 아름다운 정원들이 있었다는 사실이었다. 해마다 사람들이 수선화와 크로커스를 보기 위해 이곳으로 왔었다. 다른 어느 곳에서도 그렇듯 엄청난 양의 꽃을 볼 수 없었고, 또한 그렇듯 진기한 색깔을 지닌 종류의 꽃들이 가꾸어진 곳은 없었다. 그런데 이제 모든 것이 파괴되고 망쳐진 것이었다. 죽은 사람이나 동물은 그 계절의 꽃으로 화려하게 장식해야 하며, 죽음이 갑작스럽고 슬픈 것일수록 그 장례식은 더욱 풍성하고 성대하게 치러주어야 한다는 이 마을의 풍습을 이 모든 죽은 이들에게 어떻게 지킬 수 있을까? 사람들은 어찌할 바를 모르고 망연해하고 있었다.

제일 먼저 도움을 주려고 온 사람은 이 고장에서 가장 나이가 많은 노인이었다. 그는 마차에서 내리자마자 질문과 청원과 탄식이 쏟아지는 가운데 애써 평온함과 명랑함을 유지해야 했다. 그러나 그는 마음을 굳게 다잡았다. 그의 눈은 맑고 친절했고, 목소리는 낭랑하고도 공손했다. 하얀 수염 아래의 입술은 한시도 고요하고 선량한 미소를 잃지 않아 현인과 조언자의 면모를 여실히 보여주고 있었다.

「친애하는 여러분」 그는 말했다. 「불행이 우리에게 닥쳤습니다. 신들은 불행으로 우리를 시험하려 합니다. 여기서 파괴된 모든 것을 우리는 형제들에게 다시 세워주고 돌려줄 수 있을 것입니다. 나는 이 늙은 나이에도, 여러분이 우리 형제들을 돕기 위해 모여들고, 가진 것을 내놓는 광경을 보게 해주신 신에게 감사드리고 있소. 그러나 이 모든 주검들의 여행길 의식에 어울리게 장식할 꽃을 어디서 얻을 수 있겠습니까? 우리가 존재하고 살아 있는 한, 이 피곤한 순례자들 중 한 사람이라도 합당한 꽃을 받지 못한 채 묻히는 일이 일어나선 안 됩니다. 여러분들 생각도 그럴 것입니다」

「그렇습니다」 모두들 소리쳤다. 「우리의 생각도 같습니다」

「알고 있소」 노인은 아버지 같은 목소리로 말했다. 「이제 우리가 해야 할 일을 말하겠습니다, 여러분, 오늘 매장할 수 없는 시체들은 아직 눈이 덮여 있는 높은 산의 커다란 여름 신전으로 옮겨야 합니다. 거기라면 안전할 거고, 꽃이 조달될 때까지 변하지 않을 것입니다. 이런 계절에 그렇게 많은 꽃으로 우리를 도와줄 수 있는 사람은 오직 한 사람뿐이오. 임금님만이 할 수 있습니다. 그러니 우리 중 한 명을 왕에게 보내 도움을 청해야 하겠습니다」

모두들 다시 고개를 끄덕이면서 외쳤다. 「예, 그렇습니다. 왕에게로!」

「그렇다면」 노인은 말을 이었다. 모든 사람들은 하얀 턱수염 아래서 그의 아름다운 미소가 빛나는 것을 즐거운 마음으로 바라보았다. 「누구를 왕에게 보내야겠소? 갈 길이 머니 젊고 건강해야 하며, 우리가 가진 가장 좋은 말을 그에게 줘야 할 거요. 또한 잘생기기도 해야 하고, 마음이 착해야 하며, 눈이 빛나야 할 것입니다. 그래야 왕의 마음이 거절을 못할 테니까요. 말을 많이 할 필요는 없지만, 눈으로 말할 수 있어야 합니다. 가장 적

합한 것은 아이를 보내는 것입니다. 이 마을에서 제일 잘생긴 아이를 말이오. 그러나 아이가 어떻게 그런 여행을 감당해 내겠습니까? 그러니, 여러분이 좀 도와주셔야 하겠습니다. 자원해서 사절로 나서려고 하거나, 그럴 만한 사람을 알고 계신 분은 말해 주시오」

노인은 입을 다물고 밝은 눈으로 주위를 둘러보았다. 그러나 아무도 나서지 않았고, 어떤 목소리도 지원하지 않았다.

그가 다시 한번 질문을 하고, 세번째 반복했을 때, 군중 속에서 한 젊은이가 나왔다. 열여섯 살 가량 되었을까, 아직 소년 티가 나는 젊은이였다.

그는 시선을 내리깔고 인사를 하면서 얼굴이 빨개졌다.

노인은 그를 보고 단번에 적당한 사절감이라는 것을 알았다. 그는 미소를 지으며 물었다.

「네가 우리의 사절이 되는 것은 좋은 일이다. 하지만 이 많은 사람들 중에서 어떻게 자원할 생각을 했느냐?」

그러자 젊은이는 눈을 들어 노인을 보면서 말했다.

「가고 싶어하는 사람이 없다면 절 보내주세요」

군중 속에서 한 사람이 외쳤다.

「그를 보내십시오, 어르신. 우리는 그앨 잘 알고 있어요. 그앤 이 마을에서 태어났고, 그의 화원이 지진으로 폐허가 되었지요. 우리 마을에서 가장 아름다운 화원이었습니다」

노인은 다정하게 젊은이의 눈을 들여다보며 물었다.

「네 꽃 때문에 그렇게 마음이 아팠느냐?」

젊은이는 아주 나직하게 대답했다.

「가슴이 아프긴 했지만 그것 때문에 자원한 건 아니에요. 제게
는 사랑하는 친구와 어리고 아름다운 말이 있었어요. 그런데 둘
다 이번 지진으로 죽어서 지금 우리 회당에 누워 있어요. 그들을
묻으려면 꽃이 있어야지요」

노인은 손을 얹어 젊은이를 축복했다. 곧 그를 위해 가장 좋은
말이 선발되었으며, 그는 눈 깜짝할 새에 말 등에 뛰어올랐다.
말의 목을 두드린 뒤 고개를 끄덕여 작별을 고하고는 마을에서
달려나갔다. 그러고는 축축하고 황폐한 들판을 가로질러 시야에
서 사라졌다.

젊은이는 하루 종일 말을 달렸다. 먼 수도에 있는 왕에게 좀더
빨리 가기 위해 산을 넘는 길로 접어들었다. 저녁이 되어 날이
어두워지기 시작하자, 그는 숲과 바위를 지나 가파른 길로 말을
몰았다.

그때 지금껏 본 적이 없는, 어두운 빛깔의 큰 새 한 마리가 그
의 앞을 날아가고 있었다. 그는 새가 어느 작은 사원의 지붕에
내려앉을 때까지 그 뒤를 좇았다. 젊은이는 말을 수풀에 세워놓
고 나무 기둥 사이를 지나 조촐한 성전 안으로 들어갔다. 제단
으로는 검은 돌로 된 바윗덩어리 하나만 세워져 있었는데, 이
지역에서는 볼 수 없는 것이었다. 그 위엔 그가 알지 못하는 이
상한 신의 상징물이 있었다. 야생의 새가 심장을 파먹는 형상이
었다.

그는 그 신에게 경의를 표하고, 산 밑에서 꺾어 옷깃에 꽂아
두었던 푸른 방울꽃 한 송이를 제물로 바쳤다. 그리고 나서는 구
석으로 가 몸을 뉘었다. 너무 피곤해서 잠을 자야겠다고 생각했

던 것이다.

그러나 매일 저녁 쉽게 찾아오던 잠이 이날 따라 오지 않았다. 바위 위의 방울꽃, 아니면 그 외의 어떤 것이 기이하게도 깊고 고통스러운 분위기를 발산하고 있었다. 그 섬뜩한 신의 상징물은 어두운 회랑 안에서 유령처럼 빛났고, 지붕 위에선 그 낯선 새가 앉아 이따금 무시무시한 날개를 힘차게 퍼덕이면서 마치 나무 사이로 부는 폭풍처럼 쐐쐐 소리를 냈다.

그래서 젊은이는 한밤중에 일어나 사원 밖으로 나와서는 새를 올려다보았다. 새도 날개를 치며 그를 바라보았다.

「왜 안 자니?」 새가 물었다.

「모르겠어」 젊은이가 말했다. 「아마도 고통스러운 일을 겪어서 그런가 봐」

「어떤 고통을 겪었는데?」

「내 친구와 사랑하는 말이 죽었어」

「죽는 게 그렇게 나쁠까?」 새가 조롱하듯이 물었다.

「아, 아니야, 큰 새야. 그렇게 나쁘진 않아. 그건 그저 작별일 뿐이니까. 난 죽음 때문에 슬픈 게 아냐. 나쁜 일은, 꽃이 없어서 친구와 예쁜 말을 묻을 수 없다는 거지」

「그보다 더 나쁜 일도 있어」 새는 말하면서 언짢은 듯 날개를 퍼덕였다.

「아니야, 새야, 정말이지 더 나쁜 일은 없어. 꽃 제물 없이 묻히는 사람은 자기 소원대로 다시 태어날 수 없어. 친지를 묻는데 꽃 축제를 곁들이지 않고 장례를 치른 사람은 꿈속에서 그 죽은 사람의 그림자를 보게 된다는 거야. 너도 봤지. 벌써 내가 잠을 못 이루잖아. 내가 아는 죽은 사람들에게 아직 꽃이 없어서 그런 거야」

새는 휘어진 부리로 쌕쌕 날카로운 소리를 냈다.

「얘야, 네가 그것 말고 경험한 게 없다면 고통에 대해 아는 게 없는 거야. 도대체 너는 엄청난 악에 대한 이야기를 들어본 적이 없니? 증오, 살인, 질투에 관해서 말이야?」

젊은이는 이 말을 들을 때, 자신이 꿈을 꾸고 있다고 믿었다. 그러나 정신을 바짝 차리고 단호하게 말했다.

「물론 기억하지, 새야. 그런 것은 옛날 이야기나 동화에 씌어 있어. 하지만 그것은 현실 바깥에서 일어나거나, 아니면 아주 먼 옛날 이 세상에 아직 꽃도 없고 선한 신도 없었을 때의 일일 거야. 누가 그런 생각을 하겠니!」

새는 날카로운 소리로 나직하게 웃었다. 그러고는 몸을 위로 쭉 뻗더니 젊은이에게 말했다.

「그래서 너는 지금 왕에게로 가는 거고, 내가 길을 가르쳐줘 야 하는 건가?」

「오, 너 벌써 알고 있었구나」 젊은이는 기뻐서 외쳤다. 「그 래, 네가 안내해 줄 마음이 있다면, 부탁할게」

큰 새는 소리 없이 땅바닥으로 내려와 조용히 날개를 펼쳤다. 그러고는 젊은이에게 말을 여기 남겨두고 자기와 함께 왕에게 갈 것을 명령했다.

젊은이는 새 등에 올라탔다.

「눈을 감아!」 새가 명령했고, 그는 그렇게 했다.

그들은 올빼미처럼 가볍고 조용하게 어두운 하늘을 뚫고 날았

다. 차가운 공기만 젊은이의 귓전에서 윙윙거릴 뿐이었다. 그들은 밤새 날고 또 날았다.

이른 아침이 되자 그들은 조용히 멈췄다. 새가 외쳤다. 「눈을 떠봐!」

젊은이는 눈을 떴다. 그리고 자기가 숲의 끝자락에 서 있다는 것을 알았다. 그의 발밑에는 첫 아침 햇살 속에 빛나는 땅이 있었다. 그 빛에 그는 눈이 부셨다.

「이 숲에서 날 다시 볼 수 있을 거야!」 새가 외쳤다. 그러고는 화살처럼 공중으로 솟구치더니, 곧 푸른 하늘 속에서 사라졌다.

젊은이는 숲에서 나와 넓은 평지로 들어섰을 때 이상한 느낌이 들었다. 주위의 모든 것이 너무 달라지고 변해서, 자기가 깨어 있는지 꿈을 꾸고 있는지 알 수가 없었다. 초원과 나무들은 고향에서 본 것들과 비슷했다. 태양은 빛났으며, 바람은 꽃이 피어 있는 풀 속에서 장난을 치고 있었다. 그러나 사람이나 동물, 집이나 정원은 보이지 않았다. 고향에서처럼 지진이 막 광란을 부린 것 같았다. 건물의 잔해들, 부러진 나뭇가지와 쓰러진 나무들, 파괴된 울타리와 떨어뜨린 연장들이 땅바닥에 흩어져 있었다. 갑자기 그는 들판 한가운데 죽은 사람이 누워 있는 것을 발견했다. 그 시체는 매장되지 못하고 반쯤 썩은 채 끔찍한 모습이었다. 예전에 그런 것을 본 적이 없었기 때문에, 두려움과 함께 구역질이 치밀어 올랐다. 시체의 얼굴엔 아무것도 덮여 있지 않았다. 새가 파먹었거나 썩어 문드러져 벌써 반 정도는 모습이 망가져 있었다. 젊은이는 시선을 돌린 채, 푸른 잎사귀와 꽃 몇 송이를 꺾어 시체의 얼굴을 덮어주었다.

말할 수 없이 지독하고도 가슴 답답한 냄새가 미지근하고 끈 끈하게 땅 전체를 덮고 있었다. 또 다른 시체가 풀밭 위에서 까 마귀떼에 둘러싸여 있었으며, 머리 없는 말이며 사람과 짐승의 뼈가 널려 있었다. 모든 것은 햇빛 속에 방치된 채, 아무도 꽃 축제나 매장 따위는 생각조차 않는 듯했다. 젊은이는 두려웠다. 상상할 수조차 없는 불행이 이 땅의 모든 인간을 죽인 것 같았 다. 시체가 너무 많아 꽃을 꺾어 얼굴을 덮는 일은 포기할 수밖 에 없었다. 불안하여 눈을 반쯤 감은 채 그는 계속 앞으로 나아 갔다. 사방에서 시체의 악취와 피 냄새가 풍겨왔고, 수많은 폐 허와 시체로부터 형언할 수 없는 비참함과 고통의 파도가 점점 더 거세게 밀려들었다. 젊은이는 자신이 나쁜 꿈속에 갇혀 있 다고 생각했고, 그 꿈속에서 하늘 나라의 경고를 느꼈다. 고향 의 죽은 사람들이 아직 꽃 축제도 없이, 매장도 되지 못한 상 태였기 때문이었다. 그러자 다시 지난밤 그 검은 새가 신전의 지붕 위에서 한 말이 떠올랐다. 그 날카로운 음성이 들리는 것 같았다.

「더 나쁜 일도 얼마든지 많단다」

이제야 그는 알았다. 새가 그를 다른 별에 데려다주었고, 그 가 눈으로 보았던 모든 것이 현실이며 진실이라는 사실을 보여 준 것이다. 그는 소년 시절 먼 옛날의 무서운 동화를 몇 번이고 반복해 들었던 때의 기분을 기억해 냈다. 그와 똑같은 느낌이 다 시 그를 사로잡았다. 오싹하는 두려움과 동시에, 이 모든 것이 오래전에 사라져버렸다는 고요한 안도감이 뒤따랐다. 여기서는 모든 것이 두려운 옛날 이야기 같았다. 공포와 시체와 썩은 고기에 달려드는 새들이 자아내는, 참으로 기이한 이 세계는 의미도 질서도 없이 이해할 수 없는 규율에 지배되는 것처럼 보였다. 그 규율에 따라 아름답고 선한 것 대신 언제나 나쁜 것, 어리석은 것, 혐오스러운 것이 생겨나는 것이었다.

그러는 동안 그는 살아 있는 인간이 들판 너머로 가는 것을 보았다. 농부나 혹은 머슴처럼 보였다. 그는 재빨리 그 남자에게로 달려가 소리쳐 불렀다. 그러나 가까이 다가가자 그는 경악했고, 동시에 연민으로 가슴이 터질 듯했다. 이 농부가 너무나 추악한 모습이었고, 더 이상 태양의 자손 같아 보이지 않았기 때문이었다. 단지 자신만을 생각하고, 언제 어디서나 그릇된 일, 추악한 일, 나쁜 일이 일어나는 것에 대해, 그리고 무시무시한 악몽에 사로잡혀 사는 데 익숙한 인간처럼 보였다. 눈과 얼굴, 존재 전체에는 조금의 쾌활함이나 선량함, 감사하는 마음과 신뢰의 기색은 찾아볼 수가 없었다. 지극히 기본적이면서도 당연한 미덕이 이 불행한 인간에게는 전혀 없는 것 같았다.

그러나 젊은이는 정신을 가다듬었다. 불행의 티가 역력한 그 사람에게 아주 다정하게 다가가서 형제같이 인사를 하고는 미소 지으며 말을 걸었다. 그 추악한 남자는 굳어진 듯 그 자리에 서서 탁한 눈을 크게 뜨고 젊은이를 쳐다보았다. 그의 목소리는 거칠었고, 하등동물의 울부짖음처럼 음악적인 데라곤 없었다. 그러나 그 남자는 젊은이의 시선에 담겨 있는 명랑함과 겸손한 신뢰감에 저항할 수가 없었다. 잠시 이 이방인을 응시하는 동안, 그 남자의 주름 많고 거친 얼굴에 일종의 미소 혹은 일그러진 웃음

같은 것이 떠올랐다. 그 웃음이 추하긴 했지만 부드럽고 놀라운 면이 있었다. 마치 땅속 아주 깊은 곳에서 올라온 영혼이 최초로 보여주는 작은 미소 같았다.

「내게 원하는 게 뭐냐?」 그 남자는 이 낯선 젊은이에게 물었다.

젊은이는 고향의 예법에 따라 대답했다.

「감사합니다. 혹시 제가 도와드릴 일이 있는지 말해 주시겠습니까?」

농부가 놀라서 당황한 듯 미소를 짓자, 젊은이는 다시 말했다.

「말해 주세요. 여기 이 끔찍하고 무서운 일은 다 무엇이지요?」

그러고는 손으로 주변을 가리켰다.

농부는 그를 이해하려고 애썼다. 젊은이가 질문을 되풀이하자, 그는 말했다.

「이런 걸 본 적이 없단 말이냐? 이건 전쟁이야. 여기가 싸움터란 말이다」 그는 검은 폐허 더미를 가리키며 외쳤다. 「저기 저게 내 집이었다」

젊은이가 동정심이 가득한 눈빛으로 그의 눈을 바라보자, 남자는 바닥에 주저앉으며 땅바닥을 응시했다.

「당신들에게는 왕이 없나요?」 젊은이가 계속 물었다.

농부가 있다고 하자, 다시 물었다. 「대체 그는 어디에 있죠?」

그 남자는 손으로 건너편을 가리켰다. 멀리 무리 지어 세워져 있는 천막들이 작고 아득하게 보였다. 젊은이는 자신의 손을 남자의 이마에 대어 작별인사를 하고는 계속 걸어갔다. 농부는 두 손으로 이마를 짚고는 무거운 머리를 우울하게 흔들며 오랫동안 그 자리에 서서 낯선 이가 멀어져 가는 모습을 응시했다.

젊은이는 폐허와 참상 사이를 달리고 또 달려 천막들이 줄지어 있는 장소에 도착했다. 거기에는 여기저기 무장한 남자들이 서 있거나 뛰어다녔지만, 아무도 그를 거들떠보지 않았다. 그는 사람과 천막들 사이를 뚫고 지나가다가 그 가운데에서 가장 크고 아름다운 천막을 발견했다. 바로 왕이 있는 천막이었다. 그는 안으로 들어갔다.

천막 안에는 조촐하고 나지막한 자리에 왕이 앉아 있었다. 왕의 외투는 곁에 놓여 있었고, 뒤쪽의 짙은 그늘 속에서 시종 하나가 웅크리고 앉아 잠을 자고 있었다. 왕은 몸을 숙이고 앉아 깊은 생각에 잠겨 있었다. 그의 얼굴은 아름다웠으나 슬퍼 보였다. 회색 머리칼 한 다발이 그을린 이마 위로 드리워져 있었다. 그의 칼은 앞쪽 땅바닥에 놓여 있었다.

젊은이는 자기 나라 왕에게 하듯 깊은 경의를 표하며 인사를 하였다. 그리고 왕이 쳐다볼 때까지 가슴 앞에 팔짱을 끼고 서서 기다렸다.

「너는 누구냐?」왕은 엄하게 물으며 검은 눈썹을 치켜 올렸다. 그러나 낯선 젊은이의 순수하고 밝은 얼굴에 깃들인 확신에 찬 다정한 표정과 시선을 마주하게 되었을 때, 왕의 목소리는 부드러워졌다.

「너를 한번 본 적이 있다」왕은 추억을 더듬듯이 말했다. 「아니면 내가 어린 시절에 알았던 어떤 사람을 닮았든지」

「저는 이방인입니다」젊은이는 말했다.

「그럼 그건 꿈이었나 보구나」왕이 나지막하게 말했다. 「너는 내 어머니를 생각나게 하는구나. 내게 말해 봐라. 얘기해 봐」

젊은이는 이야기를 시작했다. 「어떤 새가 저를 여기로 데려왔습니다. 제 고향에 지진이 나서 죽은 사람들을 묻으려 하는데 꽃이 없어요」

「꽃이 없다고?」 왕이 말했다.

「예, 한 송이도 없습니다. 죽은 사람을 묻어야 하는데 무덤을 장식할 꽃이 없으니, 여간 곤란하지가 않습니다. 죽은 사람은 화려하고 기쁘게 다른 세상으로 가야 하니까요」

그때 얼마나 많은 시체가 매장되지 못한 채 저 밖 끔찍한 들판에 널려 있는가에 생각이 미치자, 그는 입을 다물었다. 왕은 그를 바라보고는 고개를 끄덕이며 무겁게 한숨을 쉬었다.

「저는 우리 임금님께 가서 많은 꽃을 달라고 부탁드릴 작정이었습니다」 젊은이는 말을 이었다. 「하지만 제가 산속의 어느 사원에 있을 때, 커다란 새 한 마리가 날아와서 저를 왕에게 데려다주겠다고 했어요. 그러고는 하늘을 날아 이곳으로 데려다주었지요. 폐하, 그 사원은 미지의 신을 모신 신전이었습니다. 그 지붕에 새가 앉아 있었고, 돌 제단 위에는 정말 이상한 신의 상징물이 서 있었어요. 저는 밤중에 그 새와 이야기를 나누었는데, 이제야 비로소 그 새의 말을 이해할 수 있을 것 같습니다. 새가 말했거든요. 세상에는 제가 알고 있는 것보다 훨씬 많은 고통과 나쁜 일이 있다고요. 넓은 들판을 지나 이리로 오는 동안 한없는 고통과 불행이 일어난 것을 제 눈으로 보았습니다. 오, 아주 무서운 동화에 나오는 이야기보다 훨씬 더 심했어요. 그래서 전 폐하께 왔던 것이지요. 오, 왕이시여, 혹 제가 뭔가 도움이 되어드릴 수 있을지 여쭤보고 싶습니다」

주의 깊게 듣고 있던 왕은 미소 지으려 했지만, 젊은이의 얼굴이 너무나 진지하고 슬퍼 보여서 그럴 수가 없었다.

「고맙구나」 왕은 말했다. 「나를 도와줄 수 있지. 너는 내 어머니를 기억 나게 해주었고, 거기에 대해 감사한다」

왕이 미소 지을 수 없다는 사실에 젊은이는 슬펐다.

「몹시 슬퍼 보이시는군요」 그는 왕에게 말했다. 「이 전쟁 때문인가요?」

「그렇다」 왕이 대답했다. 젊은이는, 깊이 상심하고 있지만 이처럼 고결해 보이는 분에게 공손해야 한다는 규칙을 어기면서까지 질문을 멈출 수가 없었다.

「하지만 제발 말해 주세요. 이 별에서는 왜 이런 전쟁이 일어난 거지요? 누구의 책임인가요? 폐하도 거기에 대해 책임이 있나요?」

왕은 오랫동안 젊은 사절을 응시했다. 주제넘은 그의 질문에 언짢아하는 것 같기도 했다. 그렇지만 왕은 자신의 어두운 눈빛을 이 이방인의 밝고 악의 없는 시선 속에 오랫동안 머물게 할 수가 없었다.

「넌 어린애다」 왕은 말했다. 「그리고 이것은 네가 이해할 수 없는 일들이야. 전쟁은 누구의 책임도 아니야. 그건 폭풍이나 번개처럼 스스로 오는 것이고, 그것에 대항해 싸워야 하는 우리 모두는 전쟁의 선동자가 아니라 그 희생자일 뿐이다」

「그럼 여기 사람들은 그렇게 쉽게 죽나요?」 젊은이가 물었다. 「저희 고향에서는 죽음이 그렇게 두려운 것이 아니에요. 대부분은 기꺼이 죽음의 길을 가고, 많은 이들이 즐거이 다시 태어날 길로 갑니다. 그렇지만 아무도 다른 사람을 죽이지는 않아요. 이 별에서는 분명 그것이 다른 것 같습니다」

왕은 머리를 끄덕였다. 「우리 별에서는 살해당하는 일이 드물지 않다. 그러나 그것을 가장 심각한 범죄로 여기지. 전쟁에서만 사람을 죽이는 것이 허락되고 있지. 전쟁에서는 미움이나 질투, 또는 자신의 이익 때문에 남을 죽이는 게 아니다. 사회가 그것을 요구하기 때문에 모두들 그렇게 하는 것이다. 하지만 그들이 쉽게 죽는다고 생각한다면 오해야. 죽은 사람들의 얼굴을 보면 알 수 있을 게다. 그들은 힘들게 죽는다. 힘들게, 마지못해서」

젊은이는 이 모든 말에 귀를 기울이면서, 이 별에 사는 인간들의 비참함과 어려움에 대해 놀랐다. 더 많은 질문을 하고 싶었지만, 이 어둡고 끔찍한 일의 자초지종을 자신은 전혀 이해할 수 없으리라는 것을 분명히 예감했다. 그랬다. 또한 그것을 이해하고픈 생각도 들지 않았다. 이 불쌍한 존재들은 어떤 저급한 질서에 속해 있거나, 밝은 신들 없이 악한 영에 의해 다스려지거나, 아니면 재난, 잘못, 오류가 지배하는 곳에서 살고 있는 것이다. 왕에게 계속 질문을 해대서 더 쓰라리고 굴욕적인 대답과 고백을 받아낸다는 것은, 그에게 너무도 고통스럽고 무서운 일처럼 보였다. 죽음에 대한 어두운 공포 속에 살면서도 서로가 서로를 죽이는 이 인간들, 그 농부처럼 품위 없고 조야한 얼굴을 지니거나, 왕처럼 그렇게 깊고 끔찍한 슬픔의 얼굴을 지닌 이 인간들, 그들에게 동정이 가긴 했지만, 동시에 그들이 이상하게 여겨졌고 거의 우스꽝스럽기까지 했다.

그럼에도 불구하고 한 가지 질문은 억누를 수가 없었다. 이 가련한 존재들이 여기 남겨진 사람들이라면, 이 평화롭지 못한 별의 아들과 손자들이라면, 그들의 삶이 그렇게 경련하듯 진행되다가 절망적인 살인으로 끝이 난다면, 그들의 시체가 들판에 방치된 채 새에게 뜯어 먹힌다면——그것들은 옛날의 끔찍한 전설에나 나와 있는 이야기들이었다——적어도 미래에 대한 예감, 신들에 대한 꿈, 영혼의 씨앗 같은 것이라도 그들 안에 존재해야 했다. 그렇지 않으면 이 추한 세계는 온통 하나의 오류일 뿐 의미라곤 하나도 없을 것이다.

「용서하십시오, 폐하」 젊은이는 호소하는 듯한 목소리로 말했다. 「제가 이 놀라운 나라를 떠나기 전에 딱 한 가지만 더 여쭤보는 것을 용서해 주세요」

「물어보아라!」 이 이방인에게 묘한 호감을 갖게 된 왕이 허락했다. 젊은이가 여러 면에서 순수하고 성숙하고 매우 폭넓은 영혼의 소유자처럼 보였기 때문이다. 그러나 한편으로는 아직 돌보아주어야 할, 전혀 진지하게 대하지 않아도 될 작은 아이 같기도 했다.

「낯선 나라의 왕이시여」 하고 젊은이는 말했다. 「폐하는 저를 슬프게 하셨습니다. 보시다시피 저는 다른 나라에서 왔습니다. 그런데 신전 지붕의 큰 새가 옳았어요. 여기 폐하의 나라에는 제가 생각할 수 있는 것보다 훨씬 더 많은 비참함이 있습니다. 삶이 악몽 같아 보입니다. 신이 다스리는지, 악마가 다스리는지 모를 지경입니다. 폐하, 저희 고장에는 전설이 하나 있습니다. 저는 그것을 하찮은 옛날 이야기나 뜬소문 같은 것으로 여겼지요. 한때 우리나라에도 전쟁이나 살인, 절망 같은 일들이 낯설지 않았다는 전설 말이지요. 우리의 언어에서는 이미 오래전에 잊혀진, 이 공포에 가득 찬 말들을 저는 옛날 이야기책에서나 읽을 수 있답니다. 그런 말들이 소름 끼치면서도 다소 우스꽝스럽게 느껴지는 건 그 때문입니다. 오늘 저는 이 모든 것이 현실이라는 것을 배웠습니다. 폐하와 폐하의 백성들이 제가 그 옛날 끔찍한 전설에서나 알았던 일을 행하고 또 겪어내고 있는 걸 보았습니다. 하지만 이제 말씀해 주세요. 이곳 사람들의 영혼 속에는 자신들이 지금 옳지 않은 것을 행하고 있다는 생각이 들지 않나요? 밝고 명랑한 신들에 대한 그리움, 사려 깊으면서도 쾌활한 지도자나 통치자에 대한 그리움이 없나요? 모두가 원하지 않는 일은 아무도 하지 않고, 이성과 질서가 지배하고, 인간들이 명랑함과 서로 아껴주는 마음을 지니고 만나는, 그처럼 다르고 더 아름다운 세상에 대한 꿈을 자면서라도 꾸어본 적이 없나요? 세상은 나누어질 수 없는 것이며, 기쁘게 해주고 치료하는 것이며, 전체를 생각하면서 존경하고, 사랑하면서 전체에 봉사하는 그런 것이라고 생각해 본 적이 없나요? 우리나라에서 음악, 예배, 축복이라고 부르는 그런 것들을 알지 못하나요?」

왕은 이 말을 들으며 고개를 떨어뜨렸다. 다시 고개를 들었을 때 그의 얼굴은 변해 있었다. 눈에는 눈물이 고여 있었지만, 희미한 미소가 빛나고 있었다.

「아름다운 소년아」 왕은 말했다. 「네가 아이인지 현인인지, 아니면 신인지 잘 모르겠다. 하지만 네 질문에 대답해 줄 수는 있다. 우리는 네가 말한 그 모든 것을 알고 있으며 영혼 속에 간직하고 있노라고. 우리는 행복도 알고, 자유도, 신들도 안다. 그 옛날 한 현인의 전설도 알고 있지. 그는 세계의 조화를 우주와의 조화로운 화음으로 받아들였다. 이제 됐느냐? 아마도 너는 저세상에서 온 축복받은 자 같구나. 어쩌면 네가 신 자신인지도 모르지. 그런데도 네 가슴속에는 행복이나 힘, 의지가 존재하지 않는구나. 우리의 가슴속에는 그런 것에 대한 예감이나 반영, 희미한 그림자조차 들어 있지 않았단다」

갑자기 왕이 벌떡 일어섰다. 젊은이는 놀랐다. 순간 왕의 얼굴에 밝은 미소가 아침 햇살처럼 떠올랐다.

「이제 가거라」 왕은 젊은이에게 소리쳤다. 「너는 가고, 우리가 전쟁을 하고 살인을 하도록 놔두어라! 너는 내 마음을 부드럽게 만들어주었고, 내 어머니를 생각나게 해주었다. 충분하다. 그걸로 충분해. 사랑스럽고 아름다운 소년아, 가거라. 새로운 싸움이 시작되기 전에 도망가거라! 피가 흐르고 도시가 불타면 너를 기억하마. 그리고 세계가 하나라는 것도. 그 사실로 인해 우리의 우둔함과 분노와 야만성도 우리를 분리할 수 없다는 것을 생각하겠다. 잘 가라. 너의 별에게 인사를 전해 주고, 새가 파먹은 심장이 상징물인 그 신에게도 인사를 전해 다오! 나는 그 심장과 새를 잘 알고 있다. 먼 곳에서 온 아름다운 친구여. 네가 너의 친구, 전쟁중의 이 불쌍한 왕을 생각할 때에는 진영에 앉아 슬픔에 잠겨 있는 모습이 아니라 눈에는 눈물이 고이고 손에는 피가 묻은 채 미소 지었던 모습을 생각해 다오!」

왕은 시종을 깨우지 않고 손수 천막 입구를 들춰 이방인을 나가게 했다. 젊은이는 새로운 생각에 잠겨 들판을 가로질렀다. 하늘 저편의 저녁노을 속에서 큰 도시가 화염에 휩싸여 있었다. 그는 죽은 사람과 쓰러져 있는 말의 시체를 넘어 어두워질 무렵 숲의 가장자리에 도착했다.

그러자 어느새 구름 사이에서 커다란 새가 날아와 그를 날개 위에 태우고는 마치 올빼미처럼 소리 없이 밤을 뚫고 날아갔다.

불안한 잠에서 깨어났을 때, 젊은이는 산속의 작은 신전에 누워 있었다. 신전 앞에는 그의 말이 축축한 풀밭에 서서 밝아오는 날을 향해 힝힝거리고 있었다. 그러나 큰 새와 여행과 낯선 별에 대해, 그리고 왕과 전투에 대해서 그는 더 이상 알지 못했다. 그것은 그의 영혼 속에 한낱 그림자로 남아 있을 뿐이었다. 작은 가시같이, 어쩔 수 없는 연민같이 아픔을 주는 고통이었으며, 충족되지 않는 작은 소망, 꿈속에서 우리를 괴롭히다가 마침내 그것과 마주쳐 사랑을 고백하고 기쁨을 나누고 미소를 보는 것이 우리의 은밀한 갈망이었던, 그런 소망 같은 것이었다.

젊은이는 말에 올라 하루 종일 달렸다. 수도의 왕에게로 가서 올바른 사절이라는 것을 인정받았다. 왕은 그의 이마를 어루만지며, 자비롭게 그를 맞아주었다. 「네 눈이 말해 주는구나. 내 마음은 승낙했다. 너의 청은, 내가 듣기도 전에 이루어졌다」

젊은이는 즉시 그가 필요로 하는 온 나라의 꽃을 사용할 수 있도록 하는 왕의 친서를 받았다. 수행원과 사절들이 함께 떠났고, 말과 마차들이 그들과 합류했다. 말과 나귀를 이끌고 산을 돌아서 며칠 후 그의 고향 마을로 돌아왔을 때에는, 마차와 수레와 광주리에 북쪽 지방의 정원과 온실에서 나온 가장 아름다운 꽃들이 가득 실려 있었다. 이 꽃들은 풍습에 따라 죽은 사람의 몸을 장식하고 그들의 묘지를 풍성하게 꾸미기에 충분한 양이었다. 또한 묘지 하나하나에 기념으로 꽃나무 한 그루와 관목한 그루를 심기에도 부족함이 없었다. 친구와 사랑하는 말 때문에 겪던 고통도 그에게서 사라졌다. 그들 역시 꽃으로 장식해 묻은 후, 그 무덤에 꽃나무 두 그루, 관목 두 그루, 그리고 과실수 두 그루를 심어줄 수 있었기 때문이었다.

모든 일을 흡족하게 처리하고 의무를 다하고 나자, 여행중이던 그 밤에 대한 기억이 그의 영혼을 움직이기 시작했다. 그는 이웃 사람들에게 하루만 혼자 있게 해달라고 부탁하고는 기념수 아래에서 하루 낮과 밤을 꼬박 앉아 있었다. 낯선 별에서 보았던 영상들이 뚜렷하고도 구김 없이 그의 기억 속에서 퍼져 나갔다. 그래서 어느 날 노인에게 가서 은밀히 대화할 것을 청하고, 모든 것을 얘기했다.

노인은 귀를 기울여 들은 후 생각에 잠기더니 물었다.「애야, 이모든 것을 네 눈으로 직접 보았니, 아니면 꿈이었니?」

「모르겠어요」젊은이는 말했다.「아마도 꿈이었을 거라고 생각해요. 하지만 이렇게 표현해도 괜찮다면, 그건 제게 아무런 차이가 없어요. 그 일들이 제 의식과 현실 속에서 마주쳤으니까요. 그것은 제 속에서 슬픔의 그림자로 남아 있습니다. 행복한 삶 속에서도 그 별로부터는 서늘한 바람이 불어오고 있어요. 그래서 제가 어찌해야 할지 여쭤보는 것입니다. 어르신」

「내일 떠나거라」노인은 말했다.「다시 한번 그 산으로, 그리고 네가 신전을 발견했다는 장소로 가보아라. 그 신의 상징물에 대해서는 전혀 들어본 적이 없어서 이상하구나. 그건 아마 다른 별의 신인가 보다. 아니면 아득히 먼 시대, 우리 조상들 사이에 아직 무기와 공포, 죽음에의 두려움이 존재하고 있던 시절에 나온 것일 수도 있지. 그 신전으로 가거라, 애야. 그리고 꽃과 꿀과 노래를 바치거라」

젊은이는 감사를 드리고 노인의 충고에 따랐다. 초여름 첫번째 벌 축제 때, 귀한 손님들에게 대접하는 좋은 꿀이 담긴 대접과 자기의 라우테를 가지고 갔다. 산속에서 그는 전에 푸른 방울꽃을 꺾었던 장소를 다시 발견했고, 숲으로 이어지는 가파른 바윗길과 얼마 전 말에서 내려 걸어갔던 곳도 찾아냈다. 그러나 신전이 있던 자리와 신전 건물, 검은 돌 제단, 나무기둥, 지붕, 그리고 그 지붕에 앉아 있던 큰 새는 찾아볼 수 없었다. 그날도, 그 다음날도 그곳은 찾을 수 없었다. 그가 설명하는 그런 신전에 대해 아는 사람이 아무도 없었다.

그는 고향으로 돌아왔다. 그리고 사랑스런 추억의 성전을 지날 때, 안으로 들어가 꿀을 바치고, 라우테에 맞춰 노래를 불렀다. 그러고는 사랑스런 추억의 신에게 자신의 꿈과 그 신전과 새, 불쌍한 농부와 전쟁터의 주검들, 무엇보다도 전쟁터의 천막 속에 있던 왕을 부탁하였다. 그런 다음 한결 가벼워진 마음으로 집으로 돌아갔다. 침실에다 세계 합일의 상징물을 걸어놓고, 깊은 잠에 빠져 그때의 체험으로부터 빠져나왔다. 다음날 아침엔 화원과 밭에서 노래를 부르며, 지진의 마지막 흔적들을 치우기 위해 애쓰는 이웃들을 돕기 시작했다.

(1915)

팔둠

대목장

팔둠 시내로 향하는 큰길은, 때로는 숲과 푸르고 넓은 목초지를 지나기도 하고, 때로는 논과 밭을 지나기도 하면서, 언덕들이 많은 지대를 가로질러 아득하게 뻗어 있었다. 시가지에 가까워질수록 농가와 농장, 정원과 별장들이 길가에 더욱 빈번하게 모습을 드러내었다. 바다는 멀리 떨어져 보이지 않았으므로, 세상은 작은 언덕과 아름다운 계곡, 목장과 숲과 경작지, 그리고 과수원들로만 이루어진 것 같아 보였다. 그곳은 과일과 목재, 우유와 고기, 사과와 호도가 많이 나는 곳이었다. 마을들은 무척 아름답고 깨끗했으며, 사람들은 대체로 정직하고 부지런했고, 위험하거나 선동적인 일에는 관여하지 않았다. 이웃들이 자기네보다 더 잘 살지만 않으면, 모두들 그런대로 만족하며 살았다. 팔둠 지방은 그런 곳이었으며, 특별한 일이 일어나지 않는 한 이 세상 어느 곳에서나 볼 수 있는 그런 평범한 시골이었다.

팔둠 시로 향하는 이 아름다운 길은(길 이름은 도시 이름과 같았다) 이날 아침 첫 닭이 울기 시작한 이후로 아주 많은 사람과 수레들로 활기차게 붐볐다. 일년에 단 한번 볼 수 있는 그런 광경이었다. 오늘은 시내에서 가장 큰 장이 서는 날이었다. 반경 20마일 이내에 있는 사람들 치고 농부든 농부 아낙이든, 장인이든 직공이든 견습공이든, 하인이든 하녀이든, 사내아이든 계집아이든 일주일 전부터 그 대목장에 가는 꿈을 꾸지 않은 사람이 하나도 없을 지경이었다. 물론 모두 다 갈 수 있는 것은 아니었다. 가축이나 어린아이, 환자나 노인들을 돌보느라 집에 남아 있는 사람들은 자기 일생에서 거의 일년의 세월을 잃어버린 것처럼 생각하였다. 그런 사람들에겐 이른 아침부터 늦여름의 파란 하늘에 따사롭고 눈부시게 떠 있는 아름다운 태양이 유감스럽기 짝이 없었다.

작은 바구니를 팔에 낀 여인네들과 하녀들이 지나갔다. 면도를 말끔하게 한 젊은이들은 단춧구멍에 패랭이꽃이나 과꽃을 꽂고 있었다. 모두가 좋은 나들이옷 차림이었다. 여학생들의 꼼꼼하게 땋아 내린 머리카락은 아직도 촉촉한 윤기를 내며 햇빛 속에서 반짝였다. 마차를 모는 사람은 채찍 자루에 꽃이나 빨간 리본을 달았고, 형편이 되는 사람은 넓은 장식가죽에 번쩍거리는 놋쇠 조각을 장식해 말의 무릎께까지 늘어뜨렸다. 양쪽에 사다리 모양의 난간을 달고, 둥글게 휜 밤나무 가지로 초록색 지붕을 올린 마차들이 지나갔다. 그 안에는 무릎에 광주리나 아이들을 올려놓은 사람들이 빽빽하게 앉아 있었다. 이들은 거의가 큰 소리로 합창을 하고 있었다. 그 사이로 이따금 깃발과 빨강, 파랑, 하얀색 종이꽃으로 장식한 마차가 나타났다. 그 마차에서는 요란한 민속 음악이 흘러나왔다. 반쯤 그늘을 드리운 나뭇가지 사이로 황금빛 호른과 트럼펫이 은은하고 찬란하게 빛을 발하였다. 해가 뜰 때부터 걸어야 했던 아이들은 울음을 터뜨렸고, 엄마들은 아이들을 달래느라 진땀을 빼고 있었다. 그러나 마음씨 좋은 마부를 만나 마차를 얻어 타고 온 아이들도 많았다. 어떤 나이 든 부인은 쌍둥이를 함께 태운 유모차를 밀고 있었다. 잠들어 있는 두 아이의 머리 사이엔 동그스름하고 붉은 뺨에 아름다운 옷을 입고 머리를 곱게 빗질한 인형 두 개가 놓여 있었다.

길가에 살면서 오늘 대목장에 가지 못하는 사람은 즐거운 아침을 맞아 두 눈에 넘쳐나는 구경거리들을 보고 있었다. 그러나 그런 사람은 드물었다. 어느 집 정원 층계에 열 살쯤 되어 보이는 소년이 앉아 울고 있었다. 혼자서 집에 남아 할머니를 돌보아야 했기 때문이었다. 오랫동안 울고 있던 그 아이는, 마침 동네 아이들 몇 명이 몰려가는 것을 보자 한걸음에 거리로 뛰어나가 그들과 합류해 버렸다.

거기서 멀지 않은 곳에 나이 지긋한 독신 남자 하나가 살고 있었다. 그는 돈 쓰는 게 아까워서 대목장 따위에는 관심도 없었다. 모두 일손을 놓은 오늘 같은 날, 정원에서 조용히 높이 자란 산사나무 울타리를 다듬으려 마음먹고 있었다. 그래서 아침 이슬이 좀 걷히자 커다란 전정가위를 가지고 즐겁게 일을 시작했다. 그러나 얼마 안 가 하던 일을 집어치우고는 화가 나서 집안

172

으로 들어가 버렸다. 집 앞을 걷거나 마차를 타고 지나던 젊은이들이 하나같이 울타리를 다듬는 이 남자를 이상한 눈으로 쳐다보면서 어울리지 않는 그의 부지런함을 빈정대었고 처녀들도 덩달아 웃어댔기 때문이었다. 화가 난 그가 가위를 들고 위협하자, 모두들 깔깔대면서 모자를 흔들고 따라오라는 시늉을 했다. 그는 덧문을 잠그고 들어앉아 있었지만, 문틈으로 부러운 듯 밖을 내다보았다. 시간이 지남에 따라 노여움도 가시고, 마지막 몇 사람이 마치 축복을 놓칠세라 장터를 향해 급히 달려가는 모습을 보고는 그도 장화를 신고 주머니에 일 탈러를 넣었다. 지팡이를 들고 집을 나서려니, 일 탈러는 너무 많다는 생각이 들었다. 그래서 돈을 다시 꺼낸 다음 대신 반 탈러를 가죽지갑에 집어넣고 끈으로 동여맸다. 집과 정원의 문을 잠그고 거리로 나선 후에는 시내에 도착할 때까지 많은 사람들은 물론 마차를 두 대나 앞지를 정도로 빨리 뛰었다.

그가 떠나버리자 그의 집과 정원은 텅 비었다. 거리에는 조용히 먼지가 내려앉기 시작했다. 말발굽 소리와 금관악기 소리도 사라져버렸다. 참새들이 추수를 끝낸 들판으로부터 날아와 하얀 먼지를 뒤집어쓴 채 한바탕 소란 뒤에 남은 것들을 바라보고 있었다. 거리는 텅 비어 쥐죽은 듯 고요하고 뜨거웠다. 때때로 아주 멀리서 희미하고 약하게 환호성과 호른 소리 같은 음향이 간간이 바람 속에 섞여 날아왔다.

그때 넓은 차양이 눈 위까지 내려오도록 깊이 모자를 눌러쓴 남자 하나가 숲속에서 나와 전혀 서두르지 않고 황량해진 국도를 홀로 걸어갔다. 키가 컸고, 도보 여행을 많이 해본 방랑자 특유의 확고하고도 고요한 걸음걸이였다. 회색 옷을 입어 눈에 잘 띄지 않았지만, 모자 그늘 아래서 그의 눈은 세심하고 고요하게 빛났다. 세상에 대해 아무것도 바라지는 않지만, 모든 사물을 주의 깊게 관찰하고 무엇 하나 그냥 지나치지 않을 것 같은 눈빛이었다. 그는 모든 것을 살펴보았다. 무수하게 뒤엉키며 달려간 마차 자국, 왼쪽 뒷발굽을 질질 끌면서 간 말의 발자국을 보았고, 저 멀리 먼지로 흐릿해진 대기 속에서 팔둠 시가의 지붕들이 언덕 위로 흐릿하게 솟아 있는 모습을 바라보았다. 어떤 정원에서 키 작은 부인이 두려움과 곤경에 처해 헤매고 다니는 것을 보았다. 이 부인이 누군가 부르는 소리를 들었다. 대답은 들리지 않았다. 그는 길가에 작은 금속이 번쩍이는 것을 보고 몸을 숙여 반짝반짝 빛나는 둥근 놋쇠 판을 주워 올렸다. 말의 멍에에서 떨어진 것이었다. 그는 그것을 주머니에 집어넣었다. 그러고는 길가의 산사나무 울타리를 보았다. 몇 걸음 정도의 길이만 깔끔하게 다듬어진 울타리였다. 시작 부분은 일이 꼼꼼하고 흥겹게 진행된 것처럼 보였지만, 점점 솜씨가 거칠어져 갔다. 어떤 곳은 너무 깊숙이 깎였고, 또 어떤 곳은 자르는 것을 잊었는지 뻣뻣한 가지가 가시처럼 솟아 있었다. 낯선 남자는 계속 걸어가다 아이들 인형 하나가 떨어져 있는 것을 발견했다. 인형의 머리 위로 마차 바퀴가 지나간 게 틀림없었다. 그리고 호밀빵 한 조각도 발견했다. 빵 위엔 녹아버린 버터가 아직도 번들거리고 있었다. 마지막으로 튼튼한 가죽지갑 하나를 발견했는데, 그 속에는 반 탈러가 들어 있었다. 그는 인형을 길가의 충돌 방지용 돌에 기대어 놓았다. 빵은 잘게 부수어 참새들에게 뿌려주었고, 반 탈러가

들어 있는 지갑은 주머니에 집어넣었다.

인적이 없는 거리에는 형언할 수 없는 정적이 감돌았다. 양쪽이 잔디로 이루어진 비탈길은 먼지를 잔뜩 뒤집어쓴 채 햇빛에 타고 있었다. 가까운 농가의 뜰에서는 닭들이 돌아다니고 있었다. 주변에 사람 하나 보이지 않았으므로, 닭들은 따스한 햇볕 속에서 꿈꾸듯이 꼬꼬댁거렸다. 푸른빛이 감도는 양배추밭에서는 한 노파가 몸을 구부리고 마른 땅에서 잡초를 뽑고 있었다. 방랑자는 그녀에게 시내까지 얼마나 남았느냐고 소리쳐 물었다. 그녀는 귀가 먹었는지 대답이 없었다. 그가 더 큰소리로 외치자, 난처한 듯 이쪽을 쳐다보며 백발의 머리를 흔들 뿐이었다.

계속해서 걸어가다 보니 시내 쪽으로부터 이따금 음악 소리가 들려왔다. 그 소리는 점점 잦아지고 길어지더니 마침내 멀리 떨어져 있는 폭포 소리처럼 끊임없이 울려왔다. 저쪽에서 사람들이 모두 즐겁게 어울리고 있는 것 같았다. 이제 넓고 잔잔하게 흐르는 시냇물이 길가에 나타났다. 물위에는 오리들이 떠 있고, 거울 같은 수면 아래로는 녹갈색의 물풀이 흔들리고 있었다. 길이 가팔라지면서 시냇물은 옆으로 구부러져 흘러가고, 돌다리가 그 위에 걸쳐 있었다. 나지막한 난간에는 재단사 같은 모습의 깡마른 남자가 머리를 축 늘어뜨린 채 잠들어 있었다. 그의 모자는 먼지 속에 떨어져 있었고, 작고 우스꽝스럽게 생긴 개 한 마리가 그를 지키고 앉아 있었다. 나그네는 그가 잠결에 다리 난간 너머로 떨어질지도 모른다는 생각이 들어 그를 깨우려고 했다. 그렇지만 아래를 내려다보니 그다지 높지도 않고 물도 얕았으므로 그대로 앉아 잠을 자도록 내버려두었다.

좁고 가파른 오솔길을 지나니 팔둠 시의 관문이 나타났다. 그 문은 활짝 열려 있었고, 사람 하나 보이지 않았다. 거기를 통과하자, 그의 발걸음 소리가 포장된 길 위에서 갑자기 크게 울렸다. 집들을 따라 길 양쪽에 말을 풀어놓은 텅 빈 마차와 덮개가 있는 마차들이 일렬로 줄지어 서 있었다. 다른 거리에서는 떠들썩한 소음이 들려왔으나, 이 거리에는 아무것도 보이지 않았다. 이 작은 거리는 완전히 그늘져 있었으며, 높은 창문들만이 황금빛 햇살을 반사하고 있었다. 여기서 방랑자는 마차의 손잡이 옆에 앉아 잠시 쉬었다. 그리고 다시 떠나면서 시내 밖에서 주웠던 놋쇠 말판을 마부석에 올려놓았다.

다음 거리에 미처 이르기도 전에 주변에서 떠들썩한 소리와 대목장의 소음이 울려왔다. 수많은 노점에서는 장사꾼들이 물건을 벌려놓고 큰소리로 외쳐대고 있었다. 아이들은 은도금을 한 트럼펫을 불어댔으며, 정육점 주인은 끓고 있는 커다란 솥에서 신선하고 촉촉한 소시지 묶음을 끄집어내었다. 돌팔이 의사 하나가 연단 위에 높이 서서는 두꺼운 뿔테안경 속에서 열심히 눈알을 굴려댔다. 그는 인간의 모든 병과 결함을 보여주는 그림을 걸어놓고 있었다. 그의 곁으로 길고 검은 머리카락을 늘인 남자가 밧줄에 매인 낙타를 끌고 지나갔다. 그 짐승은 기다란 목으로 거만스레 군중을 내려다보면서 갈라진 입술을 위아래로 우물거렸다.

숲에서 나온 남자는 이 모든 광경을 주의 깊게 바라보았다. 밀려드는 군중에 부딪치고 떠밀리면서, 여기서는 그림이 인쇄된 전지를 파는 남자의 진열대를 바라보기도 하고, 저기서는 설탕을 뿌린 렙쿠헨* 위에 씌어 있는 격언이나 표어를 읽기도 했지만, 어느 곳에서도 머무르지는 않았다. 무엇인가를 찾고 있는데 아직 발견하지 못한 것 같은 모습이었다. 그렇게 천천히 걸어가다 중앙의 커다란 광장에 이르렀다. 광장 구석에는 새장수가 자리를 잡고 있었다. 그는 한동안 많은 새장에서 울려나오는 소리에 귀를 기울이면서 새들에게 응답을 해주기도 하고, 되새, 메추라기, 카나리아, 종달새에게 나지막한 휘파람을 불러주기도 했다.

그는 갑자기 마치 모든 햇빛이 한 점으로 집중된 듯 밝고 눈부신 섬광을 보았다. 가까이 가보니 그것은 노점에 걸려 있는 커다란 거울이었다. 그 옆에는 수없이 많은 거울들이 걸려 있었다. 큰 것, 작은 것, 사각형, 원형, 타원형, 매다는 거울, 세워두는 거울, 손거울, 자기 얼굴을 잊지 않도록 가지고 다닐 수 있는 작고 얇은 주머니 거울 등이 눈에 띄었다. 장사꾼은 일어서서 번쩍거리는 손거울에 햇빛을 받아 반짝이는 반사광을 노점 위에서 춤추게 하면서 지칠 줄 모르고 소리를 질러댔다.

「거울입니다, 여러분, 거울이라면 여기서 사세요! 팔둠에서 가장 좋고 값싼 거울입니다! 거울이요, 아주머니, 근사한 거울이에요! 한번만 들여다보세요. 모두 진짜 최고의 수정으로 만든 제품입니다!」

이방인은 자신이 찾던 것을 발견하기라도 한 듯 거울가게 앞에 멈추어 섰다. 거울을 구경하고 있는 사람들 중에는 세 명의

---

* 당밀이나 꿀과 여러 향료로 만든 과자이다.

젊은 시골처녀들이 있었다. 그는 처녀들 곁으로 가서 그들을 바라보았다. 청순하고 건강한 시골 처녀들은 아름답지도, 그렇다고 추하지도 않았다. 바닥에 튼튼한 굽을 댄 구두와 흰 양말을 신고 있었다. 다소 햇빛에 바랜 금발을 땋아 내렸고, 검은 눈은 열정에 넘쳐 있었다. 세 처녀는 각각 거울을 하나씩 들고 서 있었는데, 크지도 비싸지도 않은 것들이었다. 그들은 살까 말까 망설이면서 달콤한 선택의 고통을 맛보고 있었다. 모두가 넋을 잃고 꿈을 꾸듯 매끄러운 거울 속을 들여다보며, 입, 눈, 목에 건 작은 목걸이, 코 주위의 주근깨, 윤기 나는 머리칼, 장밋빛 귀에 이르기까지 자신들의 모습을 눈여겨보고 있었다. 그렇게 몰두하느라 처녀들은 말없이 진지해져 있었다. 처녀들 뒤에 서 있던 이방인은 눈을 크게 뜨고 거의 엄숙하게 세 개의 유리 위에 비치는 처녀들의 모습을 바라보았다.

「아, 붉은빛 도는 금발머리를 가졌으면. 그것도 무릎에 닿을 만큼 치렁치렁하면 얼마나 좋을까?」 첫번째 처녀가 말하는 소리가 들렸다.

두번째 처녀는 친구의 소원을 듣자 가볍게 한숨을 쉬면서 더 열정적으로 거울을 바라보았다. 그러고는 얼굴을 붉히며 마음속에 꿈꾸었던 소원을 수줍게 말했다.

「내 소원은 제일 예쁜 손을 갖는 거야. 길고 가느다란 손가락과 장밋빛 손톱을 가진 희고 부드러운 손을 말이야」

그러면서 그녀는 타원형의 거울을 들고 있는 자기 손을 바라보았다. 흉하지는 않았지만 약간 짧고 넓적했으며, 일을 하느라 거칠고 딱딱해진 손이었다.

세 처녀 가운데 가장 키가 작은 세번째 처녀는 그 말을 듣고 웃으며 쾌활하게 외쳤다.

「그것도 나쁘진 않지. 그러나 손 같은 거야 대수로울 게 없잖아. 나는 오늘부터 팔둠에서 최고로 춤을 잘 추는 무용수가 되었으면 좋겠어」

그때 처녀는 깜짝 놀라 뒤를 돌아다보았다. 거울 속 자신의 얼굴 뒤에 검고 반짝이는 눈을 가진 낯선 얼굴이 비쳤기 때문이었다. 그녀의 뒤에 다가와 있던 이방인의 얼굴이었다. 세 처녀 모두 아직 그 남자의 존재를 주목하지 않았었다. 그는 놀란 처녀들에게 고개를 끄덕이면서 말했다.

「아가씨들은 이제 세 가지 아름다운 소원을 말했어요. 정말로 진지하게 그걸 바라나요?」

키 작은 처녀는 거울을 옆으로 치우고 손을 등뒤로 감추었다. 그녀는 자기를 놀라게 한 벌을 좀 받게 해줘야겠다는 마음이 들어서, 그 남자에게 쏘아줄 따끔한 말을 궁리하고 있었다. 그러나 그의 얼굴을 보자 너무나 강렬한 눈빛 때문에 당황했다.

「제 소원이 당신하고 무슨 상관이 있다는 거지요?」 겨우 이 말만 하고는 얼굴이 붉어지고 말았다.

그러나 아름다운 손을 원했던 처녀는 어딘지 아버지 같은 기품을 지닌 이 키 큰 남자에게 신뢰감이 갔다. 그래서 이렇게 말했다.

「네, 우리는 진심으로 그걸 바라고 있어요. 그보다 더 아름다운 것을 소원할 수 있을까요?」

거울장수가 다가왔고 다른 사람들도 귀를 기울였다. 이방인이 모자 차양을 올리자, 밝고 높은 이마와 당당한 눈이 드러났다. 그는 세 처녀에게 다정하게 고개를 끄덕이고는 미소 지으며 소리쳤다.

「보세요, 아가씨들은 소원하던 것을 이미 다 가지고 있습니다!」

처녀들은 서로의 얼굴을 쳐다보다가 각각 자신의 거울을 들여다보았다. 그러고는 놀라움과 기쁨으로 얼굴이 창백해졌다. 첫번째 처녀는 무릎까지 닿을 정도로 치렁치렁한, 숱이 많은 금빛 곱슬머리를 갖고 있었다. 두번째 처녀는 더없이 희고 가느다란 공주 같은 손에 거울을 들고 있었고, 세번째 처녀는 어느새 빨간 가죽으로 된 발레 슈즈를 신고 노루처럼 날씬한 다리로 서 있었다. 처녀들은 도무지 어찌된 영문인지 알 수가 없었다. 그러나 우아한 손을 선사받은 처녀는 기쁨의 눈물을 글썽이며, 친구의 어깨에 기대어 긴 금빛 머리카락 속에서 눈물을 흘렸다.

이제 가게 주변은 기적에 대한 이야기로 난리들이었다. 모든 광경을 지켜본 한 젊은 직공은 돌처럼 굳어져서 눈을 크게 뜨고 거기 서서 이방인을 바라보고 있었다.

「당신도 뭔가 소원해 보겠소?」 이방인이 그에게 물었다.

그 직공은 깜짝 놀라 어쩔 줄 몰라하면서 무엇을 소원해야 할지 도움을 청하듯 주변을 둘러보았다. 그때 정육점 앞에 굵고 붉은 소시지 묶음이 매달려 있는 것을 보고는 그쪽을 가리키며 더듬거렸다.

「저런 소시지 묶음이나 하나 가졌으면 좋겠어요」

그러자 즉시 소시지 묶음이 그의 목에 걸려졌다. 이것을 본 사람들은 모두 웃고 소리지르며 더 가까이 다가오려고 밀쳐댔다. 제각기 소원 한 가지씩을 말하려고 하였고, 그것이 허용되었다. 열의 맨 앞에 서 있던 사람은 이제 꽤 대담해져서, 새 천으로 된 외출복을 소원했다. 그 말이 채 끝나기도 전에, 그는 시장님도 가져보지 못했을 것 같은 최상품의 새 옷을 입고 있었다. 이번에는 시골 아낙네 하나가 나와서는 용기를 내어 십 탈러를 갖고 싶다고 하였다. 그러자 곧 주머니에서 은화가 짤랑거리는 소리가 들려왔다. 사람들은 이제 아주 진지하게 기적이 일어나는 것을 바라보았다.

소문은 즉시 시장을 지나 온 도시로 퍼져나갔다. 곧 거울가게 주위로 거대한 인파가 몰려들었다. 많은 사람들이 비웃거나 농담쯤으로 여겼다. 믿지 않고 의심스러워하는 이들도 있었다. 그러나 대부분은 욕망에 들떠 번득이는 눈과 달아오른 얼굴로 뛰어왔다. 자기네들이 퍼낼 차례가 오기도 전에 샘물이 말라버릴까 봐 얼굴이 일그러져 있었다. 남자아이들은 과자나 활, 개, 호도가 잔뜩 든 자루, 책, 구슬 등을 원했고, 여자아이들은 새 옷이나 리본, 장갑, 양산을 받고는 행복해하며 그곳을 떠났다. 할머니 곁을 도망쳐 나와 훌륭한 볼거리들과 대목장의 장관에 어쩔 줄 몰라하던 열 살짜리 작은 소년은, 밝은 목소리로 작은 말이 한 마리 필요한데 그것도 검은 색이어야 한다고 말했다. 그러자 금방 소년의 뒤에서 검은 새끼말 한 마리가 울어대며 다정하게 소년의 어깨에 머리를 비벼댔다.

완전히 마술에 취해 버린 군중 사이로 나이 지긋한 독신 남자가 손에 산책용 지팡이를 잡은 채 비집고 나왔다. 그는 덜덜 떨면서 앞으로 나섰으며, 흥분한 나머지 거의 한마디도 할 수가 없었다.

「내가 원하는 건」 그는 말을 더듬거렸다. 「내가 원하는 건 한 이백……」

이방인은 그를 찬찬히 뜯어보고는 주머니에서 가죽지갑을 꺼내어 흥분해 있는 남자의 눈앞에 내밀었다.

「잠깐만! 혹시 이 지갑을 잃어버리지 않았습니까? 반 탈러가 들어 있던데요」

「예, 제가 그걸」 하고 남자가 외쳤다. 「그건 제 것입니다」

「다시 갖고 싶으십니까?」

「예, 예, 이리 줘요!」

이렇게 해서 그는 지갑을 찾게 되었지만, 그것으로 소원을 말할 수 있는 단 한번의 기회를 써버린 셈이었다. 그 사실을 깨닫자 화가 머리끝까지 치밀어 지팡이로 이방인을 내리쳤으나 빗나가는 바람에 거울만 한 개 깨뜨리고 말았다. 쨍그랑 거울 깨지는 소리가 그치기도 전에 장사꾼이 돈을 요구했고, 그 남자는 거울 값을 물어주어야 했다.

이번에는 뚱뚱한 집주인이 나서서 자기 집의 지붕을 새로 얹는 데 필요한 자금을 원했다. 그러자 어느새 새 기와와 하얀 석회칠을 한, 굴뚝이 있는 지붕이 골목 안에서 그를 향해 빛나고 있었다. 그러자 다시 한번 동요가 일었다. 소원의 강도가 점점 세졌다. 곧 한 남자가 부끄러워하지도 않고 아주 겸손한 태도로 시장 한가운데에 5층짜리 새 집을 원했고, 십오 분 후 그는 벌써 자기 집 창가에 나와 대목장을 내려다보고 있었다.

182

이제 대목장은 더 이상 존재하지 않았다. 도시의 모든 생명은 샘에서 흘러나오는 시내처럼, 이방인이 서 있고 사람들이 자기의 소원을 말하고 있는 거울가게 앞의 그 장소에서만 흘러나왔다. 놀라움의 환성, 부러움 혹은 웃음소리가 소원이 이루어질 때마다 뒤따랐다. 한 배고픈 소년이 모자 가득히 자두를 채워주길 원했는데, 분수를 모르는 어떤 사람은 모자 안을 다시 은돈으로 채웠다. 뚱뚱한 장사꾼의 아내가 중증의 갑상선 종양을 떼어달라고 소원하자, 커다란 환성과 박수갈채가 일어났다. 그러나 이때 분노나 미움이 어떤 일을 초래할 수 있는지가 증명되었다. 다른 사람도 아닌 이 여자의 남편이 그녀와 막 다투던 중이었는데, 부자가 될 수 있는 기회도 마다하고 그 사라진 종양이 다시 제자리에 돌아오도록 소원을 써버리고 말았다. 그러나 일단 이런 예가 생기자 사람들은 불구자와 병자들을 있는 대로 데리고 나왔다. 절름발이가 춤을 추고 장님이 축복받은 눈으로 태양 빛을 향해 인사하자 군중은 새로운 황홀경 속으로 빠져들었다. 젊은이들은 그 사이에 여기저기 뛰어다니면서 이 놀라운 기적을 알리고 다녔다. 어떤 진실하고 늙은 여자 요리사는 화덕 앞에 서서 주인을 위해 막 거위를 굽다가 창문을 통해 부르는 소리를 들었다. 그녀는 일평생 부유하고 행복하게 살 것을 소원하기 위해 거기서 뛰쳐나가 시장으로 달려갔다. 그러나 군중을 헤치고 앞으로 나아갈수록 그녀의 양심은 더욱더 분명하게 그녀의 마음을 치기 시작했다. 그래서 차례가 되었을 때, 모든 것을 다 버리고 자기가 돌아갈 때까지 거위가 눌어붙지 않기만을 간절히 바랐다.

소동은 그칠 줄 몰랐다. 아이 보는 여자들은 아이를 팔에 안은 채 집에서 뛰쳐나왔고, 병상에 누워 있던 사람들은 급하게 속옷 바람으로 거리로 달려나왔다. 한 작은 부인은 절망과 당황함으로 가득 차 시골에서 먼 길을 걸어왔다. 소원을 이야기하라고 하자, 그녀는 흐느끼면서 잃어버린 손자를 무사히 되찾고 싶다고 말했다. 그랬더니 보라, 지체 없이 그 소년이 작고 검은 말을 타고 와서는 웃으며 그녀의 팔에 안기는 것이었다.

마침내 도시 사람 전체가 한데 모여 열광에 사로잡혔다. 소원이 이루어진 연인들은 서로 팔짱을 끼고 거닐었고, 덮개가 있는 멋진 마차를 타고 가는 가난한 일가는 아침의 누더기 옷을 그대로 입은 채였다. 현명하지 못했던 소원을 후회하는 사람들은 우울하게 그곳을 떠났다. 아니면 어떤 익살꾼의 소원에 따라 최고급 포도주로 채워놓은 장터의 낡은 분수대에서 망각의 술을 퍼마시고 있었다.

결국 팔둠 시내에는 기적에 대해 알지 못해 소원을 말하지 못한 사람이 단 둘만 남게 되었다. 두 청년이었는데, 변두리의 낡은 다락방에서 창문을 굳게 닫고 틀어박혀 있었다. 한 청년은 방 가운데 서서 턱 아래 바이올린을 끼고 정신을 집중하여 연주하고 있었다. 다른 청년은 방구석에 앉아 머리를 두 손으로 감싸고 연주곡을 감상하는 데 정신을 빼앗기고 있었다. 작은 유리창을 통해 저녁을 알리는 햇살이 비쳐들어 책상 위에 놓인 꽃다발 속에서 불타오르기도 하고 찢어진 벽지 위로 아른거리기도 했다. 방안은 비밀의 보물창고가 보석들의 광채로 가득하듯, 바이올린의 타오르는 가락으로 가득 찼다. 바이올린 연주자는 눈을 감고 연주하면서 몸을 이리저리 흔들고 있었고, 듣고 있는 사람은 마치 생명이 없는 사람처럼 조용히 바닥을 응시하며 몰두해 있었다.

그때 골목에서 요란한 발자국 소리가 들려왔다. 누군가 현관문을 열고, 쿵쾅거리며 계단을 올라오더니 다락방 앞에 멈추어 섰다. 바로 집주인이었다. 그는 문을 열어젖히고 웃으며 방안으로 들어섰다. 바이올린 소리는 뚝 그쳤고, 묵묵히 감상하고 있던 청년은 불쾌한 듯 벌떡 일어섰다. 바이올린을 켜던 청년도 방해받은 것에 마음이 언짢아져서 웃고 있는 집주인의 얼굴을 비난에 가득 찬 눈초리로 바라보았다. 집주인은 그런 것에는 아랑곳하지 않고 술 취한 사람처럼 팔을 내저으며 외쳤다.

「이 바보 같은 친구들아, 자네들이 여기 앉아 바이올린이나 켜고 있는 사이 바깥 세상은 완전히 달라져버렸다네. 눈을 좀 뜨고, 늦지 않도록 뛰어가 봐. 지금 시장에는 누구에게나 한 가지씩 소원을 들어주는 남자가 있네. 자네들도, 더 이상 이런 지붕 밑 방에서 살면서 쥐꼬리만한 집세 때문에 걱정하지 않아도 돼. 일어나 가봐, 늦기 전에! 나도 오늘 부자가 됐다니까」

바이올린을 켜던 청년은 그 말을 듣고 놀랐다. 집주인이 숨 돌릴 틈도 주지 않고 재촉하는 바람에 바이올린을 치우고 모자를 눌러썼다. 그의 친구도 말없이 그 뒤를 따랐다. 집 밖으로 채 나오기도 전에 그들은 이미 도시의 절반이 놀랍게 변해 버린 것을 보았다. 그들은 꿈속을 거닐듯 답답함을 느끼며 집들을 지나쳐 갔다. 어제까지만 해도 우울한 회색빛에, 기울어지고 나지막하던 집들이 이제는 궁전들처럼 높고 말쑥하게 서 있었다. 거지로 생각되는 사람들이 네 필의 말이 끄는 마차를 타고 지나가는가 하면, 아름다운 집 창가에 자랑스레 버티고 서서 거리를 내려다보고 있었다. 재단사처럼 보이는, 작은 개 한 마리를 데리고 다니던 비쩍 마른 한 남자는 땀을 뻘뻘 흘리며 커다랗고 무거운 자루를 질질 끌고 있었다. 그 자루에 난 작은 구멍에서 금화가 몇 개 새어나와 길바닥에 떨어졌다.

두 청년은 자기도 모르는 사이에 장터의 거울가게 앞에 이르렀다. 그곳에 낯선 남자가 서 있다가 그들에게 말했다.

「당신들은 소원을 말하는 게 급하지 않은 모양이군요. 나는 막 떠나려던 참이었소. 그럼 원하는 것을 말해 보시오. 꺼릴 것은 아무것도 없어요」

바이올린 연주자는 고개를 흔들고 말했다.「아, 나를 그냥 내버려두었으면 좋았을 것을! 나는 아무것도 필요 없어요」

「필요 없다고요? 잘 생각해 봐요!」이방인이 큰소리로 말했다.「무엇이든 생각 나는 것을 소원할 수 있어요!」

그러자 바이올린 연주자는 눈을 감고 생각에 잠겼다.

「바이올린을 원합니다. 온 세상의 소음이 더 이상 내게 접근할 수 없도록 훌륭하게 연주할 수 있는 그런 바이올린을」

그랬더니 보라, 그는 어느새 아름다운 바이올린과 활을 손에 들고 있었다. 그 바이올린을 끼고 연주를 시작하자 천국의 음악처럼 달콤하고 힘 있는 가락이 흘러나왔다. 그 소리를 들은 사람들은 발을 멈추고 귀를 기울였으며 진지한 눈빛이 되었다. 그러나 정열적이고 아름답게 연주할수록 바이올린 연주자는 눈에 보이지 않는 그 무엇에 이끌려 올라가 대기 속으로 사라져버렸다.

그런데도 그의 음악은 아득히 먼 곳에서 저녁노을과 같은 광채를 지니고 울려왔다.

「당신은요? 당신은 뭘 원하시오?」 이방인은 다른 청년에게 물었다.

「지금 당신은 내게서 그 바이올린 연주자를 데려가 버렸소!」 그 청년은 외쳤다. 「나는 인생에서 듣는 것과 보는 것과 불멸의 것을 생각하는 것 외에는 아무것도 원하지 않소. 그러니 나는 팔둠만큼 크고 그 꼭대기가 구름 위까지 치솟는 높은 산이 되고 싶소」

그러자 땅 밑이 울리고 모든 것이 흔들리기 시작했다. 유리 깨지는 소리가 울리고 거울들이 연이어 땅바닥에 떨어져 부서졌다. 시장 전체는, 잠자고 있던 고양이가 깨어나 등을 높게 구부려 올릴 때 고양이를 덮고 있던 천이 들어올려지듯, 그렇게 흔들리며 솟아올랐다. 엄청난 공포가 사람들을 덮쳤고, 수천 명의 사람들이 비명을 지르며 시내에서 들판으로 도망쳤다. 그러나 장터에 남아 있던 사람들은 도시 뒤로 거대한 산 하나가 저녁구름에 닿을 만큼 높이 솟아오르는 광경을 보았다. 그리고 아래쪽으로는 고요한 시내가 산에서 떨어지는 하얗고 거친 물로 변하여 거품을 내며 수많은 폭포로 쏟아지기도 하고 튀어 오르기도 하면서, 높은 산으로부터 계곡으로 흘러내리는 것도 보았다. 한순간이 지나자 팔둠 지방 전체는 하나의 거대한 산으로 변하였다. 그 기슭에 시가지가 자리 잡고 있었으며, 멀리 낮은 곳에는 바다가 내려다보였다. 그러나 아무도 피해를 입지는 않았다.

거울가게 곁에서 모든 것을 지켜보았던 한 노인이 이웃 사람에게 말했다. 「세상이 돌아버렸구먼. 더 이상 오래 살지 않아도 되는 나이라는 게 기쁘네. 단지 그 바이올린을 켜던 젊은이가 없어져서 섭섭해. 한번 더 듣고 싶은데」

「그러게 말이에요」 다른 사람이 말했다. 「그런데 그 낯선 사람은 어디로 가버린 걸까요?」

그들이 주위를 둘러보았으나 그는 사라지고 없었다. 그들이 새로 생긴 산을 올려다보았을 때, 그 이방인이 외투를 바람에 나부끼며 산 위쪽으로 사라져가는 것을 보았다. 그리고 한순간 저녁노을을 등지고 거대한 모습으로 서 있다가 바위 모퉁이를 돌아 사라져버렸다.

산

모든 것은 사라지고, 모든 새것은 낡아진다. 그 대목장은 오래전에 없어져버렸다. 그 당시 부자가 되기를 원했던 많은 사람들은 오래전에 다시 가난해졌다. 긴 붉은빛 금발의 처녀는 오래전에 결혼하여 아이들을 가졌고, 아이들도 해마다 늦여름이면 시내의 대목장에 가곤 했다. 날렵하게 춤추는 발을 가졌던 처녀는 시내에서 목수의 아내가 되어 있었다. 그녀의 춤 솜씨는 여전히 뛰어나서 웬만한 젊은 여자들에게도 결코 뒤지지 않았다. 그녀의 남편은 많은 돈을 원했지만, 쾌활한 두 사람은 평생을 그런대로 지낼 수 있을 것 같아 보였다. 아름다운 손을 갖게 된 세 번째 처녀는 아직도 거울가게 앞에 있던 그 이방인 생각을 가장 많이 하였다. 그녀는 결혼도 하지 않았고 부자도 되지 못했지만, 여전히 고운 손을 지니고 있었다. 그 손 때문에 농사일을 하지 않았다. 필요할 때면 마을을 다니며 아이들을 돌보아 주기도 하고, 아이들에게 동화나 옛날 이야기를 들려주기도 했다. 아이들은 대목장에서 일어난 놀라운 이야기라든지, 가난한 사람들이 부자가 되었다든지, 팔둠이 산으로 되었다든지 하는 이야기를 모두 그녀에게서 들었다. 이런 이야기를 해줄 때 공주처럼 날씬한 손을 바라보며 미소 짓고 감격해하는 모습이 너무나 사랑스러워, 그 당시 거울 앞에서 그녀보다 더 행복한 제비를 뽑은 사람은 아무도 없다고 믿게 되었다. 비록 그녀가 가난하고 남편도 없는 몸이며, 아이들에게 옛날 이야기나 들려주는 처지였는데도 말이다. 그 당시 젊었던 사람들은 이제 늙었고, 그때 늙었던 사람들은 이제 죽고 없었다. 산만 변하지도 않고 나이도 먹지 않고 서 있었다. 산꼭대기에 덮인 눈이 구름 사이로 반짝일 때면 산은 인간의 시간에 지배되지 않음을 기뻐하고 미소 짓는 것 같았다. 도시와 시골 위로 산위의 바위들은 높이 빛나고 있었다. 산의 거대한 그늘은 매일같이 땅 위로 드리워졌고, 시내와 강물은 아래쪽에 계절의 오고 감을 알려주었다. 산은 모든 것의 피난처요 아버지 같은 존재가 되었다. 산에서 숲이 자라났고, 초원은 바람에 나부끼는 풀과 꽃으로 뒤덮였다. 산에서 샘물이 흘러나왔고, 물과 얼음과 돌이 생겨났다. 그 돌들 위에 여러 색깔의 이끼가 자라났으며, 시냇가에는 물망초가 피어났다. 산의 내부에는 동굴들이 있었다. 거기서는 은실 같은 물줄기가 해마다 변함없는 음악 소리를 울리며 바위에서 바위로 방울져 떨어졌다. 산의

협곡 속에는 비밀스러운 방들이 있었는데, 그곳에서는 천년의 인내를 가지고 수정들이 자라나고 있었다. 산의 꼭대기에 올라가 본 사람은 아무도 없었다. 그러나 거기 꼭대기에는 작고 둥근 호수가 있었다. 그 속으로 태양과 달과 구름과 별들 말고 다른 무엇이 비친 적이 있는지 많은 이들이 궁금해했다. 그러나 독수리조차도 그렇게 높이 날아오를 수는 없었으므로 사람이건 짐승이건, 산이 하늘을 향해 내밀고 있는 이 쟁반 같은 호수를 바라본 자는 아무도 없었다.

팔둠 사람들은 시가지와 수많은 계곡 속에서 즐겁게 살았다. 아이들에게 세례를 베풀었고, 장사를 하고 기업을 벌였으며, 서로를 무덤으로 날랐다. 대대손손 계속 전해져 오는 것은 산에 대한 지식과 꿈들뿐이었다. 양치기나 사냥꾼, 고지대의 풀을 베어 건초를 만드는 사람, 꽃 채집자, 치즈 만드는 사람과 여행자들이 그 보물을 더 늘려주었고, 시인이나 이야기꾼들이 그것을 더 풍성하게 해주었다. 그들은 끝없는 암흑의 동굴, 숨겨진 협곡의 햇빛이 들지 않는 폭포, 깊이 갈라진 빙하들에 대해 알고 있었다. 눈사태로 위험해진 길과 악천후 지역에 정통했으며, 그 마을의 따뜻함과 추위, 물과 삼림, 기후와 바람, 이 모든 것들이 산으로부터 온다는 것도 알고 있었다.

과거에 대해서는 아무도 더 이상 알지 못했다. 그러나 팔둠의 모든 사람이 원하는 것을 이룰 수 있었던 그 놀라운 대목장에 대한 전설은 아름답게 남아 있었다. 바로 그날 이 산도 생겨났다는 사실은 아무도 믿으려 하지 않았다. 그 산은 분명 사물이 생겨나던 처음부터 그 자리에 있었고, 영원히 그곳에 서 있을 것이라

믿었다. 산은 고향이었고 산은 팔둠이었다. 사람들은 세 처녀와 바이올린 연주자처럼 언젠가 자기도 아름다운 곡을 연주하며 그곳으로 사라져버릴 것을 꿈꾸었다.

산은 그 모습을 지키면서 조용하고 평안하게 지냈다. 날마다 먼 바다에서 붉은 태양이 떠올라 동쪽에서 서쪽 산봉우리를 둥글게 돌아가는 것을, 매일 밤 별들이 똑같은 길을 조용히 지나가는 것을 바라보았다. 해마다 겨울이 오면 눈과 얼음이 산을 두껍게 덮었으며, 해마다 눈사태 철이 오면 제 길을 찾아갔다. 아직 눈이 남은 가장자리에서는 맑은 눈동자의 여름 꽃들이 푸르고 노랗게 웃고 있었다. 시냇물이 넘쳐 튀어 올랐으며, 호수는 따뜻하게 햇빛 속에서 푸르러갔다. 눈에 띄지 않는 협곡 속에서는 길 잃은 물소리가 요란히 울려 퍼졌다. 산꼭대기의 작고 둥근 호수는 두꺼운 얼음으로 덮여 있다가, 한여름에 잠시 동안 맑은 눈을 열고 일년 내내 기다린 해와 별을 받아들였다. 어두운 동굴에는 물이 괴었고, 바위 위로 떨어지는 물방울 소리가 끊임없이 울렸다. 은밀한 산속의 깊은 협곡에서는 천년이나 자란 수정이 완성을 향해 충실하게 성장해 갔다.

산기슭 도시보다 그리 높지 않은 곳에 골짜기가 하나 있었다. 그곳에는 맑은 수면을 지닌 폭넓은 시내 하나가 오리나무와 버드나무 사이로 흘러내렸다. 서로 사랑하는 젊은 남녀들은 그리로 가서 산과 나무들로부터 계절의 경이를 배웠다. 또 다른 골짜기에서는 남자들이 말이나 무기를 가지고 훈련을 했고, 가파르고 높은 바위 봉우리에서는 해마다 하짓날 밤에 거대한 불꽃을 피워 올렸다.

시간은 계속 흘러갔다. 산은 사랑의 골짜기와 훈련장을 보호해 주었다. 치즈 만드는 사람과 나무꾼, 사냥꾼과 뗏목꾼에게 일터를 주었고, 건축용 돌과 제련용 쇠를 제공해 주었다. 산은 최초의 하짓 날, 둥근 바위 봉우리에서 불이 활활 타오르는 것을 태연하게 바라보며 그대로 내버려두었고, 그것이 수백 번, 또다시 수백 번 되풀이되는 것을 보았다. 산은 저 아래 도시가 조그만 빈민층을 끌어안으면서 낡은 성 외곽까지 확장되는 것을 보았다. 산은 사냥꾼들이 활을 버리고 총과 포를 쏘는 것도 보았다. 산에게는 한 세기가 계절처럼 지나갔고, 일년이 한 시간처럼 흘러갔다.

오랜 세월이 흐른 후 언제부터인가 평평한 바위 위에서는 하짓날의 붉은 불꽃이 더 이상 타오르지 않고 잊혀져 버렸다. 산은 아랑곳하지 않았다. 오랜 시간이 흘러 훈련을 하던 골짜기가 황폐해지고, 말달리던 경주로에 잡초와 엉겅퀴가 무성해져도 산은 걱정하지 않았다. 수백 년이 흘러 산사태가 한번 일어나 산의 모습이 달라지고, 산에서 굴러 떨어진 바위들 밑에 팔둠 시가 절반이나 파괴되어 버렸는데도 산은 그것을 막지 않았다. 산이 아래쪽을 내려다보는 일은 거의 없었다. 그래서 파괴된 도시가 다시 복구되지 않고 그대로 방치되어 있는 것도 알지 못했다.

이 모든 일들을 산은 아랑곳하지 않았다. 그러나 다른 것이 관심을 끌기 시작했다. 세월이 흘러가면서 산도 늙어갔다. 태양이 떠올라 이동하고 지는 모습을 볼 때에도 느낌이 예전같지 않았다. 별들이 창백한 빙하를 비칠 때에도, 산은 더 이상 자신이 그 별들과 같게 여겨지지 않았다. 산에게는 바다도, 별도 이제는 더 이상 특별하지가 않았다. 이제 중요한 것은 산 자신과, 그 내부에서 일어나고 있는 일이었다. 바위와 동굴 깊숙한 곳에서 낯선 손이 일하고 있었다. 딱딱한 원성암이 물러져 점판암층으로 풍화되었으며, 시내와 폭포들이 더 깊숙이 침식해 오는 것을 느꼈다. 빙하는 사라지고 호수는 커졌으며, 숲은 자갈밭으로, 초원은 검은 늪으로 변했다. 빙하로 생긴 퇴석과 돌 더미로 이루어진 삭막한 띠들이 뾰족한 혀처럼 끊임없이 땅속으로 파고들어서, 그 땅을 이상하게, 즉 유난히 돌이 많고 완전히 메말라 적막이 감도는 땅으로 변화시켰다. 산은 점점 더 움츠러들었다. 해와 별이 자기와 같지 않다는 것을 절실히 느끼게 되었다. 자신과 같았던 것은 바람과 눈, 물과 얼음이었다. 자신과 같았던 것은 영원할 것처럼 보이지만 천천히 시들어 사라져버리는 것들이었다.

산은 더욱 열심히 시냇물을 골짜기로 이끌었고, 더욱 조심스럽게 눈사태를 굴러 내렸으며, 더욱 다정하게 꽃의 들판을 태양에게 건네주었다. 나이가 아주 많아지자, 인간에 대해서도 다시 기억하게 되었다. 인간을 자기와 같은 존재로 여기지는 않았지만, 인간을 바라보기 시작했고, 쓸쓸한 기분이 들면서 지나간 일을 생각하기 시작했다. 그러나 도시는 더 이상 존재하지 않았다. 사랑의 골짜기에서는 노랫소리가 들려오지 않았으며, 고원에는 오두막이 보이지 않았다. 거기에는 이미 인간들이 존재하지 않았다. 그들은 사라져버렸다. 그곳은 적막하고 생기를 잃었으며, 대기에는 그늘이 드리워졌다.

소멸이 무엇인지 느꼈을 때, 산은 부르르 몸을 떨었다. 산이 떨자 산봉우리가 옆으로 가라앉아 떨어져 내렸다. 바윗덩어리들이 잇달아 오래전에 돌로 메워져 버린 사랑의 골짜기를 지나 바닷속으로 굴러 떨어졌다.

그렇다, 시대가 달라져버렸다. 어째서 산이 이제 와서 인간을 기억하고 인간을 생각하게 되었는가? 옛날에 여름의 불꽃이 타오르고 사랑의 골짜기에서 젊은 남녀가 쌍쌍으로 거닐던 모습은 얼마나 아름다웠던가? 오, 그리고 그들의 노랫소리는 때로 얼마나 달콤하고 따뜻하게 울려왔던가!

노쇠한 산은 회상에 잠겼다. 어떻게 수백 년이 흘러가 버렸는지, 어떻게 여기저기 동굴 속에서 나지막한 천둥 소리가 쏟아져 울리다 멀어져 갔는지 거의 느껴지지 않았다. 산이 인간을 생각하게 되자, 어슴푸레하게 지난 시절을 회상하는 것이 그를 고통스럽게 했다. 자신도 한때 인간이었거나 혹은 인간 비슷한 존재였던 것처럼, 젊은 시절 한때의 덧없는 생각이 가슴을 뚫고 지나간 것처럼, 이해할 수 없는 감동과 사랑, 그리고 어둡고도 아련한 꿈이 그를 고통스럽게 했다.

세월은 흘러갔다. 허물어져 내리고 울퉁불퉁한 돌무더기로 둘러싸여서 죽어가는 산은 자기의 꿈에만 몰두했다. 예전에는 어떠했던가? 지나간 세계와 그를 이어주던 울림, 정교한 은실 같은 물줄기는 이제 없는가? 그는 곰팡이가 슬어버린 기억의 밤을 힘들게 파헤쳤다. 끊어진 실을 찾아 쉬지 않고 더듬어갔으며, 계속 되풀이해서 과거의 심연 위에 몸을 깊숙이 구부렸다——그에게도 아득한 옛날에는 유대감이나 사랑이 타오르지 않았을까? 고독하고 위대한 존재인 그도 한때는 동료들 사이에서 비슷한 존재가 아니었을까? —— 그에게도 언젠가 태초에는 어머니가 노래를 불러주지 않았을까?

그는 계속 생각에 잠겼다. 그의 눈인 푸른 호수는 흐릿하고 무거워져 늪과 습지로 변해 버렸고, 풀밭과 작은 꽃밭 위로 돌들이 흘러 내렸다. 그는 생각에 잠겼다. 생각할 수도 없이 먼 곳으로부터 무엇인가가 울리는 소리를 들었고, 어떤 음향이 떠도는 것을 느꼈다. 그것은 노래, 인간의 노래였다. 그것을 다시 알게 되자 산은 고통스러운 쾌감에 몸을 떨었다. 그는 그 소리를 들었다. 그리고 한 인간, 한 청년이 소리에 감싸인 채 대기를 뚫고 햇빛 찬란한 하늘로 떠오르는 것을 보았다. 그러자 파묻혀 있던 숱한 기억들이 깨어나 흔들리며 굴러 내리기 시작했다. 그는 검은 눈을 가진 사람의 얼굴을 보았다. 그 눈은 윙크를 하면서 그에게 물었다.

「소원을 하나 말해 보지 않을래?」

그가 하나의 소원, 비밀스러운 소원을 말하자, 까마득한 옛날에 잊혀진 일들을 생각해 내야 하는 고통이 모두 떨어져 나갔다. 그 산과 평지는 허물어져 하나가 되었다. 팔둠이 있던 곳에는 끝없는 바다가 펼쳐져 쏴쏴 소리를 내면서 물결쳤다. 그 위로 태양과 별들이 차례로 지나갔다.

(1915)

험한 길

협곡의 입구, 어두운 바위 문 옆에서 나는 망설이며 서 있다
가 뒤를 돌아다보았다.

태양은 이 푸르고 쾌적한 세계 속에서 빛나고 있었다. 초원에
는 바람에 흔들리면서 갈색의 들꽃이 반짝였다. 그곳은 좋은
곳, 따뜻함과 기분 좋은 유쾌함이 있는 곳이었다. 그곳에서라면
솜털이 보송보송한 땅벌처럼 한껏 만족스런 영혼이 짙은 향기와
빛 속에서 콧노래를 부를 수 있었다. 이 모든 것을 버리고 산에
오르려 한 나는 아마도 바보임에 틀림없다.

안내인이 부드럽게 내 팔을 건드렸다. 나는 미지근한 목욕물
에서 힘차게 벗어나듯 그 사랑스러운 풍경으로부터 시선을 돌렸
다. 이제 나는 햇빛 하나 없는 어둠의 협곡을 바라보았다. 갈라
진 틈에서 작고 검푸른 시냇물 한 줄기가 흘러나오고, 물가의
작은 관목 숲속에는 파리한 풀들이 자라고 있었다. 그 시내 바닥

에는 물살에 반질거리는 갖가지 돌맹이들이 한때는 살아 있던 생물의 뼈처럼 죽은 듯 창백하게 놓여 있었다.

「좀 쉬어 갑시다」 나는 안내인에게 말했다.

그는 참을성 있게 미소 지었고 우리는 주저앉았다. 날은 서늘하였다. 바위 문으로부터 어둡고 차가운 공기가 조용한 강물처럼 흘러 나왔다.

이 길을 가다니, 정말 내키지 않는 일이다! 이 불쾌한 바위 문 때문에 고통스러워하는 것도, 이 차가운 시내를 건너는 것도, 어둠 속에서 이 좁고 가파른 협곡을 기어오르는 것도 다 싫다!

「길이 참 고약해 보이는군요!」 나는 망설이며 말했다.

내 안에서는, 우리는 아마도 돌아갈 수 있을 것이다, 안내인을 아직 설득할 여지가 있을 것이다, 이 모든 일을 면할 수 있을 것이다, 그런 격렬하고도 회의적이며 비이성적인 희망이 꺼져가는 불빛처럼 날개를 파닥였다. 그렇다, 도대체 왜 안 되겠는가? 우리가 떠나온 그곳이 수천 배 더 아름답지 않은가? 그곳에서의 삶이 더 풍요롭고 더 따뜻하고 더 사랑스럽지 않은가? 그리고 나는 한 줌의 태양만 있어도 눈동자에 푸르름과 꽃들을 가득 담고 조그만 행복을 누릴 권리가 있는, 어린아이처럼 약하고 덧없는 존재가 아닌가?

그렇다. 나는 머물고 싶었다. 나는 영웅이나 순교자 노릇을 할 마음이 전혀 없었다! 햇빛 비치는 골짜기에 머물러도 된다면, 내 평생 만족하고 싶었다.

벌써 떨리기 시작했다. 여기는 오래 머물 수 있는 곳이 아니었다.

「떨고 있군요」 안내인이 말했다. 「가는 게 좋겠습니다」 그는 일어나 한순간 몸을 곧추 세우더니 미소를 지으며 나를 바라보았다. 그 미소 속에는 조소도 연민도 없었고, 엄격함이나 관용도 없었다. 그에게는 이해와 지식밖에는 아무것도 없었다. 그 미소는 이렇게 말하고 있었다.

〈나는 당신을 알고 있습니다. 당신이 느끼는 두려움도 알고, 어제와 그제 당신이 했던 호언장담도 잊지 않고 있어요. 지금 당신 마음속에 불쑥 나타난 비겁함 때문에 누구나 절망하기 마련이지요. 저 편 사랑스런 햇빛이 던지는 추파는 당신보다 내가 잘 알고 있는 친밀한 것입니다.〉

그런 미소를 지으며 안내인은 나를 바라보았다. 그러고는 어두운 바위 골짜기로 첫 걸음을 먼저 내디뎠다. 나는 유죄 판결을 받은 자가 목 위의 도끼를 증오하기도 하고 사랑하기도 하는 것처럼 그를 증오하면서도 사랑하였다. 무엇보다도 그의 지혜와 지도력과 냉정함, 인간다운 연약함의 결여를 증오하고 경멸하였다. 그리고 내 마음속의 모든 것, 그러니까 그에게 권리를 주고, 동의하고, 그와 비슷해지고, 그를 따르고 싶어했던 그 모든 것을 증오했다.

그는 벌써 검은 시냇물 위에 놓인 돌멩이들을 성큼성큼 뛰어넘더니, 첫번째 바위 모퉁이 부근에서 내 시야로부터 막 사라지려고 하고 있었다.

「멈춰요!」 나는 겁이 더럭 나서 소리쳤다. 이것이 꿈이라면, 지금 이 순간 나의 두려움이 조각나 버리고 깨어날 수 있다면.

「멈추세요」 나는 소리쳤다. 「난 할 수 없어요. 아직 준비가 안

됐어요」

안내인은 멈춰 서서 조용히 이쪽을 보았다. 비난은 없었지만, 예의 그 지독한 이해심과 참기 힘든 지식과 예지로 가득찬, 그리고 이미 다 알고 있다는 눈빛으로.

「차라리 돌아갈까요?」그가 물었다.

그가 마지막 단어를 내뱉기도 전에 나는 이미 적의에 가득 차서 〈아니오〉라고 말하리라는 것을, 말해야 한다는 것을 알고 있었다. 그와 동시에 내 안에 있는 모든 낡은 것, 습관화되어 있는 것, 사랑, 친숙한 것이 절망에 가득 차 외쳐댔다. 〈그러자고 해, 그러자고 해!〉

전세계와 고향이 마치 하나의 공처럼 내 발에 매달려 있었다.

나는 〈그럽시다!〉 하고 소리치고 싶었다. 비록 내가 그럴 수 없으리라는 것을 잘 알고 있었지만.

안내인은 손을 뻗어 뒤쪽 골짜기를 가리켰고, 나는 다시 한번 그 정겨운 지역 쪽으로 몸을 돌렸다. 그리고 내게 일어날 수 있는 가장 고통스러운 풍경을 보았다. 핏기 없는 하얀 태양 아래 그 다정한 골짜기와 평야가 창백하고 활력 없이 누워 있었다. 모든 색채는 뒤섞여 날카로운 불협화음을 울리고 있었으며, 그림자들은 그저 그을린 검은색일 뿐 마음을 끄는 데라곤 하나도 없었다. 모든 것의 심장이 도려내진 듯했고, 매력이나 향기도 없어져 버렸다——모든 것에서 사람들이 싫증을 낼 정도로 오랫동안 포식한 것들의 냄새와 맛이 났다. 오, 다정하고 기분 좋은 것을 무가치하게 만들고, 기력과 정신을 달아나게 하며, 향기를 변하게 하고 색깔에 조용히 독을 넣은 이 안내인의 끔찍한 짓을 알았을 때 내가 얼마나 두려워하고 증오하였는지! 아, 어제까지 포도주였던 것이 오늘은 식초가 되어버렸다는 것을 이제 알았다. 그리고 식초는 결코 다시는 포도주가 되지 않을 것이다. 결코 다시는.

나는 말없이 슬픔에 잠겨 안내인을 뒤따랐다. 그가 옳았다. 늘 그랬듯이 지금도 옳다. 최소한 눈에 보이지 않게 머무르기만 한다면 괜찮았다. 결단의 순간에 갑자기 사라져버려 나를 혼자 남겨두는 대신 ──종종 그랬듯이── 내 가슴속에 그 낯선 음성만을 남긴 채 나 혼자 남겨두는 대신 머무르기만 해준다면.

나는 침묵했지만, 내 가슴은 열렬하게 외치고 있었다. 〈머무르기만 해다오, 내가 따라가겠다!〉

시냇물의 돌은 기분 나쁘게 미끄러웠다. 발바닥 아래서 부서져 떨어져 나가는 좁고 축축한 돌 위를 한 걸음 한 걸음 옮기는 것은 번거롭고 현기증 나는 일이었다. 개울 길은 급격히 오르막이 되었고, 어두운 바위벽은 점점 더 틈이 좁아졌다. 그것들은 불만스러운 듯 부풀어 올랐고, 모서리마다 우리를 납작하게 눌러 돌아가는 길로부터 영원히 차단시키려는 악의적인 의도를 보여주는 듯했다. 사마귀 모양의 누런 바위 위로 끈적끈적한 점액질의 물줄기가 흐르고 있었다. 우리 위에는 하늘도, 구름도, 푸르름도 없었다.

안내인을 뒤좇아 계속 걸어가면서 나는 이따금 불안과 불쾌감으로 눈을 감았다. 길가에 비로드처럼 검고 슬픈 눈을 한 어두운 꽃이 피어 있었다. 꽃은 아름답고 친근하게 말을 걸어왔지만, 안내인은 서둘러 걷기만 했다. 나는 느꼈다. 내가 한순간이라도 지체

한다면, 잠깐 동안이나마 이 슬픈 비로드 눈 안에 잠긴다면, 나의 비탄과 우울이 너무 심해져 참을 수 없을 것이고, 내 정신은 영영 이 우스꽝스러운 무의미와 착란의 세계에 꼼짝 못하고 머무르게 되리란 것을.

나는 온몸이 젖고 더러워진 채 계속 기어올랐다. 축축한 벽들이 우리 위로 점점 더 좁혀져 올 때 안내인은 위안을 주는 듯한 옛날 노래를 부르기 시작했다. 밝고 자신에 찬 목소리로 한 발자국을 뗄 때마다 박자에 맞춰 노래를 불렀다. 〈나는 해내리라. 해내리라. 해내리라……〉

그가 내 기운을 북돋고 격려하려는 것을, 나를 속여서 이 지옥을 방랑하는 불쾌한 노고와 암담함을 알지 못하게 하려는 속셈을 나는 잘 알고 있었다. 자기 혼자 흥얼대는 노래에 내가 화답해 주기를 기다린다는 것도 알고 있었다. 그러나 나는 그러고 싶지 않았다. 그에게 그런 승리감을 맛보도록 해주고 싶지 않았다. 내가 노래 부를 기분이 아니었던가? 마음과는 반대로, 신이 요구할 수 없는 일과 행동에 끌어들여진 가련하고 단순한 인간이 아니었던가? 시냇가에 피어있는 패랭이꽃과 물망초는 자기 방식대로 그냥 있는 그곳에서 피었다 질 수 없는 것이었나?

〈해내리라. 해내리라. 해내리라〉 안내인은 계속 노래를 불렀다.

오, 내가 되돌아갈 수만 있다면! 그러나 나는 안내인의 놀랄 만한 도움으로, 벌써 오래전에 바위벽과 낭떠러지 위로 기어올랐다. 그 위로는 돌아갈 길이 전혀 없었다. 울음이 내 안에서 치밀어 올랐으나 울면 안 되었다. 최소한 울어선 안 되었다. 그래서 나는 반항 섞인 큰소리로 안내인의 노래에 같은 박자와 음조의 노래로 화답했다. 그러나 가사는 따르지 않고 줄곧 이렇게 바꿔 불렀다.

〈그래야 하겠지, 그래야 하겠지, 그래야 하겠지〉

산을 오르며 노래하는 것은 쉽지 않았다. 나는 곧 숨이 가빠져 콜록거리며 입을 다물었다. 그러나 그는 지치지도 않고 노래를 불렀다. 〈해내리라. 해내리라. 해내리라〉

그리고 시간이 지남에 따라 내게도 가사를 따라 부르도록 은근히 강요하는 것이었다. 이제 오르는 것이 좀 나아졌다. 억지가 아니라 자의에 따르고 있었으며, 노래하는 게 힘들어서 아무것도 느낄 수가 없었다.

그러자 내 마음도 밝아졌다. 마음이 밝아짐에 따라 미끄러운 바위도 없어졌다. 바위는 점차 건조해지고 더 호의적이 되어 때때로 미끄러지는 발을 받쳐주기도 했다. 우리 머리 위로는 더 밝은 쪽빛 하늘이 나타나 돌 사이의 시냇물이 되더니, 곧 작고 푸른 호수가 되어서는 점점 커지고 넓어졌다.

나는 더 강해지고 진지해지려고 애썼다. 하늘호수는 계속 넓어졌고, 길은 걸을 만했다. 나는 종종 안내인 곁에서 긴 구간을 고통 없이 쉽게 뛰어가기도 했다. 그러자 우리의 머리 위로 불타는 태양 속에서 번쩍이는 가파른 봉우리가 홀연히 나타났다.

정상 바로 아래에서 우리는 좁은 틈을 기어서 빠져나왔다. 눈부신 햇살이 눈속으로 밀려 들어왔다. 다시 눈을 떴을 때에는, 가슴을 압박하는 불안 때문에 무릎이 떨렸다. 내 힘으로 붙잡을 수 있는 것이 아무것도 없는 가파른 산등성이에 서 있기 때문이었다. 주위에는 끝없는 하늘, 그 푸르고 불안한 심연이 있었다. 날렵한 산봉우리가 가느다란 사다리처럼 우리 앞에 솟아 있었다. 그러나 다시 하늘과 태양이 있었다. 우리는 숨막히는 마지막 경사를 입을 꼭 다물고 이마에 주름을 잡으며 한 발짝 한 발짝 올라갔다. 그리고 정상, 빨갛게 타오른 돌을 딛고 그 엄격하고 조소하는 듯 희박한 공기 속에 섰다.

그건 정말 이상한 산, 이상한 봉우리였다! 우리가 허우적 허우적 벌거벗은 돌벽 위로 기어 올라온 이 봉우리, 그 위에는 나무 한 그루가 돌 틈에서 자라고 있었다. 짧고 튼튼한 가지가 몇 개 달린, 자그마하면서도 꽤 폭이 넓은 나무였다. 형언할 수 없이 고독하고 기묘하게, 바위틈에서 견고하고 완고하게, 가지 사이에 서늘한 하늘의 푸르름을 머금고 나무는 거기 서 있었다. 나무의 맨 꼭대기에는 검은 새 한 마리가 앉아 시끄러운 노래를 부르고 있었다.

세상 높은 곳에서의 짧은 휴식에 대한 고요한 꿈. 태양은 활활 타오르고, 바위는 이글거렸다. 공간을 냉엄하게 응시하며 새는 거칠게 노래했다.

「영원이여, 영원이여!」

검은 새는 노래했다. 번쩍이는 새의 단단한 눈이 우리를 마치 검은 수정처럼 쏘아보았다. 그 시선은 견디기 힘들었고, 노래도 견디기 힘들었다. 무엇보다도 이 장소의 고독함과 공허함, 황량한 하늘의 현기증 나는 광활함이 두려웠다. 차라리 죽음이 상상할 수 없는 희열이었다. 여기 머무는 것은 형용키 어려운 고통이었다. 무슨 일이건 일어나야 했다. 지금 당장, 순간적으로. 그렇지 않으면 우리와 세계는 두려운 나머지 돌이 되어버릴 것이다. 그것이 마치 뇌우 전의 돌풍처럼 작렬하듯 밀쳐대면서 숨을 내쉬는 것이 느껴졌다. 그것은 마치 타오르는 열기처럼 내 육체와 영혼 위로 펄럭였다. 그것은 위협적이었다. 그것은 다가왔다. 그것은 여기 있었다. 새가 갑작스레 가지에서 날아올라 추락하듯 세상 속으로 몸을 던졌다.

안내인이 훌쩍 뛰어올라 푸르름 속으로 추락하였다. 경련하는 듯한 하늘 속으로 빠져들더니, 그곳으로부터 날아가 버렸다.

이제 운명의 파도는 절정에 이르렀다. 이제 그것은 내 가슴을 잡아뜯어 소리 없이 산산조각 내고 있었다.

나는 추락했다가 튀어 올라 이제 날고 있는 것을 느꼈다. 차가운 공기의 소용돌이 속으로 환희에 넘쳐, 너무 기쁜 나머지 고통에 떨며 무한을 지나 아래쪽으로, 어머니의 가슴을 향해 화살처럼 쏟아져 내려갔다.

(1916)

꿈길

나는 상당히 오랜 시간 동안 무의미하게 이 푸른 살롱에 머무르고 있는 것 같다. 북쪽 창문을 통해서는 피오르드*를 모방해서 만든 인공호수가 내다보였다. 이곳에서 내 마음을 끌 만한 것은, 아름답지만 어딘지 죄인처럼 여겨지는 수상쩍은 부인 외엔 아무것도 없었다. 그녀의 얼굴을 한번 제대로 보는 것이 나의 은밀한 욕구였다. 그녀의 얼굴은 묶지 않은 검은 머리카락 사이에서 불분명하게 흔들렸으며, 오직 달콤한 창백함만이 존재할 뿐이었다. 아마도 눈은 어두운 갈색일 것이다. 그렇게 추측할 근거가 있긴 했지만, 그렇다면 그 눈은 얼굴과 어울리지 않는다. 내 시선이 불분명한 창백함 속에서 읽고 싶었던, 그리하여 내 깊고도 혼란한 기억의 지층 속에 머물러 있던 그런 얼굴과는.

---

* 바닷물이 내륙 깊숙이 들어와 형성된 너비가 좁고 긴 만이다.

마침내 무슨 일인가 일어났다. 두 젊은이가 안으로 들어온 것이다. 그들은 부인에게 매우 멋진 포즈로 인사를 했고, 내게도 자신들을 소개했다. 〈원숭이놈들 같으니라고.〉 나는 이렇게 생각하며 나 자신에게 화가 났다. 멋지게 교태를 부린 앉음새며 옷맵시를 지닌, 붉은 갈색의 웃옷을 입은 젊은이가 나를 부끄럽게 했고, 질투를 불러일으켰기 때문이었다. 그 흠잡을 데 없는, 거리낌없이 미소 짓고 있는 사람을 향한 야비한 질투의 감정이라니! 〈자제해라!〉 나는 나직하게 자신에게 외쳤다. 두 젊은이는 무관심한 얼굴로 내가 내민 손을 잡았지만——왜 내가 손을 내밀었지?!——얼굴에 조소의 빛을 띠었다.

뭔가 잘못되었다는 느낌이 오자, 기분 나쁜 한기가 올라오는 듯했다. 나는 아래를 내려다보고서는 얼굴이 창백해졌다. 신발도 없이 양말만 신은 채 서 있었던 것이다. 언제나 이 황당하고 가련하고 초라한 방해와 반항이라니! 다른 사람들이라면 살롱에서, 그것도 흠잡을 데 없고 엄격한 사람들 앞에서 양말만 신은 채로 서 있는 일은 결코 없을 것이다! 나는 슬프게도 최소한 왼발이라도 오른발로 가리려 하면서 창밖으로 시선을 던졌다. 거기 가파른 호수의 방죽이 푸른색을 띠고 거칠게 화를 내면서 음산한 음조로 협박하는 것을 보았다. 그것은 악마 같았다. 마음이 슬퍼지고 난감해져 나는 낯선 이들을 쳐다보았다. 그들에 대한 증오심과 나 자신에 대해서는 더 큰 증오감을 가지고——내게는 아무것도 없었다. 도대체 되는 일이 없었다. 왜 내가 저 한심한 호수에 대해 책임을 느꼈던 것일까? 그래, 내가 그렇게 느꼈다면 그건 내 책임이었다. 나는 간절한 마음으로 붉은 갈색 옷을 입은 남자의 얼굴을 바라보았다. 그의 뺨은 건강하게 빛났고, 깔끔하고 매력적으로 손질되어 있었다. 나는 내가 쓸데없이 자책하고 있다는 것, 녀석을 감동시킬 수 없으리라는 것을 잘 알고 있었다.

이제 녀석이 거친 암록색 양말을 신은 내 발을 주목하고—— 아, 나는 그나마 양말에 구멍이 나지 않은 것만으로도 기뻐해야 했다——짓궂은 미소를 지었다. 그는 친구를 쿡 찌르더니, 내 발을 가리켰다. 그 친구 역시 조소에 가득 찬 웃음을 지었다.

「저 호수를 좀 보시죠!」 나는 소리치면서 창문 너머를 가리켰다.

붉은 갈색 옷의 청년은 어깨를 으쓱했다. 창문 쪽으로 몸을 돌릴 생각도 않고 친구에게 뭔가를 얘기했다. 반밖에 알아듣지 못했지만, 그것은 나를 겨냥하여 한 말이었다. 살롱에서 양말만 신고 있는 작자를 참기 힘들다는. 그때 〈살롱〉이라는 말은 내게는 소년 시절에 그랬던 것처럼 뭔가 아름다우면서도 거짓된 상류 사회의 분위기 같은 것을 지니고 있었다.

거의 울 지경이 되자, 나는 뭔가 좀 나아질 게 없나 싶어 발쪽으로 몸을 굽혔다. 그리고 내 발이 넓은 실내화에서 미끄러져 나와 있다는 것을 알게 되었다. 매우 크고 부드럽고 검붉은 색의 슬리퍼가 내 뒤쪽 바닥에 놓여 있었다. 나는 망설이면서 실내화의 뒤축을 잡아 손에 쥐었다. 그러다 손에서 미끄러지는 것을 재빨리 잡아——그 사이에 신은 더 커졌다——겨우 앞쪽 신발코를 붙잡고 있을 수 있었다.

그러면서 나는, 진정으로 구제되어, 내 손에서 탄력 있게 흔들거리고 있는 실내화의 가치를 깨닫게 되었다. 축 늘어진 빨간색 신발이 이렇게 부드럽고 무겁다니, 근사하다! 시험삼아 그것을 공중에서 조금 휘둘러보았다. 기분이 유쾌해지면서 커다란 기쁨이 머리카락 끝까지 흘렀다. 곤봉도, 고무 튜브도 내 커다란 신발에 비하면 아무것도 아니었다. 나는 그것에 이탈리아어로 칼칠리오네라는 이름을 붙여주었다.

나는 칼칠리오네로 붉은 갈색 옷을 입은 청년의 머리를 장난삼아 때려보았다. 이 멋진 젊은이는 비틀거리며 안락의자 위로 주저앉았고, 다른 사람들과 그 방과 그 끔찍한 호수도 나에 대한 힘을 모두 잃어버렸다. 나는 크고 강했으며 자유로웠다. 붉은 갈색 옷의 머리를 두번째 때리자, 내 구타에는 더 이상 투쟁이나 궁색한 방어는 없어지고, 환호와 자유로운 지배자의 기분이 있을 뿐이었다. 나는 또한 그 쓰러진 적을 최소한 더 이상 미워하지는 않게 되었다. 그는 내 흥미를 끌었고, 소중하고 사랑스러웠으며, 나는 그의 주인이자 창조주였다. 이 이탈리아제 실내화 몽둥이로 때릴 때마다 나는 그 미숙하고 원숭이 같은 머리를 바로잡고 단련시키고 개발하고 창조했기 때문이다. 한번씩 모양 좋게 얻어맞을 때마다 그는 더 기분 좋아지고 더 애교스럽고 섬세해져 만족스럽고 사랑스러운 내 창조물, 내 작품이 되었다. 마지막 부드러운 손질로 나는 그의 뾰족한 뒤통수를 충분히 안쪽으로 밀어주었다. 그는 완성되었다. 그는 내게 감사했고, 내 손을 어루만졌다.

「됐어」 나는 손짓했다.

그는 두 손을 가슴에 포개고 수줍어하며 말했다. 「저는 파울이라고 합니다」

놀랄 만큼 즐거운 감정이 내 가슴을 펴게 했다. 공간은 나에게서 넓게 펼쳐져 나갔다. 방은——더 이상 〈살롱〉이 아니다!——부끄러운 듯 물러나더니 흔적 없이 사라져버렸다. 나는 호숫가에 서 있었다. 호수는 검푸른 빛이었다. 강철 같은 구름이 어두운 산을 짓누르고 있었다. 피오르드 호수에는 검은 물이 거품을 일으키며 끓어올랐고, 높새바람이 불안하게 그 자리를 이리저리 맴돌았다. 나는 위를 올려다보며 폭풍이 시작되리라는 신호로 손을 뻗쳤다. 짙푸른 하늘로부터 밝고 차가운 번갯불이 쾅 하는 소리를 내더니, 뜨거운 태풍이 수직으로 내려치며 울부짖었다. 하늘에서는 회색 소용돌이가 대리석 무늬처럼 퍼지면서 갈라져 나왔다. 채찍질 당하는 호수로부터 거대한 원형 구름이 불안하게 솟아올랐다. 폭풍은 호수의 등으로부터 물거품을 피워 올렸고, 물의 파편을 잡아 찰싹찰싹 내 얼굴을 때렸다. 검게 굳어버린 산은 놀란 눈을 크게 떴다. 잇대어 웅크리고 앉아 침묵하는 산들의 모습은 애원하는 것 같았다.

유령같이 거대한 말을 타고 장엄하게 몰려오는 폭풍우 속에서도 수줍은 목소리가 내 곁에서 들려왔다. 오, 나는 그대를 잊지 않았다, 긴 검은 머리카락의 창백한 여인이여. 내가 그녀 쪽으로 몸을 숙이자, 그녀는 어린아이처럼 말했다. 〈호수가 몰려와요. 여기 있으면 안 돼요.〉 나는 마음이 흔들려 다시 한번 이 상냥한 죄인을 바라보았다. 머리칼이 드리워진 넓은 그늘 안에는 고요한 창백함뿐이었다. 그때 철썩이는 파도가 내 무릎과 가슴 위로 치고 올라왔다. 그녀는 솟구치는 물결 위에서 저항하지 못하고 힘없이 비틀거렸다. 나는 잠시 웃었다. 그리고 그녀의 무릎을 내 팔로 감싸 들어올렸다. 그것은 기분 좋고 자유로운 느낌이었다. 그녀는 이상할 만큼 가볍고 작았으며, 싱싱한 온기로 가득 차 있었다. 눈빛은 다정했고 신뢰에 차 있었으며 놀라움이 담겨 있었다. 나는 그녀가 죄인이 아니며 가까이 할 수 없는 미지의 여인도 아니라는 것을 알았다. 죄도 없고 비밀도 없었다. 그저 아이일 뿐이었다.

파도를 뚫고 바위를 넘어 비가 오는 어둡고 우울한 공원을 지나 나는 그녀를 폭풍이 미치지 못하는 곳으로 데려갔다. 그곳은 오래된 나무들의 나지막한 수관으로부터 오직 부드럽고 인간적인 아름다움이 말을 걸어오고, 시와 교향곡이 울려 나오는 곳이었다. 우아한 예감과 즐거움에 익숙해진 세계, 사랑스럽게 그려진 코로*의 나무들, 슈베르트의 소박하고 우아한 목관악기 음악이 있는 그런 세계였다. 그곳은 잠시 밀려드는 향수로 나를 은근히 사랑의 신전으로 유혹했다. 그러나 헛된 일이다. 세계는 많은 목소리를 가지고 있다. 영혼은 모든 것에 알맞은 시간과 순간을 마련해 놓고 있다.

죄인, 창백한 여인, 그 어린아이가 어떻게 작별을 고하고 떠나갔는지 모르겠다. 돌로 된 바깥 계단이 있었고 대문과 하인들도 있었다. 이 모든 것이 불투명한 유리 뒤에서 비치는 것처럼 희미하고 뿌옇게 보였다. 다른 것들은 더 실체가 없고 더 흐릿했으며 형상들은 바람처럼 흔들리고 있었다. 나를 향한 질책과 비

---

* 카미유 코로(1796-1875) : 프랑스 화가. 풍경화로 유명하며 인상주의에 영향을 주었다.

난의 소리가 나로 하여금 그 그림자의 흔들림을 싫어하게 만들었다. 그 흔들림으로부터 남은 것은 파울의 모습, 나의 친구이자 아들인 파울뿐이었고, 그 모습 속에는 이름을 붙일 수는 없지만 아주 잘 알려진 얼굴이 보였다가 숨어버리곤 했다. 그것은 동화처럼 유쾌하고 풍성했던 학창 시절의 친구, 절반은 희미한 기억 속에서 다가오는 까마득한 옛날의 전설 같은 소녀의 얼굴이었다.

기분 좋고 다정한 어둠, 따뜻한 영혼의 요람, 잃어버린 고향이 나타났다. 형상화되지 않은 존재의 시간, 그 아래 선사시대 조상들의 원시림이 꿈을 꾸며 잠자고 있는, 샘이 흐르는 땅 너머로 망설이며 첫번째 파동이 나타났다. 더듬어보아라, 영혼이여, 방황하라, 순결한 여명의 충동으로 충만한 흐름 속에서 눈 먼 채 뒤척여보아라! 나는 너를 안다, 불안한 영혼이여, 먹는 것, 마시는 것, 잠자는 것보다도 너의 시초로 돌아가는 것이 너에게는 더 필요하다. 파도가 너를 둘러싸며 흘러온다. 너는 파도이고 숲이다. 너는 숲이다. 더 이상 바깥도 안도 없다. 너는 새가 되어 공중을 날고, 물고기가 되어 헤엄치고, 빛을 빨아들인다. 너는 빛이 되어 어둠을 맛보고, 그리고 어둠이 된다. 우리는 방황한다. 영혼이여, 우리는 헤엄치고, 날고, 미소 짓고, 부드러운 영혼의 손가락으로 끊어진 실을 다시 잇는다. 파괴된 진동은 환희에 넘쳐 울림을 멈춘다. 우리는 더 이상 신을 찾지 않는다. 우리가 신이다. 우리가 세계다. 우리는 죽이고 함께 죽으며, 우리는 창조하고 우리의 꿈과 함께 부활한다. 우리의 가장 아름다운 꿈, 그것은 푸른 하늘이고, 우리의 가장 아름다운 꿈, 그것은 바다이며, 우리의 가장 아름다운 꿈, 그것은 별이 빛나는 밤이며, 밝고 기쁜 소리, 그리고 밝고 기쁜 빛이다——모든 것이 우리의 꿈이고, 저 바다가 우리의 가장 아름다운 꿈이다. 우리도 죽어서 땅으로 돌아갔다. 우리도 웃음을 생각해 냈다. 우리도 별자리를 배치하였다.

소리들이 울려왔고, 그것은 모두 어머니의 소리였다. 나무들이 살랑거렸고, 모두가 우리 요람 위로 살랑살랑 소리를 내며 움직였다. 길이 별 모양으로 흩어졌다. 모든 길은 고향으로 가는 길이었다.

저기 파울이라고 불리는 나의 피조물이자 친구가 다시 나타났다. 그는 나처럼 늙어 있었다. 그는 어떤 젊은 친구와 비슷했는데, 누구인지는 알 수 없었다. 약간 자신이 없어 공손하게 대했다. 그러자 그가 힘을 냈다. 세계는 더 이상 나를 따르지 않고, 그에게 복종했다. 바로 직전의 모든 것은 사라져버리고, 이제 지배자가 된 그에게 부끄러움을 느끼면서 나는 겸허한 불확실성 속으로 가라앉았다.

우리는 파리라고 불리는 곳에 있었다. 내 앞에는 쇠로 된 들보가 공중으로 솟아 있었다. 그것은 사다리였는데, 양쪽에 좁은 철제 디딤판이 있어 그것을 손으로 잡고 발로 딛고 설 수 있었다. 파울이 원했기 때문에 나는 높이 기어올랐다. 그는 옆에서 내 것과 똑같은 사다리로 오르고 있었다. 우리가 집 높이 정도 되는 커다란 나무만큼 기어올랐을 때 나는 두려워지기 시작했다. 나는 파울을 건너다보았다. 그는 조금도 무서워하지 않았고, 내 두려움을 눈치 채고는 미소까지 지었다.

짧은 순간, 그러니까 그가 미소 짓고 내가 그를 바라보는 동안, 나는 그의 얼굴을 알아보고 이름을 알 수 있을 것 같았다. 과거의 심연이 벌어지더니, 학창 시절까지 갈라져 내려갔다. 내가 열두 살 때로, 내 인생에서 가장 찬란한 시기였다. 모든 것이 향기로 가득 차 있었고, 모든 것이 독창적이었으며, 모든 것이 신선한 빵의 먹음직스러운 냄새, 그리고 모험과 영웅심의 화려한 빛으로 도금되어 있었다——예수가 성전에서 학자들을 부끄럽게 만들었을 때도 열두 살이었다. 그 열두 살 때 우리는 모두 우리의 선생님과 학자들을 부끄럽게 만들었다. 우리는 그들보다 현명했고 그들보다 독창적이었으며 그들보다 용감했다. 여운과 영상들이 뒤엉켜 밀려들었다. 잊혀진 노트, 벌로 방과 후 학교에 남아 있던 일, 고무 새총에 맞아 죽은 새, 훔친 자두로 가득 찬 끈적끈적한 웃옷 주머니, 수영장에서 벌어진 사내아이들의 거친 몸싸움, 찢어진 외출복 바지와 양심의 가책, 세속적인 근심 때문에 드렸던 열렬한 저녁기도, 실러*의 시에서 느꼈던 놀랍고도 영웅적인 장려함…….

그것은 순간의 섬광, 초점도 없이 탐욕스럽게 서둘러 지나간 영상들이었다. 다음 순간 파울의 얼굴이 다시 나를 바라보았다. 고통스럽지만 반쯤은 알고 있다는 듯이. 나는 내 나이를 확실히 알 수가 없었다. 우리는 소년이었을 것이다. 우리의 얇은 사다리 디딤판 아래 저 깊은 곳에 파리라고 불리는 거리가 놓여져 있었다. 우리가 그 탑보다도 더 높이 올라가자, 쇠막대가 끝나고 아

* 독일의 뛰어난 극작가, 시인(1759-1805).

주 작고 평평한 널빤지로 마무리가 되어 있었다. 그 위로 기어오르는 것은 불가능해 보였다. 그러나 파울은 그렇게 했고 나 역시 그래야 했다.

나는 평평한 꼭대기의 널빤지 위에 올라앉아서, 마치 높이 떠 있는 작은 구름 위에 앉은 듯이 아래를 내려다보았다. 내 시선은 돌덩이처럼 허공 속으로 떨어져 내려갔으나 목적지를 찾지 못했다. 그때 동료가 무엇인가를 예시해 주는 몸짓을 해보였다. 내 시선은 공중 한가운데서 흔들리고 있는 놀라운 광경에 머물렀다. 어느 넓은 도로 위, 그러나 우리에게는 여전히 까마득한 아래쪽, 그 가장 높은 지붕 위에서 어느 낯선 일행을 보았다. 그들은 줄타기 광대 같았다. 실제로 그들 중의 하나가 줄, 혹은 장대 위를 걷고 있었다. 그들은 매우 많은 인원같이 보였고 순전히 어린 소녀들이었다. 아마도 집시나 떠도는 족속이었을 것이다. 그들은 지붕 높이로 하늘을 향해 치솟은 아주 길고 가는 기둥과 정자 비슷한 가건물 위에서 걷고 눕고 앉고 움직이고 있었다. 그들은 거기서 살고 있었고, 그 구역을 고향으로 여기는 듯했다. 그들 아래로 거리 같은 것이 희미하게 보였고, 자욱한 안개가 아래에서 그들의 발밑까지 올라오고 있었다.

파울이 그것에 대해 뭔가 얘기했다.

「그래, 감동적이군, 저 소녀들 모두 말이야」 내가 대답했다.

나는 소녀들보다 훨씬 높은 곳에 있었지만 잔뜩 겁을 먹고 제자리에 달라붙어 있었다. 반면에 소녀들은 두려움 없이 가볍게 떠다녔다. 나는 내가 적당치 않은 장소에 너무 높이 떠 있다는 것을 알았다. 소녀들은 알맞은 높이에 있었다. 바닥도 아니고 나처럼 끔찍하게 높거나 먼 곳도 아니었다. 사람들 사이도 아니지만, 완전히 고립된 곳도 아닌 그런 곳에 있었으며, 또한 여럿이었다. 나는 그들이, 아직 내가 도달하지 못한 축복을 의미한다는 것을 잘 알고 있었다.

그러나 언젠가는 이 무시무시한 사다리에서 내려가야 한다는 것 또한 알고 있었다. 그 생각이 계속 나를 압박하는 바람에 구역질이 났고, 한순간도 이 위에서 견딜 수가 없었다. 절망에 가득 차 현기증에 시달리면서 나는 발로 아래쪽 사다리 발판을 더듬었다── 널빤지 위에서는 그 발판을 볼 수 없었다── 그러고는 무시무시한 몇 분 동안 그 고약한 높이에 필사적으로 매달려 있었다. 아무도 나를 도와주지 않았다. 파울은 사라지고 없었다.

깊은 두려움 속에서 나는 위태하게 발을 내딛고 손으로 움켜잡았다. 그러자 내가 맛보고 견뎌낸 것이 높은 사다리와 현기증이 아니었다는 느낌이 안개처럼 피어올랐다. 즉시 사물의 분명한 모습도, 비슷한 모습도 사라져버렸다. 모든 것이 안개였고 불확실했다. 때로는 아직 사다리 발판에 매달려 현기증을 느꼈고, 때로는 겁이 나서 잔뜩 웅크린 채 무시무시하게 좁은 땅굴과 지하통로를 기어갔다. 또 때로는 늪과 진창 속을 절망적으로 걸어갔고, 더러운 진흙이 입까지 올라오는 것을 느꼈다. 사방에 어둠과 억압뿐이었다. 엄숙한, 그렇지만 감추어진 의미를 지닌 무시무시한 과제. 공포와 땀, 마비와 추위. 힘든 죽음, 힘든 탄생.

얼마나 많은 밤이 우리 주위에 있는가! 얼마나 불안하고 악랄한 고통의 길을 우리는 가고 있는가! 잘못 파묻힌 우리의 영혼, 영원한 고뇌의 영웅, 영원한 오디세이는 얼마나 깊은 굴속을 가고 있는 것인가! 그러나 우리는 간다. 우리는 간다. 우리는 몸을 굽혀 진창 속을 걷고, 진흙 속에서 숨막혀 하며 헤엄을 치고, 미끈거리는 불길한 벽을 기어오른다. 우리는 울고 좌절하며, 불안스레 한탄하고, 병으로 시달리면서 울부짖는다. 그러나 우리는 계속해서 간다. 우리는 가고 고통받는다. 우리는 가고, 스스로를 온통 물어뜯는다.

흐릿한 지옥의 연기로부터 다시 영상이 떠올랐다. 기억의 빛이 비치는 어두운 오솔길, 그 조그만 영역이 있었다. 내 영혼은 태고의 세계로부터 고향 땅으로 밀려나왔다.

그곳이 어디였던가? 낯익은 사물이 나를 바라보았다. 나는 그 낯익은 공기를 호흡했다. 어스름한 커다란 방, 탁자 위의 석유 등잔, 저건 내 등잔이다, 피아노 크기의 둥근 탁자, 내 누이가 있고 매부가 있다. 아마도 그들이 나를 방문했거나, 내가 그들을 찾아간 모양이다. 그들은 조용히 근심에 잠겨 있었다. 나 때문에 걱정에 가득 차 있었다. 나는 크고 어두운 방에서 이리저리 거닐었다. 슬픔의 구름 속에, 쓰라리고 질식할 듯한 슬픔의 큰 물결 속에 서 있다가 다시 또 거닐었다. 그러고는 뭔가를 찾기 시작했다. 중요하지는 않은 것, 책이거나 가위 같은 것인데 찾을 수가 없다. 나는 손에 등잔을 들었다. 그것은 무거웠다. 나는 너무 피곤해져서 금방 다시 내려놓았다. 다시 등잔을 들고 찾고, 또 찾는다. 소용없다는 것을 알면서도 찾는다. 나는 아무것도 찾지 못할 것이다. 모든 것을 더 흐트러지게 할 뿐이다. 등잔은 손에서 떨어질 것이다. 그건 너무 무겁다. 나는 계속 더듬으며 온 방을 헤매고 다닐 것이다. 가련한 내 한평생을.

매부가 걱정스러운 듯, 다소 책망하듯 나를 쳐다본다. 〈저들은 내가 미쳐간다는 것을 아는군.〉 나는 재빨리 생각하고, 다시 등잔을 집어 들었다. 조용히 누이가 다가왔다. 애원하는 눈빛에는 근심과 사랑이 가득하다. 내 심장은 터질 것 같다. 나는 아무런 말도 할 수 없었다. 그저 손을 뻗어 물러가라고 저항하는 몸짓을 할 뿐이다. 그리고 생각했다. 나를 내버려둬! 내버려두란 말이야! 당신들은 내가 어떤지, 내가 얼마나 고통스러운지, 얼마나 끔찍하게 고통스러운지 몰라! 계속해서 이렇게 생각한다. 날 내버려둬! 내버려두란 말이야!

붉은 등잔 불빛이 큰 방 안으로 희미하게 흘러들었다. 바깥의 나무들이 바람 속에서 신음했다. 순간 나는 밖에 있는 밤을 가장 깊이 있게 보고 느꼈다고 믿었다. 땀과 습기, 가을, 쓸쓸한 나뭇잎 냄새, 바람에 날려가는 느릅나무 잎새, 가을, 가을이여! 다시 한순간 나는 나 자신이 아니었고, 나를 마치 하나의 형상처럼 바라보았다. 나는 타오르는 눈을 가진 창백하고 수척한 음악가였다. 후고 볼프*라는 이름을 가졌으며, 바로 이날 밤, 막 미쳐가는 중이었다.

그 사이에 나는 다시 찾아야 했다. 절망적으로 찾으면서, 무거운 등잔을 둥근 탁자와 안락의자와 책 더미 위로 들어올려야 했다. 누이가 다시 슬프고도 자상한 눈으로 바라보며 나를 위로하려 할 때, 내 가까이 와 나를 도우려 할 때, 애원하는 몸짓으로 거절해야 했다. 내 안에 있는 슬픔이 자라나서 나를 파열해

---

* 오스트리아의 작곡가(1860–1903). 300편이 넘는 독일의 가곡 리트 Lied로 유명하다.

버리려는 것 같았다. 나를 둘러싼 영상들은 감동적으로 묘사된 명료함으로 다른 현실에서보다 훨씬 더 분명하게 보였다. 컵에 꽂혀 있는 몇 송이 가을꽃, 그 가운데 어두운 적갈색 달리아 한 송이가 고통스럽고 아름다운 고독 속에서 빛나고 있었다. 모든 사물과 등잔의 번쩍거리는 놋쇠다리는 마술에 걸린 듯 아름다웠다. 그 위대한 화가의 그림에서처럼 운명적인 고독으로 둘러싸여 있었다.

나는 내 운명을 뚜렷이 느꼈다. 이 슬픔 속으로 하나의 그림자가 더 드리워졌다. 누이를 한번 더 보았다. 꽃들도. 그 아름다운 영혼이 가득 담긴 꽃들을. 그러자 그것들은 흘러 넘치고, 나는 광기 속으로 가라앉았다. 「나를 내버려둬! 당신들은 몰라!」 피아노의 매끄러운 표면 위로 등잔불 한 줄기가 검은빛을 띤 나무 속에서 반사되어 비쳤다. 너무나 아름답게, 너무나 비밀스럽게, 우울함에 가득 차서!

누이가 다시 몸을 일으켜 피아노 쪽으로 갔다. 나는 애원하고 싶었고 진심으로 막고 싶었으나 그럴 수가 없었다. 고립에서 벗어나 그녀에게 건너갈 힘이 없었다. 오, 이제 나는 무슨 일이 일어나야 하는지 알고 있었다. 나는 이제 말할 기회를 얻게 되었다. 모든 것을 말하고, 모든 것을 깨뜨려야 하는 멜로디를 알고 있었다. 무시무시한 긴장감에 심장이 오그라들고, 뜨거운 첫번째 눈물 방울이 솟아나왔다. 나는 머리와 손을 탁자 위로 떨어뜨리고, 모든 감각과 거기에 새로운 감각까지 더해져 가사와 멜로디를 동시에 듣고 느꼈다. 그것은 볼프의 곡이었고, 가사 내용은 이런 것이었다.

어두운 산봉우리들이여, 너희는
아름다운 옛 시절을 알고 있느냐?
산 너머 나의 고향, 그곳은
너무나 멀구나, 너무나 멀어!

그러자 이 세계가 내 앞과 안에서 갈라져 미끄러져 내렸고, 눈물과 소리 속으로 가라앉았다. 얼마나 물밀듯 밀려오며, 얼마나 유쾌하게 그리고 고통스럽게 쏟아져 내리는지! 오 울음이여, 오 달콤한 허물어짐, 복된 사라짐이여. 생각과 시들로 가득 찬 이 세상의 모든 책들도, 감정이 큰 물 속에서 출렁이고 영혼이 자기 자신을 깊이 느끼고 발견하는 한순간의 흐느낌에 비하면 아무것도 아니다. 눈물은 녹고 있는 영혼의 얼음이다. 모든 천사는 울고 있는 사람 가까이 있다. 나는 견딜 수 없는 긴장의 절정에서 평범한 감정의 부드러운 어스름으로까지 추락하면서 아무런 생각도 없이, 보는 이도 없이, 모든 이유를 잊은 채 울었다. 그 사이에 흔들리는 영상이 있었다. 관이 하나 있었다. 그 안에는 사랑스럽고 중요한 사람이 누워 있었는데 그게 누구인지는 몰랐다. 아마도 너 자신일 거다, 그렇게 나는 생각했다. 그때 또 다른 영상이 아주 흐릿하게 먼 곳으로부터 떠올랐다. 몇 년 전, 혹은 그보다 더 전에 어떤 놀라운 영상을 본 적이 없었던가? 공중 높은 곳에 집을 짓고, 구름처럼 힘들이지 않고, 아름답고 복스럽게 공기처럼 가볍게 떠다니며 현악처럼 풍요로운 어린 소녀들의 무리를?

그 사이에도 세월은 흘러 부드럽지만 힘껏 그 영상으로부터

220

나를 몰아냈다. 아, 아마도 나는 공중에서 떠다니는 이 귀여운 소녀들을 보고, 그들에게로 가고, 그들과 같아지고자 하는 생각을 평생 동안 해왔던 것은 아닐까! 이제 그들은 닿을 수 없고 이해할 수 없고 구해낼 수 없는 먼 곳으로 가라앉아 버렸다. 나는 절망적인 향수로 인해 지친 채 주위를 날아다녔다.

세월은 눈송이처럼 떨어져 내렸고, 세상은 달라졌다. 나는 슬픔에 잠겨 작은 집 쪽으로 갔다. 정말 비참한 기분이었고, 입안에 불길한 느낌이 감돌았다. 불안한 마음에 혀로 의심스러운 이빨 하나를 더듬어 보았더니, 비스듬히 기울어지면서 그만 빠져 버렸다. 다음 이빨——그것도! 아주 젊은 의사가 거기 있어서 그에게 호소하고 애원하면서 손가락으로 이빨 하나를 집어 내밀었다. 그는 걱정해 주기는커녕 껄껄 웃어대었다. 직업적인 태도로 관두라고 손짓하며, 젊은 머리를 흔들었다.「괜찮아요, 전혀 해될 게 없어요. 매일 생기는 일입니다」맙소사, 나는 생각했다. 그러나 그는 계속하며 내 왼쪽 무릎을 가리켰다.「한번 앉아보세요, 대신 거기를 조심하셔야겠는데요」아주 재빨리 나는 무릎을 움켜쥐었다——바로 거기였다! 거기에는 내 손가락이 들어갈 만큼 구멍이 뚫려 있었다. 피부와 살 대신 느낌도 없고, 부드럽게 늘어진 덩어리, 시든 식물의 조직같이 가벼운 섬유질만이 만져질 뿐이었다. 오 맙소사, 그것은 몰락이었고 죽음이었으며 부패였다!

「더 이상 어떻게 해볼 도리가 없습니까?」나는 애써 친근하게 물었다.

「더 이상 없습니다」젊은 의사는 그렇게 말하고 가버렸다.

그래야 할 만큼 그렇게 절망적이지도 않게, 심지어 거의 무관심하게 나는 그 작은 집을 향해 걸어갔다. 이제 나는 어머니가 기다리는 저 작은 집으로 가야 했다——어머니의 목소리를 벌써 듣지 않았던가? 어머니의 얼굴을 뵙지 않았던가? 계단이 위로 나 있었다. 난간도 없이 높고 미끄러운 계단. 계단 하나하나가 산이고 봉우리이고 빙하였다. 분명 너무 늦었다——아마도 어머니는 벌써 가버리셨거나 이미 돌아가신 게 아닐까? 나를 막 부르는 소리가 들리지 않았던가? 나는 말없이 미끄러져 상처를 입고, 흐느끼면서 거칠게 기어올랐다. 나 자신을 짓누르고, 부러지는 팔과 무릎을 받치면서 산의 가파른 계단과 싸웠다. 위로 올라가자 문이 있었다. 계단은 다시 작아지고 예뻐졌으며, 회양목으로 둘러싸여 있었다. 한 걸음 한 걸음이 마치 진흙과 아교 속을 걸어가듯 끈적끈적하고 힘이 들어서 앞으로 나아갈 수가 없었다. 문은 열려 있었다. 안에는 회색 옷을 입은 어머니가 팔에 작은 바구니를 끼고 조용히 생각에 잠겨 걸어가고 있었다. 오, 작은 머리 망으로 묶은 그녀의 어둡고 희미하게 센 머리카락! 그녀의 걸음걸이, 그 작은 모습! 그리고 그 옷, 그 회색 옷——오랜 세월 동안 그녀의 모습을 완전히 잊어버리고 생각조차 한 적이 없지 않았던가?! 저기 어머니가 걸어가시는데 오직 뒤에서만 볼 수 있다. 어머니는 예전 그대로, 아주 또렷하고 아름답게, 오직 사랑으로, 오직 사랑의 생각으로 가득 차 있는데!

　나는 끈적끈적한 허공 속에서 마비된 걸음을 난폭하게 내디뎠다. 덩굴식물들이 가늘고 튼튼한 밧줄처럼 나를 점점 조여왔다. 사방에 적대적인 방해물뿐이었다. 앞으로 나아갈 수가 없었다!

「어머니!」 나는 소리쳤다——그러나 소리는 없었다…… 소리가 들리지 않았다. 그녀와 나 사이에는 유리가 있었다.

어머니는 뒤도 돌아보지 않고 천천히 걸어갔다. 어머니는 아름다운 모습으로 조용히 근심에 잠겨, 내 눈에 익숙한 그 손으로 옷에서 풀린 보이지 않는 실 한 가닥을 쓰다듬고, 바느질 도구를 찾아 바구니 위로 몸을 굽혔다. 오, 저 작은 바구니! 언젠가 어머니는 저 안에 부활절 달걀을 숨긴 적이 있었다. 나는 절망에 차서 소리 없는 비명을 질렀다. 나는 달렸지만 그 자리에서 벗어날 수가 없었다! 애정과 분노가 나를 잡아끌었다.

어머니는 정자를 지나 계속 천천히 걸어갔다. 저편 열려진 문 앞에 서더니, 바깥으로 걸어 나갔다. 부드럽게, 당신 생각에 귀를 기울이듯 머리를 약간 옆으로 기울이고, 바구니를 올렸다 다시 내렸다——언젠가 내가 소년이었을 때 그 바구니에서 쪽지를 발견했던 기억이 났다. 거기에는 그날 생각하고 해야 할 일들이 적혀 있었다. 〈헤르만의 바짓단이 풀렸다…… 빨래 담그기…… 디킨스 책 빌리기…… 헤르만은 어제 기도하지 않았다……〉

물밀듯 밀려오는 기억, 사랑의 무게!

나는 꽁꽁 묶인 채 문 앞에 서 있었다. 저쪽에서 회색 옷을 입은 부인이 천천히 정원 안으로 들어가더니 사라져버렸다.

(1916)

유럽인

마침내 신은 생각 끝에 피투성이의 세계대전을 끝낸 지구에 몸소 대홍수를 보내어 끝장을 내기로 했다. 넘쳐 흐르는 물은 연민의 정을 금치 못하며 늙어가는 별의 명예를 더럽힌 것들을 씻어내렸다. 피로 물든 설원, 대포들이 노려보고 있는 산, 썩어가는 시체, 시체를 붙들고 우는 사람들, 격분한 자와 살기등등한 자, 영락한 자와 굶주리는 자와 정신이 돌아버린 자들을 함께 쓸어갔다.

푸른 하늘은 이 반짝이는 지구를 다정하게 내려다보고 있었다.

그런 가운데 유럽의 기술은 최후의 순간까지 제법 쓸 만한 것으로 입증되었다. 몇 주 동안 유럽은 천천히 불어오르는 물에 맞서 침착하고 끈질기게 버텼다. 처음에는 수백만의 전쟁 포로들이 밤낮으로 쌓아올린 어마어마한 제방으로, 다음에는 믿을 수 없을 만큼 빠른 속도로 솟아오르는 인공의 언덕으로 버텼다. 거대하고 납작한 모양에 꼭대기가 탑으로 된 이 인공의 건축물로 인간의 감동적인 영웅심은 최후의 날까지 꺾이지 않았다. 유럽을 비롯한 모든 세계가 물에 잠기는 순간에도 최후까지 솟아 있던 철탑들의 탐조등이 침몰하는 지구의 축축한 황혼 사이로 눈부시게 번쩍거렸다. 대포에서 쏟아지는 유탄은 우아한 곡선을 그리며 이리저리 소리 내어 날아다녔다. 최후의 날이 오기 이틀 전, 중유럽제국의 지도자가 적에게 등화 신호를 보내 평화 협정을 제의했다. 그러나 적들은 아직도 견고히 서 있는 탑들을 즉각 제거할 것을 요구했고, 거기에 대해선 아무리 강경한 평화주의자들이라도 협상에 응할 수가 없었다. 그래서 마지막 순간까지 영웅적인 포격이 난무할 수밖에 없었다.

이제 모든 세계가 물에 잠겼다. 유일하게 살아남은 유럽 사람이 구명대를 타고 물에 떠다녔다. 그는 마지막 힘을 다해 지구 마지막 날에 일어났던 일을 적고 있었다. 그의 조국은 최후의 적이 몰락한 후에도 몇 시간 더 버텨냈으므로 영원한 승리자였다. 그 승리를 후대의 인류에게 알리기 위해 이 유럽인은 안간힘을 쓰고 있었다.

그때 회색빛 수평선에서 검고 육중한 배 한 척이 나타나 이 기진맥진한 남자를 향해 천천히 다가왔다. 그것이 어마어마한 방주임을 그는 확인했다. 매우 늙은 족장이 하얀 수염을 휘날리며 이 떠다니는 집의 갑판에 당당히 서 있는 것을 보고 난 뒤 정신을 잃었다. 몸집이 큰 흑인 하나가 물에 떠 있는 그를 건져 올렸고, 그는 곧 다시 정신이 들었다. 족장은 다정하게 미소를 지었다. 그의 작업은 성공적이었다. 지구상의 모든 생명체가 견본품

으로 구조된 것이었다.

　방주가 바람에 따라 유유히 떠다니면서 탁한 물이 가라앉기를 기다리는 동안 갑판에서는 다채로운 삶이 전개되었다. 커다란 물고기가 떼를 지어 배를 따라다녔고, 갖가지 꿈같은 새와 곤충의 무리가 열려진 지붕 위로 드나들었다. 모든 종류의 짐승과 인간이 구출되었고, 새로운 삶이 눈앞에서 펼쳐지리라는 기대에 가슴 뿌듯해하였다. 화려한 공작은 밝고 날카롭게 물위의 아침을 알렸고, 즐거운 코끼리 부부는 높이 뻗어 올린 코에서 목욕물을 뿜어냈다. 도마뱀은 껍질 색깔을 계속 바꾸면서 양지 바른 들보에 앉아 있었다. 인디언은 재빠른 투창 솜씨로 끝없는 물줄기에서 반짝이는 물고기들을 찔러 올렸다. 흑인은 화덕에 불이 붙도록 마른 나무를 문질러대며, 기쁨에 넘쳐 리드미컬한 박자에 따라 뚱뚱한 부인의 허벅지를 찰싹찰싹 때렸다. 수척한 인도인은 팔짱을 끼고 비스듬히 서서 세상의 노래 중 아주 오래된 가락을 혼자 흥얼거렸다. 에스키모인은 햇빛 속에서 땀을 뻘뻘 흘리며 누워 있었으나, 그의 작은 눈은 웃고 있었다. 온순한 맥(貘) 한 마리가 그에게서 쏟아지는 땀과 기름 냄새를 킁킁거리며 맡았다. 작은 일본인은 얇은 우산살을 깎아 코에도 올려놓고, 턱에도 올려놓고 하면서 균형을 잡고 있었다. 유럽인은 필기도구를 사용해서 현재 생존하고 있는 동식물의 목록을 만들었다.

　차츰 그룹이 형성되고 우정이 생겨났다. 어디서 싸움이라도 벌어질 것 같으면 족장의 눈짓으로 제지되었다. 모두가 사교적이고 즐거웠는데 그 유럽인만이 외롭게 뭔가를 쓰는 일에 열중했다.

다양한 인간과 동물들 사이에서 경쟁적으로 각자의 능력과 재주를 선보이는 새로운 놀이가 생겨났다. 모두 먼저 하고 싶어했기 때문에 족장이 기준을 만들어야 할 정도였다. 큰 동물, 작은 동물로 나눈 다음, 다시 인간을 구별해 놓았다. 모두들 먼저 신청을 해서 감탄을 자아낼 수 있는 재주를 말해야 했다. 그러고 나면 차례차례 순서가 돌아왔다.

이 굉장한 놀이는 여러 날 계속되었다. 한 그룹이 자랑하다 보면 끝이 없었다. 다른 그룹의 재주를 보기 위해 중간에 중단시켜야 하는 사태가 벌어지기도 했다. 멋진 재주는 모두에게서 큰 박수 갈채를 받았다. 놀랍고 볼 만한 구경거리가 얼마나 많았는지! 신의 창조물 모두 얼마나 굉장한 재능들을 숨기고 있었는지! 얼마나 풍성한 삶이 펼쳐졌는지! 웃음과 환호성이 터지고, 박수 갈채가 쏟아지고, 손뼉을 치고, 발을 구르고, 껄껄 웃는 소리가 울려 퍼졌다!

족제비는 놀랍도록 빨리 달렸고, 종달새는 매혹적으로 노래했다. 부풀어오른 칠면조는 위풍당당하게 행진했고, 다람쥐는 믿을 수 없을 만큼 재빠르게 기어올랐다. 큰 원숭이가 말레이* 사람 흉내를 내자 작은 원숭이가 또 큰 원숭이 흉내를 냈다! 모두들 지칠 줄 모르고 달리고, 기어오르고, 수영하고, 비행하며 서로 경쟁했다. 모두가 나름대로 탁월했고, 가치가 있었다. 마술을 할 수 있는 동물이 있는가 하면, 자기 모습을 안 보이게 할 수 있는 동물도 있었다. 많은 것이 힘으로, 또한 술수로, 공격

---

* 인도에서 건너간 민족으로 인도네시아인의 대부분을 차지한다.

으로, 수비로 두각을 나타냈다. 곤충들은 자기를 풀처럼, 나무처럼, 이끼처럼, 바위처럼 보이도록 하면서 자신을 보호할 수 있었다. 어떤 약한 동물은 지독한 냄새를 피워 공격으로부터 자신을 보호하는 재주로 박수 갈채를 받기도 하고, 웃는 관중들을 도망가게 하기도 했다. 아무도 뒤지지 않았고, 누구든 나름대로 재능이 있었다. 둥지를 만드는 데 끈끈한 물질을 붙이기도 하고, 풀로 엮기도 하고, 돌을 쌓기도 했다. 맹금류는 굉장한 높이에서도 아주 조그만 것을 알아볼 수 있었다.

인간들도 자기의 장기를 훌륭하게 선보였다. 흑인은 힘 하나 안 들이고 높은 대들보까지 뛰어올랐고, 말레이인은 단 세 번의 손놀림으로 야자수 잎으로 노를 만들었다. 아주 조그만 널빤지 위에서도 배를 조종하고 방향을 돌릴 줄 알았는데, 참으로 볼 만한 재주였다. 인디언은 가벼운 화살로 아주 작은 목표물을 쏴 맞추었으며, 그의 부인은 두 종류의 나무 속껍질로 돗자리 하나를 짜내 모두의 감탄을 자아냈다. 인도인이 나와서 몇 가지 마술을 보여주자, 모두들 오랫동안 숨을 죽이며 바라보고 놀라워했다. 중국인은 어린 밀을 캐내 똑같은 간격으로 옮겨 심으면서, 어떻게 밀 수확을 세 배로 늘릴 수 있는지 보여주었다.

놀라울 정도로 냉정한 유럽인은 다른 이들의 재주를 지독하게 경멸하고 헐뜯어서 몇 번이나 사람들의 불쾌감을 불러일으켰다. 인디언이 하늘 높이 있는 새를 쏘아 떨어뜨리자, 이 백인은 어깨를 으쓱하면서 20그램의 다이너마이트만 있으면 그보다 세 배 높이의 것도 쏠 수 있다고 주장했다. 사람들이 어디 한번 시범을 보이라고 요구하자, 그러지는 못하면서 이것저것 다른 물건이 있으면 해낼 수 있다고 말만 늘어놓는 것이었다. 그는 중국인을 비웃으면서 어린 밀을 옮겨 심으려면 엄청나게 부지런해야 하므로, 그렇게 노예 같은 노동으로는 백성을 행복하게 하지 못할 것이라고 말했다. 그 중국인은 백성이란 먹을 것이 있고 신을 경배하기만 하면 행복할 수 있다고 대꾸해 박수를 받았다. 그러나 유럽인은 냉소를 보낼 뿐이었다.

이 즐거운 경기는, 짐승과 인간이 그들의 재능과 기술을 모두 보여줄 때까지 계속되었다. 아주 감명 깊고 즐거운 일이었다. 족장조차 하얀 수염 안에서 웃음을 띠며 칭찬의 말을 아끼지 않았다. 이제 곧 물이 빠지고 지구상에서의 새로운 삶이 시작될 것이다. 신의 옷자락 안에 아직 다채로운 끈이 존재하며, 지구상에서 끝없는 행복을 이루어나가는 데 부족할 것이 없었다.

유일하게 유럽인만 아직 아무런 재주도 보여주지 못했다. 사람들은 모두 그에게 앞으로 나와서 재주를 보이라고 강력하게 요구했다. 그 역시 신의 아름다운 공기를 호흡하며 족장의 떠다니는 집에 타고 있을 권리가 있는지 보겠다는 것이었다.

이 남자는 오랫동안 거부하며 핑계를 대려고 했다. 그러나 이제는 노아조차 손가락으로 그의 가슴을 찌르면서 자기 말을 따르라고 독촉했다.

「나도 보다 쓸모 있는 인간이 될 능력이 있고, 그렇게 배우기도 했소」 이 백인이 입을 열었다. 「내가 다른 사람보다 나은 점이 있다면, 눈, 귀, 코나 손재주가 아니오. 아니 그 비슷한 것도 아니오. 내 재능은 좀더 고도의 것이오. 바로 지성이라는 것이지」

「보여줘 봐!」 흑인이 이렇게 소리치자, 모두들 가까이 모여들었다.

「보여줄 수 있는 건 없소」 백인은 부드럽게 말했다. 「당신들은 나를 제대로 이해하지 못했소. 내가 당신들과 구별되는 점은 바로 그 이해라는 것이오」

흑인은 흰 이빨을 드러내며 유쾌하게 웃었다. 인도인은 경멸하듯 얇은 입술을 비죽거렸으며, 중국인은 선량하면서도 교활한 미소를 지었다.

「이해라고?」 중국인이 천천히 말했다. 「그렇다면 제발 우리에게 당신의 그 이해라는 걸 보여주시지. 지금까지 그런 것은 본 적이 없는데」

「볼 수 있는 게 아니오」 유럽인은 퉁명스레 대꾸했다. 「내 재능과 특징은 이런 거요. 나는 머릿속에 바깥 세상의 영상을 저장해 두고, 이러한 상으로부터 나만을 위한 새로운 상과 질서들을 세울 수 있소. 나는 내 두뇌 속에서 이 세상 전체를 생각할 수 있고, 그러니까 새로 창조해 낼 수도 있단 말이오」

노아는 손으로 눈을 가렸다.

「미안하지만」 하고 노아는 천천히 말했다. 「도대체 그게 무슨 소용인가? 신이 이미 창조한 세계를 다시 한번 창조하고, 그것도 자네 혼자만을 위해 자네의 그 조그만 머릿속에 두고…… 그걸 어디에 써먹겠나?」

모두들 동의를 표하며 질문을 퍼부어댔다.

「잠깐!」 유럽인이 소리쳤다. 「당신들은 나를 제대로 이해하지 못하고 있소. 이해라는 작업은 무슨 손재주처럼 그렇게 쉽게 보여줄 수 있는 게 아니요」

인도인이 미소 지었다.

「오, 천만에, 하얀 형제. 그건 보여줄 수 있소. 우리에게 그 이해로 할 수 있는 일, 예를 들어 계산하는 걸 보여주시오. 어디 내기 계산 한번 해볼까! 그러니까 한 부부가 세 아이를 두었는데 셋 다 가정을 가졌소. 이 젊은 부부들이 각각 해마다 아이를 하나씩 낳았다면, 그 숫자가 백이 되는 데 몇 년이 걸리겠소?」

모두들 호기심에 차서 귀를 기울였다. 손가락을 헤아리기도 하고, 얼빠진 채 바라보기도 했다. 유럽인은 계산을 시작했다. 그러나 다음 순간 벌써 계산을 끝낸 중국인이 답을 말해 버렸다.

「아주 좋아요」 백인은 인정했다. 「하지만 그건 단순히 능숙함의 문제일 뿐이오. 내 이해는 그런 사소한 기술을 익히는 게 아니라, 인류의 행복이 달려 있는 그런 위대한 과제를 푸는 거요」

「오, 그거 마음에 드는군」 노아가 격려했다. 「행복을 찾는 일은 모든 능숙함 이상의 것이지. 그건 자네가 옳아. 인류의 행복에 대해 가르칠 것을 빨리 말해 보게. 우리 모두 자네에게 감사하게 될 걸세」

모두들 사로잡힌 듯 숨을 죽이고 백인의 입술을 응시했다. 마침내 올 것이 왔다. 인류의 행복이 어디 있는지 우리에게 보여줄 저 사람에게 명예 있으라! 그에게 했던 모든 나쁜 말에 대해 용서를 빌어야 한다, 저 마술사에게! 그에게 그런 지혜가 있다면 눈이나 손으로 하는 기술과 숙련이 무슨 필요가 있으며, 부지런함이나 계산 기술이 무슨 소용에 닿겠는가!

아직도 의기양양한 표정을 지어보이던 유럽인은 경외심에 가득 찬 호기심 앞에서 차츰 당황하게 되었다.

「이건 내 죄가 아니오!」 그는 망설이며 말했다. 「하지만 당신들은 나를 줄곧 잘못 이해하고 있소! 나는 행복의 비밀을 안다고 말한 적은 없소. 그저 내 이해력은, 그 해결책이 인류의 행복을 촉진하도록 하는 과제에 종사한다고 말했을 뿐이오. 거기까지 가는 길은 아득해서 나도 여러분도 그 끝을 보지 못할 것이오. 수많은 세대가 여전히 이 어려운 문제에 매달리게 될 테니까요!」

사람들은 결론을 내리지 못하고 의심스러운 표정으로 서 있었다. 저 남자가 무슨 말을 하고 있는 건가? 노아 역시 고개를 옆으로 돌리고 이맛살을 찌푸렸다. 인도인은 중국인에게 미소를 지어보였다. 다른 사람들이 모두 당황해서 입을 다물고 있었을 때 중국인이 다정하게 말했다.

「사랑하는 형제들이여, 이 하얀 형제는 익살꾼입니다. 그의 머릿속에서 하나의 작업이 이루어지고 있는데, 그 소득을 아마도 우리 증손자의 증손자가 한번 보게 되거나 아니면 그들도 보지 못할 거라는 그런 얘기를 하는군요. 저 사람을 그냥 익살꾼으로 생각합시다. 저 사람은 우리 중 누구도 제대로 이해하지 못하는 그런 일들을 이야기합니다. 하지만 우리가 그런 일들을 실제로 이해하게 된다면, 끝없이 웃음을 터뜨리게 될 것입니다. 그렇지 않습니까? ── 자, 우리의 익살꾼에게 만세를 보냅시다!」

대부분은 동의했고, 이 우울한 이야기가 끝나게 되어 기뻐했다. 그러나 몇몇은 불쾌해서 침묵을 지켰고, 유럽인은 아무런 위로의 말도 듣지 못한 채 홀로 남겨졌다.

그러자 흑인은 에스키모인과 인디언, 그리고 말레이인과 함께 저녁 무렵 족장에게 가서 이렇게 항의했다.

「존경하는 족장님, 한 가지 질문이 있습니다. 오늘 우리를 웃겼던 하얀 친구가 우리는 마음에 들지 않습니다. 생각 좀 해보세요. 모든 인간과 동물, 곰과 벼룩, 꿩과 말똥구리까지도 우리 인간들처럼 모두 신께 영광을 돌리고, 우리의 삶을 지키거나 발전시키거나 아름답게 할 뭔가를 한 가지씩 선보였습니다. 놀라운 재능들을 보았고, 우스운 것도 많았지만, 아무리 작은 동물이라도 어딘지 유쾌하고 귀여운 데가 있었습니다. 그런데 그 창백한 남자만이, 그러니까 우리가 마지막으로 물에서 건져낸 그 남자 말입니다. 그자만이 기묘하고 거만한 말, 풍자와 농담밖에는 할 줄 몰랐어요. 그런 것들은 아무도 감동시키지 못했고, 아무에게도 즐거움을 주지 못했습니다. 그래서 우리가 묻는 건데요, 친애하는 족장님, 그런 존재가 이 사랑스러운 지구에서 새로운 삶을 일구도록 도와주는 게 옳은 일입니까? 그건 재앙을 가져오지 않을까요? 그 사람을 보십시오! 그의 눈은 탁하고, 이마에는 주름이 가득합니다. 손은 창백하고 허약한 데다, 얼굴은 사악하고 슬퍼 보이고요. 그는 밝은 구석이라고는 조금도 없어요! 분명히 그는 어딘가 잘못된 인간입니다. 대체 누가 이 친구를 우리 방주로 보낸 겁니까?」

늙은 족장은 질문을 던진 이를 밝은 눈으로 다정하게 바라보았다.

「아이들아」 그가 나직하고 따뜻한 목소리로 말하자, 그들의 표정이 금세 밝아졌다. 「사랑하는 아이들아! 너희들이 옳다. 그리고 너희가 한 말은 또 옳지 않기도 하다! 그러나 신은 너희들이 질문하기도 전에 이미 거기에 대한 답을 주었다. 전쟁터에서 온 그 인간이 과히 기분 좋은 손님이 아니라는 건 인정한다. 그리고 왜 그런 이상한 놈이 있어야 하는지 이유를 잘 모르겠지. 그러나 그런 종류의 인간을 창조하신 신은 왜 그가 그렇게 하는지 잘 알고 계신다. 너희는 그 하얀 인간을 용서해야 한다. 그들은 가련한 지구를 다시 한번 심판받을 정도로 망쳐놓은 자들이다. 하지만 보아라. 신은 그 하얀 인간을 어떻게 할 계획을 가지셨는지 이미 표시를 내려주셨다. 너희들 모두, 그러니까 너 흑인, 너 에스키모인은 각각 아내와 함께 지구에서 새로운 삶을 시작할 희망에 부풀어 있을 것이다. 너 흑인은 흑인 여자가 있고, 너는 인디언 여자가, 너는 에스키모 여자가 있지 않느냐. 유럽에서 온 이 남자만이 혼자다. 오랫동안 그것을 슬퍼했지만, 이제 그 의미를 어렴풋이 알 것 같다. 이 남자는 우리에게 하나의 경고로서, 자극으로서, 아마도 망령으로서 남을 것이다. 그가 다채로운 인류의 흐름 속에 동참하지 못하는 한, 그는 자손을 남기지 못한다. 그는 새로운 땅에서 너희들의 삶을 망치지 못할 것이다. 안심해라!」

밤이 지나고 다음날 아침이 되자, 신성한 동편 산의 뾰족하고 작은 봉우리가 물 밖으로 드러나 있었다.

(1918)

제국

크고 아름답지만 그리 부유하지는 않은 나라가 있었다. 그 나라 사람들은 정직하고 겸손하면서도 강인했고 자신의 운명에 만족하며 살았다. 부라든가 편안한 생활, 우아함이라든가 화려함 같은 것은 찾아보기 힘들었다. 그래서 더 부유한 이웃 나라에서는 그 큰 땅에서 겸손하게 살아가는 민족에게 때때로 조소와 동정 어린 눈길을 보내곤 했다.

그러나 돈으로 살 수 없는 것인데도 높이 평가받는 몇 가지 덕분에, 다른 면에서는 별로 내세울 게 없는 이 민족은 큰 번영을 누렸다. 그렇게 번창하다 보니, 세월이 감에 따라 이 가난한 나라는 별다른 힘이 없음에도 불구하고 명성을 얻고 높은 평가를 받았다. 거기서는 음악, 문학, 지혜로운 사상 같은 것이 꽃피었다. 위대한 현인이나 설교자 혹은 시인에게 부유하고 고상하고 유능하길 바라지는 않지만 그래도 나름대로의 존경심을 보내

듯, 더 힘 있는 민족들은 이 놀랍게 가난한 민족을 존경하였다. 이 나라의 가난과 뭔가 세상일에 서투른 미숙함에 대해선 어깨를 으쓱했지만, 질투의 마음 없이 이 나라의 철학자, 시인, 그리고 음악가들의 얘기를 즐겨 했다.

이 사상의 나라는 비록 가난하고 자주 이웃 나라의 위협을 받긴 했지만, 점차로 이웃과 모든 세계를 향해 따뜻한 정신의 강물을 꾸준하고 조용히 흘려 보냈다.

그러나 이 나라에는 단 하나, 해묵고도 유별난 폐단이 있었다. 때문에 다른 민족에게 조롱을 당할 뿐 아니라 스스로도 어려움을 겪고 고통을 느껴왔다. 바로 이 아름다운 나라의 서로 다른 종족들이 옛날부터 사이가 좋지 않다는 사실이었다. 싸움과 투기가 끊임없이 벌어졌다. 때때로 어떤 사상이 생겨나 그 민족 최고의 사상가에 의해 표명될 때에도, 사람들은 의견의 일치를 보기 위해 우호적인 공동 작업을 함께 해야 했다. 행여 종족들 중의 하나, 혹은 그 군주가 다른 종족들보다 뛰어나 지도력을 갖게 될 양이면, 그 사상은 이미 종족들 대부분의 비위를 거스르게 되어 결코 일치에 이르지 못하였다.

이 나라를 심히 억압했던 이방의 군주나 정복자에게 승리를 거두었을 때는 마침내 종족의 통일이 이루어질 것처럼 보였다. 그러나 재빨리 싸움이 재개되었다. 작은 군주들은 통일을 원치 않았다. 신하들은 그 군주들로부터 공직이나 작위, 그리고 긴밀한 유대 관계를 뜻하는 갖가지 특혜를 얻어내었다. 사람들은 대개 그것으로 만족했고, 개혁하려는 어떤 의지도 갖지 않았다.

그동안 세계에는 저 유명한 혁명이 일어나 사람과 사물을 기

이하게 바꿔놓았다. 혁명은 마치 첫 증기기관의 연기에서 나오
는 유령이나 질병처럼 퍼져나가 도처에서 인간의 삶을 변화시켰
다. 세계는 노동과 근면으로 가득 찼다. 기계의 지배를 받으며
계속해서 새로운 일을 하도록 내몰렸다. 거대한 부가 생겨났
고, 기계를 발명한 대륙은 더 빠르게 세계의 지배권을 가지게
되었다. 그 대륙은 나머지 대륙을 자신의 권력 아래로 종속시켰
고, 힘 없는 자는 빈털터리가 되었다.

우리가 얘기하고 있는 나라에도 이 물결이 밀려왔으나, 역
할에 어울리듯 할당량은 미미하기 짝이 없었다. 세계의 부는
다시 한번 분배되었고, 이 가난한 나라의 재정은 또다시 바닥
이 날 형편이었다.

그때 갑자기 모든 것이 다른 길로 가게 되었다. 종족의 일치를
요구하던 예전의 목소리들은 결코 침묵하지 않았다. 막강한 힘
을 가진 정치인이 나타나서 이웃의 큰 종족에 대해 빛나는 승리
를 거두고 전국을 통일했다. 그 나라의 종족들은 이제 모두 통합
되어 대제국이 형성되었다. 가난한 몽상가와 사상가, 그리고 음
악가의 나라는 이제 깨어나 부자가 되었고, 거대한 통일국가가
되었다. 국가의 위상에 걸맞게 더 강대한 형제 나라들과 어깨를
나란히 하였다. 그 넓은 세계 밖에는 더 이상 약탈할 것도, 손에
넣을 것도 없었다. 먼 대륙에서는 신흥 세력이 벌써 운명을 분배
한 뒤였다. 그러나 지금껏 이 나라에서 힘이 약했던 기계 정신이
이제 놀랍게 꽃을 피웠다. 온 나라와 민족이 재빠르게 변했다.
커졌고, 부유해졌으며, 힘을 가진 두려움의 대상이 되었다. 부
가 쌓였고, 군인, 무기, 성채라는 삼중의 보호 장치에 에워싸였

다. 이 신흥 국가의 존재를 불안해하던 이웃 국가에는 곧 의심과 두려움이 생겨났고, 그들 역시 방책을 세우고 대포와 군함을 준비하기 시작했다.

그렇지만 이것이 가장 나쁜 일은 아니었다. 사람들은 엄청난 보호 벽에 지불할 돈을 충분히 가지고 있었다. 아무도 전쟁을 생각하지 않았다. 부유한 사람들이 돈을 지켜줄 철벽을 원했기 때문에 모든 경우에 대해 준비를 했을 뿐이었다.

훨씬 더 나쁜 일은 이 신흥 제국의 내부에서 진행되고 있었다. 오랫동안 세인들로부터 때로는 조소받고 때로는 존경받았던 이 민족이, 정신적 가치는 풍부하지만 돈은 거의 없었던 이 민족이 이제 돈과 권력이 어떤 것인지, 얼마나 멋진 것인지 알게 되었던 것이다. 사람들은 건물을 짓고 저축을 했으며 장사를 하고 돈을 빌려주었다. 아무도 그렇게 빠르게 부자가 될 수 없었다. 물방앗간지기나 대장장이는 빨리 공장을 가져야 했다. 세 명의 기능공을 가진 사람은 열, 스물은 가져야 했고, 많은 사람들이 백이나 천으로 빠르게 불려갔다. 많은 손과 기계들이 더 빠르게 일할수록 더 빠르게 돈이 쌓였다. 그러나 그것은 축재의 기술을 가진 사람들에게만 해당되었다. 많은 노동자들은 장인의 직공이나 직원이 아니라 강제 노역을 하는 노예의 신분으로 전락했다.

다른 나라들에서도 상황은 비슷하게 전개되었다. 그곳에서도 작업장이 공장으로, 장인이 기업가로 바뀐 대신 노동자는 노예가 되었던 것이다. 세계 어느 곳도 이러한 운명에서 벗어날 수 없었다. 신흥 국가는 세계 안에 이러한 새로운 정신과 경향이 생겨나기 무섭게 몰락하는 운명을 겪게 되었다. 이런 나라는 옛날의 경험도 없고, 어떠한 부유함도 겪어보지 않았기 때문이었다. 참을성 없는 어린아이처럼 재빨리 새로운 시대 속으로 달려갔던 이 나라는 두 손 가득 일과 황금을 가지게 되었을 뿐이었다.

어떤 사람들은 이 민족에게 잘못된 길을 가고 있다고 경고하기도 했다. 그들은 이전 시대의 조용하고 은밀했던 명성을, 한때 이 나라를 이끌어가던 정신성의 사명을, 이 나라가 세계에 선사했던 사상과 음악과 문학의 끊임없고 고귀한 정신적 흐름을 상기시켰다. 그러나 사람들은 새로 얻은 부유함의 행복에 취해 그 경고를 비웃었다. 지구는 둥글고 회전하는 것이다. 할아버지들이 시를 짓고 철학책을 썼다면 그건 정말 좋은 일이다. 그러나 손자들은 이 나라에서도 다른 일을 할 수 있고, 그럴 능력이 있다는 것을 보여주고 싶었다. 그들은 수많은 공장에서 새로운 기계와 철도, 새로운 물건, 그리고 모든 경우를 대비해 끊임없이 총과 대포를 망치질하고 다듬어 만들어냈다. 부자들은 민중을 떠났고, 가난한 노동자들은 버림받은 자신을 발견하였다. 그들역시 더 이상 자신이 소속된 민족에 대해 생각하지 않았고, 자신만을 걱정하고 생각하며 살아갔다. 부자와 권력자들은 외부의 적을 대비해 대포와 총을 장만해 놓았던 사전 준비를 다행으로 여겼다. 이제는 나라 안에 더 위험할지도 모르는 적이 존재하기 때문이었다.

이 모든 것은 대규모의 전쟁을 치름으로써 끝을 보았다. 몇 년 동안 이 세계는 무섭게 황폐화되었다. 사람들은 전쟁의 굉음에 마비되고, 그 황당함에 분노하였다. 피의 강물은 병이 든 채로 아직도 악몽 속에서 흘러 내렸다.

전쟁은 젊게 피어나던 제국이 붕괴되는 것으로 끝났다. 아들들은 긍지를 갖고 용약 싸움터로 나아갔지만, 철저하고 비참하게 패배하였다. 승자는 평화협상을 맺기도 전에 정복된 민족에게 막대한 전쟁 배상금을 요구했다. 매일 패배한 군대가 퇴각하는 동안 패잔병들의 고향에서는 지금껏 힘의 상징들이었던 것들이 승리에 취한 정복자들에게 운반되어 나갔다. 기계들과 돈이 긴 행렬을 이루며 정복된 나라로부터 적의 수중으로 흘러 들어갔다.

그러는 동안 정복된 민족은 최대의 위기를 자각하게 되었다. 지도자와 군주들을 내쫓고, 민중의 정부를 선포했다. 독립적인 힘과 정신으로 불행을 극복하려는 의회가 저절로 형성되었고, 그들의 의지가 공표되었다.

이렇게 어려운 시련을 겪고 성숙해진 이 민족이 어떤 길을 갔는지, 그리고 누가 지도자이고 조력자가 되었는지는 오늘날까지도 알 수 없다. 그러나 신들은 알고 있다. 왜 이 민족과 모든 세계 위로 전쟁의 고통을 보냈는지 신들은 알고 있다.

이러한 나날의 어둠으로부터 하나의 길이 빛나고 있다. 패배한 민족이 가야 하는 길이다.

이 제국은 다시 아이가 될 수 없다. 아무도 그럴 수 없다. 대포, 기계, 그리고 돈이 간단히 제거될 수는 없다. 다시 작고 평화로운 도시 속에서 시를 짓고 소나타를 연주할 수는 없는 것이다. 그러나 삶이 착오와 깊은 고통의 길로 이끌어간다 할지라도, 누구나 그 길을 갈 수 있다. 지금껏 왔던 길을 기억할 수도 있다. 출신과 어린 시절, 성장, 영광과 몰락을. 그리고 이 기억의 길에서 원래 잃지 않고 간직했던 힘들을 발견할 수 있다. 경건한 사람들이 얘기하듯 〈내면으로 가야 한다〉. 자신의 마음속 깊은 곳에서라면 손상되지 않은 자신의 길을 발견하게 될 것이다. 이 본질은 그의 운명에서 벗어나지 않을 것이고, 그에게 이야기를 건넬 것이며, 다시 발견한 최고의 것, 가장 내밀한 것을 가지고 새롭게 시작하게 될 것이다.

그렇게 된다면, 의기소침한 민족이 운명의 길을 기꺼이 그리고 솔직하게 간다면, 그것으로 예전에 있었던 무엇인가가 새롭게 될 것이다. 그로부터 다시 끊임없고 조용한 강물이 나와 세계 속으로 흘러들 것이다. 오늘날에도 적대 관계에 있는 자들이 미래에는 새로운 감동에 젖어 이 조용한 강물에 귀를 기울일 것이다.

(1918)

화가

알베르트라는 이름의 화가가 있었다. 그는 젊은 시절에 그렸던 그림으로는 열망했던 성공과 명성에 도달할 수가 없었다. 그는 물러나 자족하는 삶을 살기로 결심했다. 몇 년간 그는 그렇게 노력하였다. 그러나 점점 더 스스로 만족할 수 없다는 사실이 드러났다. 그는 한 영웅의 그림을 그리고 앉아 있었는데, 그림을 그리는 동안 자주 이런 생각이 떠올랐다.

〈네가 하고 있는 일이 도대체 필요한 일인가? 이런 그림들이 정말로 그려져야 하는가? 그저 산책이나 하고 포도주를 마시는 것이 너나 모든 사람들을 위해 좋은 일이 아닐까? 잠시 도취에 빠지고 망각하고 시간을 보내는 것 말고 너의 그림으로 너 자신을 위해 무엇을 할 수 있단 말인가?〉

이러한 생각들은 작업을 촉진시킬 수가 없었다. 시간이 감에 따라 알베르트의 그림 그리기는 거의 중단되고 말았다. 그는 산책을 나갔고, 포도주를 마셨으며, 책을 읽고 여행을 했다. 그러나 이런 일들에서도 만족을 느끼지 못했다.

그는 이전에 어떤 소원과 희망을 가지고 그림 그리기를 시작했는지 곰곰 생각해 보았다. 그는 기억했다. 그의 감정과 소원은 이런 것이었다. 즉 그와 세계 사이에 아름답고 강한 관계와 조류가 생겨나서, 뭔가 강렬하고 은밀한 것이 끊임없이 움직이고, 조용한 음악을 연주하는 그런 것이었다. 그는 영웅과 장엄한 풍경을 그리면서 자신의 내면을 표현하고 만족감을 얻고 싶었다. 그림을 관람하는 사람의 판단과 감사 속에서, 그 내면이 다시 활기를 찾고 고마움을 표하며 빛을 발할 수 있도록 말이다.

그렇다. 그것을 그는 발견하지 못했다. 그것은 하나의 꿈이었으며, 그 꿈도 점차로 희미해지고 엷어졌다. 알베르트가 세계를 방황하거나, 외딴 곳에서 홀로 살거나, 배로 여행하거나 혹은 산의 오솔길을 쏘다니고 있는 지금은, 그 꿈이 예전과는 달리 점점 더 빈번하게 돌아왔다. 신선한 소망의 힘 속에서 아름답고 힘차고 유혹적이고 열망에 차서 밝게 빛나면서.

오, 그는 얼마나 갈망했던가…… 자신과 세계의 모든 사물 사이에서 느껴오는 진동을! 그의 호흡과 바람과 바다의 호흡이 동일하게 느껴지기를! 형제와 친지에 대한 사랑과 친근함, 그 울림과 조화가 그와 모든 것 사이에 존재하기를!

그는 더 이상 자기 자신과 자신의 동경이 묘사되어 있는 그림을 원치 않았다. 그에게 이해와 사랑을 가져다주고 그를 밝혀주고 정당화시켜 주고 그를 칭찬해 줄 그림 그리기를 열망하지 않았다. 더 이상 연기 같은 영상으로 자신의 본질을 표현하고 묘사

244

할 영웅과 그의 행렬 따위를 그릴 생각이 없었다. 단지 그 속에서 자신이 무(無)가 되고, 침몰하고, 죽고, 그리고 다시 태어날 그 궤적, 그 도도한 흐름, 은밀한 내면성의 감정만을 갈망했다. 그것에 대한 새로운 꿈, 그것을 향한 강렬한 동경이 삶을 견딜 만하게 해주었고, 무언가 의미를 부여해 주고 신성하게 하고 자유롭게 해주었다.

그가 이런 생각을 가지고 있었지만, 알베르트의 친구들은 이 환상을 잘 이해하지 못했다. 그들이 본 것은 이런 것뿐이었다. 그가 점점 더 자신의 안으로 침잠해 들어가 살며, 더 조용해지고 이상하게 말하거나 미소 짓는다는 사실, 사람들로부터 아주 동떨어져 있다는 사실, 다른 사람들에게는 친밀하고 중요한 것, 예컨대 정치나 상거래, 사격 축제와 무도회, 예술에 대한 현명한 대화 등 그들이 즐거움을 누리는 모든 것에 대해 관심이 없다는 사실만을. 그는 괴짜에다 반쯤은 바보가 되어버렸다. 서늘한 회색빛 겨울 공기를 뚫고 달리며, 그 공기의 색채와 냄새를 호흡했다. 작은 아이들을 뒤쫓으며 랄랄라 노래를 불렀고, 몇 시간이고 초록빛 물 속이나 화단을 응시하였다. 또는 책에 몰두하는 독자처럼 잘라진 나무 조각, 뿌리, 무 등에서 발견한 선(線) 모양에 깊이 빠지기도 했다.

아무도 더 이상 그를 걱정하지 않았다. 그는 당시에 외국의 한 작은 도시에서 살고 있었는데, 어느 날 아침 가로수 길을 거닐다가 나무줄기 사이로 느릿느릿 흐르는 조그만 강과 누런 점토로 덮인 가파른 둑을 보았다. 그위에 무너져 내린 흙더미의 황량함 위로 관목과 가시풀들이 먼지를 뒤집어쓴 채 가지를 사방으로 뻗고 있었다. 그때 내면에서 무엇인가 울리는 게 있어 그는 멈춰 섰다. 그의 영혼 속에서 오랜 전설의 시대의 노래가 다시 연주되는 것 같았다. 점토색 먼지투성이의 초록, 혹은 활기 없는 강과 급격한 강가의 경사, 색채와 선의 어떤 관계, 어떤 울림, 우연히 생겨난 영상은 독특하고 아름다웠다. 그 영상은 믿을 수 없을 만큼 아름답고 감동적이고 충격적이었다. 그에게 말을 걸었고 친밀하게 다가왔다. 그는 숲과 강, 강과 자신, 하늘과 땅과 식물 사이의 가장 내밀한 관계를 느꼈다. 모든 것이 이 시간에 그렇게 하나가 되어 그의 눈과 가슴속에서 반사되기 위해, 만나고 인사하기 위해 유일하게 홀로 존재하는 것처럼 보였다. 그의 마음속은 강과 풀, 나무와 대기가 서로 접근해 만나서 하나가 되고, 서로 고양되고, 사랑의 축제를 벌일 수 있는 그런 곳이었다.

드물지만 이런 멋진 경험이 반복되었을 때, 황금빛 저녁 노을처럼, 혹은 정원의 안개처럼 엄청난 행복감이 짙고 충만하게 이 화가를 에워쌌다. 그것은 달콤하고 진한 맛이었다. 그러나 오래 견딜 수가 없었다. 그 행복감은 너무 풍성해서 그 안에서 충만되고 긴장되고 흥분되었으며, 거의 두려움과 분노의 감정이 되었다. 그것은 그보다 강해서, 그를 받아들이기도 하고 내치기도 했다. 그는 그 안에서 침몰하는 것이 두려웠다. 그렇게 되고 싶지 않았다. 그는 살고 싶었다. 영원을 살고 싶었다! 결코, 결코 지금처럼 그렇게 내밀하게 사는 것을 원치 않았다!

술에 취했다가 깨어난 듯, 어느 날 그는 조용히 혼자 방안에 앉아 있었다. 그는 물감 상자를 앞에 두고 마분지를 펼쳐놓았다.

몇 년 만에 그는 다시 앉아서 그림을 그렸다.

일은 계속되었다. 〈나는 왜 이런 일을 하는가?〉 하는 생각은 다시 들지 않았다. 그는 그림을 그렸다. 보고 그리는 것 외에 아무런 일도 하지 않았다. 그는 외부 세계의 영상들이 사라져가도록 두거나, 아니면 그의 방에 앉아 충만함이 다시 흘러 넘치게 했다. 그는 그림 한 장 한 장을 마분지에 그렸다. 버드나무 길의 비 오는 하늘, 정원의 울타리, 숲속의 벤치, 시골길, 인간과 동물, 그리고 결코 본 적이 없는 것들, 아마도 영웅이나 천사를 그렸다. 그러나 그들은 울타리처럼, 그리고 숲처럼 존재하고 살아 있었다.

그가 다시 인간 세계로 돌아왔을 때, 다시 그림을 그린다는 사실이 알려졌다. 사람들은 그를 미쳤다고 생각했으나 그림을 보고 싶은 호기심은 있었다. 그는 아무에게도 그림을 보여주려 하지 않았다. 그러나 사람들이 그를 가만히 놔두지 않았다. 귀찮게 굴며 강요했다. 그래서 그는 한 친구에게 방 열쇠를 주었지만 정작 본인은 여행을 떠나버렸다. 다른 사람들이 자신의 그림을 볼 때 거기 있고 싶지 않아서였다.

사람들이 왔다. 그리고 방에서 커다란 탄성이 울려 나왔다. 그들은 한 화가의 뛰어난 천재적 재능을 발견하였다. 전문가와 평론가들이 모두 말하듯이, 그는 괴짜이긴 하지만 신의 은총을 받은 자였다.

화가 알베르트는 그동안 한 마을에 묵고 있었다. 농가의 방 하나를 빌린 후, 물감과 붓들을 꺼냈다. 다시금 즐겁게 골짜기와 산을 누비고 다녔고, 그가 체험하고 느낀 것을 나중에 그림 속에 투영해 넣었다.

그때 알베르트는 한 신문에서, 전세계가 그의 집에서 그의 그림들을 보았다는 것을 알게 되었다. 주점에서 포도주 한잔을 마시면서, 그는 수도에서 발행된 신문의 길고 아름다운 기사를 읽었다. 그의 이름이 대서특필되었고 온통 찬사만 널려 있었다. 그러나 읽을수록 그에겐 이상한 느낌만 더했다.

〈푸른 옷을 입은 부인의 초상화에서 노란 배경 색은 얼마나 아름다운가? ——지금껏 볼 수 없었던 새롭고 대담하고 매혹적인 색의 조화!〉

〈고요한 장미의 삶을 묘사한 표현력 역시 놀랍다. 그리고 그 자화상 시리즈! 우리는 이 그림들을 심리적 초상화 기법의 걸작으로 간주할 수 있을 것이다.〉

이상하고 또 이상한 일이었다! 그는 고요한 장미의 삶을 그린 기억이 없었다. 푸른 옷을 입은 부인의 초상화도, 그리고 그가 알기로는 결코 자화상을 그린 적도 없었다. 그에 반해 진흙에 덮인 강변이나 천사, 비 오는 하늘 등 그렇게도 친숙한 그림들에 대해서는 일언반구의 언급도 없었다.

알베르트는 다시 도시로 돌아왔다. 여행객 차림으로 자기 집에 가보니, 사람들이 거기서 들락거리고 있었다. 한 남자가 문앞에 앉아 있었다. 알베르트는 안으로 들어가기 위해 표를 사야 했다.

거기에 낯익은 그림들이 있었다. 그림 옆에 쪽지가 붙어 있었고, 그 쪽지에는 알베르트가 알지 못하는 갖가지 것들이 씌어 있었다. 〈자화상〉이란 타이틀이 많은 그림에 붙어 있었다. 그는 한

248

동안 생각에 잠겨 그 낯선 이름의 그림들 앞에 서 있었다. 그는 그 그림들에게 자신이 의도했던 것과는 완전히 다른 이름을 붙일 수 있다는 사실을 알았다. 「정원의 울타리」에서 다른 사람들에게는 구름으로 보이는 무엇인가를 그려 넣었다는 것을 알았다. 「돌이 있는 풍경」에서는 갈라진 틈들이 다른 사람들에게 인간의 얼굴을 의미할 수도 있다는 것도 알았다.

결국 그것은 중요한 게 아니었다. 그러나 알베르트는 조용히 다시 여행을 떠나 더 이상 이 도시로 돌아오지 않았다. 그는 여전히 많은 그림을 그렸다. 그 그림들에게 많은 이름을 붙여주었으며, 그러면서 행복을 느꼈다. 그러나 아무에게도 그것들을 보여주지는 않았다.

(1918)

등나무 의자의 동화

　한 젊은이가 아무도 없는 그의 다락방에 앉아 있었다. 그는 화가가 되려는 소망을 가지고 있었다. 하지만 그러기에는 극복해야 할 어려운 일들이 무척 많았다. 우선은 조용히 다락방에서 사는 것이었다. 몇 살 더 먹는 동안 그는 몇 시간이고 작은 거울 앞에 앉아 시험삼아 자신의 초상화를 그리는 일에 익숙해졌다. 벌써 스케치북 한 권을 그런 그림으로 가득 채웠고, 그중 몇 개는 상당히 만족스러웠다.

　〈내가 전혀 교육을 받지 못한 것에 비하면 이 그림은 정말 성공적이야.〉 그는 중얼거렸다. 〈저 코 옆의 주름은 얼마나 재미있어. 사람들은 내게 뭔가 사색가다운 점이 있다고 생각할 거야. 아니면 그 비슷한 것이라도. 입가를 조금만 내려준다면 아주 독특한 인상, 정말 우울한 인상을 풍기겠지.〉

　그러나 시간이 좀 지난 후 그 그림들을 다시 관찰했을 때는 대

250

부분이 전혀 마음에 들지 않았다. 그것은 언짢은 일이었다. 그러나 그는 자신의 기량이 향상되고 있으며 스스로 좀더 큰 욕구를 가져야한다고 결론지었다.

그는 다락방과 거기에 가져다놓은 물건들과 함께 아주 바람직하고 긴밀한 관계 속에서 살아가지는 않았지만, 그렇다고 나쁘게 지내지도 않았다. 그는 대부분의 사람들이 그렇듯이 무덤덤하게 주위의 물건들을 대해왔다. 눈여겨 본 적이 없는 탓에 그 물건들에 대해 아는 바도 적었다.

초상화 그리는 일이 잘되지 않을 때면 때때로 책을 읽었다. 그 책에서 그는, 자신과 비슷하게 평범하고 전혀 알려지지 않은 젊은이에 불과했던 사람들이 어떻게 아주 유명하게 되었는지 알게 되었다. 그는 그런 책들을 즐겨 읽었고, 그 안에서 자신의 미래를 읽었다.

어느 날 또다시 기분이 언짢고 답답해져서 그렇게 집에 앉아 어느 유명한 네덜란드 화가의 전기를 읽었다. 이 화가는 진정한 격정, 아니 광기에 사로잡혀 있었으며, 훌륭한 화가가 되어야 한다는 강박감에 완전히 사로잡혀 있었다. 젊은이는 자신이 그 네덜란드 화가와 비슷한 점을 많이 지니고 있다는 것을 깨달았다. 그러나 계속 읽어 내려가다 보니 자신과는 별로 맞지 않는 곳도 많이 눈에 띄었다. 무엇보다 흥미 있게 읽은 것은, 밖에서 그림을 그릴 수 없는 나쁜 날씨에도 이 화가는 격정에 가득 차 눈에 띄는 모든 것, 가장 사소한 것까지 그려냈다는 사실이었다. 언젠가는 낡은 나막신 한 쌍을 그렸고, 다른 때에는 낡고 기우뚱한 농가의 부엌 의자를 그렸다. 그것은 평범한 목재와 짚으로 엮어 만든 거칠고 조야한 의자로 앉는 부분이 상당히 닳아 있었다. 다른 사람들 같으면 눈길도 주지 않았을 이러한 의자를 이 화가는 그토록 많은 사랑과 충실함으로, 열정과 재능으로 그려내어 그의 가장 아름다운 그림 중 하나가 되도록 만들었다. 이 책의 작가는 그 밀짚 의자 그림에 대해 무척 아름답고 감동적인 표현을 구사하고 있었다.

여기서 젊은이는 책 읽기를 멈추고 생각에 잠겼다. 그가 시도해야 할 새로운 무언가가 거기 있었다. 그가 즉시 결심했던 것은──그는 아주 빠른 결심을 하게 되는 그런 젊은 나이였기 때문에──이 위대한 장인의 예를 본받아 대가가 되는 길을 한번 시도해 보겠다는 것이었다.

그는 이제야 자신의 다락방을 둘러보았다. 그리고 자기 주위의 물건들을 도대체 제대로 들여다본 적이 없다는 사실을 깨달았다. 밀짚으로 시트를 엮은 구부정한 의자는 어디에도 없었고, 나막신도 없었다. 그는 한순간 침울해지고 실망에 빠졌다. 위대한 인물의 생애를 읽을 때면 자주 그랬듯이 용기를 잃어버렸다. 다른 사람들의 생애에서 그렇게 멋진 역할을 했던 모든 사소함과 암시와 놀라운 섭리 같은 것들이 자신에겐 없으며, 자기가 그것들을 헛되이 기다린다고 생각했다. 그러나 그는 얼른 마음을 가다듬고, 명예를 추구하기 위해 힘든 길을 부단히 가는 것이 진짜 자신의 임무라는 것을 깨달았다. 그는 방에 있는 물건들을 샅샅이 훑어보다가 모델로 쓰기에 딱 좋을 만한 등나무 의자를 하나 발견했다.

그는 의자 다리를 가까이 당겨놓은 뒤 스케치 연필을 뾰족하게 깎고, 무릎 위에 스케치북을 올려놓은 다음 그것을 그리기 시작했다. 처음 선 몇 개를 희미하게 그리자 형태가 만족스럽게 윤곽을 드러냈다. 그런 다음 빠르고 힘차게 연필을 놀려 몇 개의 선으로 굵은 윤곽을 만들었다. 모서리의 깊은 삼각형 모양의 그림자가 그의 마음을 끌어, 거기에도 힘을 불어넣었다. 그렇게 계속 그려가는데 무언가가 그를 방해하기 시작했다.

그래도 좀더 계속 하다가 스케치북을 멀리 떼어놓고 조사하듯 그림을 들여다보았다. 그리고 그 등나무 의자가 완전히 잘못 그려졌다는 사실을 알았다.

그는 화가 나서 선 하나를 새로 획 그려놓고는 격분한 눈초리로 의자를 바라보았다. 그것은 의자가 아니었다. 그 사실이 그를 화나게 했다.

「이 악마 같은 등나무 의자 같으니」 그는 격하게 소리쳤다. 「이렇게 변덕스러운 짐승은 처음 보았다!」

의자는 약간 삐걱거리면서 태연하게 말했다.

「그래, 날 자세히 봐! 난 생긴 그대로야. 더 이상 변하지도 않을 거고」

화가는 의자를 발끝으로 걷어찼다. 그러자 의자는 뒤로 물러나더니, 이제는 완전히 다른 모습이 되었다.

「멍청이 같은 의자놈아!」 그는 외쳤다. 「너는 모든 게 삐뚤어진 삐딱한 놈이야!」

등나무 의자는 미소를 지으며 부드럽게 말했다.

「사람들은 그걸 관점이라고 부른다네, 젊은이」

그러자 젊은이는 벌떡 일어섰다.

「관점이라고!」 그는 격분해서 소리쳤다. 「이런 의자 주제에 선생 노릇까지 하려 드네! 관점은 내 문제이지 네 문제가 아니야. 명심해 둬!」

그러자 의자는 더 이상 대꾸하지 않았다. 화가는 흥분해서 방안을 이리저리 거닐었다. 그의 발소리에 화를 내는 듯 아래층으로부터 지팡이 두드리는 소리가 울렸다. 아래층에는 시끄러운 것이 딱 질색인 중년의 학자가 살고 있었던 것이다.

그는 자리에 앉아 가장 최근에 그렸던 자화상을 다시 끄집어내었다. 그러나 그것도 마음에 들지 않았다. 실제 모습이 더 멋있고 흥미로워 보인다는 것을 발견했다. 사실이 그랬다.

이제 그는 다시 책을 읽으려 했다. 그러나 아직도 네덜란드 화가의 밀짚 의자 얘기가 계속되고 있었다. 그것이 그를 화나게 했다. 사람들이 그 의자에 대해 실제보다 더 많은 허풍을 떨고 있다는 것을 알았다. 그리고 도대체가…….

젊은이는 모자를 찾아 쓰고 잠깐 밖으로 나가려고 했다. 그는 자기가 이미 오래전에 화가 노릇에 만족하지 않았다는 사실을 기억했다. 화가 노릇을 하면서 얻은 것이라곤 괴로움과 실망밖에 없었다. 세상에서 가장 훌륭한 화가라도 사물의 단순한 표면만 묘사할 수 있을 뿐이었다. 깊이를 사랑하는 사람에게 그것은 결국 좋은 직업이 아니었던 것이다.

그는 이미 전에도 여러 번 그랬던 것처럼, 그 생각을 진지하게 받아들이고 이전의 취향을 따라 차라리 작가가 되기로 결심했다. 등나무 의자는 다락방에 혼자 남겨졌다. 젊은 주인이 나가버린 것이 의자에겐 유감스러웠다. 의자는, 언젠가는 한번 둘

254

사이에 정상적인 관계가 맺어지기를 희망했다. 때때로 의자는 기꺼이 말을 건넸을 것이다. 그리고 자기가 그 젊은이에게 가치 있는 것을 많이 가르쳐줘야 하리라는 것을 알았다. 그러나 애석하게도 이제 그 계획은 이루어지지 않을 것이다.

(1918)

아이리스

어린 시절, 봄이 되면 안젤름은 푸른 정원을 뛰어다녔다. 그는 어머니의 정원에 피어 있는 꽃들 중에서도 붓꽃을 제일 좋아했다. 높이 매달린 밝은 녹색의 이파리에 뺨을 대거나 손가락으로 꽃의 뾰족한 끝을 어루만지듯 눌러보았으며, 그 크고도 경이로운 꽃의 향기를 들이마시면서 오랫동안 속을 들여다보기도 했다. 은은한 푸른빛 꽃바닥으로부터는 손가락 모양의 노란 꽃술이 길게 열을 지어 솟아올라 있었고, 그 사이로 밝은 길 하나가 뻗어 있었다. 그것은 아래쪽 꽃받침 속으로, 그리고 푸른 꽃의 먼 비밀 속으로 이르는 길이었다. 그는 그 길을 사랑해서 오래도록 들여다보곤 했다. 그 노랗고 섬세한 모습이 때로는 왕의 정원을 둘러싼 황금빛 울타리 같기도 하고, 때로는 나무들이 아름답게 두 줄로 서 있는 꿈속의 길 같기도 했다. 어떤 바람도 그 나무들을 흔들리게 하지 못했다. 그 나무들 사이로 밝고 유리같이 부드럽고 싱싱한 잎 그물이 지나가면서 비밀스러운 길이 내면으로 향하고 있었다. 황금나무 사이의 길은 거대한 아치 모양으로 펼쳐지며 상상할 수 없이 깊은 목줄기 속으로 뒷걸음쳐 사라지고, 그 위로는 보랏빛 아치가 위엄 있게 휘어져서는 조용히 기다리고 있는 기적 위로 매혹적인 그림자를 은은하게 드리우고 있었다. 안젤름은 그것이 꽃의 입이라는 것을 알았다. 그리고 노랗고 화려한 꽃 뒤 푸른 목 줄기 안에서 꽃의 심장과 생각이 살고 있으며, 이 우아하고 밝고 유리같이 줄무늬가 새겨진 길 위로 꽃의 숨과 꿈이 드나든다는 사실도 알게 되었다.

커다란 꽃송이들 옆에는 조금 작고 아직 덜 피어난 꽃송이들이 달려 있었다. 이것들은 갈색을 띤 초록색 표피의 작은 꽃받침 안의 단단하고 물기 많은 줄기 위에 달려 있었다. 이 작은 꽃송이들은 조용하고 힘차게 위쪽으로 피어올라 밝은 초록색과 연보라색으로 단단하게 포장되었다. 위에서 보면 뽀족하고 섬세한 끝 부분이 짙은 보라색을 띠고 팽팽하고 부드럽게 돌돌 말려 있었고, 이 말려 올라간 어린 꽃 이파리에도 벌써 수없이 많은 그물 모양의 무늬를 볼 수 있었다.

아침이 되어 그가 집, 즉 잠과 꿈과 낯선 세계로부터 빠져나오면, 정원은 언제나 새로운 모습으로 거기 서서 그를 기다리고 있었다. 어제 짙푸른 꽃잎 끝이 초록색 껍질로부터 촘촘하게 말려 경직되어 있던 곳에, 오늘은 어린 꽃잎 하나가 공기처럼 맑고 푸르게, 혀처럼, 입술처럼 달려 있어 오랫동안 꿈꾸어 왔던 자기의 아치 모양을 더듬듯이 찾아내려 했다. 아직도 껍질과 조용한 투쟁을 벌이고 있는 가장 아래쪽에서는 이미 노란 빛의 고운

꽃잎과 가볍게 줄무늬가 그려진 잎 그물과 아득하고 향기로운 영혼의 심연이 준비되고 있음을 알 수 있었다. 아마도 정오쯤, 아니면 저녁 무렵에 그것은 열려져 황금빛 꿈의 숲 위로 푸른 비단 천막을 아치형으로 펼칠 것이다. 그러면 그들의 첫 꿈과 생각과 노래가 매혹적인 심연으로부터 고요히 숨쉬며 울려나올 것이었다.

어느 날은 순전히 푸른 방울꽃만이 풀 위에 무성했다. 또 어느 날은 갑자기 정원에 새로운 소리와 향기가 퍼지면서, 불그레하게 해가 비치는 이파리 위로 부드러운 적황색의 월계꽃이 달려 있기도 했다. 붓꽃이 하나도 없는 날도 있었다. 그것이 사라지고, 황금 울타리를 두른 길은 더 이상 향기로운 비밀로 인도해 내려가지 않았다. 뻣뻣한 이파리들만이 날카롭고 차갑게 낯선 듯 서 있었다. 그러나 덤불 속에는 빨간 산딸기가 익어갔고, 별 모양의 꽃들 위로 진줏빛 등과 투명한 날개를 가진 적갈색 나비들이 붕붕 소리를 내며 놀이하듯 자유롭게 날아다녔다.

안젤름은 나비며 조약돌과 이야기를 나눴고, 딱정벌레, 도마뱀과 친구가 되었다. 새들은 자기들의 이야기를 해주었으며, 이끼는 커다란 잎새 지붕 아래 있는 갈색 씨앗들을 몰래 보여주었다. 녹색의 유리 조각이 초록빛 햇살을 수정처럼 투명하게 모아주었다. 그것은 그에게 궁전이 되었고, 정원이 되었고, 반짝이는 보물 창고가 되어주었다. 백합이 지면 자작나무버섯이 피었다. 월계꽃이 시들면 나무딸기가 갈색이 되었다. 모든 것이 바뀌었지만, 언제나 거기 있었고, 사라져 보이지 않게 되었다가도 때가 되면 다시 돌아오곤 했다. 바람이 전나무에서 차갑게 윙윙거리고, 정원의 생기 잃은 잎이 빛 바래고 시들어 바스락거리는 불안하고 쓸쓸한 날에도 노래와 삶과 이야기가 거기 있었다. 눈송이가 떨어져 창유리에 종려 숲 같은 성에가 끼고, 저녁이 되어 은빛 종을 가진 천사가 날고, 복도와 바닥에서 마른 과일 향기가 풍겨 나올 때가 되어야 비로소 모든 것은 다시 가라앉았다. 이 유쾌한 세계에서는 우정과 신뢰가 꺼지지 않았다. 어느 날 검은 담쟁이덩굴 옆에 예상치 않았던 갈란투스가 다시 반짝이고, 그해의 첫번째 새들이 푸른 하늘을 높이 날아오를 때면, 마치 모든 것이 여전히 거기 그대로 있었던 것 같았다. 그리고 결코 기대하지는 않았지만, 반드시 그래야 하는 것처럼 정확하게, 언제나 바라던 그대로, 붓꽃의 줄기로부터 첫번째 푸르스름한 잎이 다시 나타나는 것이었다.

모든 것이 아름다웠다. 모든 것이 안젤름을 환영하며 친구가 되었고 그를 신뢰했다. 그러나 소년에게 있어서 그 마법과 은총이 가장 위대했던 순간은 해마다 첫번째 붓꽃이 피어나던 때였다. 언젠가 아주 어린 시절 꿈속에서 그는 꽃받침 속에서 처음으로 기적을 읽어냈었다. 꽃의 향기와 다채롭게 변하는 푸른색은 창조의 부름과 비밀을 푸는 열쇠였다. 그렇게 붓꽃은 그의 순결했던 시절을 늘 함께 보냈고, 매년 여름마다 더욱 비밀스럽고 감동적인 것이 되었다. 다른 꽃들도 입을 가지고 있었고, 다른 꽃들도 향기와 생각을 발산했다. 다른 꽃들도 그들이 가진 작고 달콤한 방으로 꿀벌과 딱정벌레를 유혹했다. 그러나 소년에게는 푸른 붓꽃이 다른 어떤 꽃보다도 사랑스럽고 소중했다. 그것은 그에게 명상할 가치가 있는 것, 모든 기적적인 것의 비유와 예가 되었다. 꽃받침을 들여다보면서 깊은 생각에 빠져 그 노랗고 경이로운 나무들 사이로 어두워져 가는 꽃의 내부를 향해 꿈같이 환한 길을 따라갈 때면, 그의 영혼은 하나의 문을 볼 수 있었다. 그곳에서는 보이는 것이 수수께끼가 되고, 보는 것이 예감이 되었다. 그는 밤에도 이따금 꽃받침의 꿈을 꾸었다. 이 꽃받침이 엄청나게 큰 하늘 궁전의 문처럼 그의 눈앞에서 열리는 것을 보았다. 말을 타거나 백조를 타고 날아 그 안으로 들어가면, 온 세상이 함께 날고 말을 타면서 마법에 끌려 그 우아한 심연 속으로 조용히 미끄러져 내려갔다. 그곳에서는 반드시 모든 소망이 이루어졌고, 모든 예감이 진실이 되었다.

이 땅에서의 모든 현상은 비유이며, 모든 비유는 열린 문이다. 그 문을 통해 영혼은, 준비가 되어 있기만 하면 이 세계의 내면으로 들어갈 수 있다. 거기에서는 너와 나, 그리고 밤과 낮이 모두 하나이다. 모든 사람은 살아가는 동안 이 열린 문을 여기저기서 마주치게 된다. 누구나 한번은, 눈에 보이는 것은 모두 하나의 비유이며, 그 비유 뒤에 영혼과 영원한 삶이 있다는 생각을 갖게 된다. 물론 극소수의 사람만이 그 문으로 들어가 내면의 진실을 기대하면서 아름다운 외양을 부여한다.

소년 안젤름에게는 그의 꽃이, 자신의 영혼에게 성스런 대답을 요구하는 고요한 질문으로 보였다. 이 꽃의 다양함은 그를 풀과 돌, 뿌리와 잡초와 곤충들과 다양한 모든 세계의 대화와 놀이로 이끌어주었다. 그는 자주 자신 속으로 깊이 들어가 관찰하면서 자기 몸의 진기함에 몰두하였다. 눈을 감은 채 딸꾹질할 때, 노래할 때, 숨쉴 때 입과 목에서 이상한 움직임과 감각과 환영을 느꼈다. 또한 거기에서 영혼에서 영혼으로 걸어갈 수 있는 길과 문을 감지하기도 했다. 그는 경탄하면서 의미심장한 색깔의 모양을 지켜보았다. 눈을 감고 있으면, 자줏빛 어둠 속에서 푸르고 새빨간, 투명하고 밝은 붓꽃의 모습이 그에게 나타났다. 때때로 안젤름은 즐겁고도 놀라운 경탄과 함께 눈과 귀, 냄새와 촉각이 섬세하게 연결되는 것을 느꼈다. 아름답고 짧은 순간 소리와 음과 글자가 비슷해지고, 빨간색과 푸른색, 딱딱한 것과 부드러운 것이 같아지는 것을 느꼈다. 혹은 풀이나 벗겨진 나무 껍질의 냄새를 맡으면서, 냄새와 맛이 얼마나 서로 가까우며 때로는 서로 옮겨가 하나가 되는 사실에 놀랐다.

비록 똑같은 강도나 부드러움으로 다가오는 것은 아니지만, 모든 아이들은 그것을 느낀다. 많은 아이들의 경우 글자 읽는 법을 배우기도 전에 모든 것은 있지도 않았던 것처럼 사라져버린다. 나머지 아이들에겐, 이 어린 시절의 비밀이 오랫동안 가까이 머물러 있게 된다. 그리하여 백발이 되고 노후의 피곤한 날들을 맞을 때까지 그것의 잔재와 여운을 얻게 된다. 모든 아이들은 아직 비밀에 싸여 있는 동안 끊임없이 영혼 속에서 단 한 가지 중요한 일, 즉 자기 자신, 그리고 자기를 둘러싼 세계와 자신의 고유한 인간성과의 수수께끼 같은 관계에 몰두한다. 탐구자와 현인들은 세월이 갈수록 이러한 일에 집착하지만, 대부분의 사람들은 이 진실로 중요한 내면 세계를 일찌감치 잊어버리고는 평생을 걱정 속에서 소망과 목표라는 화려한 미혹 속을 헤매고 다닌다. 그런 걱정과 소망과 목표 중 어느것도 깊은 내면 속에 존재하는 것은 없으며, 어느것도 사람들을 그 내면으로, 고향으로 이끌어주지는 않는다.

안젤름이 어렸을 때 여름과 가을은 부드럽게 왔다가 소리 없이 사라졌다. 갈란투스와 제비꽃, 금빛 니스, 백합, 송악과 장미가 늘 그랬듯이 아름답고 풍성하게 다시 피고 지고 했다. 그는 꽃들과 함께 살았다. 꽃과 새가 그에게 말을 걸었고, 나무와 샘물이 그의 말에 귀를 기울였다. 그는 옛날에 처음으로 글자를 썼을 때와 처음으로 친구 때문에 슬퍼졌을 때 그랬듯이 정원으로, 어머니에게로, 화단에 깔린 색색의 돌들에게 갔다.

그러나 어느 봄날 모든 것이 이전처럼 울리지도, 향기를 내뿜지도 않게 되었다. 지빠귀가 노래했지만 그것은 예전의 노래가 아니었고, 푸른 붓꽃이 피었지만 꽃받침 속의 황금 울타리 길로 꿈도 동화 속 인물들도 드나들지 않았다. 산딸기가 초록빛 그늘에 숨어 웃고 나비들이 키 큰 산형화 위로 빛을 반짝이며 날아다녔지만, 모든 것이 예전 같지 않았다. 다른 일들이 소년의 관심을 끌었고 어머니와도 자주 다투게 되었다. 그게 무엇인지, 왜 그를 고통스럽게 하고 계속해서 방해하는지 알지 못했다. 단지 이 세계가 변해버렸고 지금까지의 친구들이 그에게서 떨어져나가 그를 홀로 남겨두었다는 사실만을 알 수 있었다.

그렇게 한 해가 가고 또 한 해가 갔다. 안젤름은 이제 더 이상 아이가 아니었다. 화단 주변에 깔려 있는 색색의 돌멩이는 지루했고 꽃들은 침묵했다. 그는 딱정벌레를 바늘에 꽂아 상자에 찔러 넣었다. 그의 영혼은 길고 험난한 우회로로 들어섰으며, 옛 기쁨은 바짝 말라서 더 이상 흐르지 않게 되었다.

젊은이는 이제 막 시작된 것처럼 보이는 인생 속으로 격렬하게 밀고 들어갔다. 비유의 세계는 사라져 잊혀졌으며, 새로운 소망과 길이 그를 유혹했다. 어린 시절이 푸른 눈동자와 부드러운 머리카락 속에 아직 향기처럼 남아 있었지만, 기억에 떠올라도 그것을 사랑하지는 않았다. 머리를 짧게 자르고 그의 시선은 이룰 수 있는 것보다 더 많은 대담함과 지식을 향하였다. 변덕쟁이처럼 그는 불안하기도 하고 기대되기도 하는 세월 속으로 돌진해 나갔다. 때로는 좋은 학생이며 친구가 되었다가, 때로는 혼자가 되고 소심해졌다. 언젠가는 젊은이들의 거칠고 시끄러운 술자리에 끼어 앉기도 했다. 그는 고향을 떠나야 했다. 성숙하고 달라진 모습으로 좋은 옷을 입고 고향의 어머니에게 올 때에도 드물게 잠깐씩 모습을 보일 뿐이었다. 그럴 때마다 친구들을 데려오고, 늘 책이나 다른 무언가를 가지고 왔다. 옛날의 정원을 거닐 때면, 정원은 그의 망연한 시선 앞에서 작아지고 침묵해 버렸다. 그는 더 이상 돌멩이와 잎새의 그물 무늬 속에서 이야기들을 읽지 않았고, 푸른 붓꽃의 비밀스런 꽃잎 속에 깃들인 신성과 영원함을 보지 않았다.

안젤름은 고등학생이 되었고 대학생이 되었다. 처음에는 빨간 모자, 다음에는 노란 모자를 쓰고 고향에 돌아왔다. 입가의 솜털수염은 콧수염이 되었다. 그는 외국어로 된 책들을 가져왔고, 한번은 개를 데려왔다. 가슴에 두른 가죽가방 속에 때로는 비밀스러운 시들을 지니기도 하고, 때로는 아주 오래된 지혜의 글귀를, 때로는 예쁜 소녀들의 사진과 편지로 채웠다. 그는 다시 돌아가 먼 외국에 머물렀고, 바다 위 커다란 배에서 지내기

도 했다. 그는 또다시 돌아와 젊은 선생이 되었다. 그는 검은 모
자와 장갑을 끼고 다녔으며, 옛 이웃들은 그의 앞에서 모자를
벗고 아직 교수가 되지 않았는데도 그를 교수님이라고 불렀다.
그는 다시 돌아와 검은 옷을 입고 엄숙한 걸음으로 느리게 굴
러가는 마차 뒤를 따라갔다. 그 안엔 그의 늙은 어머니가 꽃으
로 장식된 관 속에 누워 있었다. 그뒤 그는 거의 고향을 찾지 않
았다.

유명한 교수가 되어 대도시의 대학생들을 가르치면서, 안젤
름은 좋은 옷을 입고 모자를 쓰고 세상의 다른 사람들과 마찬가
지로 걷고 산책하고 앉고 서곤 했다. 진지하면서도 다정한 태
도, 열렬하지만 때로 좀 피곤해 보이는 눈을 가진 그는 자신이
원하던 대로 신사가, 학자가 되어 있었다. 이제 그는 어린 시절
의 끝에 와 있는 것 같은 기분이 들었다. 갑자기 많은 세월이 미
끄러지듯 흘러가 버리고, 늘 바라던 세상의 한가운데서 이상하
게도 외롭고 만족을 느끼지 못한 채 서 있었다. 교수라는 것이
진실한 행복은 아니었다. 시민과 학생들로부터 공손한 인사를
받는 것도 전혀 즐거운 일이 아니었다. 모든 것이 생기를 잃고
먼지로 덮여 있었다. 행복은 다시 먼 미래에 놓여 있었고, 거기
로 가는 길은 무덥고 먼지투성이에다 평범해 보였다.

그 무렵 안젤름은 한 친구의 집에 자주 드나들었다. 친구의 누
이동생이 그의 마음을 끌었던 것이다. 그는 이제 더 이상 예쁜
얼굴에 끌려 여자를 따르진 않았다. 그 점 역시 달라졌다. 행복
이란 누구에게나 쉽게 오는 것이 아닌, 특별한 방법으로 와야
했다. 친구의 누이동생은 썩 마음에 들었다. 자주 자신이 그녀를

진심으로 사랑한다고 믿기도 했다. 그러나 그녀는 아주 특별한 여자였다. 그녀의 발걸음 하나 말 한마디도 독특한 색채를 띠었고 인상적이었다. 그녀와 함께 걷고 보조를 맞추는 일은 언제나 쉽지 않았다. 이따금 저녁에 쓸쓸한 방을 이리저리 오가며 생각에 잠겨 텅 빈 방안에서 울리는 자신의 발걸음 소리를 들을 때면, 그 여자친구 때문에 스스로와 많은 논쟁을 하곤 했다. 그녀는 아내로 맞기엔 나이가 좀 들었다. 성격도 매우 특이해서, 그녀 곁에 살면서 자신의 학문적인 공명심을 따르기는 어려울 것 같았다. 학문에 관련된 얘기는 아무것도 듣고 싶어하지 않았기 때문이었다. 또한 그녀는 그다지 튼튼하지도 건강하지도 못했다. 특히 사교적인 모임이라든가 축제를 참을 수 없어했다. 그녀가 가장 좋아하는 것은 꽃과 음악에 묻혀 살면서 책 한 권을 주변에 놓아두고 조용히 누가 찾아오지나 않을까 기다리는 일이었다. 세상 돌아가는 일은 그녀와 전혀 상관없었다. 종종 너무 부드럽고 예민해져서 낯선 것은 모두 그녀에게 상처를 주고 그녀를 울리기 십상이었다. 그러고 나면 그녀는 다시 고요하고 섬세하게 외로운 행복 속에서 빛을 발했다. 그것을 보는 사람은 이 아름답고 묘한 여인에게 무언가를 준다는 것, 그녀를 위해 무언가를 표현한다는 것이 얼마나 어려운 일인지 절감하는 것이었다. 때때로 안젤름은, 그녀가 자기를 사랑한다고 믿었지만, 때로는 그녀가 아무도 사랑하지 않으며 단지 누구에게나 부드럽고 친절하게 대한다고 생각하였다. 그리고 그녀가 이 세상으로부터 바라는 것이라고는 그냥 조용히 놔달라는 것이 전부임을 알았다. 그러나 그는 인생에서 뭔가 다른 것을 원했고, 만약 아내를 얻게 된다면, 집안에는 생기가 돌고 떠들썩한 소리와 손님을 접대하는 분위기가 있어야 했다.

「아이리스」 그는 그녀에게 말했다. 「사랑하는 아이리스, 이 세상이 좀 달라졌으면! 꽃과 사색과 음악으로 가득 찬 아름답고 온화한 세계 외에 아무것도 없다면, 나는 평생 당신 곁에서 당신 이야기를 듣고 당신 생각 속에서 사는 것 말고는 바라는 게 없을 텐데. 당신 이름만으로도 나는 기분이 좋아요. 〈아이리스〉는 정말 놀라운 이름이지. 그게 뭘 생각나게 하는지는 전혀 모르겠지만 말이오」

「당신은 이미 알고 있잖아요」 그녀가 말했다. 「푸른 붓꽃을 그렇게 부른다는 걸요」

「그래요」 그는 답답한 기분을 느끼며 소리쳤다. 「그건 나도 알고 있소. 이미 그것만으로도 아름답지. 하지만 내가 당신의 이름을 입 밖에 낼 때마다 그 외에도 뭔가를 생각나게 하오. 그게 뭔지는 모르겠지만, 아주 깊고 멀고 중요한 기억과 연결되어 있는 것 같아. 그게 뭔지 찾아낼 수가 없소」

어쩔 줄을 모르고 서서 손으로 이마를 문지르고 있는 그에게 아이리스는 미소를 지어보였다.

「저는 매번 그런 걸요」 그녀는 새처럼 가벼운 목소리로 안젤름에게 말했다. 「꽃 향기를 맡을 때마다요. 꽃 향기를 맡을 때면, 매번 제 가슴이 말하지요. 아주 옛날에는 제 것이었는데 잃어버리고 만, 뭔가 아주 아름답고 귀한 것에 대한 추억이 그 향기에 연결되어 있다는 것을요. 음악도 그렇고 시도 그래요. 마치 잃어버린 고향이 불현듯 골짜기 아래 있는 것을 보았다가 곧 다시 사라져버리고 잊혀지는 것처럼, 한순간 무엇인가가 갑자기 나타나는 거지요. 사랑하는 안젤름. 내가 믿기로 우리는 이런 의미를 얻으려고 심사숙고하고 추구하고 경청하면서 이 땅에 있는 자들 같아요. 그뒤에 우리의 진정한 고향이 있을 거예요」

「그렇게 말하는 당신은 참으로 아름답구려」 안젤름은 맞장구를 쳤다. 그리고 거기 숨겨진 나침반이 거역할 수 없는 그의 목표 쪽으로 향한 것을 알아차리기라도 한 듯 가슴속에서 고통에 가까운 동요를 느꼈다. 그러나 이 목표는 자신이 원하던 삶과는 아주 다른 것이었고, 그 사실이 그는 슬펐다. 도대체 아름다운 동화에나 있을 법한 꿈속에서 놀며 시간을 보내는 게 가치 있는 삶일까?

어느 날 안젤름이 고독한 여행에서 돌아왔을 때 그의 황량한 집이 너무나 썰렁하고 침울하게 느껴졌다. 그래서 친구들에게 달려가면서 아름다운 아이리스에게 청혼하리라 마음 먹었다.

「아이리스」 그는 말했다. 「나는 더 이상 이렇게 살고 싶지 않소. 당신은 언제나 나의 좋은 친구였으니 모든 걸 말해야겠소. 나는 아내가 필요하오. 그렇지 않으면 내 인생은 공허하고 의미가 없다고 느끼오. 내가 아내로 원하는 사람이 사랑스러운 꽃 같은 당신 말고 누가 있겠소? 그렇게 해주겠소, 아이리스? 당신은 눈에 보이는 모든 꽃을, 가장 아름다운 정원을 가지게 될 거요. 내게로 와주겠소?」

아이리스는 그의 눈을 오랫동안 조용히 들여다보았다. 미소를 짓지도, 얼굴을 붉히지도 않았다. 그리고 단호한 목소리로 대답했다.

「안젤름, 저는 당신의 청혼에 놀라진 않아요. 비록 당신의 아내가 된다는 생각은 해본 적이 없지만, 당신을 사랑해요. 하지만, 보세요. 저는 저를 아내로 맞고자 하는 사람에게 요구할 것이 많아요. 대부분의 여자들보다 더 큰 것을 요구하려 해요. 당신은 제게 꽃을 제안하셨죠. 좋은 뜻이었겠지요. 하지만 저는 꽃 없이도 살 수 있어요. 음악도 마찬가지고요. 그뿐 아니라 꼭 그래야 한다면, 이런저런 것들도 많이 포기할 수 있어요. 그러나 한 가지만은 결코 포기할 수 없고, 그러고 싶지도 않아요. 그것은 바로 제 마음속에서 음악이 중심이 되지 않으면 단 하루도 살수 없다는 것이지요. 제가 어떤 남자와 함께 살게 된다면, 그의 내면의 음악이 제 것과 훌륭하고 섬세하게 조화되는 그런 사람이어야 해요. 그 자신의 음악이 순수하고 저의 음악과 잘 어울리는 것, 그것이 그의 유일한 욕구이어야 해요. 당신이 그걸 할 수 있겠어요? 그렇게 되면 아마 당신은 더 이상 유명해지지도 못하고 명예를 얻지도 못할 거예요. 당신 집은 조용해지고 오래전부터 보아온 당신 이마의 주름은 모두 다시 사라질 거예요. 아, 안젤름, 그렇게는 안 될 것 같군요. 보세요, 당신은 언제나 연구며 새로운 걱정 때문에 이마에 늘 새 주름살을 만들 게 틀림없어요. 당신은 있는 그대로의 저를 사랑하고 좋게 여기겠지만, 제가 생각하는 것은 대부분의 사람들에게 그렇듯이 당신에게는 그저 고상한 장난감에 불과한 것이죠. 아, 제 말을 잘 들으세요. 지금 당신에게 장난감인 것이 제게는 삶 그 자체이고 당신에게도 그래야 해요. 그리고 당신이 노력하고 걱정하는 그 모든 것들이 제게는 장난감이고, 사람들이 그것 때문에 사는 것이 제게는 아무 의미가 없어요. 저는 더 이상 달라지지 않을 거예요, 안젤름. 왜냐하면 저는 제 안에 있는 어떤 법칙에 따라 살고 있으니까요. 그러나 당신이 달라질 수 있을까요? 제가 당신의 아내가 되려면 당신이 전혀 다른 사람이 되어야 해요」

안젤름은 대수롭지 않게 생각했던 그녀의 의지에 충격을 받아 입을 다물었다. 그는 침묵했고, 흥분하여 탁자에서 집어든 꽃 한 송이를 무심코 짓이기고 있었다.

그러자 아이리스가 그의 손에서 꽃을 빼앗고는——그것이 엄한 질책처럼 그의 가슴을 찔렀다——마치 어둠 속에서 뜻하지 않은 길이라도 발견한 듯 갑자기 밝고 사랑스런 미소를 지었다.

「좋은 생각이 있어요」 그녀는 나지막하게 말하며 얼굴을 붉혔다. 「당신은 이상하게 여기겠지만, 그게 당신 기분도 좋게 해줄 거예요. 하지만 변덕은 아니에요. 한번 들어보시겠어요? 그것이 당신과 저를 결정짓는 것으로 받아들이겠어요?」

안젤름은 이해하지도 못하면서 창백한 얼굴에 근심을 담고 그녀를 바라보았다. 그녀의 미소가 그에게 믿음과 승낙을 강요하고 있었다.

「제가 당신에게 숙제를 한 가지 드리겠어요」 아이리스는 이렇게 말하고 곧 다시 진지해졌다.

「그래요, 그건 당신 권리니까」 안젤름은 항변하지 않았다.

「이건 제 진실이고」 그녀가 말했다. 「그리고 제 최후의 제안이에요. 그것이 제 영혼으로부터 어떻게 나온다 할지라도 당신은 일단 받아들이고, 금방 이해하지는 못한다 하더라도 그것을 흥정하고 값을 깎으려 하지는 않겠지요?」

안젤름은 약속했다. 그녀는 자리에서 일어나 그의 손을 잡으며 말했다.

「몇 번인가 당신이 제게 말했어요. 당신이 제 이름을 부를 때마다 뭔가 한때 당신에게 중요하고 성스럽던, 잊혀진 것을 기억나게 해주는 느낌이라고. 그게 바로 하나의 신호예요, 안젤름. 그것이 이 몇 해 동안 당신을 제게로 이끌어 온 거지요. 저 역시, 당신이 당신의 영혼 속에서 뭔가 중요하고 신성한 것을 잃어버리고 잊어버렸다고 믿어요. 당신이 어떤 행복을 찾거나 어떤 특정한 것에 도달하기 전에 우선 그것을 다시 일깨워야 해요. 안녕, 안젤름! 우리 약속해요. 그리고 부탁드리겠어요. 가세요. 그리고 제 이름을 통해 기억하게 된 것을 당신 기억 속에서 다시 발견하게 되길 바라요. 당신이 그것을 다시 발견하게 되는 날, 저는 당신의 아내로서 당신과 함께 어디든지 당신이 원하는 곳으로 가겠어요. 그리고 당신의 소원 외에는 어떤 소원도 갖지 않겠어요」

어리둥절한 안젤름은 당황해서 그녀의 말을 가로막고 이러한 요구를 변덕이라고 나무라려 했다. 그러나 그녀가 맑은 눈빛으로 약속을 상기시켰기 때문에 입을 다물고 말았다. 그는 눈을 내리깔고 그녀의 손을 잡아 입을 맞추고는 집을 나섰다.

그는 평생 수많은 과제를 떠맡아 해결해 왔지만, 이것처럼 기이하고 중요하고 그러면서도 낙담시키는 과제는 없었다. 그는 몇 날 며칠을 이리저리 걸어다니며 지치도록 그것을 곰곰 생각했다. 그러다 보면 항상 다시 절망하게 되고 화가 나서 이 과제를 미친 여자의 변덕이라고 나무라고 생각 밖으로 던져버리고 싶었다. 그러나 그때마다 그의 내면 깊은 곳에서 무언가 아주 섬세하고 은밀한 고통, 들릴 듯 말 듯 부드러운 경고의 목소리가 항변을 하는 것이었다. 가슴속의 이 섬세한 목소리는, 아이리스가 옳았음을 시인하면서 그녀와 똑같은 요구를 하곤 했다.

그러나 이 숙제는 학식 있는 남자에게도 너무 어려운 것이었다. 이미 오래전에 잊어버렸던 것을 기억해 내야 했고, 가라앉은 세월의 거미줄로부터 몇 가닥 황금빛 실을 다시 찾아내야 했으며, 무엇인가를 손으로 잡아 그의 애인에게 갖다 바쳐야 했다. 그것은 사라져버린 새소리, 음악을 들을 때의 기쁨이나 슬픔의 징후에 지나지 않는 것, 생각보다 더 엷고 일시적이며 형체가 없는 것, 밤에 꾼 꿈보다도 더 사소하고 무가치하고 아침 안개보다도 더 불확실한 것이었다.

이따금 좌절 끝에 이 모든 것을 던져버리고 싶은 불쾌한 기분에 싸여 있을 때면, 불현듯 아득한 정원으로부터 무언가가 입김처럼 그를 향해 불어왔다. 그럴 때면 혼자서 계속 아이리스의 이름을 속삭이곤 했다. 수십 번, 그보다 더 많이. 나지막하게, 노래를 하듯이, 팽팽한 현을 퉁겨 한 음을 시험해 보듯이.

〈아이리스.〉 그는 속삭였다. 그러면 오랫동안 버려져 있던 집에서 아무도 없는데 문이 열리고 서랍이 삐걱거리듯이, 그의 내면에서 무언가 움직이는 것을 섬세한 아픔과 함께 느끼는 것이었다. 그는 마음속에 잘 간직해 왔다고 믿었던 기억을 더듬어보았고, 놀랍고도 당혹스런 발견을 하게 되었다. 기억의 보물은 지금까지 생각했던 것보다 훨씬 작았다. 돌이켜보니 모든 나날이 마치 아무것도 씌어 있지 않은 종이처럼 존재조차 없었고 텅 비어 있었다. 어머니의 모습을 다시 똑똑히 떠올리는 것은 몹시 힘이 들었다. 소년 시절 거의 일 년이나 불타는 열정으로 따라다녔던 소녀의 이름조차 까맣게 잊고 있었다. 개 한 마리도 생각이 났다. 대학생이었을 때 일시적인 기분으로 개를 사서 한동안 키웠는데, 그 개의 이름을 떠올리는 데도 며칠이 걸렸다.

이 가엾은 남자는 갈수록 커져가는 슬픔과 불안 속에서 지금까지 자신의 인생이 얼마나 덧없이 흘러갔으며 텅 비어 있는가를 알았다. 한때 열심히 외웠던 것이 더 이상 자신에게 속하지 않고 낯설고 아무 관계도 없게 된 꼴이었다. 아무리 애를 써도 쓸모 없는 파편만 짜 맞출 수 있을 뿐이었다. 그는 글을 쓰기 시작했다. 한 해 한 해를 돌이키며 그의 가장 중요한 체험을 언젠가 다시 손에 꼭 움켜쥐기 위해 기록해 두고자 했다. 그러나 그의 가장 중요한 체험들이 어디 있던가? 교수가 되었던 것? 박사가 되고, 고등학생이, 대학생이 되었던 것? 아니면 언젠가, 아련히 잊혀져 가는 시절에 그 소녀나 혹은 다른 소녀를 좋아했던 것? 그는 놀라 시선을 들었다. 이것이 인생인가? 이것이 전부란 말인가? 그는 이마를 치면서 격렬하게 웃음을 터뜨렸다.

그동안에도 시간은 흘렀다. 그렇게 빨리, 가차 없이 흐른 적이 없었다! 일년쯤 지났는데도 그에게는 아이리스를 떠나온 바로 그 시간, 그 장소에 아직 머물러 있는 것 같았다. 그러나 그동안 그는 많이 변했다. 자신뿐 아니라 누구든 보면 알 수 있는 사실이었다. 좀 늙기도 하고 젊어지기도 했다. 그는 친구들에게 거의 낯선 존재가 되었다. 멍청해지고 변덕스러워졌으며 이상해졌다. 그래서 괴짜로 불리게 되었다. 안타깝게도 너무 오래 독신 생활을 했다고 수군거렸다. 자기 의무를 잊어버려 학생들을 하릴없이 기다리게 하는 일도 생겼다. 생각에 잠겨 조용히 거리를 걷다가 집을 지나치기도 하고, 구겨진 웃옷으로 창턱의 먼지를 문질러 닦기도 했다. 한번은 강의를 갑자기 중단하더니 학생들 앞에서 뭔가 생각에 잠겨 어린애처럼, 감정을 억제하면서 미소를 지었다. 아무도 본 적이 없는 모습이었다. 그러고는 따뜻하고 감동적인 어조로 강의를 계속했는데, 그 목소리는 많은 학생들의 가슴을 파고들었다.

오래전부터 그 암담한 배회 중에 먼 옛날의 향기와 흩어져버린 흔적으로부터 그에게 하나의 새로운 의미가 다가왔다. 그러나 자신은 그것에 대해 아무것도 모르고 있었다. 그것은 점점 더 빈번하게 나타났다. 그가 기억이라고 부르던 것 뒤에는, 마치 오래된 그림으로 장식된 벽에서 때때로 그 그림들 뒤에 덧칠되어 숨겨진 채 잠자고 있던 더 오래된 그림들이 나타나는 것처럼, 다른 기억들이 숨어 있었다. 그는 무언가를 기억해 내려고 애썼다. 여행하면서 며칠을 보냈던 도시의 이름에서, 혹은 친구의 생일에서, 혹은 그 어떤 것에서라도. 과거의 작은 조각들을 파편처럼 파고들어가 샅샅이 뒤지는 동안 뭔가 전혀 다른 것이 떠올랐다. 4월 아침의 바람처럼, 혹은 9월의 안개 낀 날처럼, 어떤 숨결 같은 것이 그를 덮쳤다. 그는 어떤 향기를 맡았고, 어떤 맛을 보았으며, 무언가 어둡고 부드러운 감각을 피부에, 눈에, 가슴에 느꼈다. 그리고 차츰 분명해졌다. 그것은 어떤 푸르고 따뜻한, 혹은 회색빛 서늘한 옛날의 어느 날이었다. 이날의 존재가 그의 안에 억눌려 있으면서 어두운 기억으로 머물고 있었음에 틀림없었다. 그러나 분명히 냄새 맡고 느꼈던 그 봄날 혹은 겨울 날을 실제의 과거 속에서는 되찾을 수가 없었다. 거기에는 이름 도 숫자도 없었다. 아마도 그것은 대학 시절 아니면 아직 요람 속에 있었던 어느 날이었을 것이다. 그러나 향기가 거기 있었다. 그리고 전혀 알지 못하고 이름 붙일 수 없고 확인할 수 없었던 그 무엇이 자기 안에 살아 있는 것을 느꼈다. 비록 미소로 넘겨 버리기는 했지만, 그에게는 자주 이 추억들이 삶을 거슬러 올라 가 존재의 과거 속으로 거슬러 올라갈 수 있을 것처럼 보였다.

안젤름은 망연히 그 기억의 심연을 방황하면서 많은 것을 발 견했다. 그를 감동시키고 충격을 주었던 수많은 것들, 그를 놀 라게 하고 불안하게 했던 수많은 것들을 찾아냈지만, 아이리스 라는 이름이 자기에게 무엇을 의미하는지는 여전히 알아낼 수 없었다.

언젠가 그는 아무것도 발견할 수 없다는 고통 속에서 다시 옛 고향을 떠올리려 했다. 숲과 골목길, 좁은 다리와 울타리들을 다시 보았으며, 어린 시절의 옛 정원에 다시 들어섰다. 그러자 큰 파도가 그의 마음속으로 몰려오는 것을 느꼈다. 과거가 마치 꿈처럼 그를 둘러쌌다. 그는 슬퍼하면서 조용히 거기에서 빠져 나왔다. 그는 병이 났다는 핑계를 대고 찾아오는 사람들을 모두 돌려보냈다.

그런데도 한 사람이 그를 찾아왔다. 그가 아이리스에게 구혼 한 후 한번도 보지 못했던 그의 친구, 아이리스의 오빠였다. 그 는 안젤름이 썰렁한 골방에서 낙담한 채 앉아 있는 것을 보았다.

「일어나게」 그는 안젤름에게 말했다. 「나하고 같이 가세. 아이리스가 자네를 보고 싶어하고 있어」

안젤름은 벌떡 일어섰다.

「아이리스! 그녀에게 무슨 일이 일어났나? ······오, 나는 알아, 나는 알아!」

「그래」 친구가 말했다. 「같이 가세! 그애는 죽어가고 있어. 오래전부터 아팠지」

그들은 아이리스에게로 갔다. 그녀는 조그만 어린아이처럼 의자에 누워 있다가 눈을 크게 뜨면서 밝은 미소를 지었다.

그녀는 안젤름에게 하얗고 가녀린 어린아이 같은 손을 내밀었다. 그 손은 마치 꽃송이처럼 그의 손에 놓여졌다. 그녀의 얼굴은 성스럽기까지 했다.

「안젤름」 그녀가 말했다. 「당신, 제게 화났어요? 제가 당신에게 너무 어려운 숙제를 주었죠. 당신이 그 과제에 충실하고 있다는 것 알아요. 계속 찾으세요. 그리고 목표에 닿을 때까지 그 길을 가세요! 당신은 저 때문에 간다고 생각하겠지만, 그 길은 당신을 위해서 가는 거예요. 그걸 아세요?」

「알고 있었소」 안젤름은 대답했다. 「그리고 지금도 알고 있소. 그건 먼 길이오, 아이리스. 오래전부터 돌아오고 싶었지만, 돌아오는 길을 찾을 수가 없었소. 나도 내가 어떻게 될지 알 수 없소」

그의 슬픈 눈을 바라보더니 그녀는 밝게 위로하듯 미소 지었다. 그는 그녀의 가냘픈 손에 머리를 묻고 오래 울었다. 그녀의 손이 그의 눈물로 젖었다.

「당신이 어떻게 될지 물어선 안 돼요」 그녀는 희미한 추억의 빛처럼 가냘픈 목소리로 말했다. 「당신은 평생 많은 것을 구했죠. 명예를 구하고, 행복과 지식을, 그리고 저를, 당신의 작은 아이리스를 찾았어요. 그것은 모두 아름다운 영상들일 뿐이에요. 그것들은, 제가 당신을 떠나듯 당신을 떠날 거예요. 제게서도 그랬는걸요. 저도 늘 찾았지만, 그건 언제나 아름답고 사랑스런 영상들이었고, 언제나 떨어져나가 시들어버리곤 했죠. 전 이제 어떤 영상도 더 이상 알지 못하고, 아무것도 찾지 않을 거예요. 전 이제 고향으로 돌아가는 거예요. 한 발짝만 내디디면 고향에 도달하게 돼요. 당신도 거기로 올 거예요, 안젤름. 그러면 더 이상 당신 이마에 주름살이 지지 않겠지요」

그녀는 너무나 창백했다. 안젤름은 절망에 차 부르짖었다. 「오, 기다려요, 아이리스, 아직 가지 말아! 당신이 날 아주 떠나지 않는다는 표시를 하나 남겨줘!」

그녀는 고개를 끄덕이고, 옆에 있는 유리잔을 집어들었다. 그리고 그에게 갓 피어난 푸른 붓꽃 한 송이를 건네주었다.

「자, 제 꽃 아이리스를 가져가시고 저를 잊지 마세요. 저를, 아이리스를 찾으세요. 그러면 당신은 제게 올 거예요」

알젤름은 울면서 꽃을 손에 받아들고는 눈물로 작별을 나누었다. 친구가 그에게 심부름꾼을 보냈을 때, 그는 다시 와서 그녀의 관을 꽃으로 장식해 땅에 묻는 일을 도왔다.

그러고 나자 그의 삶이 허물어져 버렸다. 삶의 실을 계속해서 자아나가는 일이 불가능해 보였다. 그는 모든 것을 버리고 도시와 공직을 떠나 세상으로부터 점차 사라져버렸다.

그는 여전히 붓꽃을 사랑했다. 붓꽃이 피어 있는 것을 보면 언제나 그 위로 몸을 굽혔다. 오랫동안 꽃받침 속에 시선을 몰두하고 있노라면, 그 푸르스름한 바닥으로부터 모든 과거와 미래의 향기와 예감이 그를 향해 불어오는 것 같았다. 그러나 충만함이 찾아오지 않았기 때문에 그는 슬퍼하며 자리를 뜨곤 했다. 그것은 반쯤 열려진 문 앞에서 엿듣는 것 같았고, 꽃 뒤에서 가장 사랑스러운 비밀이 숨쉬는 것을 듣는 것 같았다. 이제 모든 것이 자신에게 주어지고 채워질 것이 틀림없다고 믿는 순간 문은 저절로 닫혀버리고, 이 세상의 바람이 그의 고독 위로 서늘하게 스쳐가는 것이었다.

꿈속에서 어머니가 그에게 말을 걸기도 했다. 그 오랜 세월 동안 그 모습과 얼굴을 그렇게 선명하고 가깝게 느껴본 적이 없었다. 아이리스도 그에게 말을 건넸다. 깨어난 후에도 무슨 소리인가 남아 있어 하루 종일 그 생각만 하기도 했다. 그는 머무는 곳없이 낯선 곳을 떠돌아다니면서 집에서 잠을 자기도 하고 숲에서 자기도 했다. 빵을 먹는가 하면 산딸기로 배를 채우기도 했다. 포도주를 마셨고, 수풀 속 잎새에 맺힌 이슬을 마시기도 했다. 그는 자신의 안위에는 관심이 없었다. 많은 사람들이 그를 바보 천치로 생각했고 마술사로 여기기도 했다. 또한 그를 두려워도 하고 비웃기도 했으며 사랑하기도 했다. 그는 예전엔 할 수 없었던 것을 배웠다. 그것은 아이들 곁에 있는 것, 그 아이들의 이상한 놀이에 참여하는 것, 꺾인 잔가지나 돌멩이와 이야기를 나누는 것 같은 일이었다. 겨울과 여름이 그의 곁을 스쳐갔다. 그는 꽃받침과 시내와 호수를 줄곧 들여다보았다.

「영상들」때때로 그는 혼자 중얼거렸다. 「모든 것은 영상에 지나지 않는다」

그러자 그의 내면에 영상이 아닌 어떤 존재가 따라다니는 것 같았다. 그 존재는 그의 안에서 이따금 말을 했다. 그 목소리는 아이리스의 것이기도 했고, 어머니의 것이기도 했다. 그 목소리는 위안이요, 희망이었다.

기적과 마주치기도 했지만, 그것이 그를 놀라게 하지는 못했다. 그는 어느 날 눈 속을 걸어가고 있었다. 그의 수염에는 고드름이 매달려 있었다. 그때 눈 속에 아이리스 한 포기가 뾰족하게 얼굴을 내밀고 가냘프게 서 있는 것이 보였다. 그것은 아름답고 고독하게 꽃 한 송이를 피워내고 있었다. 그는 꽃을 향해 몸을 숙이고 미소 지었다. 아이리스가 늘 상기시켰던 것을 이제야 깨달을 수 있었기 때문이었다. 그는 어린 시절의 꿈을 다시 깨달았고, 금빛 꽃 기둥 사이로 엷은 청색의 길이 밝은 줄무늬 모양 꽃의 은밀한 심장으로 뻗어 있는 것을 보았다. 그는 자신이 찾고 있던 것, 더 이상 영상이 아닌 실체를 찾아내었다.

그는 다시 경고를 받고 꿈이 이끄는 대로 어느 오두막으로 갔다. 거기에는 아이들이 있었다. 그는 우유를 주고 아이들과 함께 놀았다. 아이들은 그에게 이야기를 들려주었다. 숲속 숯쟁이에게 기적이 일어났다고 하였다. 거기서 천년에 한번 열리는 영혼의 문이 열리는 것을 보았다는 것이다. 그는 귀를 기울여 듣고, 그 아름다운 영상에 고개를 끄덕여주었다. 그리고 밖으로 나가 계속 걸어갔다. 새 한 마리가 오리나무 숲에서 그에게 노래를 불러주었다. 그 새는 아주 이상하고 달콤한 목소리를 갖고 있었다. 죽은 아이리스의 목소리 같았다. 그가 따라가자, 새는 날면서

깡총거리면서 시내를 건너 숲속 깊은 곳으로 들어갔다.

새소리가 그쳐 아무것도 들리지도 보이지도 않았을 때, 안젤름은 선 채로 주위를 둘러보았다. 그곳은 숲속의 깊은 계곡이었다. 초록색 넓은 이파리 아래로 나지막하게 물 흐르는 소리뿐 모든 것이 조용했고 기다리고 있는 것 같았다. 그의 마음속에는 아직도 그 새가 사랑스런 목소리로 노래했고, 그를 계속 인도해 마침내 어느 바위벽에 이르게 하였다. 그 바위벽은 이끼로 덮여 있었다. 한가운데에는 틈이 벌어져 있었는데, 그것은 좁고 가느다랗게 산의 중심부까지 이어져 있었다.

한 노인이 그 틈새 앞에 앉아 있었다. 그는 안젤름이 다가오는 것을 바라보고는 몸을 일으키며 외쳤다. 「돌아가게, 여보게, 돌아가! 이건 영혼의 문이야. 이리로 들어갔다가 다시 나온 사람은 아직 아무도 없어」

안젤름은 눈을 들어 바위 문을 들여다보았다. 푸른 길이 산 깊숙이 사라지고, 그 양편으로 황금 기둥들이 빽빽이 서 있는 것이 보였다. 길은 아름답기 짝이 없는 꽃받침 속으로 들어가는 것처럼 안쪽으로 뻗어 있었다.

그의 마음속에서 새가 밝게 노래했다. 안젤름은 파수꾼을 지나 바위 틈새로 들어섰다. 그리고 황금 기둥 사이 내면의 푸른 비밀 속으로 걸어 들어갔다. 꽃의 심장 속에서 그를 나아가게 한 것은 아이리스였다. 어머니의 정원에서 푸른 꽃받침 속으로 공중에서 떠돌 듯 들어서곤 했던 붓꽃이었다. 그가 동트는 황금빛을 향해 고요히 걸어 들어갔을 때, 모든 추억과 알고 있던 생각들이 한꺼번에 떠올랐다. 그는 그들의 손을 느꼈다. 그것은 작고

280

부드러웠다. 사랑의 목소리가 가까운 곳에서 친근하게 그의 귀를 울렸다. 어린 시절의 봄날에 모든 것이 울리고 빛나던 그때처럼, 목소리들은 그렇게 울렸고, 황금빛 기둥들은 빛났다.

어린 시절 그가 꾸었던 꿈, 꽃받침 속으로 걸어 들어가는 꿈도 거기 다시 있었다. 그 꿈 뒤로 모든 영상의 세계가 미끄러져 들어왔고, 그 영상 뒤에 놓여져 있던 비밀 속으로 가라앉았다.

안젤름은 나직한 목소리로 노래하기 시작했다. 그러자 그의 길이 고향 쪽을 향해 조용히 내려가고 있었다.

(1918)

난로와의 대화

그는 나에게 뚱뚱하고 넓고 불이 가득 찬 커다란 입을 가지고 있노라고 자신을 소개했다.

「저는 프랭클린이라고 합니다」 그가 말했다.

「벤저민 프랭클린이라고?」 내가 물었다.

「아니오, 그냥 프랭클린입니다. 혹은 프랑콜리노라고도 하지요. 저는 이탈리아제 난로입니다. 아주 탁월한 발명품이죠. 특별히 따뜻하게 해주는 건 아니지만……」

「그래, 나도 알고 있어」 내가 말했다. 「이름이 훌륭한 난로는 모두 탁월한 발명품이지. 하지만 난방은 별로야. 나는 난로를 무척 좋아해. 감탄받아 마땅하지. 그렇지만 말해 봐, 프랭클린, 어떻게 이탈리아제 난로가 미국식 이름을 갖게 되었지? 이상하지 않아?」

「이상하다고요? 아니죠. 그건 하나의 은밀한 법칙이에요. 아시겠어요? 관계와 보완이라는 은밀한 법칙 말예요. 자연은 그런 법칙으로 가득 차 있어요. 비겁한 민족은 용기를 찬미하는 민요를 가지고 있지요. 사랑을 모르는 민족이 사랑을 찬미하는 희곡을 가지는 것이고요. 우리도 그렇습니다. 우리 난로들도요. 이탈리아제 난로는 대부분 미국식으로 불리지요. 독일제 난로가 대부분 그리스식으로 불리듯 말이에요. 그것들은 독일제이지만, 제 생각에는 저보다 난방을 더 잘하는 것 같지는 않아요. 그렇지만 이름은 호이레카, 피닉스, 혹은 헥토르의 이별이라고 하지요. 이들은 위대한 회상을 불러일으키는 이름들입니다. 저는 난로지만, 갖가지 특징에 따라 정치인들과 똑같을 수도 있지요. 큰 입을 가지고 있어서 많은 것을 소모해 버리지만 별로 따뜻하게 하지는 못하죠. 관을 통해서 연기를 내뿜고, 근사한 이름을 가지고 있으며, 위대한 추억을 불러일으키는 거예요. 그게 바로 저의 면모랍니다」

「정말로」 나는 말했다. 「엄청 존경심이 일어나는걸. 이탈리아제 난로니까 그 속에서 밤을 구울 수도 있겠지?」

「물론이지요. 많은 사람들이 그런 소일거리를 좋아하지요. 시를 짓고 장기를 두는 사람들도 많아요. 틀림없이 제 안에서 밤을 구울 수도 있어요. 왜 안 되겠어요? 밤이 너무 타서 숯검정이 되기도 하지만 소일거리일 뿐이니까요. 사람들은 소일하는 걸 좋아해요. 그리고 전 인간의 작품이고요. 우리의 임무를 행할 뿐이죠, 우리는 기념물 같은 존재들이에요, 더도 덜도 아니고요」

「잠깐만! 〈기념물〉이라고…… 그렇게 말했니? 자칭 기념물이라고 여기는 거야?」

「그래요. 우리 모두는 기념물이지요. 산업의 생산품인 우리는 모두 인간적 특성이나 미덕의 기념물이지요. 자연에서는 드문, 높은 교육을 받은 인간에게서만 있을 수 있는 특성에서 나온 유산이란 말입니다」

「그건 어떤 특성을 말하는 건데?」

「목적에 맞지 않는 것이라는 의미지요. 다른 많은 의미 외에도 저는 그러한 의미에서의 기념물입니다. 제 이름은 프랭클린이고, 난로입니다. 나무를 게걸스레 먹어치우는 큰 입을 가지고 있지요. 큰 관도 하나 가지고 있는데, 연기가 바깥으로 빠져나가는 가장 빠른 길이에요. 제겐 장식도 있고, 여닫을 수 있는 통풍창도 두 개 달려 있어요. 이것 역시 멋진 소일거리죠. 마치 피리처럼 그것을 불어댈 수 있으니까요」

「나를 매혹시키는군, 프랭클린. 너는 내가 아는 가장 영리한 난로야. 그러나 원래는 어떤 거지? 난로인 거야, 아니면 기념물인 거야?」

「참 많이도 물어대시는군! 사물에게 〈의미〉를 부여하는 유일한 존재가 인간이라는 걸 모르십니까? 온 자연 가운데 떡갈나무는 하나의 떡갈나무일 뿐이고, 바람은 바람, 불은 불일 뿐입니다. 그러나 인간에게만은 모든 것이 다르지요. 모든 게 의미심장하고, 모든 게 암시적이라니까요! 인간에게는 모든 게 신성하고, 모든 게 상징이 됩니다. 살인이 영웅적인 행위이고, 전염병은 신의 손가락이며, 전쟁은 진화(進化)이지요. 그러니 어떻게 난로가 그저 난로일 수 있겠습니까? 아니지요, 난로 역시 상징이고 기념물이고 예언자입니다. 그렇기 때문에 사람들이 난로를 사랑하는 것이고, 경의를 표하는 것이지요. 장식과 통풍창을 가지고 있는 것, 그래서 약간의 난방을 하는 것이 유일한 용도라고 보지는 않습니다. 난로 이름이 프랭클린이라고 해서 안 될 게 뭐 있겠어요」

(1919)

픽토어의 변신

낙원에 들어서자마자 픽토어는 한 나무 앞에 섰다. 이 나무는 남성인 동시에 여성이기도 했다. 픽토어는 경외심을 갖고 이 나무에게 인사하고는 물었다. 「네가 생명의 나무니?」

그러나 나무 대신 뱀이 대답하려 하자, 그는 돌아서서 계속 걸어갔다. 그는 눈을 크게 떴다. 모든 것이 그의 마음에 꼭 들었다. 분명 그는 자기가 고향에, 생명의 근원에 와 있음을 느꼈다.

다시 어떤 나무를 보았는데 그 나무는 해인 동시에 달이었다.

픽토어는 물었다. 「네가 생명의 나무니?」

해님이 고개를 끄덕이며 웃었다. 달도 끄덕이며 미소 지었다.

갖가지 색깔과 빛, 그리고 갖가지 눈과 얼굴을 가진 희한한 꽃들이 그를 바라보았다. 어떤 꽃들은 고개를 끄덕이며 웃었다. 다른 꽃들도 고개를 끄덕이며 미소 지었다. 어떤 꽃들은 고개만 끄덕였지 미소는 짓지 않았다. 그 꽃들은 취해서 침묵을 지켰다.

스스로의 향기에 취한 듯 자기 안으로 가라앉아 있었다. 꽃 하나가 연보랏빛의 노래를 불렀다. 어떤 꽃은 암청색의 자장가를 불렀다. 꽃들 중 하나는 크고 푸른 눈을 가지고 있었고, 다른 하나는 그에게 첫사랑을 떠올리게 했다. 어떤 꽃은 어린 시절 노닐던 정원의 향기를 풍겼다. 어머니의 음성처럼 달콤한 향기가 울려 퍼졌다. 다른 꽃 한 송이가 그를 향해 웃으면서 바라보고는 빨간 혀를 길게 내밀었다. 그는 그것을 핥았다. 그것은 강하고 싸한 맛이 났다. 송진과 꿀 냄새가 났다. 여인의 키스 냄새도 풍겼다.

픽토어는 그리움과 불안한 기쁨에 가득 차 온갖 나무들 사이에 서 있었다. 그의 심장은 종처럼 무겁게 뛰었다. 그리고 요란하게 뛰었다. 그의 열망은 미지의 것에 대한 매혹적인 예감 속에 타올랐다.

픽토어는 새 한 마리가 앉아 있는 것을 보았다. 그 새는 풀밭에 앉아 갖가지 색깔로 빛나고 있었다. 그 아름다운 새는 모든 색깔을 다 가지고 있는 것 같았다. 그는 그 아름다운 알록새에게 물었다.

「오 새야, 도대체 행복은 어디 있는 거니?」

「행복은」아름다운 새는 금빛 부리로 웃으면서 말했다.「행복은, 오 친구여, 어디에든 있어. 산에도 골짜기에도 꽃 속에도 그리고 수정 속에도」

이 말을 하면서 유쾌한 새는 깃털을 흔들었다. 목을 움찔거리며 꼬리를 세차게 흔들고 눈을 깜박거렸다. 그리고 다시 한번 웃고는 꼼짝 않고 풀밭 속에 앉아 있었다. 그러더니 새는 이제 형형색색의 꽃이 되었다. 깃털은 잎으로, 발톱은 뿌리가 되었다.

현란한 색깔을 빛내며 춤을 추면서, 그것은 식물이 되었다. 픽토어는 놀라서 그 광경을 바라보았다.

그러고 나서 그 꽃새는 곧 잎새와 꽃실을 움직였다. 꽃이 된 게 벌써 싫증나는 듯 더 이상 뿌리를 뻗지 않았다. 조금씩 움직여 천천히 떠오르더니, 한 마리의 찬란한 나비가 되었다. 나비는 몸을 흔들면서 둥실둥실 떠돌았다. 무게도 없이, 빛도 없이. 아주 환한 얼굴로. 픽토어는 눈을 크게 떴다.

그 새로운 나비, 아기자기한 색깔의 새-꽃-나비는 밝은 얼굴로 원을 그리며 놀란 픽토어의 주변을 날아다녔다. 햇빛 속에서 반짝거리며 눈송이처럼 부드럽게 대지에 내려앉았다. 픽토어의 발 앞에 앉아 부드럽게 호흡했으며, 빛나는 날개를 조금 떨었다. 그러고는 곧 영롱한 색깔의 수정으로 변했다. 초록색 풀잎 사이로 축제일의 종소리처럼 밝게, 빨간 보석이 놀라운 빛을 발하고 있었다. 그러나 그의 고향인 대지의 안쪽에서 그를 부르는 것 같았다. 그는 빠르게 작아져 땅속으로 가라앉으려 했다.

말라죽은 나뭇가지에서 동그랗게 몸을 말고 있던 뱀이 갑자기 쉿 소리를 내며 그의 귀에 속삭였다. 「그 돌은 널 원하는 대로 바꿔줄 수 있단다. 빨리 소원을 말해라. 늦기 전에!」

픽토어는 깜짝 놀랐다. 행운을 놓칠까 봐 겁이 났다. 재빨리 소원을 말하자, 곧 한 그루 나무로 변했다. 그는 여러 번 나무가 되기를 원했었다. 나무가 그에게는 충만한 안식과 힘과 품위를 가진 것처럼 보였기 때문이었다.

픽토어는 한 그루 나무가 되었다. 그는 땅에 뿌리를 내리고, 공중으로 몸을 뻗었다. 잎들이 돋아나고, 사지로부터 가지들이 생겨났다. 그는 매우 만족했다. 목마른 관다발로 깊고 서늘한 대지를 빨아들였다. 그의 잎은 높은 대기 속에 푸르게 나부꼈다. 풍뎅이가 그의 껍질 속에 자리 잡았고, 그의 발치에는 토끼와 고슴도치가, 그의 가지에는 새들이 살았다.

나무가 된 픽토어는 행복했다. 흐르는 세월을 헤아리지도 않았다. 그의 행복이 완전하지 않다는 것을 깨닫기까지 무척 많은 세월이 흘러갔다. 그는 점차 나무의 눈으로 보는 법을 배웠다. 마침내 그는 통찰하게 되었고 슬퍼졌다.

그를 둘러싼 낙원 안의 존재가 대부분 자주 변신했다는 사실을 그는 알게 되었다. 그렇다. 모든 것은 영원히 변한다는 마법의 흐름이 존재함을 알게 되었다. 꽃들이 보석으로, 혹은 반짝이는 벌새로 변해 날아가 버리는 것을 보았다. 곁에 있던 많은 꽃들이 갑자기 사라져버리는 것도 보았다. 꽃 하나는 샘으로 흘러가 버렸고, 다른 꽃 하나는 악어가 되었다. 또 다른 하나는 물고기가 되어 즐겁고 시원한 쾌감에 넘쳐 있었다. 물고기의 감관을 지니고, 새로운 종류의 놀이를 시작하기 위해 헤엄쳐 갔다. 코끼리들은 그들의 옷을 바위로 바꾸었고, 기린들은 그들의 모습을 꽃으로 교환했다.

그러나 픽토어 자신은 언제나 나무의 모습 그대로 남아 있었다. 그는 더 이상 변신할 수 없었다. 이 사실을 알게 된 이후로 그의 행복은 사라졌다. 그는 늙기 시작했다. 늙은 나무들에게서 관찰되듯 점점 피곤하고 엄숙하고 우울한 자세를 취했다. 말이든 새든 사람이든 모든 존재에게서 매일같이 볼 수 있는 현상이었다. 그들이 변신의 재능을 소유하지 못한다면, 시간이 갈수록 슬픔과 쇠약에 빠지고 그들의 아름다움도 사라져버리는 것이다.

어느 날 금발에 푸른 옷을 입은 소녀가 길을 잃고 이 낙원으로 들어왔다. 소녀는 노래하고 춤추며 나무들 아래를 뛰어다녔다. 변신할 수 있는 재능을 소원하는 것에 대해서는 지금껏 꿈도 꾸지 못한 것 같았다.

영리한 원숭이들이 그녀를 바라보며 미소 지었다. 관목들은 덩굴로 부드럽게 그녀를 쓰다듬었고, 많은 나무들이 그녀를 향해 꽃과 호두와 사과를 던졌다. 그러나 그녀는 그런 것에 주의를 기울이지 않았다.

픽토어 나무는 소녀를 보자 지금껏 한번도 느껴보지 못했던 그리움과 행복에 대한 갈망에 사로잡혔다. 동시에 자신의 꽃이 그에게 소리쳐 알리는 것 같아 깊은 생각에 빠져들었다.

〈생각해 봐! 이제 너의 전 생애를 기억해 봐. 의미를 찾아봐. 그렇지 않으면 너무 늦게 돼. 너에게는 결코 행복이 올 수 없을 거야.〉

그는 복종했다. 그는 자신의 출생을 다시 생각해 냈다. 인간으로서의 나이를, 낙원으로의 이동을. 그리고 나무가 되기 전의 모든 특별한 순간을. 그가 마법의 돌을 손에 쥐었던 그 놀라운 순간을.

변신의 가능성이 한껏 열려 있던 그 당시에 생명은 그의 내면에서 그 어느 때보다 더 뜨겁게 이글거리지 않았던가! 그는 웃었던 그 새를 기억했다. 해와 달을 이고 있던 그 나무도. 당시에 뭔가를 놓쳐버렸다는, 뭔가를 잃어버렸다는 생각이, 뱀의 충고가 착한 것이 아니었다는 생각이 그를 사로잡았다.

소녀는 픽토어 나무의 잎새 속에서 살랑살랑거리며 움직이는 소리를 들었다. 위를 올려다보고는 마음속에 갑작스런 아픔, 새로운 생각, 새로운 갈망, 새로운 꿈들이 생겨남을 느꼈다. 알지 못할 힘에 이끌려서 그녀는 그 나무 아래 앉았다. 그녀에겐 나무가 고독해 보였다. 고독하고 슬퍼 보였다. 그러면서도 그 고독한 슬픔이 아름답고 감동적이고 고귀해 보였다. 수관의 나직하게 살랑거리는 노래가 그녀의 마음을 빼앗으면서 울려왔다. 그녀는 우툴두툴한 나무기둥에 기대었다. 그러자 나무가 깊이 몸을 떠는 것을 느꼈다. 그 전율은 자신의 가슴속까지 파고들었다. 이상하게도 그녀의 마음이 아파왔다. 영혼의 하늘 위로 구름들이 몰려왔으며, 천천히 그녀의 눈에서 굵은 눈물방울이 떨어지기 시작했다. 도대체 이게 무엇이었을까? 왜 그렇게 괴로워야 했지? 왜 심장이 가슴을 뚫고 나와 저리로, 그에게로 가서 녹아버리고자 열망하는 거지? 그의 속으로, 저 아름답고 고독한 자에게로?

나무는 뿌리까지 나직하게 떨었다. 격렬하게, 모든 생명력을 집중해서 그는 소녀를 향해 자신을 쏟았다. 그녀와 하나가 되려는 열망이 불타올랐다. 아, 그는 뱀에게 속아 영원히 혼자서 한 그루 나무가 되어 마력으로 꼼짝 못하게 되었던 것이다! 오, 얼마나 맹목적이고 어리석었는가! 자신이 생명의 비밀에 그렇게 낯설었다는 것을 알지 못했던가? 아니다, 분명 그는 당시에 그것을 희미하게 느꼈고, 예감했었다. 아, 슬픔과 깊은 이해를 가지고 그는 이제 남성과 여성으로 이루어진 그 나무를 생각했다!

새 한 마리가 날아왔다. 빨간 초록색의 아름답고 활달한 새 한 마리가 곡선을 그리며 날아왔다. 소녀는 새가 날아가는 것을, 부리에서 뭔가 떨어지는 것을 보았다. 그것은 피처럼 붉게 빛났다. 빨간 빛이 너무 선명해서 소녀는 몸을 굽혀 그것을 주워 올렸다. 그것은 수정이었다. 수정이 있는 곳은 어둡지 않았다.

소녀가 그 마법의 돌을 하얀 손에 놓자마자, 곧 그녀의 마음 속에 가득했던 소원이 실현되었다. 아름다운 소녀는 황홀경에 빠진 채 가라앉았다. 그녀는 나무와 하나가 되었다. 나무기둥으로부터 힘차고 싱싱한 가지가 되었으며, 재빨리 위로 자라나 솟아올랐다.

이제 모든 것이 잘되었다. 세계는 질서가 잡혔고, 비로소 낙원이 실현되었다. 픽토어는 더 이상 늙고 우울한 나무가 아니었다. 이제 그는 큰소리로 〈픽토리아, 빅토리아〉를 노래했다.

그는 변신했다. 이번에는 제대로 영원한 변신에 도달하였다. 반쪽에서 전체가 되었기 때문에, 이 순간부터는 그가 원하는 대로 계속 변신할 수가 있었다. 생성이라는 마법의 강은 끊임없이 그의 혈관 속을 흘렀다. 그는 매시간마다 일어나는 창조에 영원히 참여할 수 있었다.

그는 노루가 되었고, 물고기가 되었으며, 인간이 되었다. 뱀이, 구름이, 새가 되었다. 그러나 그는 모든 형상 속에서 완전했으며, 한 쌍이었다. 그 자신 안에 달과 해를, 남성과 여성을 가지고 있었다. 쌍둥이 강으로 대지 위를 흘러갔고, 쌍둥이 별로 하늘 위에 떠 있었다.

(1922)

마술사의 어린 시절

나는 또다시 올라간다. 또다시
한때 사랑스런 전설이었던 너의 샘 속으로
멀리서 너의 황금 노래를 듣는다
네가 웃고 꿈꾸고 조용히 우는 것을
너의 깊은 곳으로부터 경고하면
주문이 속삭인다
나는 술 취해 잠든 것 같은데
너는 계속 나를 부른다. 계속해서……

　나는 부모님과 선생님뿐 아니라 더 높고 남모르는 은밀한 힘
들에 의해서 길러졌다. 그중에는 판Pan이라는 신도 있었다. 그
것은 외할아버지의 유리장에 조그맣게 새겨진 춤추는 인도의 우
상 신이었다. 이 신과 다른 신들이 내 어린 시절을 사로잡았

고, 내가 읽거나 쓸 수 있기 한참 전에 나를 동방과 고대의 영상으로 가득 채워주었다. 그래서 훗날 인도나 중국의 현인들을 만날 때마다 마치 재회를 하거나 귀향한 것처럼 느껴졌다. 그러나 나는 유럽 사람이고 활동적인 궁수 자리에서 태어났기 때문에 한평생 서양의 미덕인 격정과 열망과 억제할 수 없는 호기심을 적절하게 발휘해 왔다. 다행히도 나는 대부분의 아이들과 마찬가지로 평생에 걸쳐 꼭 필요하고 가치 있는 일을 학창 생활이 시작되기 전부터 배웠다. 사과나무와 비와 태양에 대해, 강과 숲, 그리고 별과 딱정벌레에 대해, 할아버지의 보물 창고에 있는 신 판에 대해, 춤추는 우상 신들에 대해 배웠다. 내게는 세상에 대한 지식이 있었으며, 두려움 없이 동물과 별들과 교제를 했다. 과수원이나 물 속의 고기들에 대해 잘 알고 있었으며, 벌써 노래 몇 가락 정도는 부를 줄 알았다. 마술까지도 할 수 있었는데 유감스럽게도 일찍 잊어버려 상당히 나이가 든 후에 새로 배워야 했다. 나는 어린 시절의 전설적인 지혜를 모두 마음대로 다룰 수 있었다.

여기에 학교에서 얻은 지식들도 덧붙여졌다. 그것은 쉬웠고 재미있었다. 학교에서는 현명하게도 인생에 필요한 진지한 지식은 취급하지 않았고, 대부분 장난삼아 하는 유쾌한 오락들을 가르쳤다. 나는 자주 거기서 즐거움을 맛보곤 했다. 학교에서 배운 지식들 중 많은 것이 내게 일평생 충실하게 남아 있었다. 나는 오늘날까지도 아름답고 재치 있는 라틴어 단어들, 시와 격언뿐 아니라 지구상의 모든 곳에 있는 수많은 도시의 주민 수를 많이 기억하고 있다. 오늘날의 것이 아니라, 1980년대의 숫자이긴 하지만.

열세 살이 될 때까지, 내가 장차 뭐가 될 건지, 무슨 직업을 익힐 수 있을 것인지에 대해 진지하게 생각해 본 적이 없었다. 다른 소년들처럼 나도 많은 직업을 사랑하고 부러워했다. 사냥꾼, 뗏목꾼, 마부, 줄 타는 광대, 북극 탐험가 등등. 그러나 가장 되고 싶었던 것은 마술사였다. 이것은 사람들이 〈현실〉이라고 부르는 것, 내게는 다만 어른들의 어리석은 타협처럼 보이는 것에 대한, 아주 깊고도 내적인 불만의 표출이었다. 곧 이러한 현실에 대해 때로는 불안하고 때로는 조소에 찬 거부감이 생겨났다. 그 현실에 마술을 걸어 변신시키고 고상하게 만들고 싶은 소망이 일찍부터 불타올랐다. 어린 시절에는 이 마술에 대한 소망이 외면적이고 어린애다운 목표를 갖고 있었다. 겨울에도 사과가 자라게 하고 싶었고, 마술을 부려 내 가죽지갑을 금과 은으로 채우고 싶었다. 마술로 적을 마비시키고, 관용을 베풀어 부끄러움을 느끼게 하거나, 개선장군이나 왕으로 불리는 꿈을 꾸기도 했다. 묻혀 있는 보물을 캐내고, 죽은 자를 깨우며, 내 모습이 보이지 않게 만들 수 있기를 원했다. 이 보이지 않게 하는 것이야말로 내가 아주 대단하게 여기고 가장 열렬히 원했던 기술이었다. 다른 마술의 힘과 마찬가지로, 보이지 않는 마술에 대한 욕구는 한평생 나 자신도 즉시 알아채지 못하는 수많은 변신을 꾀하는 가운데 줄곧 나를 따라다녔다. 성장해서 문학가라는 직업을 가진 후에도, 나는 내 작품들 뒤로 사라져버리거나 이름을 바꿔 의미 깊고 유희적인 가명 뒤로 숨어버리려는 시도를 자주 하였다. 이런 시도를 내 동료 작가들은 이상하게도 나쁘게 생각하거나 오해하였다. 돌이켜보건대 내 생애는 온통 이 마술의 소원으로 이루어졌던 것 같다. 마술에 대한 소원은 시간이 감에 따라 그 목표를 바꾸어 갔다. 바깥 세계로부터 점차 나 자신 안으로 끌어들였다. 사물이 아니라 나 자신을 바꾸기 위해 애썼고, 마법의 외투를 입고 투명인간이 되려는 유치한 기술 대신, 모든 것을 알고 있으면서도 눈에 띄지 않게 남아 있는 현자가 되려는 소망으로 바꾸려 했다——이것이 내 삶의 기록에 담긴 본질적인 내용일 것이다.

나는 활달하고 행복한 소년이었다. 아름다운 색깔을 지닌 세계와 놀면서, 집에서나 동물과 식물들 곁에서뿐 아니라 나만의 환상과 꿈의 원시림 속에서, 내 힘과 능력을 즐거워하면서, 빛나는 소원들 때문에 지치기보다는 즐거움을 느꼈다. 나는 마술을 연습했다. 그때는 알지 못했지만, 훗날 성공에 이른 것보다 훨씬 완벽하게 마술을 할 수 있었다. 나는 쉽게 사랑을 얻었고, 쉽게 다른 사람들에게 영향을 끼쳤으며, 쉽게 지도자나 구애받은 자나 신비스러운 자의 역할을 해냈다. 몇 년 동안 동급생이나 친척들이 내 진짜 마술의 힘, 악마를 지배하는 힘, 숨겨진 보물과 왕관에 대한 요구에 대해 외경심에 가득 찬 믿음을 가지도록 했다. 부모님께서 일찍이 뱀에 대해 알려주셨음에도 불구하고, 나는 오랫동안 그 낙원에서 살았다. 어린 시절의 꿈은 오랫동안 지속되었고, 세계는 내게 속해 있었다. 모든 것이 존재했고, 모든 것이 내 주위에서 아름다운 놀이로 자리 잡았다. 내 안에서 뭔가 불만스러운 것, 혹은 그리움 같은 것이 생기거나 기쁨에 넘치는 세상이 어쩌다 의심스런 그림자를 드리울 때면, 나는 대개 다른 곳으로 향한 길, 자유롭고 거리낌 없는 환상의 세계로 가는 길을 찾아내었다. 거기서 되돌아와 보면 바깥 세상은 다시 사랑스럽고 가치 있는 것으로 되어 있었다. 나는 오랫동안 그렇게 낙원에서 살았다.

아버지의 작은 정원에는 격자 칸막이가 있었다. 거기에다 나는 토끼와 길들인 까마귀를 길렀다. 그곳에서 나는 세계의 연대처럼 끝없이 긴 시간을 생명과 풀과 우유와 피와 생식의 냄새를 풍기는 토끼들 사이에서 소유의 기쁨과 열정에 사로잡혀 앉아 있곤 했다. 까마귀의 까맣고 야무진 눈에서는 영원한 생명의 불이 반짝였다. 같은 장소에서 저녁이면 또 다른 영원의 시간을 즐겼다. 불타는 촛불에서 떨어지는 촛농 옆에서, 잠들어 있는 따뜻한 동물 옆에서, 혼자 혹은 친구와 함께 앉아 있곤 했다. 엄청난 보물을 파내거나, 알라운의 뿌리를 채굴하거나, 구원이 필요한 세상으로 승리에 빛나는 기사가 되어 행진해 갈 계획을 세웠다. 도적들을 다스리고, 불행에 빠진 사람들을 구해주고, 포로들을 석방했으며, 도둑들의 성을 불태워 없애고, 배신자들을 십자가에 못박게 하고, 변절한 신하들을 사면하고, 왕의 딸을 얻고, 동물들의 말을 알아들었다.

가끔 내가 책을 찾아 읽곤 하던 외할아버지의 커다란 서재에는 어마어마하게 크고 무거운 책이 한 권 있었다. 읽어도 읽어도 끝이 없는 이 책에는 오래되고 기묘한 그림들이 있었다. 그 그림들은 때때로 책을 한번 펼치거나 뒤적이기만 해도 환히 나타나 나를 초대했지만, 때로는 아무리 오래 찾아도 결코 존재하지 않는 듯, 혹은 마술에 걸린 듯 사라져버리곤 했다. 이 책에 내가 자주 읽었던 이야기가 하나 있었는데, 그 내용이 너무나 아름다웠지만 이해하기가 어려웠다. 그것 역시 언제나 찾을 수는 없어서 시간을 잘 맞추어야 했다. 어떤 때는 완전히 사라져 숨어 있었고, 어떤 때는 있는 장소를 바꾼 것 같기도 했다. 때때로 그 이야기를 읽을 때면, 유난히도 다정하게 거의 이해할 수 있을 정도로 다가오기도 했다. 또 다른 때에는 다락방의 문처럼 어둡게 닫혀 있어, 그 뒤편의 어스름으로부터 낄낄대거나 신음하는 유령들의 소리가 들리는 듯했다. 모든 것이 현실로 가득 차 있었고, 모든 것이 마술로 가득 차 있었다. 그 두 가지는 서로 친밀하게 확충되었고, 둘 다 내게 속해 있었다.

보물로 가득 찬 외할아버지의 유리장에 새겨진 인도의 신도 언제나 똑같은 신은 아니었다. 늘 같은 얼굴도 아니었고, 매 시간 같은 춤을 추지도 않았다. 이따금 그것은 낯선 미지의 나라에서 불가사의한 민족들에 의해 만들어지고 숭배되던, 기묘하고 우스꽝스러운 모습을 하고 있었다. 또 어떤 때에는 의미심장하고, 이루 말할 수 없이 섬뜩하고, 제물을 탐내고, 음흉하고, 가혹하고, 신뢰할 수 없고, 냉소적인 마술의 작품이 되었다. 내가 조금 비웃기라도 하면, 당장 복수하겠다고 협박하는 것처럼 보이기까지 했다. 노란 금속으로 만들어졌지만, 그것은 시선을 바꿀 수가 있었다. 때때로 사팔뜨기가 되기도 했다. 그러다가 어느 때에는 완전한 하나의 표상, 밉지도 아름답지도 않고, 악하지도 착하지도, 우스꽝스럽지도 무섭지도 않은, 그저 단순하고 낡고 예측할 수 없이 오래된 루네 문자,* 바위에 붙은 이끼, 자갈에

---

* 원시 게르만족이 사용한 문자. 주로 점을 칠 때 사용했다.

새겨진 그림 같은 것일 뿐이었다. 그러나 그 형태와 얼굴과 표상 뒤에는 신이 살고 있었고, 영원한 것이 깃들여 있었다. 아직 소년이었던 그 시절 나는 그것의 이름도 모르고 존경했는데, 후에 알게 된 바로는 시바, 비쉬누,* 신, 인생, 브라만,** 아트만, *** 도(道), 혹은 영원한 어머니라고 했다. 그것은 아버지이자 어머니였으며, 여자와 남자였고, 해와 달이었다.

유리장 안의 신들 옆에는, 그리고 외할아버지의 다른 장 속에는 수많은 다른 형상들과 가구, 묵주처럼 동그란 나무구슬로 만든 사슬과 옛 인도 글자가 새겨진 야자수잎 두루마리, 초록색 활석으로 조각된 거북이, 나무와 유리와 석영과 점토로 만들어진 작은 신상들, 수놓아진 비단과 아마 덮개, 놋쇠잔과 대접들이 놓여 있었다. 이 모든 것은 양치나무와 야자수 우거진 해안이 있는 낙원의 섬 인도와 실론에서 온 것이었다. 시암과 버마에서 온 것도 있었으며, 한결같이 바다와 향료와 이국, 그리고 계피와 백단나무 냄새가 났다. 모든 것이 갈색, 황색 손들에 의해 열대의 소나기와 갠지스 강물에 적셔지고, 적도의 태양으로 건조되고, 원시림의 그늘에 드리워졌던 것이었다. 이 모든 것들이 외할아버지의 것이었다. 외할아버지는 존경받는 분이었고, 힘이 있었으며, 하얗고 무성한 수염을 기른, 뭐든 다 아는 노인이었다.

---

* 힌두교의 주요 신들이다. 시바는 인도의 시바파에서 최고 신으로 숭배된다. 비쉬누는 세계를 지키고 유지하며 도덕률의 원상 복구자이다.
** 인도 브라만교의 세계관으로 우주 작용의 근본 원리이다.
*** 인도 철학의 가장 기본적인 개념의 하나. 인간 존재의 영원한 핵으로, 죽은 뒤에도 살아남아 새로운 생명으로 다시 태어나거나 존재의 굴레에서 해방된다고 한다.

아버지와 어머니보다도 강했고, 그들과는 다른 물건과 힘을 지니고 있었다. 외할아버지가 가진 것은 인도의 신들이나 장난감뿐이 아니었다. 조각품과 그림, 마법에 걸린 물건들, 코코넛나무 술잔과 백단나무 궤짝, 홀과 도서관을 갖고 있었다. 그는 마술사이자 지식인이자 현자이기도 했다. 서른 개가 넘는 언어를 다 알아들었다. 아마 신들의 언어, 별들의 언어까지 알아들었을 것이다. 팔리어와 산스크리트어를 쓰고 말할 줄 알았고, 카나리아 군도와 뱅갈, 힌두스탄, 실론의 노래도 부를 수 있었다. 당신은 기독교인이고 삼위일체 하나님을 믿고 있었음에도 불구하고, 이슬람교와 불교의 기도문도 알고 있었다. 그는 수년, 수십년을 동방의 뜨겁고 위험한 나라들에서 살았다. 배를 타거나 황소가 이끄는 수레를 타고 여행을 했으며, 말뿐 아니라 나귀도 타고 다녔다. 우리나라와 도시가 지구상의 아주 작은 일부분에 불과하다는 것, 수십억의 인간들이 우리와 다른 믿음을 가지고 있으며, 또한 다른 풍습, 언어, 피부색, 신, 미덕과 악덕을 가지고 있다는 것을 외할아버지만큼 잘 아는 사람은 아마 없었을 것이다. 나는 외할아버지를 사랑하고 존경하고 두려워했으며, 그에게 모든 것을 기대했다. 그의 모든 것을 신뢰했고, 외할아버지와 신들의 옷을 입은 판에게서 끊임없이 배웠다. 내 어머니의 아버지인 이 사람은 하얀 턱수염에 가려져 있는 그의 얼굴처럼 비밀의 숲속에 숨어 있었다. 그의 눈으로부터 세상의 슬픔이 흘러나왔으며, 쾌활한 지혜와 고독한 지식, 그리고 때때로 신의 장난기 같은 것도 흘러나왔다. 수많은 나라의 사람들이 그를 알았고, 존경하였다. 그를 방문하여 영어와 프랑스어, 인도어, 이탈리아어, 말레이어로 긴 대화를 나누고는 다시 여행을 떠나 흔적도 없이 사라졌다. 아마도 외할아버지의 친구나 사절, 혹은 하인이나 대리인이었을 것이다. 수수께끼 같은 외할아버지에게서 비밀이 흘러나오고 있다는 것을 나는 알고 있었다. 그 비밀과 태고의 분위기는 어머니에게서도 나왔다. 어머니 역시 오랫동안 인도에서 사셨고, 말레이어와 카나리아 군도의 말을 할 줄 알았으며, 그 언어로 노래까지 부를 수 있었다. 어머니는 외할아버지와 함께 마술처럼 이상한 말들을 주고받았다. 외할아버지처럼 그녀도 그 당시에는 이방인의 미소, 베일에 가린 듯한 지혜의 미소를 지니고 있었다.

아버지는 달랐다. 그는 홀로 서 있었다. 신들의 세계도, 외할아버지의 세계도 그에게 속하지 않았다. 도시의 일상도 마찬가지였다. 그는 혼자 떨어져서 고독하게, 고통하고 갈구하는 자로서 있었다. 아버지는 학식 있고 온화한 분이었으며, 빈틈없이, 그리고 열심히 올바른 일에 종사했다. 어머니와 같은 미소와는 거리가 멀었지만, 귀족적이고 부드러웠고, 비밀 같은 것은 없는 분명한 분이었다. 그가 선량함이나 현명함을 잃어버리는 일은 절대 없었다. 외할아버지가 피우는 마법의 구름 속으로 사라지는 일 같은 건 결코 없었다. 때로는 슬픔 같고, 때로는 은근한 조롱 같고, 때로는 말없이 자신 안으로 가라앉는 신들의 마스크가 벌이는 유희, 그 천진스런 신성함 속으로 얼굴을 숨기는 일도 절대 없었다. 아버지는 어머니와 인도어로 이야기를 나누지 않았다. 그 대신 영어와 순수하고 밝고 아름다운 색채를 띠는 발트 제국의 독일어로 나직이 말했다. 아버지가 내 마음을 끌면서 나에게 가르쳤던 언어가 바로 이 독일어였다. 그 당시 나는 경탄에 가득 차 아주 열심히 이 언어를 배웠다. 비록 내 뿌리가 검은 눈동자를 가진 신비스러운 어머니의 토양 속에서 더 깊이 자라고 있다는 것을 알고 있었지만. 어머니에게선 늘 음악이 흘러 넘쳤지만, 아버지는 아니었다. 그분은 노래할 줄도 몰랐다.

나 외에도 누이들과 두 작은형, 큰형들이 서로 시샘도 하고 사이좋게 놀기도 하면서 자라났다. 구릉이 많은 조그만 옛도시가 우리 마을을 둘러싸고 있었다. 그 주위를 어두운 숲으로 덮인 산이 완강히 에워싸고 있었다. 그 한가운데로는 아름다운 강이 머뭇거리듯 굽이쳐 흘러갔다. 이 모든 것을 나는 사랑했고, 그것을 고향이라고 불렀다. 그 숲과 강에서 식물과 대지와 돌과 동굴, 새와 다람쥐, 여우와 물고기들을 잘 알게 되었다. 이 모든 것이 내게 속해 있었다. 내 소유였으며 고향이었다. 그 외에도 유리장과 서재가 있었다. 모든 것을 다 아는 듯한 표정의 외할아버지가 짓는 다정한 미소, 어둡지만 따뜻한 어머니의 시선, 거북이와 신들, 인도의 노래와 격언들이 있었다. 이것들은 내게 더 먼 세계, 더 큰 고향, 더 오래된 기원, 더 큰 연결을 말해 주었다. 철사로 엮어져 공중에 높이 매달린 새장에는 회적색의 앵무새가 앉아 있었다. 그 새는 늙었지만 영리했다. 무엇이든 다 안다는 얼굴을 하고 날카로운 부리로 노래도 하고 말도 했다. 이 새 역시 알려지지 않은 먼 곳에서 온 것이었다. 밀림의 언어로 피리 같은 소리를 내며 울었고, 적도의 냄새를 풍겼다. 수많은 세계, 지구 위의 수많은 부분이 팔을 뻗고 빛을 발하며 다가와 우리 집에서 만나고 교차했다. 집은 크고 낡았다. 군데군데 비어 있는 공간들이 많았다. 지하실과 발소리가 크게 울리고 냉기가 감도는 복도가 있었다. 나무와 과일을 가득 넣어둔 수많은 지붕 밑 다락방에는 컴컴한 공간에 강한 외풍이 그치지 않았다. 무수한 세계가 이 집에서 그 빛을 교차했다. 여기서 기도를 하고 성경을 읽었다. 공부를 하고 인도의 철학을 배웠다. 여기서 좋은 음악들이 많이 연주되었으며, 부처와 노자를 알게 되었다. 많은 나라에서 손님들이 찾아왔다. 옷자락에서 이방인의 냄새를 풍기며, 가죽이나 식물껍질로 엮어 짠 희한한 가방을 들고 낯선 이국의 언어로 말했다. 가난한 사람들이 음식을 대접받고, 잔치가 벌어졌다. 과학과 동화가 여기서는 함께 공존하였다. 할머니도 한 분 계셨는데 우리는 그녀를 좀 무서워했다. 독일어를 한마디도 못하고 프랑스어로 씌어진 성경만 읽었기 때문에 그녀에 대해선 아는 게 거의 없었다. 이 집에서의 삶은 다양했고, 많은 부분이 이해하기 어려웠다. 불빛이 수많은 색채를 띠고 반짝였다. 삶은 풍성하고 다양한 소리를 냈다. 그것은 아름다웠고 내 마음에 들었다. 그러나 내 소망의 세계는 더 아름다웠다. 내 백일몽은 더 풍성한 연주를 하였다. 현실은 결코 충분하지 않았다. 내겐 마술이 필요했다.

우리 집과 내 생애에서 마술은 고향 같은 것이었다. 외할아버지의 유리장 외에 어머니의 장들도 있었는데, 거기엔 아시아풍의 옷감, 옷, 베일 등이 가득했다. 신들의 사팔눈도 마술적이었고, 수많은 골방과 계단 모서리에서 나는 냄새도 비밀로 가득차 있었다. 내 내면의 세계는 이 바깥 세계와 일치하는 데가 많았다. 내 자신 안에서 나 혼자만을 위해 존재하는 사물들과 어떤 연관성이 있었다. 그리 비밀스러운 것도 없었고, 알려줄 만한 것도 별로 없었다. 일상적인 일 밖에 있으면서도, 보다 현실적인 것이 없는 것도 그것들과 마찬가지였다. 커다란 책의 그림과 이야기들이 변덕을 부리며 불쑥 나타났다가 다시 숨어버리곤 하는 것이 그랬고, 모든 사물의 모습이 매시간 지켜볼 때마다 변하는 것도 그랬다. 일요일 저녁의 현관문과 정자와 거리는 월요일 아침의 그것과 얼마나 다르게 보였던가! 거실에 걸린 벽시계와 그리스도의 그림은, 아버지의 영혼이 지배할 때와 외할아버지의 영혼이 지배할 때 얼마나 다른 얼굴을 하고 있었던가! 낯선 영혼이 아니라 나 자신이 그 사물들과 놀고 그들에게 새로운 이름과 의미들을 부여하는 시간이면, 모든 것이 얼마나 새로운 모습으로 변하였던가! 낯익은 의자, 난로 옆의 그림자, 신문에 인쇄된 머리글자가 아름다울 때가 있는가 하면, 밉살스러워 보기 싫을 때가 있었다. 의미심장할 때가 있는가 하면, 진부하게 보일 때가 있었다. 그리움을 일깨우는가 하면, 위협을 주기도 하고, 미소를 선사하는가 하면, 슬프게 만들기도 했다. 확고하고 견고하게 머물러 있는 것은 거의 없었다! 모든 것들이 변화를 겪으면서, 변신을 꿈꾸고, 소멸과 새로운 탄생을 기다리며 숨어 있었다!

마술로 생겨난 것 중 가장 중요하고 멋진 존재는 〈꼬마〉였다. 그를 언제 처음 보았는지는 알 수 없지만, 그가 늘 거기 있었고 나와 함께 세상으로 나왔다고 나는 믿는다. 그 작은 남자는 아주 조그만, 회색 그림자 같은 존재였다. 꿈속에서도 이따금 존재하고 내 앞에 나타나는 요정이나 요괴, 천사 혹은 악마 같은 사내

아이였다. 나는 아버지와 어머니, 이성(理性), 때로는 공포보다도 그를 더 따라야 했다. 그 꼬마가 나타날 때면 내게는 그 아이만이 존재했다. 그가 어디로 가고 무엇을 하든 그를 따라해야 했다. 위험에 처할 때마다 그가 나타났다. 사나운 개라든가 덩치 큰 동급생이 성이 나서 쫓아 와 내가 곤경에 처하기라도 하면, 가장 위급한 순간에 그 꼬마가 나타나 내 앞을 달리며 길을 일러주고 구해주는 것이었다. 정원 울타리에서 넘기 수월한 쪽을 가리켜주어 위기의 순간에 탈출구를 얻곤 했다. 그는 또, 내가 지금 무엇을 하면 좋을지 시범을 보여주기도 했다. 떨어지는 법, 돌아가는 법, 달아나는 법, 소리치는 법, 침묵하는 법을. 내가 먹으려고 했던 것을 손에서 빼앗아 가기도 했고, 내가 잃어버린 소유물들을 다시 찾을 수 있는 장소로 데려다주기도 했다. 어떤 때에는 그를 매일 보기도 했다. 영 나타나지 않을 때도 있었다. 그럴 때는 좋지 않았다. 모든 것이 미지근하고 불확실했다. 아무 일도 일어나지 않았고 아무런 진전도 없었다.

한번은 시장에서 그 꼬마가 내 앞으로 걸어가기에 나도 그를 따라갔다. 그는 광장의 커다란 분수가 있는 곳까지 뛰어갔다. 어른 키보다 깊은 분수의 물통에는 네 개의 물줄기가 뿜어 나오고 있었다. 그는 돌로 된 벽에서 체조하듯 난간 부분까지 뛰어올랐다. 나도 그를 따랐다. 그가 곡선을 그리며 재빨리 물속으로 뛰어들자, 나도 별수없이 뛰어내렸고, 하마터면 빠져 죽을 뻔하였다. 누군가가 나를 끄집어내서 익사를 면했는데, 그 사람은 젊고 아름다운 옆집 여인이었다. 그때까지 그녀를 전혀 알지 못했지만, 그 후로 그녀와 아름다운 우정을 나누게 되었다. 그 우정은 나를 오랫동안 행복하게 해주었다.

한번은 아버지가 내가 잘못한 일을 나무랐다. 어른들을 이해시키는 게 너무 어렵다는 사실에 괴로워하면서 나는 변명에 변명을 늘어놓았다. 좀 울기도 했다. 가벼운 벌을 받았고, 결국 아버지는 그 시간을 잊지 않도록 작고 예쁜 포켓용 달력을 선물로 주셨다. 약간 부끄럽기도 하고 그 일이 불만스럽기도 해서 나는 그 자리를 떠나 강에 걸린 다리 위까지 갔다. 그때 갑자기 꼬마가 달려와 다리 난간으로 뛰어오르더니 몸짓으로 아버지의 선물을 강에 던져버리라고 명령했다. 나는 즉시 그렇게 했다. 꼬마가 있을 때에는 의혹이나 망설임 같은 게 없었다. 그런 감정은, 그가 없거나 오지 않아 나를 곤란하게 했을 때에만 생겨났다. 부모님과 함께 산책하던 어느 날이 기억에 떠오른다. 그 꼬마가 나타나 왼쪽 길을 걷고 있기에 나도 따라했다. 아버지가 내게 다른쪽 길로 건너가라고 몇 번이고 명령했다. 꼬마가 우리 쪽으로 오지 않고 고집스레 왼쪽 길로만 갔기 때문에 나도 매번 얼른 그에게 건너가곤 했다. 아버지는 날 훈계하는 일에 지쳐 마침내 내가 가고 싶은 대로 내버려두었다. 그래서 마음이 상하셨고, 나중에 집에 도착해서는 왜 내가 그렇게 말을 안 듣고 무작정 다른 쪽 길로만 갔는지 물으셨다. 이런 경우 나는 무척 당황하였다. 궁지에 몰렸다는 표현이 더 맞을 것이다. 누구에게든 그 꼬마에 대해 이야기하는 것이 불가능했기 때문이다. 내게는, 꼬마에 대해 발설하여 이름을 밝히고 그에 대해 얘기하는 것보다 더 나쁘고 죄스러운 일도 없었다. 한번도 그에 대해 생각하거나 그를 부르거나 그가 오기를 바라거나 할 수 없었다. 그가 있으면 그걸로 좋은 것이고 그를 따르기만 하면 되었다. 그가 없으면 그는 전혀 존재한 적도 없는 존재가 되었다. 이 꼬마에게는 이름이 없었다. 그러나 이 세상에 가장 불가능한 일이 있다면, 꼬마가 눈앞에 있는데도 그를 따르지 않는 일일 것이다. 그가 어딜 가든, 물 속이든 불 속이든 나는 그를 따라갔다. 내게 이렇게 해라 저렇게 해라 명령하거나 충고하는 것은 아니었다. 그렇다. 그는 그저 이렇게 저렇게 했을 뿐이고 나는 그저 뒤따라했을 뿐이었다. 그가 한 일을 흉내 내지 않는다는 것은, 내 그림자가 내 움직임을 따라오지 않는 것만큼이나 불가능했다. 아마 나는 그 꼬마의 그림자이거나 거울이었을 것이다. 아니면 그가 내 그림자이거나 거울이었든지. 어쩌면 내가 그를 흉내 낸다고 생각하면서 그보다 앞서 행동했거나, 아니면 그와 동시에 했을지도 모른다. 다만 유감스럽게도 그는 언제나 있는 게 아니었다. 그가 없을 때에는 내 행동에 타당성과 필연성이 없었다. 그러면 모든 것이 달라질 수도 있었다. 발걸음 하나하나에 하느냐 마느냐, 망설이느냐 심사숙고하느냐 하는 가능성이 있었다. 그러나 그 당시 나의 삶에서 좋고 기쁘고 행복했던 걸음은 심사숙고하지 않고 일어난 일들이었다. 자유의 나라는 아마 착각의 나라일지도 모른다.

그 당시 나를 분수에서 꺼내준 그 유쾌한 이웃집 여자와의 우정은 얼마나 멋진 것이었던가! 그녀는 활기에 넘쳤고, 젊고 예뻤으며, 바보스럽기도 했다. 사랑스러운, 거의 천재적인 바보스러움이었다. 그녀는 나에게 도둑과 마술사 이야기를 해달라고 졸랐다. 때로는 나를 너무 많이 믿었고, 때로는 거의 믿지 않았다. 나를 최소한 동방에서 온 현자쯤 되는 것으로 여겼다. 나는 그런 생각에 기꺼이 동의했다. 그녀는 나에게 몹시 경탄했다. 내가 뭔가 재미있는 얘기라도 할라치면, 그 농담을 이해하기도 전에 큰 소리로 정신없이 오랫동안 웃어대는 것이었다. 나는 그것을 못마땅해하면서 그녀에게 따졌다.

「이봐요, 안나 아줌마, 어떻게 농담을 전혀 이해하지도 못하면서 그렇게 웃을 수 있어요? 그건 정말 바보 같은 짓이에요. 날 모욕하는 일이기도 하고요. 내 농담을 이해하고 나서 웃든지 하세요. 이해하지도 못하고 마치 이해한 것처럼 그렇게 웃지 말아요」

그래도 그녀는 계속 웃었다.

「아니야」 그녀는 외쳤다. 「너는 내가 본 중에서 가장 똑똑한 아이야. 정말 훌륭해. 아마 넌 교수나 장관이나 박사가 될 거야. 내가 웃는 걸 나쁘게 생각하지 마. 나는 그저 너를 보면 기쁘고, 네가 세상에서 가장 재미있는 사람이기에 웃는 거란다. 그러니까 이제 그 농담을 설명해 줘!」

내가 자세히 설명을 해줘도, 그녀는 또 이것저것을 물어야 했다. 드디어 완전히 이해하게 되면 이미 그렇게도 많이 웃었건만 또다시 자지러지게 웃어대는 것이었다. 너무 격렬히, 또 매혹적으로 웃어대는 바람에 내게도 그 웃음이 전염되곤 했다. 우리는 얼마나 자주 함께 웃었던가! 그녀는 얼마나 내 비위를 맞춰주며 경탄했으며 얼마나 내게 매혹되었는가! 어려운 말놀이를 할 때는 그녀에게 여러 번 요령을 가르쳐주어야 했다. 예를 들어 아주 빨리 세 번 연속해서 〈비너 베셔 바셴 바이세 비너 베셰(비엔나의 빨래꾼이 비엔나의 하얀 빨래를 빤다)〉라든가 〈코트부저 포스트쿠

취카스텐(코트부스의 우편마차에 딸린 편지함)〉같은 것이었다. 내가 따라하라고 조르면 그녀는 웃음부터 터뜨렸고, 세 단어도 제대로 소리 내지 못한 채 그만두려 했다. 문장을 새로 시작할 때마다 새로운 웃음보가 터지기 때문이었다. 이렇듯 안나 아줌마는 내가 알던 사람 중 가장 유쾌한 사람이었다. 내 어린 생각에도 그녀는 정말 바보 같은 사람이었고 사실이 그랬다. 그러나 그녀는 행복한 사람이었다. 행복한 사람이야말로 좀 어리석어 보일지라도 숨은 현자로 생각하고 싶을 때가 가끔 있다. 똑똑한 것보다 더 바보 같고 불행한 일이 또 어디 있단 말인가!

세월이 흘러가면서 안나 아줌마와의 교류도 뜸해졌다. 나는 이미 제법 덩치 큰 초등학생이 되어 있었다. 어느새 유혹과 고뇌, 그리고 영리함의 위험에 맡겨져 있었다. 그래서 어느 날 나는 다시 그녀를 필요로 하게 되었다. 그러자 그 꼬마가 나타나 나를 그녀에게로 데려갔다. 나는 얼마 전부터 성별의 차이와 아이가 생겨나는 것에 대한 의문에 몰두해 있었다. 그 의문은 갈수록 더 불타올라 나를 고통스럽게 했다. 어떤 때는 너무 고통스럽게 그 생각에 매달려, 이 괴로운 수수께끼를 풀지 못하며 사느니 차라리 더 이상 살고 싶지 않을 정도였다. 학교에서 돌아오는 길에 나는 고개를 숙인 채 불행하고 어두운 표정으로 장터를 지나가고 있었다. 그때 불쑥 꼬마가 나타났던 것이다! 당시에 그는 나를 별로 찾지 않았다. 오래전부터 내게 불성실했거나, 아니면 내가 그에게 불성실했는지도 모르는 일이다. 그런데 갑자기 그를 다시 보게 된 것이다. 눈에 띈 것은 한순간이었다. 그의 작은 모습이 내 앞을 재빠르게 달려가 안나 아줌마의 집으로 들어갔다. 그는 사라졌지만 나는 이미 그를 따라 집안으로 들어와 있었다. 그리고 왜 그가 그렇게 내 앞에서 달려왔는지 알게 되었다. 내가 느닷없이 안나 아줌마의 방으로 뛰어들어갔을 때 그녀는 막 옷을 갈아입고 있던 참이었다. 그녀는 놀라 비명을 질렀다. 그러나 나를 내쫓지는 않았다. 덕분에 나는 그 당시 그렇게 알고 싶었던 모든 것을 대부분 알게 되었다. 내가 너무 어리지만 않았어도, 아마 그때 사건이 벌어졌을 것이다.

이 유쾌한 부인은 비록 바보 같기는 했지만 대부분의 어른들과는 달랐다. 꾸밈이 없고 태도가 분명했다. 언제나 한결같았고 거짓말을 하는 법이 없었다. 대다수 어른들은 그렇지 않았던 것이다. 예외가 있기는 했다. 바로 어머니였다. 그녀는 생동감과 불가사의한 활력의 화신이었다. 또한 공정함과 현명함의 화신인 아버지가 있었으며, 은밀함, 다채로움, 미소, 끊임없이 퍼낼 수 있는 능력의 화신인 초인적인 외할아버지가 있었다. 그러나 대부분의 어른들은, 비록 그들을 존경하고 어려워해야 함에도 불구하고, 점토로 만든 우상들 같았다. 그들이 아이들과 이야기할 때 차리는 서툰 겉치레는 얼마나 우스꽝스러웠던가! 그들의 목소리와 미소는 또 얼마나 가식적인가! 그들은 얼마나 자신과 자신의 일이며 사업을 중요하게 여기는지, 얼마나 과장되게 진지한 척 행동하는지, 일감과 서류가방, 책 등을 팔에 끼고 길을 지나갈 때 사람들이 알아보고 인사하고 존경해 주기를 얼마나 기대하는지! 일요일이면 사람들은 자주 우리 부모님을 〈방문하러〉 오곤 했다. 뻣뻣한 가죽장갑을 낀 어색한 손에 실크모자를 썼다. 자기가 중요하고 품위 있고 굉장히 존귀하다고 여기는 남자들, 그러니까 변호사와 판사, 목사와 교사, 교장과 감독관들이 실크모자에 뻣뻣한 가죽장갑을 착용하고 나타났다. 그들은 다소 소심하고 주눅이 들어 보이는 부인을 대동하곤 했다. 그들은 의자에 뻣뻣하게 앉아 있었다. 무슨 일을 하든지, 그러니까 외투를 벗을 때나 방에 들어설 때, 앉거나 질문하고 대답할 때, 집을 떠날 때 그들에게 도움을 주어야 했다. 나로서는 이런 소시민적인 세계를 그들이 요구한 대로 진지하게 받아들이기가 어려웠다. 내 부모가 거기 속하지 않았고, 그들 자신도 그런 것을 우스꽝스럽게 여겼기 때문이었다. 그러나 그들이 연극을 하지 않을 때에도, 장갑을 끼고 방문하지 않을 때에도 대부분의 어른들은 내게 아주 이상하고 우스꽝스러웠다. 그들은 얼마나 자기 일, 자기의 지위를 과대평가하고, 스스로를 위대하고 거룩하다고 여겼던가! 마부나 경찰이나 도로를 포장하는 사람이 길을 막기라도 하면 그건 거룩한 일이었다. 모든 사람이 길을 비켜 자리를 만들어주거나 심지어 도와주는 것이 당연했기 때문이었다. 그러나 자기 일을 하거나 놀고 있는 아이들은 전혀 중요하지 않았다. 그들은 옆으로 밀쳐지거나 야단을 맞기 일쑤였다. 도대체 아이들이 어른보다 덜 옳고, 덜 착하고, 덜 중요했단 말인가? 오, 그렇지 않다. 그 반대였다. 그러나 어른들은 힘이 세고 명령하고 지배하는 존재였다. 그러면서 그들은 우리 아이들과 아주 똑같은 놀이를 했다. 소방대 놀이를 했고, 병정 놀이를 했으며, 모임에 나가고 음식점에 갔다. 이 모든 일은 매우 중요하고 정당하다는 인정을 받으며, 마치 이 모든 것이 그래야 하고, 그보다 더 아름답고 거룩한 일은 없는 것처럼 행해졌다.

그 가운데서도 똑똑한 사람은 있었다. 선생님들 중에서도 그런 사람이 있다는 것을 인정한다. 그러나 얼마 전까지 자기도 아이였던 이 〈위대한〉 사람들 중에서도, 아이가 어떤 존재이며, 어떻게 살아가고, 일하고, 놀고, 생각하고, 무엇이 그에게 사랑스럽고 무엇이 고통스러웠는지 기억하고 있는 사람이 거의 없었다. 그걸 알고 있는 사람은 정말 얼마 되지 않았다! 아이들에게 못되게 굴고 혐오감을 주는 사람, 어디서나 아이들을 쫓아내고 흘겨보고 미워하는 사람, 때때로 아이들에 대해 뭔가 두려워하는 것처럼 보이는 사람들은 폭군이나 무뢰한뿐만이 아니었다. 그렇다. 아이들을 좋아하고 자주 아이들과의 대화에 어울리는 사람들조차도, 무엇이 중요한지 잘 알지 못했다. 그들은 대개 우리와 어울리고 싶을 때에는 애써 자신들을 낮춰 다가왔지만, 그것은 진짜 아이가 아니라 꾸며낸, 바보같이 희화화된 아이들일 뿐이었다.

이 어른들은 모두, 거의 모두는 우리 아이들과는 다른 세상에서 살았다. 다른 종류의 공기를 호흡했다. 그들은 우리보다 똑똑하지 못한 적이 많았고, 비밀스러운 힘에 있어서는 자주 우리보다 앞서지 못했다. 그들은 힘도 셌다. 그렇다. 우리가 자발적으로 복종하지 않으면, 우리에게 강제로 시키거나 우리를 때릴 수도 있었다. 그러나 그것이 진정한 우월감이었던가? 황소나 코끼리가 어른들보다 훨씬 더 힘이 세지 않았던가? 그러나 어른들에게는 힘이 있었고, 명령했으며 그들의 세계와 풍조는 옳은 것으로 간주되었다. 그럼에도 불구하고, 내게는 특히 이상하고 종종 끔찍해 보이기까지 하는 사실이 있는데——우리 아이들을 부러

위하는 듯한 어른들이 많다는 점이다. 그들은 이따금 아주 순박하고 솔직해져서 한숨을 쉬며 말하곤 했다. 「그래, 어릴 때가 좋았지!」

그게 거짓말이 아니라면——종종 그런 말을 들을 때 나는 그것이 거짓말이 아니라고 느꼈다——힘세고 위엄 있고 명령하는 어른들도 복종하고 공경해야 하는 우리 아이들보다 전혀 행복하지 않은 것이다. 내가 배웠던 노래 모음집에는 경탄할 만한 후렴을 지닌 노래가 하나 있었다. 〈오 복되도다, 오 복되도다, 아직도 어린아이라는 것이!〉

이것은 하나의 비밀이었다. 우리 아이들에게만 있고 어른들에게는 없는 어떤 것이 있었다. 그들은 그저 키가 크고 힘이 셀 뿐, 어떤 면에서는 우리보다 불쌍했다! 큰 체격과 위엄, 겉으로 보이는 자유와 자립, 수염과 긴 바지 때문에 우리가 부러워하는 어른들이, 때때로 우리 아이들을 부러워했다. 심지어 우리 아이들을 노래하면서까지!

이 모든 것에도 불구하고, 나는 한때 행복했었다. 세상에는 좀 달라졌으면 싶은 것이 너무 많았다. 그건 학교에서도 마찬가지였다. 그럼에도 불구하고 나는 행복했다. 인간이란 그저 기분 내키는 대로 지상을 떠돌아다니는 존재가 아니라는 것, 참된 행복이란 시련을 겪고서야 비로소 주어진다는 사실이 사방으로부터 확인되고 주입되었다. 내가 배운, 때때로 아주 아름답고 감동적이었던 많은 시와 격언들에도 그렇게 나와 있었다. 아버지가 열심히 매달렸던 일들은 나를 그다지 자극시키지 못했다. 나의 일이 잘 안 되거나, 아프거나, 이루지 못할 소원을 갖거나, 부모님과 언쟁을 벌이고 반항을 할 때면, 나는 신에게로 달아나는 것이 아니라 내 마음을 다시 밝게 해줄 다른 샛길로 갔다. 늘 하던 놀이가 심드렁해질 때, 기차놀이나 상점놀이에 질리고 동화책을 너무 많이 읽어 지루해질 때면 나는 즉시 아주 멋지고 새로운 놀이가 떠올랐다. 다름 아닌, 밤이면 침대에서 눈을 감고 알록달록한 동그라미들이 만들어내는 동화의 나라 속에 들어가는 것이었다. 그때 얼마나 새로운 행복과 비밀이 반짝였으며, 세계는 얼마나 예감에 가득 차고 수많은 약속을 해주었던가!

학교에서의 첫해는 나를 그다지 변화시키지 않고 지나갔다. 나는 신뢰와 정직이 우리에게 해를 줄 수도 있다는 것을 경험했다. 몇몇 무관심한 선생님으로부터는 거짓말과 허위가 불가피하다는 사실을 배웠다. 그때부터 나는 살아가는 법을 배운 것이었다. 그러나 나의 첫번째 전성기도 서서히 시들어갔다. 나도 모르는 사이에 천천히 거짓된 삶의 노래를, 〈현실〉과 어른들의 법칙에 굴복하는 것을, 〈예전에 그랬듯이〉 세상에 적응하는 것을 배웠던 것이다. 나는 오래전부터 왜 어른들의 노래책에 〈오 복되도다, 아직도 어린아이라는 것이〉와 같은 가사가 씌어져 있는지 알고 있었다. 그리고 이제 나에게도, 나보다 어린 아이들을 부러워하는 그런 시간이 늘어나게 되었다.

열두 살이 되어 그리스어를 배워야 하는가 하는 문제가 대두되었을 때 나는 망설이지 않고 그렇게 하겠다고 대답했다. 시간이 감에 따라 아버지나, 가능하다면 외할아버지 같이 유식해지는 것이 절대적으로 필요한 일처럼 보였던 것이다. 이날부터 내 삶의 계획이 세워졌다. 대학에서 공부하여 목사나 언어학자가 되어야 했다. 그 분야에만 장학금이 있었기 때문이었다. 외할아버지도 한때 그 길을 걸으셨다.

겉보기에는 이런 일이 나쁠 것이 없었다. 나는 갑자기 미래를 갖게 되었고, 이제 내 길에는 이정표가 서게 되었던 것이다. 그 이정표는 나를 매일, 매달 거기 씌어져 있는 목적지로 이끌 것이었다. 목표와 미래는 없지만 의미는 없지 않았던 지금까지의 하찮은 놀이와 현재를 떠나 모든 것이 그곳으로 향했다. 그러자 어른으로서의 삶이 나를 구속하기 시작했다. 처음에는 머리카락이나 손가락 하나 정도였지만, 곧 그것은 나를 전부 사로잡고, 목표를 향한 삶, 숫자를 향한 삶, 질서와 관직과 직업과 훈련의 삶으로 옭아맬 것이다. 곧 내게도 그 시간이 닥쳐올 것이다. 곧 대학생이 되고, 졸업시험 준비생이 되고, 목사, 교수가 될 것이다. 실크모자에 가죽장갑을 착용하고 사람들을 방문할 것이다. 더 이상 아이들을 이해하지 못할 것이고, 아마도 아이들을 부러워하게 될 것이다. 나는 이 선하고 유쾌한 내 세계로부터 나오고 싶지 않았다. 그러나 내게는 미래를 생각할 때 품게 되는 아주 은밀한 소망이 하나 있었다. 한 가지 간절하게 염원했던 소망, 즉 마술사가 되는 것이었다.

그 꿈은 내게 오랫동안 충실하게 남아 있었다. 그러나 점점 전능한 힘을 잃어갔다. 적들이 나타났고 방해를 받았다. 현실적인 것, 진지한 것, 부정할 수 없는 것들이 그 적이었다. 천천히 천천히 내 청춘은 시들어갔다. 무한히 먼 곳으로부터 뭔가 제한된 세계, 현실 세계, 어른들의 세계가 다가왔다. 마술사가 되겠다는 소망은, 비록 내가 계속 간절히 바라고 있었지만, 나 스스로

가 서서히 가치 없는 것으로 여기게 되었고, 나 스스로가 어린 애 같은 장난으로 여기게 되었다. 이미 내게는 어린애가 아닌 어떤 점이 있었던 것이다. 끝없는 수천 가지 가능성의 세계가 경계 지워지고, 칸으로 나눠지고, 울타리가 쳐졌다. 내 어린 시절의 원시림은 서서히 변모하였다. 나를 둘러싼 낙원은 경직되어 갔다. 나는 예전처럼 가능성의 나라의 왕이나 왕자가 아니었다. 마술사가 되지도 못했다. 나는 그리스어를 배웠고, 2년 후에는 히브리어를 배울 참이었다. 6년 후에는 대학생이 될 것이었다.

눈에 띄지 않게 나를 조이는 끈이 생겼다. 눈에 띄지 않게 마법은 사방에서 점차 사라졌다. 외할아버지의 책에 있는 놀라운 이야기들은 여전히 아름다웠지만 이제는 한쪽 구석으로 치워졌다. 몇 권이 있는지 알고 있었고 언제나처럼 그 자리에 있었지만 더 이상 기적은 없었다. 청동으로 된 인도의 춤추는 신도 무심히 웃고 있었다. 나는 더 이상 그를 들여다보지 않았다. 더 이상 사팔눈으로 보이지도 않았다. 그리고——가장 나쁜 일은——그 두려운 꼬마를 보는 일이 점점 드물어졌다는 사실이었다. 도처에서 나는 마력을 빼앗겼다. 한때는 넓었던 많은 것이 좁아졌다. 한때는 귀중했던 많은 것들이 초라해졌다.

그렇지만 그것이 숨겨져 있을 뿐임을 나는 느꼈다. 나의 피부 밑에 말이다. 여전히 나는 명랑했고 야심에 차 있었다. 수영과 스케이트를 배웠고 그리스어는 일등이었다. 모든 것이 겉보기에는 훌륭했다. 다만 뭔가 퇴색한 색깔을 띠고, 뭔가 공허한 울림을 지닐 뿐이었다. 안나 아줌마에게 가는 것도 지루해졌다. 경험한 모든 것으로부터 아주 천천히 무엇인가가 상실되어 갔다. 뭔가 깨닫지 못했던 것, 아쉽지는 않지만 떠나버려 사라진 것이. 이제는 다시 한번 완전하고 빛나는 느낌을 갖고 싶다면, 더 강한 자극이 필요했다. 나를 뒤흔들고 도약해야 했다. 나는 진한 양념 맛에 길들어졌다. 자주 군것질을 하고, 무언가 특이한 재미를 맛보려고 이따금 잔돈을 훔치기도 했다. 그렇지 않으면 생기에 넘치지도, 아름답지도 않았기 때문이었다. 소녀들이 나의 마음을 끌기 시작했다. 그것은, 꼬마가 다시 나타나 나를 다시 한번 안나 아줌마에게 데려다준 직후였다.

(1923)

꿈의 여행

　통속작가라는, 별로 존경받지 못하는 직업에 종사하는 남자가 있었다. 그렇지만 아무튼 문학가, 즉 자신의 직업을 무척이나 진지하게 여기는 소수의 집단에 속해 있는 건 사실이었다. 이들은 몇몇 몽상가들에 의해, 아직 참된 시와 시인이 존재했던 옛날의 진짜 시인에게 주어지곤 했던 것과 비슷한 존경을 받기도 했다. 이 문학가는 갖가지 아름다운 글을 써대었다. 장편소설, 단편소설에 시도 썼다. 그것들을 멋진 작품으로 만들기 위해 온갖 노력을 다 기울였다. 그러나 여간해서는 그의 공명심이 충족되지 않았다. 자칭 겸손하다고 하면서도, 자신을 동료나 동시대의 다른 통속작가들과 비교하고 평가하는 것이 아니라 오만하게도 과거의 작가, 즉 몇 세대에 걸쳐 훌륭함이 입증된 작가들과 비교하는 실수를 저질렀기 때문이었다. 그리하여 그는 고통스럽게도 자기가 쓴 최고의 작품, 제일 성공을 거둔 작품도 그 진짜 작가의 하찮은 문장이나 시 한 구절에도 훨씬 미치지 못한다는 사실을 항상 깨달아야 했다. 그는 점점 더 불만스러워졌고, 자기 직업에 대한 기쁨도 모두 잃어버리게 되었다. 이따금 잡문을 쓸 때에도, 그 불만과 내적 불모 현상을 자기 시대와 자기 자신에 대한 날카로운 비판의 형식으로 표현함으로써 그 출구를 찾으려 하였다. 물론 그런다고 해서 더 나아질 것은 없었다. 때때로 그는 마술처럼 순수한 문학의 정원으로 되돌아가려고 시도하였으며 매력적인 언어로 그려낸 아름다움을 찬미하였다. 그 안에서 자연과 여인과 우정 같은 것에 대한 세심한 기념물들을 만들었다. 실제로 이러한 문학 작품들은 음악 같은 것을 간직하고 있었고, 진짜 작가의 진짜 작품들처럼 흘러간 사랑이나 감동 같은 것을 기억나게 했다. 장사꾼이나 속된 남자들까지도 자신의 잃어버린 영혼을 회상하도록 말이다.

겨울과 봄 사이의 어느 날, 많은 사람들에게 인정받았지만 진짜 작가가 되고자 했던 이 남자는, 다시 자기 책상 앞에 앉아 있었다. 평소의 습관대로 거의 밤을 새워 책을 읽은 뒤, 정오쯤 되어서야 느지막이 일어난 참이었다. 그는 앉아서 어제 종이에 쓰다가 중단했던 부분을 응시하고 있었다. 거기에는 매끄럽고 세련된 언어로 기술한 현명한 글이 씌어 있었다. 희한한 착상, 정교한 묘사, 아름다운 불꽃과 섬광이 행마다, 페이지마다 피어올랐고, 온갖 섬세한 감정이 우러나왔다. 그럼에도 불구하고 정작 그것을 쓴 당사자는 다시 읽어보고는 실망하고 말았다. 어젯밤만 해도 기쁨과 흥분으로 시작하였던 작품 앞에 그는 술에서 깨어난 사람처럼 앉아 있었다. 어젯밤 내내 진짜 문학 작품처럼 보였던 것이 하룻밤을 지낸 지금 한낱 종이 조각에 불과한 진부한 문학으로 변해 있는 것이었다. 참으로 기가 찰 노릇이었다.

다소 우울한 이 정오에 그는 이미 숱하게 느끼고 생각했던 것을 또다시 깊이 느끼고 생각했다. 자신의 처지가 지니는 묘한 비극적 희극성, 진정한 작가 정신을 은근히 갈구하는 자신의 어리석음——오늘의 현실에서는 진정한 작가 정신이란 있지도 않고, 있을 수도 없기 때문에——그리고 옛 문학에 대한 사랑과 자신의 높은 교양의 힘을 빌리고 진짜 작가의 언어에 진지하게 귀를 기울임으로써 진짜 문학 작품에 필적하거나 혹은 닮아 보이는 무언가를 생산해 보려는 노력의 순진함과 어리석은 헛수고——교양이나 모방으로는 도대체가 아무것도 만들 수 없다는 것을 잘 알고 있었기 때문에——같은 것들을.

그는 가망 없는 야심을 위한 모든 노력과 순진한 환상이 결코 자신의 일만이 아님을 알고 있었다. 모든 인간들, 겉으로 보기에 정상적이고 행복하고 성공한 사람들도 똑같은 어리석음과 절망적인 자기 기만을 마음속에 품고 있었다. 또한 인간은 모두 끊임없이 뭔가 불가능한 것을 추구하고 있으며, 아주 볼품없는 사람이 미소년 아도니스의 이상을, 어리석기 짝이 없는 자가 현자의 이상을, 가난한 자가 황금왕 크뢰쥬스*의 이상을 간직하고 있는 것도 알고 있었다. 그렇다. 심지어 높이 떠받들어지는 〈진짜 문학〉의 이상도 결국 별것이 아니라는 것을 그는 알고 있었다. 괴테와 호머와 셰익스피어를 우러러보는 것은 닿을 수 없는

---

* 기원전 6세기에 살았던 리디아의 부유한 왕이다.

무언가를 올려다보는 것처럼 그렇게 희망 없는 일임도 알고 있었다. 〈작가〉라는 개념은 그저 하나의 우아한 추상일 뿐이라는 것, 호머와 셰익스피어도 그들의 작품에 초개인적인 것, 영원한 것의 외관을 부여하는 데 성공한 작가이자 재능 있는 전문가였다는 사실을 점차로 알게 되었다. 그는, 자신이 쓴 작품 중 일부가 어쩌면 미래의 독자들에게 〈진짜 문학〉이라는 인상을 심어줄지도 모른다는 것도 알고 있었다. 혹은 예감하고 있다는 표현이 더 맞을지 모르겠다. 후세의 문학가들이 어쩌면 그와 그의 시대를, 아직 진짜 작가, 진짜 감정, 진짜 인간, 진짜 자연, 진짜 영혼이 존재했던 황금 시대인양 동경하며 돌아볼지도 모른다. 그가 알기로, 비더마이어* 시대의 부유한 소시민과 중세 소도시의 풍족한 주민들은 비판적인 동시에 감상적인 태도로 자신들의 교활하고 부패한 시대를 순결하고 소박하고 축복받은 옛날과 대비시켜 놓고 있었다. 그들은 자기들의 조상과 그들의 삶의 방식을, 오늘날의 인간이 증기기관 발명 전의 행복한 시대를 관찰하듯 질투와 연민이 섞인 감정으로 돌아보았던 것이다.

이 모든 생각은 이 작가에게 친숙한 것이었다. 이 모든 진리는 그가 알던 것이었다. 그는 알고 있었다. 뭔가 타당성 있는 것, 영원한 것, 가치 있는 것을 추구하려는 의욕적이고 고귀하고 절망적인 노력, 그로 하여금 종이에 써서 표현하라고 다그치는 것과 똑같은 충동이 다른 모든 사람들, 예컨대 장군, 장관, 국회의원, 우아한 부인, 상점의 점원까지도 몰아댄다는 사실을 알고

---

* 격동적인 현실 세계를 떠나 주로 전원 속에서 가정적, 소시민적 정취를 묘사하던 문예사조가 유행하던 19세기 중반을 가리킨다.

있었다. 모든 인간은 현명하든 어리석든 간에 은밀한 소망에 의해 고양되고, 어떤 모범에 이끌리고, 이상에 유혹되어 어떻게 해서든지 자기 자신과 가능성을 뛰어넘으려고 노력했다. 나폴레옹의 꿈을 꾸지 않는 장교는 없었다. 그리고 자신을 멍청이로, 자신의 성공을 장난감 돈으로, 자신의 목표를 환상으로 느끼지 않는 나폴레옹도 없었다. 이러한 장단에 춤추지 않는 사람도 없었다. 또한 그 어떤 분열 속에서 언제든 이 미혹에 대해 알아차리지 못했을 사람도 없었을 것이다. 물론 완벽한 인간이 있었다. 신이면서도 인간인 존재가 있었다. 부처가 있었고, 예수가 있었고, 소크라테스가 있었다. 그러나 그들 역시 어느 한순간, 즉 죽음의 순간에서야 완성된 전능한 지혜를 완전하게 터득할 수 있었던 것이다. 그들의 죽음은 마지막으로 채워지는 앎, 최후에 이르러 마침내 성공한 헌신에 다름 아닌 것이다. 모든 죽음이 이러한 의미를 갖고 있음에 틀림없었다. 죽어가는 사람은 모두 자신을 완성시키는 자, 자기 노력의 미망에서 벗어난 자, 스스로를 희생하는 자, 더 이상 존재하기를 원치 않는 자였을 것이다.

이런 종류의 생각들은, 비록 복잡한 것은 아니었지만, 그가 노력하고 행동하고 자기 역할을 계속해 나가는 데 방해가 되는 것이었다. 그래서 이 열심히 노력하는 작가는 지금 이 시간 하고 있는 일에 전혀 진척이 없었다. 씌어질 가치가 있는 단어는 하나도 없었고, 진실로 나눌 필요가 있는 생각도 없었다. 그렇다. 종이만 낭비할 뿐이었다. 차라리 쓰지 않는 편이 나았다.

그런 생각이 들자, 이 작가는 펜을 던져버리고 종이를 서랍에 집어넣어 버렸다. 손에 성냥이라도 들고 있었으면 아마 불질러 버렸을 것이다. 이런 상황이 그에게 새로운 것은 아니었다. 이미 숱하게 맛본 일이었고, 이미 길들여져 참을 수 있게 된 절망감이었다. 그는 손을 씻고 모자와 외투를 걸친 뒤 밖으로 나갔다. 오래전부터 시도해 본 결과, 이럴 때는 환경을 바꿔보는 것이 꽤 도움이 되었다. 그런 기분으로 오랫동안 같은 장소에서, 텅 빈 종이 앞에 버티고 있는 것이 좋지 않다는 사실을 알고 있었다. 밖으로 나가 대기를 느끼고 거리 풍경에 눈을 돌리는 편이 훨씬 나았다. 아름다운 여인들과 마주칠 수 있고, 친구를 만날 수도 있으며, 한 무리의 초등학생이나 진열장 안의 어떤 익살맞은 장난이 그로 하여금 다른 생각을 하게 할 수도 있었다. 이 나라의 통치자, 신문 발행자, 부유한 빵집 주인의 차가 어느 길모퉁이에서 그를 칠 수도 있었다. 환경을 바꾸고 새로운 상황을 만들어낼 가능성은 어디에고 있었다.

그는 초봄의 대기 속을 어슬렁거리며 거닐었다. 셋집 앞에 조성된 조그맣고 빈약한 꽃밭에는 갈란투스 꽃들이 무리 지어 흔들리고 있었다. 촉촉하고 훈훈한 3월의 공기가 그를 공원 안으로 이끌었다. 거기 벌거벗은 나무들 사이 양지 바른 벤치에 앉아 눈을 감고는 자신을 유혹한 봄 햇살 속에서 감각의 놀이에 빠져들었다. 공기는 얼마나 부드럽게 뺨에 내려앉았던가. 태양은 얼마나 충만하게 숨겨놓은 열기를 이글거리게 했던가. 땅에선 얼마나 강렬하고 불안한 향기가 솟아올랐던가. 이따금 작은 아이들의 신발이 길에 깔린 자갈들 위에서 얼마나 다정하게 장난 치며 깡충거렸던가. 벌거벗은 숲속 어디에선가 한 마리 지빠귀는 얼마나 우아하고 달콤하게 노래했던가. 그렇다. 이 모든 것들은 정말 아름다웠다. 봄도, 태양도, 아이들도, 지빠귀도 벌써 수천 년간 인간에게 기쁨을 선사해 온 순수하고 유서 깊은 것들이었다. 그런데 왜 오늘날에는 오십 년이나 백년 전처럼 아름다운 봄의 시를 쓸 수 없는 것인지 이해할 수 없었다. 그러나 그 정도는 아무것도 아니었다. 울란트*의 봄의 시에 대한 가장 희미한 기억조차도——물론 슈베르트가 곡을 붙인 음악과 함께 들으면 너무나 사무치게, 그리고 자극적으로 이른 봄의 맛을 풍기지만——오늘날의 시인에게는, 그 매혹적인 시들은 어느 기간 동안 모두 씌어졌으므로, 그 다 퍼낼 수 없이 충만하고 성스러운 작품들을 어떻게든 모방해 보려는 시도는 아무런 의미가 없다는 것을 설득력 있게 보여줄 뿐이었다.

작가의 생각이 막 그 옛날의 소득 없는 자취 안으로 접어들려고 하는 순간, 그는 감긴 눈꺼풀 뒤에서 밝은 섬광의 움직임을 느꼈다. 그는 눈으로만 본 것이 아니었다. 햇빛이 빛날 때의 섬, 빛의 반사, 그림자의 구멍들, 하얗게 하늘에서 불어닥치는 푸르름, 움직이는 빛의 타오르는 윤무를 보았다. 누구나 태양을 향해 눈을 깜박일 때 볼 수 있지만, 여하튼 뚜렷해지면서 어떤 식으로든 가치 있고 유일하게, 어떤 은밀한 내용에 의해 단순히 인지했던 것을 체험하는 것이었다. 거기서 반짝이고, 불어오고, 은은해지고, 물결 치고 날개 치는 것은 단지 외부로부터 오는 빛의 폭풍만은 아니었다. 그것의 무대는 눈인 동시에 삶이었

---

* 독일의 낭만파 시인(1787-1862).

으며, 내면으로부터 끓어오르는 충동이었다. 또한 그 무대는 영
혼이었고, 그 자신의 숙명이었다. 작가들, 즉 〈보는 자〉들은 이
방법으로, 이 매혹적이고 충격적인 방법으로, 사랑의 신이 손을
댄 사람들을 보게 되는 것이다. 울란트와 슈베르트와 봄의 노래
에 대한 생각들은 사라져버렸다. 이제 울란트도 없고, 그의 시
도 없고, 더 이상 과거도 없었다. 모든 것은 영원한 순간이고 체
험이었다. 마음속 가장 깊은 곳에 있는 현실이었다.

  처음으로 체험한 것이 아닌 기적에 몰두하여, 그것 때문에 부
름과 은총을 이미 상실해 버렸다고 그는 생각했다. 그는 이제 시
간의 제약을 받지 않는 무한한 순간 속을 떠돌았다. 영혼과 세계
의 조화 속에서, 자신의 숨결이 구름을 이끌고, 따뜻한 태양이
자신의 가슴속에서 선회하고 있음을 느꼈다.

  그는 이 드문 체험에 몰두한 채, 모든 감각의 문을 반쯤 닫아
두고, 깜박이는 눈으로 앞을 응시했다. 그 정다운 강물이 마음
속에서 온다는 것을 잘 알고 있기 때문이었다. 그는 근처의 땅바
닥에서 뭔가 자신을 사로잡는 것을 느꼈다. 그것은 어린 소녀의
작은 발이었다. 소녀는 갈색의 가죽 단화를 신고 길에 깔린 모래
위를 신발 굽에 무게를 주면서 힘차고 쾌활하게 걸어가고 있었
다. 작은 소녀의 신발, 가죽의 갈색빛, 조그만 발바닥이 어린애
다운 쾌활함으로 힘차게 내딛는 모양, 부드러운 복사뼈 위의 비
단 양말이 이 작가에게 무엇인가를 기억나게 했다. 중요한 경험
에 대한 회상이 독촉이라도 하듯 그의 마음을 끓어오르게 했지

만, 그것의 실마리를 찾아낼 수가 없었다. 어린아이의 신발, 어린아이의 발, 어린아이의 양말——이것이 그와 무슨 상관이 있었던가? 그 열쇠는 어디에 있었나? 수백 개의 대답 가운데서 바로 이 영상에 대한 해답을 주고, 그 영상을 사랑하고, 자신에게로 끌어당기고, 귀하고 중요한 것으로 여기는 그의 영혼 속의 원천은 어디 있었는가? 순간 그는 눈을 완전히 뜨고 심장이 절반쯤 고동치는 아주 짧은 순간 동안 그 귀여운 아이의 모습을 훑어보았다. 그러나 즉시, 그 모습이 더 이상 자기에게 떠올랐던 그 귀중한 영상이 아니라는 것을 깨달았다. 그러자 자신도 모르게 순간의 나머지 시간에라도 사라진 아이의 발을 볼 수 있도록 번개처럼 빨리 눈을 다시 감았다. 그 발을 떠올리며 의미를 찾으려고 눈을 꼭 감았지만 아는 것 없이 헛된 노력으로 고통스럽기만 했다. 그러나 그의 영혼 안에 존재하는 영상의 힘이 그를 행복하게 했다. 언젠가 어디선가 이 영상, 갈색 구두 속의 그 작은 발을 그는 체험했었고, 그 귀한 체험에 탐닉했었다. 그것이 언제였던가? 오, 그것은 오래전, 아득한 옛날임에 틀림없었다. 그렇듯 먼 곳에 있는 것처럼 보이는 그 영상은 아주 멀리, 상상할 수도 없는 공간의 깊이로부터 그를 올려다보았고, 아주 깊게 기억의 우물 속으로 가라앉았다. 어쩌면 간직하고 있다가 잃어버려, 첫번째 어린 시절 이후, 모든 기억이 불분명해져 영상이 없어진 그 굉장한 시간 이후, 오늘날까지 되찾지 못한 것인지도 몰랐다. 불러내기 힘들지만, 모든 최근의 기억보다 더욱 생생한 빛깔을 띠고 더욱 따뜻하고 더욱 충만한 것인지도 몰랐다. 그는 오랫동안 눈을 감고 고개를 숙인 채 이리저리 생각을 돌렸다. 이런저런 생각의 실마리를 찾고 체험의 줄과 고리들을 더듬어보기도 했지만, 그 아이와 갈색 신발은 아무데도 없었다. 그렇다. 그것은 찾을 수가 없었다. 이렇게 계속 찾는다는 건 가망 없는 짓이었다.

기억을 찾아 나설 때에는 늘 그랬듯이, 바로 눈앞에 있는 것도 인식하지 못한 채 멀리 떨어져 있는 것처럼 여겨졌고, 그 때문에 모든 형상이 다르게 해석되었다. 그러나 그가 모든 노력을 포기하고 이 우스꽝스럽고 사소한, 눈을 깜박이는 동안의 체험을 단념하고 잊어버리려고 했을 때, 그 사물이 방향을 돌려 아이의 신발을 제자리에 갖다놓았다. 그는 문득, 아이의 신발이 내면에 쌓여진 영상들의 방에서 찾을 수 있는 아주 오래된 보화에 속하는 것이 아니라 아주 신선하고 새로운 것이라는 사실을 느끼고 한숨을 내쉬었다. 이제야 비로소 그 아이와 상대하게 되었고, 이제야 비로소 그 신발이 뛰어가 사라져버리는 것을 보는 것 같았다.

그러고는 단번에 모든 것이 분명해졌다. 그렇다. 아, 그래, 그렇게 된 거야. 저기 신발을 신은 소녀가 서 있고, 그것은 어젯밤 꾸었던 꿈의 일부였다. 맙소사, 어떻게 이런 건망증이 있을 수 있을까? 그는 한밤중에 자기 꿈의 은밀한 힘 때문에 행복한 전율에 싸여 깨어났다. 그는 일어나 아주 중요하고 멋진 체험을 했다는 느낌을 가졌고, 곧바로 다시 잠에 빠져버렸다. 이 멋진 체험을 완전히 지워버리는 데는 한 시간의 아침잠으로 충분했다. 그런데 지금 이 순간, 그 아이의 발을 힐끗 보는 것만으로 다시 일깨워져 거기에 대해 생각하게 된 것이다. 우리 영혼의 가장 깊고 놀라운 체험은 그렇게 일시적이고 덧없는 우연에 내맡겨진 것이다! 그뿐이 아니다! 지금까지도 그에게는 간밤의 꿈이 완전히 떠오르지 않았다. 몇 개의 신선하고 생기 넘치는 영상들만이 연관성도 없이 나타났고, 다른 부분은 회색빛 먼지에 쌓인 채 흐릿하게 보일 뿐이었다. 그 꿈은 얼마나 아름답고 깊고 생명이 넘치는 것이었던가! 지난 밤 처음으로 깨어났을 때 얼마나 심장이 뛰었으며, 마치 어린 시절의 축제일처럼 얼마나 매혹적이면서도 한편 불안했던가! 이 꿈과 함께 뭔가 고귀한 것, 잊을 수 없는 것, 잃어버릴 수 없는 것을 체험했다는 느낌이 얼마나 생생하게 그에게 밀려들었던가! 몇 시간이 지난 지금은 기억의 파편만 몇 조각 남아 있다. 어느새 흩날리는 이 몇 개의 영상, 희미한 마음의 메아리는 모두 사라지고 없어져 더 이상 생명을 갖고 있지 않았다!

그래도 약간은 남아 있었다. 그는 즉시 꿈속에서 남아 있는 것을 기억에서 찾아 모아 가능한 한 충실하고 정확하게 기록해 보기로 결심했다. 주머니에서 수첩을 꺼내 꿈의 구조와 윤곽, 주요한 줄거리를 찾아내기 위해 표제어로 대략적인 첫 기록을 시작했다. 그러나 이것도 성공하지 못했다. 꿈의 시작도 끝도 알 수 없었고, 떠오르는 몇 개의 단편들도 전체 꿈 이야기 중 어느 부분에 속하는지 알 수가 없었다. 그렇다. 뭔가 다른 식으로 시작해야 한다. 무엇보다도 아직 기억나는 것을 구해야 했고, 아직 사라지지 않은 영상들을, 특히 아이의 신발을 이 소심한 마술의 새가 날아가 버리기 전에 당장 붙잡아야 했다.

무덤을 파는 사람이 오래된 비석 위에서 발견된, 거의 알아볼 수 없는 문자나 그림에서부터 시작되는 비문을 추론해 내려는 것처럼, 이 작가는 한 조각 한 조각 짜 맞추면서 자신의 꿈을 읽어내려고 시도했다.

꿈속에서 어쨌든 한 소녀와 관련이 있던 것 같았다. 엄밀히 말해 아름답지는 않았지만, 묘하고 희한한 소녀로 나이는 열셋이나 넷쯤 되어 보였다. 그러나 체격은 나이에 비해 작아 보였다. 그녀의 얼굴은 갈색으로 그을려 있었다. 그녀의 눈은? 아니, 그건 보지 못했다. 이름은? 모르겠다. 그녀와 이 몽상가의 관계는? 잠깐, 저기 그 갈색 신발이 있었다! 그는 자기의 쌍둥이 형제와 함께 그 신발이 움직이는 것을 보았다. 그 신이 춤추는 것도, 댄스 스텝, 보스턴 댄스 스텝을 밟는 것도. 오, 그렇다! 이제 그는 많은 것을 다시 알게 되었다. 새로 시작해야 했다.

그러니까 그는 꿈속에서 갈색으로 그을린 얼굴에 갈색 신발을 신은 묘하고 낯선 소녀와 춤을 추고 있었다——그 아이는 온통 갈색이 아니었던가? 머리카락도? 눈도? 옷도? 아니, 그건 더 이상 알지 못했다——그럴 거라고 추측할 수는 있었지만, 확실치는 않았다. 기억의 뒷받침이 필요했다. 그렇지 않으면 무한정 계속될 것이다. 벌써 그는 이 꿈속의 신발이 자기를 멀리 이끌어 가리라는 것, 자기가 멀고도 끝없는 길을 가기 시작했다는 것을 예감하기 시작했다. 그리고 지금 막 그는 그 꿈의 다른 한 조각을 발견했다.

그렇다. 그는 그 작은 소녀와 춤을 추었다. 혹은 춤추고 싶어 했다. 혹은 춤을 추어야 했다. 그녀는 혼자서 신선하고 매우 탄력성 있고 매혹적으로 빈틈없는 스텝을 밟고 있었다. 아니면 혼

자가 아니라 그와 함께 춤을 추었던가? 아니, 아니다. 그는 춤을
춘 것이 아니라 다만 춤추고 싶어했을 뿐이다. 그보다는 그와 어
떤 사람 사이에, 그가 그 작은 갈색의 소녀와 춤을 추어야 한다
는 약속이 있었던 것 같다. 하지만 그녀는 그 없이 혼자서 춤추
기 시작했다. 그는 춤추기를 조금 두려워했거나, 아니면 당황해
했던 것 같다. 그것은 보스턴 댄스였고 그 춤을 잘 출 수가 없었
던 것이다. 그러나 소녀는 혼자서 유희하듯, 놀랍도록 리드미컬
하게 춤을 추기 시작했다. 그 작은 갈색의 신발로 그녀는 양탄자
위에 조심스럽게 춤의 형상을 그려나갔다. 그러나 왜 자신은 춤
을 추지 않았을까? 아니면 왜 처음부터 춤추고 싶어했던 걸까?
그것은 어떤 약속이었을까? 그것을 알 수가 없었다.

또 다른 의문이 일었다. 그 사랑스러운 작은 소녀는 누구와 비
슷하거나 누구를 기억나게 했던가? 오랫동안 생각했지만 소용이
없었다. 모든 것은 다시 가망이 없어 보였다. 한순간 그는 참을
수 없이 짜증이 나서 모든 것을 거의 포기할 뻔했다. 바로 그때
다시 기발한 생각이 떠오르며 새로운 흔적이 갑자기 빛을 발하
기 시작했다. 소녀는 그의 애인과 비슷했다——오, 아니다. 그
녀와 비슷하지 않다. 그는 소녀가 그녀의 동생인데도 전혀 비슷
하지 않다는 것을 깨닫고는 놀랐다. 잠깐! 그녀의 동생이라고?
오, 그때 모든 흔적이 다시 빛을 발하며 솟아올랐다. 모든 것이
의미를 띠고 거기 다시 나타났다. 그는 잃어버렸다고 믿었던 영
상들이 되돌아 오는 데 매혹되어, 갑자기 나타난 인상을 새롭게
그려나가기 시작했다.

그것은 이런 내용이었다. 꿈속에 그의 애인이었던 마그다가

있었다. 그것도 마지막으로 보았을 때처럼 짓궂고 기분 나빠하는 모습이 아니라, 아주 다정하고 조용하고 아름다운 모습이었다. 마그다는 키스를 하지는 않았지만, 무척 조용하고 부드럽게 인사했다. 그에게 손을 내밀면서, 마침내 그를 어머니에게 소개시키려 한다는 것이었다. 어머니 댁에서 자기 동생을 소개할 텐데, 그애가 장차 그의 애인이 되고 부인이 될 사람이라는 것이었다. 동생은 자기보다 많이 어리고 춤추는 걸 몹시 좋아해서 함께 춤을 추기만 해도 금새 그애를 사로잡을 수 있으리라는 것이었다.

이 꿈속에서 마그다는 얼마나 아름다웠던가! 그가 크나큰 사랑을 체험한 그때를 그려볼 때, 그 존재의 특이함, 넘치는 정과 부드러움이 그녀의 초롱초롱한 눈과 맑은 이마와 향기 나는 머리카락에서 얼마나 빛났던가!

그녀는 꿈속에서 그를 그녀의 집, 그녀의 어머니와 어린 시절이 있는 집, 그녀의 영혼의 집으로 데려갔다. 거기서 어머니께 인사드리고, 그녀의 작고 예쁜 동생을 알고 사랑하도록 만들기 위해서였다. 동생이 그의 애인으로 정해져 있기 때문이었다. 그러나 그는 텅 빈 현관 외에는 그 집에 대해 더 이상 기억할 수가 없었다. 그 현관 안에서 그는 기다리고 있어야 했다. 그녀의 어머니도, 그저 늙은 부인이라는 것 외에는 더 기억해 낼 수 없었다. 회색 혹은 검정색 옷을 입은 보모나 유모인 여자가 배경에서 보인 것 같았다. 그러고는 그녀의 동생인 소녀가 나타났다. 매혹적인 아이로 열 살이나 열한 살쯤 되어 보였지만, 행동으로 보면 열네 살은 됨 직했다. 특히 갈색 신을 신은 발은 너무나 귀여워 보였다. 천진난만한 소녀의 순진한 웃음. 숙녀다운 기품이 풍기지는 않았지만, 그럼에도 상당히 여성적이었다! 그녀는 다정하게 그의 인사를 받았다. 그 순간부터 마그다는 사라져버리고, 소녀만이 남았다. 마그다의 충고를 기억해 내고, 그는 춤출 것을 청했다. 그녀는 즉시 기쁜 기색을 보이며 고개를 끄덕였고, 망설임 없이 혼자서 춤추기 시작했다. 그는 그녀를 안고 함께 춤출 용기가 나지 않았다. 어린애 같은 춤을 추는 그녀가 너무나 아름답고 완벽해 보였기 때문이었다. 그녀가 추는 보스턴 댄스에 자신이 없기도 했다.

꿈의 영상을 다시 찾아내기 위해 애쓰는 사이, 이 문학가는 한순간 자신에 대해 실소를 금할 수 없었다. 새로운 봄의 시를 쓰려고 애쓴 것이 얼마나 쓸데없는 일인지 막 생각하고 있었다는 사실이 떠올랐기 때문이었다. 이 시들은 모두 오래전에 비할 데 없이 완벽하게 씌어졌으니까——그러나 이 춤추는 소녀의 발에 대해서, 갈색 신발의 가볍고 우아한 움직임에 대해서, 양탄자 위에서 춤추는 모습의 정연함에 대해 생각할 때, 이 모든 아름다운 고상함과 확고함 위에 소녀의 수줍은 숨결과 부끄러움의 향기가 서려 있다는 생각이 들었을 때, 그에게는 옛 시인들이 봄과 젊음과 사랑의 예감에 대해 읊었던 많은 것을 능가하기 위해 이 소녀의 발을 노래로 만들어야 한다는 확신을 갖게 되었다. 그러나 생각이 그 영역으로부터 벗어나, 서둘러 〈갈색 신을 신은 발에 부쳐〉라는 시를 지으려고 시상을 펼치자마자, 놀랍게도 그 꿈은 전부 틈새가 벌어지면서 점점 녹아 없어져버렸다. 불안하여 자신의 생각을 정돈해 보려고 했지만, 내용을 적어보려 했던 그 꿈 전체가 그 순간 더 이상 자신에게 속하지 않는, 낯설고 낡은 것이 되어버리기 시작했음을 느꼈다. 아무 다른 생각 없이, 어떤 의도나 근심 없이 온 마음으로 거기에 몰두할 때라야만 이 매혹적인 영상이 오랫동안 자기 것이 되고, 자기 영혼을 그 향기로 가득 채워주리라는 것을 곧 깨달았다.

그는 생각에 잠긴 채 그 꿈을 마치 아주 얇은 유리로 만들어진, 한없이 주름 지고 깨지기 쉬운 장난감처럼 간직하고 집으로 돌아왔다. 그 꿈이 그를 불안에 사로잡히게 했다. 아, 꿈속에서 보았던 애인의 모습을 완전하게 떠올릴 수만 있다면! 그 갈색 신발, 춤추는 모습, 그 갈색 얼굴에서 나오는 은은한 광채, 이 얼마 안 되는 값진 꿈의 잔재로부터 전체를 다시 세우는 일이 지금 그에게는 세상의 다른 어떤 일보다 중요했다. 사실 그것보다 중요한 일이 또 있을까? 그 우아한 봄의 형상이 그의 애인으로 약속되지 않았던가? 영혼의 가장 깊은 원천에서 태어나 그의 미래에 대한 상징으로서, 운명의 가능성에 대한 예감으로서, 행복에 대한 고유한 꿈으로서 다가서지 않았던가? —— 두려워하면서도, 그의 깊은 마음속은 무척이나 즐거웠다. 인간이 그러한 것을 꿈꿀 수 있다는 것이, 몽롱한 마술로 이루어진 이 세계를 내면에 품을 수 있다는 것이, 절망 속에서도 자주 폐허 더미를 뒤지듯 우리 영혼 안에서 믿음과 기쁨과 생명의 잔재를 찾았다는 것, 이러한 영혼 안에서 그런 꽃이 자랄 수 있다는 사실이 놀랍지 않았던가?

이 작가는 집에 도착해 등뒤에서 문을 닫고는 안락의자에 몸을 뉘었다. 메모가 되어 있는 수첩을 손에 들고 주의 깊게 표제

어들을 읽었다. 그리고 그것들이 전혀 가치가 없고 아무것도 주지 못하며 방해가 될 뿐이라는 것을 알았다. 그는 종이들을 조심스레 찢어버리고는, 더 이상 아무것도 쓰지 않기로 결심했다. 그는 불안하게 누워 정신을 집중하려 했다. 그러자 갑자기 꿈의 한 토막이 떠올랐다. 자기가 다시 그 낯선 집의 썰렁한 현관에서 기다리고 있는 모습이 보였다. 뒤쪽에서는 어두운 빛깔의 옷을 입은 늙은 부인이 조용히 왔다갔다 하고 있었다. 그는 다시 한번 운명의 순간을 느꼈다. 지금 마그다는 그에게 새로운, 더 젊고 아름답고 진실하고 영원한 애인을 데려다주기 위해 사라진 것이다. 늙은 부인은 다정하면서도 걱정에 싸인 얼굴로 그를 건너다보았다. 그녀의 얼굴 표정과 회색 옷 뒤에서 다른 표정과 다른 옷이 떠올랐다. 어린 시절의 유모와 어머니의 얼굴, 그리고 회색빛 평상복이었다. 이 기억의 층으로부터, 어머니 같고 누이 같은 영상들로부터 그는 미래가, 사랑이 자신을 향해 커지는 것을 느꼈다. 이 빈 현관 뒤에서 자상하고 자애롭고 충실한 어머니와 유모들의 시선 아래서 그 소녀는 피어났다. 그녀의 사랑이 그를 행복하게 만들고, 그녀가 가진 것이 그의 행복이 될 것이고, 그녀의 미래가 그의 미래가 될 것이다.

그는 이제 다시 마그다를 보았다. 그에게 키스하지 않고, 묘하게 부드럽고 진지하게 인사하는 것을 보았다. 그녀의 얼굴은 다시 한번 금빛 황혼에서처럼, 그녀가 한때 그를 위해 가지고 있었던 온갖 마술로 에워싸여 있었다. 작별하는 순간 그녀는 다시 한번 가장 행복했던 시절의 사랑스러움 속에서 빛났으며, 그녀의 그윽하고 성숙된 얼굴이 더 젊고 더 아름답고 더 진실한 소녀를 예고해 주는 것 같았다. 그 소녀를 데려다주고, 얻도록 도와주기 위해 왔던 그녀. 그녀의 모습은 사랑의 표상 그 자체로 겸손과 변신의 능력을 지닌, 반은 어머니 같고 반은 어린애 같은 마술의 힘의 표상처럼 보였다. 그가 그녀를 바라보며 꿈꾸고 원하고 노래했던 모든 것이, 사랑이 절정에 달했던 시간에 그가 바쳤던 모든 미화와 연모가 그녀의 얼굴에 떠올랐다. 그의 사랑과 함께 그녀의 영혼 전체가 얼굴이 되었다. 진지하고 우아한 표정이 또렷이 빛났으며 눈으로는 슬프고도 다정한 미소를 짓고 있었다. 이런 애인과 작별하는 것이 가능했던가? 그러나 그녀의 시선은 말하고 있었다. 이제 작별해야 해요. 새로운 일이 일어나야 해요.

그리고 새로운 것, 즉 작고 날렵한 아이의 발이 들어왔다. 동생이 나타난 것이다. 그녀의 얼굴은 보이지 않았다. 키가 작고 귀염성 있으며 갈색 신을 신었다는 것, 얼굴도 옷도 갈색이었다는 것, 정말 매혹적으로 춤출 수 있다는 것 외엔 분명하게 알 수가 없었다. 게다가 보스턴 댄스——미래의 애인은 전혀 소질이 없는 그 춤에 대해서는 어른들이나 심지어 싫증을 느낄 정도로 연마한 경험자들보다 더 뛰어났다. 자유자재로 날씬하고 완벽하게 춤을 추는 모습은 가뜩이나 잘 추지 못하는 그에게 열등감을 주기에 충분했다!

이 작가는 하루 종일 자신의 꿈에 몰두하였다. 깊이 빠지면 빠질수록 그것은 더욱 아름다워 보였으며, 최고의 작가들이 쓴 걸작들을 모두 능가할 것처럼 보였다. 그는 오랜 시간, 여러 날 동안 이 꿈을 기록해야겠다는 소망과 계획에 매달렸다. 이 꿈이 자신뿐 아니라 다른 사람들에게도 형언할 수 없는 아름다움과 깊이와 은밀함을 지닐 거라 생각했기 때문이었다. 뒤늦게서야 그는 이러한 소망과 시도를 포기하였다. 그가 자신의 영혼 속에서 진실한 작가, 몽상가, 예언자인 것으로 만족해야 한다는 것을 알았다. 자신이 쓴 것은 그저 한 작가의 작품으로만 남아야 한다는 것을 깨달은 것이다.

(1926)

유왕

고대 중국의 역사에서는 통치자나 정치가들이 여자나 사랑 때문에 파멸의 길을 가게 되는 경우가 가끔 있다. 이 드문 예 중의 하나, 아주 놀라운 예가 바로 주(周) 왕조의 유왕(幽王)과 그의 애첩 포사(襃姒) 이야기이다.

주나라는 서쪽으로 몽고 야만족의 땅들과 인접해 있었다. 수도 호경은 위험한 지역에 자리하고 있어서, 때때로 야만족의 습격과 약탈 행각의 표적이 되곤 했다. 따라서 국경 수비를 최대한 강화하고, 특히 수도를 잘 방어하는 일이 늘 중요했다.

역사책에 의하면 유왕은 그리 나쁜 국왕이 아니었고, 신하들의 간언에 귀를 기울일 줄 알았다. 적절한 설비로 국경의 허점을 방어할 줄도 알았다. 그러나 이 슬기롭고 놀라운 설치물은 한 아름다운 부인의 변덕 때문에 무위로 돌아가고 말았다.

왕은 제후들의 도움을 받아 서쪽 국경에 국경수비대를 세웠다. 이 국경수비대는 모든 정치적 연합이 그렇듯 이중의 장치, 즉 도덕적인 측면과 기술적 측면을 가지고 있었다. 이 협정의 도덕적 기반은 제후들과 장교들의 서약과 신뢰였다. 위기 상황이 발생할 경우, 그들은 수도를 지키고 왕을 돕기 위해 군대를 이끌고 서둘러 와야 하는 의무를 졌다. 유왕이 사용한 기술적 장치는, 효율적으로 고안해 서쪽 국경에 세우게 한 탑들이었다. 이 탑들 하나하나에는 밤낮으로 경비가 섰고, 소리가 아주 요란한 북들이 갖추어져 있었다. 국경 어느 곳에서든 적들이 침입해 오면, 가장 가까운 탑에서 북을 울린다. 그러면 그 북소리가 탑에서 탑으로 이어져 순식간에 온 나라에 전달되는 것이었다.

유왕은 오랫동안 이 현명하고 유용한 장치에 몰두했다. 제후들과 회담을 했으며, 건축기술자들의 보고를 듣고, 경비대의 훈련도 지휘했다. 왕에게는 포사라는, 무척 사랑스런 애첩이 있었다. 그녀는 왕의 마음과 의식 속에 자리 잡은, 지도자로서 나라의 기대에 부응하려는 다짐보다 더 큰 영향력을 행사할 수 있었다. 활기차고 영리한 소녀가 소년들의 놀이를 경탄과 질투어린 눈으로 구경하듯이, 포사도 왕과 마찬가지로 국경의 일을 커다란 호기심과 관심을 가지고 관찰하였다. 건축기술자 중 하나가 그녀에게 이 시스템을 정확히 보여주기 위해 국경수비대 모형을 점토로 귀엽게 만들어 색칠도 하고 불도 밝혀주었다. 국경선이 그려지고, 탑의 체제도 갖춰졌으며, 작고 아담한 진흙 탑마다 역시 점토로 만든 조그만 경비병이 서 있었다. 북 대신에는 아주 조그만 방울을 매달아주었다. 이 예쁜 장난감은 포사를 한없이 기쁘게 했다. 이따금 그녀의 기분이 언짢을 때면, 시녀들은 으레 〈야만족의 침략〉 놀이를 제안하곤 했다. 그러면 그녀는 탑들을 모두 세워놓고, 조그만 방울들을 잡아당기면서 아주 만족해하고 즐거워했다.

마침내 유왕에게 생애 최고의 날이 왔다. 공사가 끝나 탑에 북이 걸리고, 군졸들의 훈련도 끝마쳤다. 사전에 약속한 대로 길일을 택해 새 국경수비대를 시험해 볼 때가 온 것이다. 왕은 자신의 계획이 자랑스러워 잔뜩 흥분해 있었다. 궁정 관리들도 축하 준비에 여념이 없었지만, 누구보다도 기대와 흥분에 들떴던 사람은 포사였다. 그녀는 예정된 의식과 제사가 끝나는 것을 기다리기도 힘들 지경이었다.

마침내 포사를 그토록 즐겁게 해주었던 봉화탑과 북 놀이를 실제로 장엄하게 시작할 때가 되었다. 그녀는 직접 놀이에 뛰어들어 명령을 내리고 싶은 충동을 거의 참을 수 없었다. 그 정도로 기쁨에 들뜬 그녀의 흥분은 컸다. 그러나 왕이 엄숙한 얼굴로 눈짓을 하였으므로 겨우 자제를 했다. 드디어 때가 왔다. 이제 모든 것을 믿을 수 있는지 확인하기 위하여, 대규모로 진짜 탑과 북과 군사들로 〈야만족 침략〉 놀이가 실시되는 것이었다. 왕이 신호를 보내자, 제일 높은 궁중 관리가 기병대 대장에게 명령을 전달했다. 대장은 말을 타고 첫번째 감시탑으로 달려가 북을 치라는 명령을 내렸다. 그윽한 북소리가 웅장하게 울려 퍼졌다. 장엄한 울림은 모두의 귀에 깊이 파고들었다. 포사는 흥분한 나머지 창백해진 채 몸을 떨기 시작했다. 그 거대한 전쟁 북은 거칠게 땅을 뒤흔드는 노래, 경고와 위협으로 가득 찬 노래, 미래의 전쟁과 위기와 불안과 몰락이 가득한 노래를 힘차게 불렀다. 모두들 외경심을 갖고 귀를 기울였다. 소리가 희미해지기 시작하자, 아주 가까운 탑으로부터 응답의 북소리가 들려왔다. 먼 곳에서 은은히 들려오다가 순식간에 스러져버렸다. 그러고는 더 이상 아무런 소리도 들리지 않았다. 잠시 후 그 엄숙한 침묵도 끝났다. 사람들은 다시 말하기 시작했고, 이리저리 오가며 환담을 나눴다.

그동안 그윽하고 위협적인 북소리는 두번째, 세번째, 그리고 열번째, 서른번째 탑으로 전해졌다. 북소리가 들리면 군사들은 모두 엄한 명령에 따라 즉시 무장을 하고 식량자루를 채운 후 약속된 장소로 집결해야 했다. 대장도, 그보다 계급이 높은 지휘자도 일각을 지체함이 없이 행진 채비를 하고 신속히 달려 나가 미리 정해진 명령을 나라 안에 전해야 했다. 북소리가 들리는 곳 어디서나 일하다 말고, 식사하다 말고, 놀거나 잠자다 말고, 사람들은 짐을 꾸리고, 안장을 얹고 모여들어 행진하고 말을 달렸다. 눈 깜짝할 사이에 모든 인접 지역에서 군대들이 수도 호경을 향해 서둘러 행진해 갔다.

호경의 궁전에서는, 그 무시무시한 북소리가 울릴 때 모두의 마음을 사로잡았던 감동과 긴장이 쉽게 가라앉지 않았다. 사람들은 흥분 속에서 이야기를 나누며 궁전의 정원을 거닐었다. 시 전체가 축제일 같았다. 세 시간이 채 지나지 않아 벌써 두 지역에서 크고 작은 기마 행렬이 접근해 왔다. 시간이 지남에 따라 새로운 군대가 속속 도착했다. 그날 하루 종일, 그리고 그 후 이틀간 계속해서 왕과 관리들과 장교들은 점점 더 열광했다. 왕은 존경과 축하의 말을 거듭거듭 들었고, 건축가들은 후한 대접을 받았다. 첫번째 탑에서 제일 먼저 북을 쳤던 고수는 화환에 묻힌 채 거리를 행진하며 사람들의 선물 세례를 받았다.

그러나 누구보다 완전히 마음을 빼앗기고 도취된 사람은 포사였다. 자신의 탑 놀이와 북 놀이를 현실로 본다는 것은 상상했던 것보다 훨씬 더 멋진 일이었다. 명령은 마술 같았다. 파도처럼 멀리 퍼져나간 북소리가 텅 빈 나라에 파고들었다. 명령의 효과는 생생하게, 어마어마한 크기로 먼 곳들로부터 거슬러왔다. 가슴을 후비듯 포효하는 북소리로부터 하나의 군대, 완벽하게 무장된 수백, 수천의 군대가 되었다. 이 군대는 끊임없는 물결 속에서, 끊임없이 서두르는 움직임 속에서 지평선으로부터 말을 타거나 걸어서 왔다. 사수들, 경무장을 하거나 중무장을 한 기병들, 창을 든 병정들이 점점 더 북적거리며 도시 주변의 모든 공간을 채웠다. 그곳에서 그들은 따뜻한 환영과 영접을 받았다. 그들이 주둔한 곳에는 천막이 쳐지고, 불이 피워졌다. 그 일은 밤낮으로 계속되었다. 동화 속의 요정들처럼 그들은 먼 회색빛 땅에서 솟아나온 것 같았다. 작은 모습으로 시작해 먼지 구름에 싸여 날아오더니, 마침내 이곳, 궁전과 매혹된 포사의 바로 눈앞에 압도적인 현실이 되어 서 있는 것이었다.

유왕은 아주 흡족했다. 특히 사랑하는 여자가 기뻐하는 모습에 만족했다. 그녀는 행복한 나머지 마치 한 송이 꽃처럼 빛났다. 그녀가 그토록 아름답게 보인 적이 없을 정도였다. 그러나 축제란 언제나 계속되는 법이 아니다. 이 거대한 축제도 끝이 나고 사람들은 다시 일상으로 돌아갔다. 기적은 더 이상 일어나지 않았고, 동화 속의 꿈도 실현되지 않았다. 한가하고 변덕스런 사람에게 이런 일은 참을 수 없어 보였다. 포사는 축제가 끝난 후 들떴던 기분을 다시 잃어버렸다. 그 어마어마한 놀이를 맛보고 난 후, 진흙으로 만든 탑과 실에 매달린 작은 방울 따위는 시시해졌다. 오, 그것은 얼마나 마음을 취하게 했던가! 그리고 저곳에 자기를 행복하게 해주는 놀이를 반복할 모든 것이 준비되어 있다. 저기에는 탑이 서 있고, 저기에는 병사가 보초를 서고 있으며, 고수는 제복을 입고 앉아 있다. 모든 것이 긴장한 채 명령을 기다리고 있다. 명령이 떨어지지 않는 한, 모든 것은 죽은 것이고 쓸모없는 것이다!

포사는 웃음을 잃었다. 그녀의 빛나는 기분도 사라졌다. 유왕은 가장 사랑하는 놀이 친구이자 밤의 위안자가 멀어져 가는 것을 언짢아했다. 그녀를 미소 짓게 하려고 최고의 선물을 올려야 했다. 그는 상황을 인식하였다. 그 사소하고 달콤한 애정을 위해 자신의 의무를 희생시키는 순간이 오고 만 것일까? 유왕은 연약한 사람이었다. 포사를 다시 웃게 하는 것이 그에게는 그 어떤 일보다도 중요하게 생각되었다.

그는 결국 그녀의 유혹에 굴복하고 말았다. 많은 갈등이 따르긴 했지만, 어쨌든 굴복한 것이었다. 왕으로서의 의무를 잊게 할 정도로 포사는 그를 궁지에 몰아넣었다. 수천 번 되풀이되는 간청에 굴복하여 그녀가 품고 있는 단 한 가지 소원을 들어줄 수밖에 없었다. 국경수비대에 적이 침입했다는 신호를 보내는 데 동의했다. 즉시 전쟁을 알리는, 그윽하고 흥분된 북소리가 울려 퍼졌다. 이번에는 유왕에게 그 소리가 무시무시하게 들렸고, 포사 역시 그 울림에 소스라쳤다. 그러나 매혹적인 놀이는 반복되었다. 나라의 외곽 지역에서 먼지 구름을 일으키며 군대들이 말을 타거나 행진해서 사흘 밤낮을 달려왔다. 총사령관들이 허리 굽혀 인사를 하고, 군인들은 막사를 세웠다. 포사는 행복했다. 그녀의 미소는 빛을 발했다. 그러나 유왕은 힘든 시간을 겪어야 했다. 적의 침입이 없었고, 모든 것이 평온하다고 고백해야 했다. 심지어 이 일이 유익한 훈련이라고 설명하면서, 잘못된 비상 경보를 변명하려 하였다. 항변하는 사람은 없었다. 모두들 절을 하고는 의연히 받아들이는 듯했다. 그러나 장교들 사이에는, 단지 애첩 하나를 위해 국경 전체에 비상 경보를 내리고 수천 명의 군사를 모두 움직이게 한 왕의 불성실하고 어리석은 짓에 대한 이야기가 떠돌았다. 대다수의 장교들은 앞으로는 절대 이런 명령에 따르지 않겠다는 데 의견을 같이했다. 그동안 왕은 후한 대접으로 화가 나 있는 군대의 기분을 맞춰주려고 애썼다. 그렇게 포사는 그녀의 목표를 달성했던 것이다.

그러나 그녀가 또 기분이 우울해져 이 양심 없는 놀이를 한번 더 시작하기도 전에, 왕과 그녀에게 벌이 내렸다. 서쪽에 있는 야만족이, 우연이든 사건의 소식을 전해 듣고서이든 간에, 어느 날 갑자기 대군을 이끌고 국경을 넘어 밀려왔다. 지체 없이 탑들에서는 신호가 울렸다. 그윽한 북소리의 황급한 경고음은 가장 먼 국경까지 달려갔다. 그러나 놀라운 장치의 뛰어난 장난감이 이제는 망가진 것 같았다. 북소리는 울렸지만, 나라 안의 군사와 장교들의 마음속의 소리는 울리지 않았던 것이다. 그들은 북소리를 따르지 않았다. 왕과 포사는 사방을 휘휘 둘러보았지만 헛일이었다. 어느 곳에서도 먼지 구름은 일지 않았고, 어느 곳에서도 개미떼 같은 군사 행렬은 몰려오지 않았다. 아무도 그들을 도우러 오지 않았던 것이다.

왕은 궁중에 있던 소수의 군대로 야만족과 맞섰다. 그러나 적은 수효가 엄청났다. 그들은 유왕의 군대를 치고, 수도 호경을 점령했다. 궁전을 파괴하고, 탑들을 때려 부쉈다. 유왕은 자기의 왕국과 생명을 잃었고, 그의 애첩 포사도 같은 신세가 되었다. 나라를 망하게 한 그녀의 웃음에 대해서는 오늘날까지 역사책 속에 전해 오고 있다.

호경은 파괴되었고, 놀이는 현실이 되었다. 이제 북 놀이도, 유왕도, 미소 짓는 포사도 더 이상 없었다. 유왕의 후계자인 평왕은 호경을 포기하고 수도를 동쪽으로 옮기는 수밖에 없었다. 이웃의 제후들과 동맹을 맺고 영토의 상당 부분을 양도하는 대가를 치르고서야 그는 겨우 미래의 통치에 대한 안전을 기할 수 있었다.

(1929)

새

옛날 월요일 마을이라는 곳에 새가 살았다. 이 새는 특별히 현란하거나 곱게 노래를 부르는 것도 아니었고, 특별히 크거나 위엄이 있지도 않았다. 아니, 그 새를 본 사람은 새가 조그맣다고 말했다. 아주 조그맣다고. 새는 도대체 예쁘지도 않았다. 오히려 이상야릇하고 낯설었다. 그러나 어떤 종류에도 속하지 않는 그런 동물이나 생명체가 지닌 특이함과 숭고함을 자신 안에 갖고 있었다. 그 새는 매도 닭도 아니고, 박새도 딱따구리도 되새도 아닌, 그냥 월요일 마을의 새였다. 어디에도 그와 같은 새는 없었다. 오직 이곳에만 존재하는 새였다. 사람들은 이 새에 대해 생각이 미칠 수 있는 아주 오랜 옛날부터 알고 있었다. 월요일 마을뿐 아니라, 이웃 마을 사람들까지 널리 알고 있었다. 뭔가 유별난 것을 소유하고 있는 사람들이 그렇듯이, 월요일 마을 사람들은 그 새 때문에 조롱을 받을 때가 많았다. 〈월요일 마을 사람들은 자기들만의 새를 갖고 있다는군〉 하는 식이었다.

카레노를 넘어 모르비오까지, 그리고 더 멀리서도 새를 알고 있었고, 새에 관해 이야기했다. 그러나 흔히 그렇듯이 최근에 와서야 비로소, 실상 새가 없어진 다음부터 사람들은 새에 대해 정확하고 믿을 만한 정보를 얻으려 애썼다. 수많은 외지인이 새에 대해 물어왔다. 많은 월요일 사람들은 실컷 포도주 대접을 받고 잔뜩 질문을 받은 후에야, 자기도 그 새를 직접 본 적은 없노라고 고백하곤 했다. 그 새를 직접 보지는 못했지만, 직접 그 새를 한두 번 보았거나 혹은 그 새에 대해 이야기했던 사람 하나 정도는 누구나 알고 있었다. 이 모든 것은 조사되고 기록되었다. 새의 외양, 목소리, 나는 모습뿐 아니라 습관, 사람을 사귀는 방식 등. 그러나 모든 보고와 기술이 서로 얼마나 다른지 놀랄 지경이었다.

옛날에는 지금보다 훨씬 자주 그 새를 보았다고 했다. 새를 만난 사람은 언제나 기쁨을 맛보았다. 매번 그것은 하나의 체험, 행운, 그리고 작은 모험이었다. 자연의 탐색자들이 때때로 여우나 뻐꾸기를 만나 관찰할 수 있는 것이 작은 체험이자 행운인 것처럼. 그것은 마치 생명체가 잔인한 인간 앞에서 불안함을 잃어버리거나, 아니면 인간 자신이 다시 인간 이전의 순수함으로 돌아가는 그런 순간과 같은 것이었다. 새에 대해 거의 무관심한 사람들도 있었다. 처음 피어난 용담을 발견하거나 늙고 영리한 뱀을 만나도 별 의미를 느끼지 못하는 사람들이 있는 것처럼 말이다. 그러나 대부분의 사람들은 새를 매우 사랑하였다. 새와 마주치는 것은 누구에게나 기쁨이고 영예였다. 아주 드물기는 하지

만, 가끔 새가 해롭다거나 섬뜩하다고 말하는 소리를 듣기는 한
다. 새를 본 사람은 한동안 흥분되어 밤에 잘 때면 불안한 꿈을
무수히 꾸고, 뭔가 불쾌한 기분, 혹은 향수병 같은 걸 느끼게
된다는 거였다. 그러나 다른 사람들은 그것을 전적으로 부인하
였다. 새를 만난 후 남는 감정은 더없이 소중하고 고귀한 느낌이
라고 했다. 마치 성찬식을 치른 후나 아름다운 음악을 듣고 난
후처럼 감동을 받아 온통 아름다움과 이상적인 것만을 생각하게
되고, 좀더 다른 사람, 좀더 나은 사람이 되겠다고 마음속 깊이
다짐하게 된다고 했다.

오랫동안 월요일 마을의 시장이었던 유명한 제우스터의 사촌
샬라스터는 한평생 특히 이 새에 관심을 많이 기울인 사람이었
다. 그는 매년 한두 번, 혹은 그 이상 새를 만났으며, 그때마다
하루 종일 기묘한 느낌이 들었다고 했다. 유별나게 즐거운 것은
아니지만, 특이하게 흥분되고, 기대와 예감에 가득 찼었다는 것
이다. 그런 날이면 심장이 다른 때와 달리 약간의 통증이 느껴질
정도로 뛰었으며, 어쨌든 내 가슴속에 심장이 있구나 하는, 평
소에는 무심했던 사실까지 느끼게 되었다고 했다. 거기에 대해
언급할 때마다 그는 자주 역설하였다. 이러한 새를 마을에 가지
고 있다는 것은 분명 보통 일이 아니다, 새에 대해 긍지를 가져야
한다, 정말 희귀한 일이니만큼 이 신비스런 새가 자주 눈에 띄는
사람은 뭔가 특별하고 고귀한 것을 품고 있는 게 틀림없다고.

(높은 교양을 갖춘 독자들을 위해 샬라스터에 관해 알려드린다. 그
는 다시 망각 속에 묻혀버린 새에 대한 종말론적 해석의 중요 증인이었

고, 많은 인용의 원천이었다. 또한 새가 사라진 후 월요일 마을에 생겨
난 모임, 그러니까 새가 아직 살아 있으며 다시 나타날 것을 굳게 믿고
있는 사람들의 대변인이었다.)

「새를 처음으로 보았을 때」하고 샬라스터는 말했다. 「나는 아
직 학교에도 들어가지 않은 어린아이였지. 집 뒤 과수원의 풀을
막 베고 난 뒤였어. 늘어진 벚나무 가지 옆에 서서 푸르게 영근
버찌를 보고 있는데, 그때 나무에서 새가 날아 내려오는 거야.
나는 그때 평소에 보아왔던 새들과는 다르다는 것을 즉시 알아
챘지. 새는 풀을 베고 난 그루터기 위에 내려앉더니 깡충깡충 뛰
어다녔어. 나는 호기심과 놀라움으로 그 새를 뒤쫓아온 정원을
뛰어다녔지. 새는 반짝거리는 눈으로 나를 자주 쳐다보면서 혼
자 춤추고 노래하는 것처럼 계속 깡충거리더군. 나는 그 새가 나
를 유혹하고 내게 즐거움을 주려고 그런다는 것을 잘 알고 있었
네. 목 근처가 약간 흰색이었어. 새는 풀밭 뒤에서 쐐기풀이 있
는 뒤쪽 울타리까지 춤추며 가더니, 쐐기풀 위로 훌쩍 날아올라
울타리 말뚝에 올라앉는 거야. 그러고는 연신 지저귀며 다시 한
번 나를 다정하게 바라보았어. 그러고는 돌연 사라져버려 난 몹
시 놀랐지. 후에도 자주 그런 모습을 보았지. 어떤 동물도 그 새
처럼 그렇게 순식간에, 그리고 깨닫기도 전에 나타났다가 사라
져버릴 수는 없을 거야. 나는 집안으로 뛰어들어가 어머니에게
방금 본 것을 이야기했지. 어머니는 그게 바로 이름 없는 새라
며, 내가 그 새를 본 것은 좋은 일이고 행운을 가져다줄 거라고
하셨어」

348

샬라스터는 여기서 다른 얘기들과는 좀 구분되는 묘사를 했다. 즉 그 새는 굴뚝새만큼이나 작았는데, 그중에서도 제일 작은 것은 영리하게 움직이는 머리였다. 눈에 잘 띄지는 않지만, 연한 황금색의 머리 술을 갖고 있다는 점, 그리고 다른 새라면 절대 하지 않을 행동인, 사람을 빤히 쳐다보는 습관을 갖고 있다는 특징으로 그 새를 알아볼 수 있었다. 머리 술도 훨씬 작기는 하지만 어치의 술과도 비슷하고, 부산하게 자주 이리저리 까닥거렸다. 어쨌든 새는 날 때에도 뛸 때에도 매우 재빨랐다. 그 움직임은 유연하고 인상적이었다. 마치 눈으로, 머리를 까닥이는 것으로, 머리 술을 움직이는 것으로, 뛰고 나는 것으로 무언가를 전달하고 상기시키려는 것 같았다. 즉 임무를 수행중인 사자(使者)처럼 보였다. 새를 보게 되면 사람들은 한동안 새를 생각하고, 새가 무얼 원하고 의미했는지 곰곰 생각해야 했다. 새는 사람들이 자기에 대해 탐색해서 알아내거나 엿보도록 놔두지 않았다. 사람들은 새가 어디서 오는지 알 수 없었다. 새는 언제나 갑자기 나타났다. 근처에 앉아, 마치 언제나 거기 있었다는 듯 친근한 시선으로 쳐다보는 것이었다. 다른 새들은 냉정하면서도 겁먹은 눈을 하고서 사람들을 쳐다보지도 않지만, 이 새는 아주 명랑하여 호의가 담긴 시선으로 바라본다는 것을 사람들은 잘 알고 있었다.

옛날부터 새에 대해 여러 가지 소문과 전설이 전해오고 있었다. 오늘날엔 새에 관한 얘기를 듣는 기회가 드물어졌다. 사람들이 변했으며 삶은 더 어려워졌다. 젊은이들은 대부분 일자리를 찾아 도시로 떠났다. 가족들은 더 이상 여름날 저녁 문 앞 계단에 모여 앉지도 않았고, 겨울날 난롯가에 둘러앉지도 않았다. 사람들은 점점 여유가 없어졌다. 젊은이들은 이제 숲에서 피는 꽃이나 나비들의 이름을 알지 못했다. 그렇지만 오늘날에도 때때로 할머니나 할아버지가 아이들에게 새 이야기를 해주었다. 이런 새의 전설 중 가장 오래된 것으로 다음과 같은 이야기가 있다.

월요일 마을의 새는 이 세상만큼이나 나이를 먹어서, 아벨이 형 카인에게 죽임을 당했던 그 옛날에도 살고 있었다. 그때 아벨의 피를 한 방울 마신 후, 아벨이 죽었다는 통지를 가지고 거기서 날아갔다. 오늘날에도 이 이야기를 잊지 않도록, 그리하여 인간의 생명을 소중히 여기고 형제같이 잘 지내도록 경고하기 위해 그 소식을 전해주는 것이다. 이 아벨의 전설은 옛날에 이미 기록된 것이고, 그에 대한 노래도 있으며, 수많은 나라에서 수많은 언어로 이야기되고 있다. 그러나 학자들에 의하면 월요일 마을의 새 이야기는 잘못 전해졌다는 것이다. 수천 년 동안 전해 오는 아벨의 새 이야기가 나중에 이 마을에만 정착되고 다른 곳에서는 더 이상 나타나지 않는다는 점을 고려해야 한다는 것이다.

그렇다면 우리 쪽에서는 이렇게 〈고려할 수〉 있다. 전설이 학문처럼 늘 합리적일 필요는 없다고, 그리고 새에 관해 의문을 제기하는 가운데 그렇게 많은 불확실성과 모순을 초래한 사람들이 바로 학자가 아니냐고 물을 수 있을 것이다. 이전에는 우리가 알기로 새와 그 전설에 관해서 논란이 일어난 적이 한번도 없었기 때문이다. 누군가 새에 대해 이웃과 다른 이야기를 할지라도 사람들은 그냥 놔두었었다. 그렇게 여러 가지로 생각하고 얘기할 수 있다는 것은 심지어 새에게 영광이 되었다. 이런 식이라면 우리는 계속해서 학자들을 비난할 수 있을 것이다. 즉 그들은 의식 속에서 새에 대한 것을 뿌리 뽑을 뿐 아니라, 조사를 통해 새에 대한 기억과 전설을 아무것도 아닌 것으로 만들려고 한다, 학자들의 연구가 해결한다는 게 결국은 아무것도 아닌 것으로 남겨놓는 것이라고 말이다. 그러나 우리 중 누가 그렇게 거세게 학자들을 공격할 용기를 가지고 있을 것인가? 전부는 아니지만 많은 학문이 그들의 덕이니 말이다.

아니, 이제 그만 이전에 이야기한, 그리고 오늘날에도 시골 사람들에게서 그 나머지가 전해져 오는 새의 전설로 되돌아가자. 그들 대부분이 새를 마술에 걸려 변신한, 혹은 저주받은 존재로 이야기했다. 동방의 여행자들의 영향으로 인해, 그들의 이야기 속에서는 월요일 마을과 모르비오 사이의 지역이 중요한 역할을 하고 있다. 그 흔적은 곳곳에서 만나볼 수 있다. 새가 마술에 걸린 호엔슈타우페 가(家)의 한 사람, 즉 시실리아를 다스렸으며 아랍 현자들의 비밀을 알고 있던 어느 종족의 마지막 황제였다는 사실로 이 전설은 되돌아간다. 대부분 전해지는 말로는, 새가 이전에 왕자였거나——제우슈터가 들었다고 주장하는 바와 같이——마술사였다는 것이다. 그는 한때 뱀 언덕의 빨간 집에서 주변의 풍광을 즐기며 살았다. 그런데 새로운 플락센팅 국법이 그 지방에 발효됨에 따라 생계 수단을 잃어버리게 되었다. 마술, 시 쓰기, 변신, 그리고 그와 비슷한 종류의 일이 법으로 금지되고 파렴치한 것으로 여겨졌기 때문이었다. 그러자

이 마술사는 나무딸기와 아카시아 씨를 그의 집 둘레에 뿌렸다. 그것들은 즉시 가시로 변했다. 그리고 집을 떠나 기다란 뱀의 행렬을 거느리고 숲속으로 사라져버렸다. 새가 된 그는 이따금 되돌아와 인간의 영혼을 빼앗고 마술을 시험하였다. 물론 마법사라는 사실이 많은 사람에게 독특한 영향을 끼쳤다. 마술사가 시험해 본 마술이 착한 것인지 나쁜 것인지 하는 부분은, 이야기하는 사람이 아리송하게 남겨놓으려는 경향이 있었다.

모권 제도의 놀라운 문화를 암시해 주는 전설의 나머지 부분은 필경 동방의 여행자에게로 돌아간다. 거기서는 니논이라고 불리기도 하는 〈외국 여자〉가 중요한 역할을 하였다. 많은 우화들에 의하면, 이 외국 여자가 새를 잡아서 몇 년 동안 가두어놓았는데, 온 마을이 들고일어나 다시 풀어주었다는 것이다. 또다른 소문에 의하면, 니논은 마술사가 새의 모습으로 변하기 오래전부터 그를 알았고 빨간 집에서 함께 살았다고도 했다. 그들은 거기서 오랫동안 검은 뱀과 푸른 공작머리를 가진 초록색 도마뱀을 키웠다고 했다. 그래서 오늘날까지 월요일 마을 위쪽 나무딸기 언덕에는 뱀이 많고, 뱀이나 도마뱀이 그 마술사의 작업실 문지방이 있던 곳에 오면, 잠시 멈추고 머리를 들어올렸다가 절을 하는 광경을 똑똑히 볼 수 있다는 것이다. 그 마을에서 오래전에 죽은 할머니 니나는 그 이야기를 하면서, 자기가 그 가시언덕에서 약초를 찾을 때 독사들이 그 자리에서 절하는 것을 자주 본 적이 있다고 맹세까지 했다고 한다. 거기에는 지금도 수백 년 된 장미나무 그루터기가 이전에 마법사의 집으로 들어가는 입구를 표시해 준다는 것이었다. 그러나 거기에 단호히 반대하는 다른 목소리들도 있었다. 니논은 그 마술사와 전혀 관계가 없으며, 그녀는 마술사가 새로 변한 지 한참 후에야 동방의 여행자들을 따라 이 지역으로 왔다고 주장하였다.

마지막으로 새의 모습을 본 후, 아직 한 세대가 채 지나지 않았다. 그러나 노인들은 문득문득 세상을 떴다. 이제 그 〈남작〉도 죽었고, 우리가 잘 아는 유쾌한 마리오도 오래전부터 똑바로 걸을 수가 없었다. 그리고 어느 날 갑자기 그 새와 같은 시대를 살았던 사람은 하나도 남지 않게 되었다. 그렇기 때문에 우리는 비록 복잡해 보이더라도, 새의 이야기가 어떻게 생겨나 어떻게 끝나게 되었는지 적어보려고 한다.

월요일 마을은 꽤 떨어져 있어서, 그곳의 고요하고 작은 숲속 골짜기들은 거의 알려지지 않았다. 그곳에서는 솔개가 숲을 다스렸고, 뻐꾸기가 도처에서 울어댔다. 나그네들도 종종 그 새를 볼 수 있었으며, 새의 전설은 널리 알려져 있었다. 화가 클링조어*는 오랫동안 어느 왕궁의 폐허에서 살았고, 모르비오의 골짜기는 동방의 여행자 레오**에 의해 유명해졌다는 것이다——그가 전설을 엉뚱하게 변형해 놓은 바에 의하면, 니논이 주교빵 만드는 비법을 익혀, 그것으로 새를 먹이고 길들였다고 한다——요컨대 수백 년 동안 알려지지 않았던, 나무랄 데 없는 지역에 대해 많은 것이 알려지게 되었다. 멀리 떨어진 대도시와 대학에서, 레오스에서 모르비오로 가는 길에 대한 학위 논문이 씌어졌다. 월요일 마을의 새에 대한 이야기에 흥미를 느낀 사람들도 많

* 헤세의 소설 『클링조어의 마지막 여름』의 주인공이다.
** 헤세의 소설 『동방순례』의 주인공이다.

왔다. 동시에 진지한 전설 탐구를 근절시키려고 애쓰는 온갖 경솔한 일들이 말해지고 씌어졌다. 그중에서도 몇 번인가 제기된 허무맹랑한 주장은, 그 새를 화가 클링조어와 관련시키고, 변신의 재능과 은밀한 지식을 많이 가지고 있는 그 유명한 픽토어*와 동일시하는 것이었다. 그러나 픽토어 덕분에 유명해진 〈빨강과 초록의 아름답고 대담한 새〉는 원전에서 정확히 묘사되어 있으므로, 그런 혼동의 가능성은 존재하지 않는다.

마침내 학계에서 월요일 마을과 새에 대한 관심이 고조되면서 새에 관한 이야기도 늘어났다. 어느 날, 이미 소개했던 우리의 시장 제우스터에게 상부 관청으로부터 다음과 같은 공문이 발송되었다.

이름이 없어 사람들이 〈월요일 마을의 새〉라고 부르는 그 새는 문화부의 지원을 받아 추밀고문관 뤼츠켄슈테트에 의해 연구 및 조사될 것이다. 새에 대해서, 새의 생활 방식이나 먹이, 새에 대한 속담이나 전설 등에 대해서 보고하고자 하는 사람은 시청을 통해 베른에 있는 동고트 제국의 대사에게 연락하기 바란다.

시청이나 대사관에 문제의 새를 산 채로 건강하게 전달하는 사람은 그 대가로 황금 1000두카텐의 보상금을 받게 될 것이다. 죽은 새나 잘 보존된 박제를 전달하는 사람에겐 100두카텐의 사례가 지불될 것이다.

---

* 헤세의 동화 「픽토어의 변신」에서 여러 가지 사물로 변신하는 주인공을 말한다.

시장은 오랫동안 이 공문을 꼼꼼히 살펴보았다. 관청이 이런 일에 신경 쓴다는 사실이 그에게는 부당하고 우스꽝스러워 보였다. 이 부당한 요구가 동고트 학자에게서 직접 오거나 동고트 대사 편으로 전해졌더라면, 그는 답장도 않고 공문을 없애버리거나, 자기는 그런 장난을 할 마음이 없다고 간단히 일축해 버렸을 것이다. 그러나 이 무리한 요구는 자신의 상부 관청으로부터 온 명령이었고 그 명령에 응해야 했다. 늙은 시 서기 발멜리도 팔을 길게 뻗쳐 들고 편지를 읽은 후, 이 어처구니없는 일에 보내야 할 비웃음을 억누르면서 단언했다.

「명령에 따라야지요, 시장님. 소용없어요. 제가 이 공문을 게시판에 붙이겠습니다」

며칠 후 마을 사람들은 시청 게시판에 내걸린 공고문을 보고 알게 되었다. 이제 새는 법의 보호 밖에 있다. 외국에서 이 새를 욕심 내 포상금을 내걸었다. 시와 주 정부도 전설적인 새의 보호를 중단했다. 이것이 최소한 발멜리와 다른 많은 사람들의 견해였다. 가엾은 새를 생포하거나 쏘아 죽이고 싶었던 사람들에게 거액의 포상금은 커다란 유혹이었다. 성공하는 사람은 부자가 될 판이었다. 모두들 그 얘기뿐이었다. 시청 옆에 서서, 혹은 게시판 주변에 모여 신명나게 얘기를 주고받았다. 특히 젊은이들은 신이 나서 덫을 놓거나 장대를 놓아두려 작정하고 있었다. 니나 할머니는 백발이 성성한 머리를 흔들며 말했다.

「이건 죄악이야. 정부 사람들은 부끄러운 줄 알아야 해. 돈을 벌게 해준다면 사람들은 그리스도까지 넘겨줄걸. 하지만 새를 잡지는 못할 거야. 절대로 새는 잡지 못해!」

시장의 사촌인 샬라스터는 공고문을 읽었을 때에도 아주 침착하게 행동했다. 아무 말 없이 주의 깊게 두 번이나 읽었다. 그러고는 일요일 아침마다 교회에 예배를 드리러 가던 것을 중단하였다. 천천히 시장의 집 쪽으로 발걸음을 옮겨 그 집 정원으로 들어섰다. 그러나 갑자기 생각을 바꿔 방향을 돌려서는 집으로 뛰어갔다.

샬라스터는 평생 새에 대해 특별한 태도를 취해왔다. 누구보다 자주 새를 보았고, 자세히 관찰해 왔다. 말하자면 새를 믿고, 진지하게 받아들이고, 거기에 일종의 고귀한 의미가 있다고 믿는 사람 중에 속해 있었다. 그래서 이 공고는 그에게 아주 격렬한 마음의 갈등을 일으키게 했다. 처음엔 당연히 늙은 니나와 대부분의 노인들, 관습적인 것에 집착하는 마을 사람들을 떠올렸다. 그는 경악했고, 자신의 새, 자신의 보물, 마을과 지방의 상징물이 외국인의 욕심에 넘겨지고 사로잡히고 죽임을 당해야 한다는 데 분개했다! 숲에서 온 이 귀하고 신비스러운 손님, 옛날부터 잘 알려진 동화 같은 존재가! 새 때문에 월요일 마을은 유명해지고, 조롱도 받았으며, 수많은 이야기와 전설을 남겼던 것이다. 이런 새가 돈과 과학 때문에 학자의 살인적인 호기심에 희생되어야 한다고? 들어본 적도 없고, 생각할 수도 없는 일 같았다. 그런 요구는 성물을 도둑질하는 것이나 마찬가지였다. 그러나 한편 모든 것을 재어보고, 이것저것을 이런저런 저울에 달아본다면, 성물을 도둑질하는 바로 그 사람에게는 어떤 특별하고 빛나는 운명이 약속된 게 아닐까? 그렇게 찬미되는 새를 손아귀에 넣기 위해서는, 추측컨대 특별하고 선택되고 오래전부터 정해진 사람, 어릴 때부터 그 새와 뭔가 은밀하고 친밀한 관계가 있고, 새의 운명과 얽혀진 것을 필요로 하는 사람이 아닐까? 그렇다면 이 선택받은 유일한 사람이 샬라스터 자신 외에 누구일 수 있단 말인가? 새를 잡는 것이 성물을 훔치는 일이고 범죄행위라면, 유다가 그리스도를 배반한 일과 비교되는 일이라면──바로 그 배반과 그리스도의 죽음과 희생은 필요불가결하고, 오랜 옛날부터 정해지고 예언된 일이 아니었던가? 그는 자신과 세상을 향해 물었다. 만일 유다가 도덕과 이성에 근거하여 자신의 역할을 회피해 배반하기를 거절했더라면, 신의 의지와 속죄는 최소한 변하거나 방해받지 않았을까?

그러한 가능성들이 샬라스터의 생각을 사로잡고, 그를 강렬하게 선동했다. 어렸을 적 새를 처음 보고 그 모험적인 사건이 준 놀라운 행운이 닥쳐옴을 느꼈던 바로 그 고향의 과수원 집의 뒤안길을 그는 불안하게 이리저리 거닐었다. 일요일의 외출복을 입고, 염소 우리와 부엌 창문과 토끼장을 지나 헛간 뒷벽에 걸린 쇠스랑과 갈퀴와 낫을 스치면서, 생각과 소원과 결심 때문에 취할 정도로 흥분하고 몽롱해졌다. 무거운 마음으로 유다를 생각하면서. 자루 속에 든 무거운 일천 탈러를 상상하였다.

그 사이에 마을에서는 소동이 계속되었다. 소식이 전해진 후 마을 사람들이 거의 다 시청 앞으로 모여들었고, 때때로 벽보를 다시 한번 보기 위해 게시판 앞으로 다가가곤 했다. 모두들 경험과 상식과 성서에서 나온 증거를 가지고 자신의 생각과 견해를 당당하게 표명했다. 이 제안에 대해 대부분의 사람들은 처음부터 된다, 혹은 안 된다 하고 잘라 말했다. 그리하여 마을 전체가 두 패로 갈라졌다. 샬라스터처럼 많은 사람들이 새를 사냥하는 걸 끔찍하게 여겼지만, 한편으론 돈을 갖고픈 마음도 없지 않았을 것이다. 그러나 누구나 이런 갈등을 조심스럽고 복잡하게 스스로 해결한 건 아니었다. 젊은이들은 그것을 아주 가볍게 받아들였다. 도덕이나 고향을 지키려는 생각 따위가 그들의 모험심을 늦추지는 못했다. 그들은 덫으로 시험해 보아야 한다고 얘기했다. 희망이 크지는 않지만, 운이 따르면 새를 잡을 수 있을 것이다, 어떤 미끼로 새를 꾀어야 할지 모르겠다, 그러나 누구든 새를 알아보기만 한다면 주저 없이 쏠 것이 틀림없다, 어쨌든 주머니 속의 백 두카텐이 상상 속의 천 두카텐보다 나을 것이니까, 하고 말했다. 그들은 큰소리로 합의를 보았다. 할 일을 미리 즐거워하면서, 벌써 새 사냥을 어떻게 할 것이지 상세하게 의논했다.

「누구 좋은 총 한 자루만 빌려주세요」 누군가가 외쳤다. 「반 두카텐만 줘도 즉시 떠나 일요일을 전부 사냥에 바치겠어요!」

그러나 나이 든 사람들이 대부분인 반대자들은 이 모든 것을 전례 없는 일로 여겼다. 그들은 현자들의 격언이나, 요즘 사람들에 대한 저주의 말을 외치거나 웅얼거렸다. 그들은 신성하지 않고, 성실함이나 믿음도 갖고 있지 않다는 것이었다. 젊은이들은 비웃으면서 노인들을 반박했다. 성실함이나 믿음이 문제가 아니라 사격 능력이 중요한 것이다, 덕이라든가 지혜 같은 것은, 반쯤 눈이 어두워 새를 겨냥하지도 못하고 관절염이 있어 손가락으로 총도 받칠 수 없는 사람들에게서나 찾아보라고. 이렇듯 활기 차게 이야기가 오고 갔다. 사람들은 그 새로운 문제에 대해 농담을 주고받느라 점심식사도 잊을 뻔하였다. 크든 작든 새와의 관계가 더 가까워진 가운데 그들은 열정적으로 자신의 가족 내에서의 성공과 실패에 대해 보고했다. 모두 설득력 있게 나타나엘 할아버지, 늙은 제우스터와 동방의 여행자들의 전설적인 행각을 회상했으며, 가곡집에 나오는 시와 오페라의 멋진 배경에 관해 이야기했다. 그들은 서로를 견디기 어려워하면서도 헤어질 수가 없었다. 조상들의 좌우명과 경험을 끌어내기도 하고, 옛날에 대해, 죽은 주교에 대해, 고통을 겪었던 병에 대해 독백을 늘어놓기도 했다. 예를 들어 어떤 농부는 몹시 앓고 있는 동안 병상의 창문을 통해 새를 보았다고 말했다. 아주 잠깐 동안이었지만 이 순간부터 몸이 훨씬 나아진 것 같았다고 했다. 때로는 혼잣말을 지껄이면서, 때로는 이웃사람들을 선전하고 비난하고 맞장구치고 비웃으면서 이야기를 나누었다. 의견의 일치라도 본 듯 싸우면서, 힘과 나이와 영원한 동질성의 지속에 대해 기쁜 느낌을 가졌다. 스스로를 늙고 현명하다고, 혹은 젊고 똑똑하다고 여겼으며, 서로 조롱했고, 따뜻함과 정당함을 가지고 조상들의 좋은 풍습을 옹호하였다. 역시 따뜻함과 정당함을 가지고 조상들의 좋은 풍습에 의문을 제기했다. 그들의 조상들을 내세웠고, 조상들을 비웃었고, 그들의 나이와 경험을 칭찬하였다. 그들의 젊음과 용기를 뽐냈으며, 격투가 벌어질 정도까지 으르렁거리고, 웃고, 일체감과 마찰을 맛보았다. 모두들 자신의 정당성을 증명하고 그것을 남에게 적절히 전달하느라 법석이었다.

이렇듯 패가 갈려 말싸움을 벌이고 있는 동안, 아흔 살 먹은 니나가 자신의 금발머리 손자들에게 조상을 생각해서라도 이 신앙심 없고 잔혹하고 게다가 위험하기까지 한 새 사냥에 동조하지 말라고 간청하는 동안, 그럼에도 불구하고 젊은이들이 무례하게 나이 많은 그녀의 면전에서 사냥의 무언극을 행하는 동안, 즉 상상의 총을 그들의 뺨에 대고 한쪽 눈을 감은 채 목표를 겨냥해 빵빵, 탕탕 외치는 동안, 전혀 뜻밖의 일이 일어났다. 젊은이고 늙은이고 모두 입을 다문 채 돌이라도 된 듯 그 자리에 멈춰 섰다. 늙은 발멜리가 소리를 지르는 바람에, 모든 시선이 그의 팔과 손가락이 뻗친 방향으로 쏠렸다. 갑자기 생겨난 깊은 침묵 속에서 그들은, 화제가 되었던 새가 시청 지붕으로부터 날아 내려와 게시판 모퉁이에 앉아서는 동그랗고 작은 머리를 날개에 비벼대는 것을 바라보았다. 새는 부리를 문지르고, 민첩한 꼬리를 위 아래로 까딱거리며, 떨리는 소리로 마을 사람들이 소문으로만 듣던 짧은 가락을 재잘거렸다. 작은 머리를 공중으로 치켜들고는 모든 사람들의 눈앞에서 한동안 몸을 움직이다가, 마치 관청의 공문서를 읽고 얼마나 많은 돈이 자기에게 걸려 있는지 알아보려는 듯 호기심에 차서 머리를 숙였다. 새는 아마 아주 짧은 순간 동안만 머물려는 것 같았다. 그러나 새의 출현은 모두에게 당당한 방문과 도전처럼 여겨져, 아무도 감히 탕탕 총 쏘는 시늉조차 하지 못했다. 모두들 그 자리에 서서 마술에 걸린 듯 이 대담한 손님을 놀라 바라보고 있을 뿐이었다. 이 손님은 그들을 즐겁게 해주기 위해 장소와 시간을 정확히 선택해 날아왔던 것이다. 그들은 놀라고 당황해서 자기들을 그렇게 놀라게 한 새를 뚫어지게 바라보았다. 자주 입에 오르내렸던 새, 그 때문에 마을을 유명하게 했던 새, 한때 아벨의 죽음의 증인이었거

나 귀족이었거나 왕자였거나 마술사였던 새, 그래서 독사들이
우글거리는 뱀 언덕의 빨간 집에서 살았던 새, 외국의 학자들과
강대국들의 호기심과 탐욕을 일깨워 생포하는데 황금 천 두카텐
의 상금을 걸게 했던 새, 그 작고 때깔 고운 새를 그들은 축복받
은 기분으로 호의를 가지고 응시했다. 그들은 경탄했고, 모두들
그 새를 지극히 사랑하게 되었다. 사냥총을 가지고 있지 않았던
것에 화가 나서 욕을 하고 발을 굴러댔던 사람들조차도 그 순간
만큼은 새를 사랑하고 자랑스러워했다. 새는 그들에게 속해 있
었고, 그들의 명예와 영광이었다. 새는 고개를 까닥거리면서
머리를 치켜들고 그들의 머리 바로 위 게시판에 그들의 제후, 혹
은 방패처럼 앉아 있었다. 그러고는 갑자기 사라져버렸다.

모두 쳐다보고 있던 장소가 텅 비자, 사람들은 서서히 마술에
서 깨어났다. 서로 바라보며 웃고, 브라보를 외치면서 여전히
새를 찬미하였다. 엽총을 달라고 소리치며, 새가 어느 방향으로
날아갔는지 물어보는 자도 있었다. 아흔 살 먹은 니나의 할아버
지가 알고 있었던, 늙은 농부의 병을 고쳐준 게 바로 그 새였다
는 것을 기억해 냈다. 뭔가 기묘한 것, 뭔가 행복하면서도 웃고
싶은 충동을, 그러나 동시에 은밀하고 마술적이고 무시무시한
뭔가를 함께 느꼈다. 그러고는 모두들 갑자기 점심을 먹으러 각
자의 집으로 흩어져버렸다. 온 마을을 격한 흥분 상태에 빠뜨렸
던 집회, 새의 출현으로 그 절정을 이루었던 민중의 집회는 이
렇게 끝났다. 잠시 후 정오의 종소리가 울렸을 때, 시청 앞 광장
은 텅 빈 채 쥐 죽은 듯 고요했다. 하얗게 햇볕이 드는 공고문의
종이 위로 새가 앉아 있던 게시판 귀퉁이의 그림자가 서서히 드

리워졌다.

그동안 샬라스터는 생각에 잠겨 그의 집 뒤쪽에서 갈퀴와 낫, 토끼장과 염소우리 사이를 왔다갔다 걷고 있었다. 발걸음은 점차로 안정되고 규칙적이 되었다. 그의 신학적이고 도덕적인 생각도 점점 균형과 평정을 되찾게 되었다. 정오의 종소리가 그를 일깨웠다. 그는 약간 놀랐지만, 냉정을 되찾고 순간적으로 돌아섰다. 이제 곧 점심을 먹으라는 아내의 음성이 들려올 것이다. 그는 이상한 생각에 몰두했던 것을 다소 부끄러워하면서, 장화 신은 발을 힘있게 내디뎠다. 그런데 아내가 목소리를 높여 마을의 종소리를 확인시켜 주는 순간, 갑자기 그의 눈앞이 번쩍 빛나는 것 같았다. 떨리는 휘파람 같은 소리를 내며 짧은 미풍 같은 무언가가 바로 그의 앞을 스쳐지나갔다. 벚나무에 새가 앉아 있었다. 가지에 달린 꽃잎처럼 사뿐히 앉아 깃털 머리술을 놀이하듯 까딱거렸다. 작은 머리를 돌리고 나지막하게 지저귀면서 그 남자의 눈을 들여다보았다. 그는 소년 시절부터 그 새의 시선을 알고 있었다. 새는 다시 깡충거렸다. 놀라서 쳐다보던 샬라스터가 자신의 심장이 마구 뛰는 것을 제대로 느끼기도 전에, 새는 나뭇가지와 대기 사이로 사라져버렸다.

새가 샬라스터의 벚나무에 앉았던 일요일 정오 이후 단 한 번 단 한 사람의 눈에만 띄었는데, 그것도 시장의 사촌 샬라스터의 눈에 띄었다. 샬라스터는 새를 잡아 포상금을 챙기기로 굳게 마음먹었다. 노련한 새 전문가인 그는 새를 생포하려는 계획이 절대 성공할 수 없으리라는 것을 잘 알고 있었다. 그래서 낡은 총을 수리한 다음, 아주 미세한 산탄을 마련해 두었다. 미세한 산탄으로 쏘면 새가 죽거나 산산조각 나는 게 아니라, 작은 낱알에 가벼운 부상이라도 입은 듯 놀라 기절하게 될 거라고 계산했다. 그러면 새를 산 채로 손에 넣을 수 있었다. 이 신중한 남자는 계획을 성사시킬 모든 장비에다 새를 가두어 넣을 새장까지 갖춰놓았다. 그때부터 장전된 엽총을 늘 곁에 지니고 있도록 갖은 애를 다 썼다. 가능하면 언제나 총을 가지고 다녔고, 총과 무관한 곳, 가령 교회 같은 곳에 갈 때엔 총을 휴대할 수 없어 안타까워했다.

그럼에도 불구하고 새를 다시 만난 순간──그것은 그해 가을이었다──그는 엽총을 손에 들고 있지 않았다. 집에서 아주 가까운 곳이었다. 새는 여느 때처럼 소리 없이 나타나 내려앉은 후 다정하게 지저귀며 그에게 인사를 했다. 새는, 샬라스터가 울타리에 매달린 열매를 풀어주려고 늘 가지를 잘라냈던 늙은 버드나무의 그루터기에 기분 좋게 앉아 있었다. 채 열 발짝도 떨어져 있지 않은 곳에 앉아 새는 지절대고 조잘거렸다. 적이 된 샬라스터는 마음속으로 한번 더 묘한 행복감을 느꼈다──살아갈 수 없는 삶을 생각하는 것처럼 행복하고 동시에 고통스럽게. 어떻게 하면 재빨리 총을 가져올 수 있을까 궁리하고 있노라니 불안과 걱정으로 목덜미에 땀이 흘렀다. 새가 오랫동안 머물지 않으리라는 것을 알고 있었기에 그는 서둘러 집안으로 뛰어들어가 총을 가지고 나왔다. 새는 여전히 버드나무 위에 앉아 있었다. 그는 숨을 죽이고 살금살금 새에게 접근했다. 새는 천진난만했다. 엽총도, 나쁜 마음으로 몸을 숙인 채 눈을 부릅뜨고 노려보는 흥분된 남자의 이상한 행동도 새를 불안하게 만들지 못했

다. 새는 그를 가까이 다가오도록 내버려두었다. 다정하게 쳐다
보며 그의 원기를 북돋우려 애썼고, 그가 총을 들어 한쪽 눈을
감고 오랫동안 겨누는 것을 장난스럽게 바라보았다. 마침내 사
격 소리가 났다. 작은 연기구름이 채 사라지지 않은 가운데 샬라
스터는 무릎을 꿇고 버드나무 밑을 뒤졌다. 버드나무에서 정원
울타리까지 갔다가 돌아오고, 양봉 통까지 갔다가 돌아오고, 콩
밭까지 갔다가 돌아오면서 손바닥 넓이 단위로 샅샅이 찾아다녔
다. 두 번, 세 번, 한 시간, 두 시간, 그리고 다음날 아침까지
찾고 또 찾았다. 그러나 새는커녕 새의 깃털 하나도 발견할 수
없었다. 새는 가버렸다. 이곳은 이제 별 볼일 없이 총소리만 요
란했던 곳이 되었다. 새는 자유를 사랑했다. 숲과 고요함을 사랑
했다. 이곳은 더 이상 새의 마음에 들지 않았다. 새는 가버렸다.
샬라스터는 이번에도 새가 어느 방향으로 날아갔는지 볼 수 없
었다. 아마도 새는 뱀 언덕에 있는 집으로 돌아갔을 것이다. 청
록색의 도마뱀이 문지방에서 그에게 절을 했을 것이다. 어쩌면
새는 더 먼 곳으로, 나무 속으로, 그리고 시간을 거슬러 호엔슈
타우페* 왕국으로, 카인과 아벨에게로, 낙원으로 사라져버렸는
지도 모른다.

그날 이후 새는 보이지 않았다. 새에 대한 이야기는 더욱 무성
해졌고, 숱한 세월이 흐른 오늘날까지도 수그러들지 않았다. 동
고트의 한 대학 도시에서 새에 대한 책이 출판되었다. 옛날에는
새에 대한 온갖 전설이 얘기되었지만, 새가 사라진 후로는 새

---

* 독일 중세의 강력했던 왕족.

자체가 하나의 전설이 되어버렸다. 새가 실제로 살았었고, 그 마을의 좋은 수호신이었으며, 고액의 상금이 걸렸었고, 새를 향해 총이 발사되기도 했다는 사실을 맹세할 수 있는 사람은 아무도 남지 않게 되었다. 후에 다시 어떤 학자가 이 전설을 연구한다면, 이 모든 것은 민중들의 상상에서 나온 허구의 이야기로 증명되고, 신화 형성의 법칙에 따라 하나하나 설명될 것이다. 이런 사실은 물론 부인할 수가 없다. 우리가 이끌어가는 삶보다도 더 아름답고 더 자유롭고 더 활기 찬 삶을 생각나게 해주는 존재, 언제 어디서나 특별하고 아름답고 우아한 것으로 느껴지고 많은 사람들에 의해 좋은 수호신으로 존경받는 존재가 있다는 사실 말이다. 어느 곳에서나 상황은 비슷하게 진행된다. 손자들은 할아버지의 수호신을 놀려대고, 그 아름답고 우아한 존재는 어느 날 사냥되어 죽임을 당하고, 머리나 박제에 상금이 걸리고, 얼마 후에는 새의 날개를 달고 멀리 날아가는 전설이 되어버리는 것이다.

훗날 새의 소식이 어떤 형태로 받아들여질지는 아무도 말할 수 없다. 샬라스터가 최근에 끔찍한 방법으로, 십중팔구는 자살로 생을 마감했다는 사실은 순서상 전해져야겠지만, 거기에 무슨 주석을 다는 것은 용납하고 싶지 않다.

(1932)

새 365

두 형제

이 동화는 헤세가 고향 칼브에서 열 살 때 쓴 작품으로
지금껏 알려진 헤세의 글 중 최초의 것이다.

옛날에 두 아들을 거느린 아버지가 있었다. 큰 아들은 잘생기고 힘도 셌지만, 작은 아들은 작고 불구였다. 때문에 형은 동생을 멸시했다. 동생은 그것이 마음에 들지 않아, 머나먼 세상을 방랑하기로 결심했다. 그가 어느 정도 나아갔을 때 한 마부를 만났다. 그는 마부에게 어디로 가느냐고 물었다. 마부는 유리산에 사는 난쟁이들에게 보물을 가져가는 중이라고 말했다. 동생은 마부에게 보수가 얼마냐고 물었다. 다이아몬드 몇 개를 받게 된다는 게 대답이었다. 동생은 난쟁이들에게 가고 싶었다. 그는 마부에게, 난쟁이들이 자기를 받아들일 것 같으냐고 물었다. 마부는 그건 알 수 없다고 했다. 그러나 동생을 데리고 갔다. 마침내

그들은 유리산에 도착했다. 난쟁이들의 우두머리가 마부에게 수고에 대한 대가를 충분히 지불하고, 그를 보냈다. 우두머리가 동생을 보고 무얼 원하느냐고 물었다. 동생은 모든 것을 말했다. 그러자 동생에게 따라오라고 했다. 난쟁이들은 그를 기꺼이 받아들였다. 동생은 거기서 멋진 삶을 보냈다.

이제 다른 형제에 대해서도 알아보아야겠다. 형은 오랫동안 집에서 아주 잘 지냈다. 그러나 나이를 먹게 되자 군대에 가야 했고, 전쟁에도 참가하게 되었다. 그는 오른팔을 다쳤고 그래서 구걸을 하며 지내야 했다. 그 가련한 형도 유리산에 오게 되었다. 불구자 하나가 거기 있는 것을 보았지만, 그게 자기 동생인 줄은 몰랐다. 그러나 그 불구자는 형을 알아보았다. 동생은 형에게 무엇을 원하느냐고 물었다.

「오, 나리. 빵 껍질이라도 좋습니다. 배가 고파 못 견디겠어요」

「나와 함께 갑시다」 동생이 말했다. 그들은 한 동굴로 갔다. 동굴 벽은 진짜 다이아몬드로 빛났다.

「저기서 다이아몬드 한 움큼을 가져갈 수 있어요. 도움 없이 저것을 캐낼 수 있다면 말이에요」 동생이 말했다.

거지는 성한 손으로 다이아몬드를 캐내려고 했지만, 물론 잘 될 리가 없었다. 그때 동생이 말했다. 「혹시 형제가 하나 있지 않나요? 그가 도울 수 있도록 해줄게요」

그러자 거지는 울면서 말했다.

「분명 예전에는 동생이 하나 있었어요. 키가 작고 불구였지요. 당신처럼요. 그렇지만 착하고 다정했어요. 그앤 분명히 나를 도

왔겠지요. 하지만 제가 그애를 무자비하게 쫓아내 버렸어요. 오랫동안 그애 소식을 듣지도 못했어요」

　그때 동생이 말했다. 「내가 바로 그 꼬마예요. 이제는 고생하지 않아도 돼요. 나와 함께 살아요」

(1887)

잃어버린 자아를 찾아가는 마술 여행

1

헤르만 헤세 Hermann Hesse(1877-1962)는 시와 소설 외에도 상당히 많은 동화나 우화를 썼다. 이것들은 단행본이나 전집의 일부로 여기저기에 게재되었는데, 1975년 헤세 연구자 폴커 미헬스가 그중 동화의 성격이 강한 글 스물여섯 편을 모두 망라하여 『동화 *Märchen*』라는 제명으로 출간하였다. 이 역서는 그 원문을 완역한 것이다.

동화에 대한 헤세의 애정은 어린 시절부터 각별하였다. 그는 특히 그림 형제의 동화와 『천일야화』를 좋아하였다. 그 밖에 중국, 인도, 아프리카, 아일랜드의 동화를 탐독하였고, 창작동화의 경우 노발리스, 티크, E. T. A. 호프만 등 독일 낭만주의 작가, 나아가 호프만슈탈, 릴케, J. 로트, 되블린 등 현대 작가들의 동화에서도 많은 영향을 받았다.

저자를 알지 못한 채 사람들의 입을 통해 구전되어 온 소위 민중동화가 헤세 등이 선호했던 창작동화의 뿌리가 되었던 것은 당연하다. 독일의 민중동화는 일찍이 그림 형제의 열정적인 노력에 힘입어 문학의 한 장르로 자리 잡았고, 그것의 생성 및 전승에 관한 연구도 부단히 이어져 왔다. 독일의 경우 본격적인 창작동화가 양산되기 시작한 것은 19세기 초부터라고 할 수 있다. 노발리스의 대표작『푸른 꽃』(1802)에 삽입된 클링조어의 동화, 티크의 창작동화집『판타수스』(1812-1816), 푸케의 요정동화『운디네』(1811), 샤미소의『페터 슐레밀의 놀라운 이야기』(1814), 호프만의『황금 단지』(1814) 등이 낭만주의 시대에 나온 창작동화들이다. 뫼리케, 슈토름, 켈러 등 사실주의 작가들을 거쳐 현재에 이르기까지 동화는 독일에서 아낌없이 사랑받는 문학 장르로 명맥을 이어왔다.

20세기에 들어와, 특히 1차 세계대전을 전후한 시기에 많은 창작동화가 출현했다는 것은 특기할 만한 사항이다. 구질서가 붕괴된 혼돈의 상태로부터 보다 이상적인 사회가 실현되기를 바라는 표현주의자들의 희망에 헤세도 공감하였다. 인간과 세계의 개선에 대한 소망을 표현한 헤세의 동화「팔둠」(1915), 「다른 별에서 온 이상한 소식」(1915), 「새」(1932) 등이 이러한 성향을 보여준다.

헤세의 동화 집필과 연관지을 수 있는 또 하나의 사건은 정신분석학에의 체험이다. 1차 대전을 전후한 시기에 헤세는 힘든 시련에 처하게 되었다. 1914년 반전 사상이 담긴 글「오 친구들이여, 그런 곡조의 노래를 부르지 맙시다」를 스위스 《취리히 신문》에 발표하여 독일의 극우파들로부터 매국노, 변절자로 매도당했다. 가정 형편도 여의치 않아, 막내아들의 중병, 아버지의 사망이 잇따르고, 부인은 정신병원에 입원하였다. 책의 출판까지 제한당하자 경제적 어려움이 겹쳐 세 아들을 친구와 기숙학교에 맡길 수밖에 없었다. 결국 헤세도 심한 노이로제에 걸려 스위스의 루체른에서 심리학자 융의 제자인 랑 박사로부터 정신분석 치료를 받게 되었다. 이 치료로 정신적 안정을 되찾은 헤세는 프로이트와 융의 심리분석학에 깊은 관심을 갖게 되었고, 그 영향이 이 시기에 씌어진 대부분의 동화들 속에 잘 나타나 있다. 헤세의 동화에서 〈마술적 생각〉이라고 일컫는 환상의 세계를 통해 유년기를 되찾는 과정이 바로 그것이다. 정신적 안내자의 도움으로 진정한 자아를 찾아가는 과정을 그린 동화 「아이리스」와 「험한 길」 등은 같은 해에 나온 소설 『데미안』처럼 영혼의 심리 치료를 보여주는 내용을 담고 있다.

헤세의 동화에 자주 등장하는 〈현명한 노인〉, 〈산〉, 〈새〉 등은 융이 그의 논문 「동화 속의 정신적 현상학에 관하여」(1948)에서 주장했듯이, 세계의 모든 동화 속에 나타나는 정신성 투사(投射)의 세 가지 전형적인 상이다. 1913년에 쓴 세 동화 「아우구스투스」, 「피리의 꿈」, 「시인」에서는 노인이, 「팔둠」에서는 산이, 「다른 별에서 온 이상한 소식」, 「픽토어의 변신」, 「새」에서는 새가 정신적 안내자가 된다.

동화 장르의 전형적인 특징, 즉 마술적 요소가 작용하여 소원을 성취시켜 주거나, 다른 인간이나 동식물로 변신시키는 것 역시 헤세의 동화에 자주 나타나는 모티프이다. 이러한 마술적 과정이 동화 속의 주인공으로 하여금 새로운 차원, 즉 사랑의 필요성, 유년 시절에의 회상, 노년에 대한 경험과 통찰 등으로 이끈다. 헤세가 그리는 동화의 세계 역시 이러한 기적, 즉 초자연적인 법칙에 따라 움직인다. 「아우구스투스」에서는 대부인 빈스방거 씨가, 「픽토어의 변신」에서는 붉은 수정이 마술의 힘으로 소원을 실현시켜 주는 등 초자연적 능력을 발휘한다.

문학사전에 의하면, 〈동화Märchen〉는 〈환상적이고 놀라운 사건과 상황을 시간과 공간에 매이지 않고 자유로이 지어낸, 민중들이 즐기는 짧지만 산문적 이야기〉로 정의된다. 동화의 이러한 특성을 살리기 위해 창작동화 작가들은 여러 가지 방법을 구사한다. 헤세의 경우, 전술한 바 있는 〈마술적 생각〉이 동화 창작의 기초가 되었다. 1차 대전을 겪고 정신분석 치료를 받으며 헤세의 사고와 가치관은 심한 변화를 겪게 되었고, 이러한 변화가 그로 하여금 모든 인습적인 가치를 부정하고, 그가 〈마술적 생각〉이라고 불렀던 새로운 길로 접어들게 하였다.

1925년에 쓴 글「짧은 이력서」에서 헤세는 이러한 사고의 전환에 대해 고백하고 있다.

고백하거니와, 내 자신의 삶이 바로 동화처럼 보일 때가 많다. 나는 바깥 세계가 나의 내면과 화합하고 어울리는 모습을 자주 보고 느낀다. 이러한 연관성을 나는 마술적이라고 부를 수밖에 없다.

따라서 마술적인 사고는 내적인 현실과 외적인 현실, 즉 자연과 정신을 동일한 존재 양식에 속한 것으로 받아들이는 것이다. 이러한 마술적 인생관을 위해 새로운 표현법을 찾는 것이 헤세에게 중요했다. 그것은 동화라는 장르를 통해서만 가능하였다. 따라서 헤세 동화의 대부분은 새로운 생각과 생활 감정을 갖게된 이 시기에 생겨났고, 많은 작품들이 그 내용의 철학적 깊이로 인해 성인동화의 성격을 띠게 되었다.

2

헤세 동화에 나타나는 초자연적 모티프들은 19세기의 창작동화 또는 민중동화에서 차용한 것이 많다. 예컨대 〈소원 성취〉, 〈마법의 조력자〉, 〈변신〉 등이 그러한 모티프들이다. 모두 〈마술적 생각〉의 소산임은 물론이다. 이 책에 수록된 스물여섯 편의 동화 가운데 중요한 몇 편을 선정해 이러한 표현 방식상의 특징을 살펴보기로 하자.

「아우구스투스」(1913)

이 우아하고 사려 깊은 이야기는 전통적인 〈소원 성취〉의 모티프를 구사한 동화이다. 뚜렷한 교훈적 주제로 인해 19세기 시적 사실주의 동화와의 연관성을 보여주기도 한다.

비밀에 가득 찬 노인 빈스방거 씨는 다른 사람의 소원을 성취시켜 주는 능력을 갖고 있다. 그는 과부 엘리자베트 부인의 이웃으로서 그녀의 아들 아우구스투스의 대부가 되고, 이 아이가 모든 사람의 사랑을 받게 해달라는 소원이 이루어지도록 해준다.

그러나 그 소원은 재앙이 되어 아우구스투스는 절제를 모르는 도덕적 타락에 빠지게 된다. 모든 사람의 호감을 받을수록 그는 인간을 경멸하고 쾌락의 대상으로 이용할 뿐이다. 한 기혼녀를 사랑하다가 거절당한 사건은 그를 도덕적 파탄으로 몰아가고, 결국 삶이 역겨워 파우스트처럼 독배를 마시려는 순간 빈스방거 씨가 나타나 대신 독을 마신다. 대부의 권고에 따라 두번째 소원을 이루게 된 아우구스투스는 지난날의 모든 죄값을 혹독한 시련을 통해 갚게 된다. 그러나 옛날의 마술에서 벗어나, 다른 이에게서 무조건적 사랑을 받는 대신 모든 사람을 사랑하는 인간으로 변모한다.

「팔둠」(1915)

동화의 서두에 역시 소원 성취의 모티프가 나온다. 한 이방인이 팔둠 시의 대목장에 나타나 소원을 말하는 모든 이에게 그것이 이루어지게 해준다. 마지막으로 바이올린을 연주하는 젊은이와 그 연주를 열광적으로 청취하는 젊은이가 장터에 도착한다. 악사는 소원에 따라 현실을 초월한 공간을 날며 바이올린을 연주하게 된다. 외톨이로 남게 된 청취자는 산으로 변하길 소망한다. 그러자 도시 위로 거대한 산이 솟아올라 〈모든 것의 피난처요, 아버지 같은 존재〉가 된다. 그러나 오랜 세월이 흐르면서 산도 늙어 무너져 내린다. 그때 옛 마술사의 얼굴이 나타나 산에게 소원을 말하도록 권한다. 비밀스러운 소원에 따라 산과 평지는 허물어져 하나의 바다로 합쳐진다.

소원 성취의 모티프를 잘 살려낸 동화 「팔둠」에는 장차 헤세의 다른 걸작들 속에 나타나는 의미심장한 주제들이 싹트고 있다. 첫째, 잊혀진 기억의 껍질을 뚫고 나오려는 산의 노력은 무의식적인 것을 통해 자신의 진정한 자아를 더듬어가는 시도이다. 둘째, 파괴되지 않고 영속하는 예술의 특성이 표현되어 있다. 그것은 인간과 문명이 소멸된 뒤에도 하늘에서 음악을 연주하는 젊은 바이올리니스트가 잘 상징한다. 셋째, 소외와 대립을 극복하고 조화와 종합에 이르는 합일의 사상이 나타나 있다. 산의 마지막 소원은 우주의 공간에서 인간적인 것과 하나가 되는 것이다.

「피리의 꿈」(1913)과 「시인」(1913)

1차 대전의 전야에 집필된 두 작품은 똑같이 예술가의 발전 과정, 참된 예술의 어려움을 다루고 있다. 노래에 뛰어난 재능을 지닌 소년과 진정한 시인을 꿈꾸는 한 포크는 달인이 되기 위해 모두 고향의 일상적 삶을 떠나야 한다. 그들에게 가르침을 줄 지도자를 만나기 위해서이다.

지도자를 만나 완성의 경지에 도달한다는 모티프는 동화 외에도 헤세의 많은 작품에 나타난다. 「피리의 꿈」의 소년이 만나는 뱃사공은 『싯다르타』(1922)의 뱃사공 바수데바 노인을, 시인 한 포크가 사사하는 〈완전한 언어의 대가〉는 『유리알 유희』(1943)에 나오는 〈늙은 음악의 대가〉를 연상케 한다.

고향을 떠난 소년이 만난 지도자, 즉 뱃사공은 소년으로 하여금 삶의 어두운 물길을 통해 가며 스스로 길을 찾도록 촉구한다.

뱃사공과 떠나는 한밤의 여행은 바로 예술과 삶을 이해하기 위한 배움의 도정을 의미한다.

「시인」의 한 포크 역시 예술에의 열정을 지닌 구도자이다. 〈세계를 완전히 시 속에 반영하는 데 성공하여 그 영상 속에서 세계 자체를 정화하고 영원화해서 소유하게 될 때라야 비로소 그에게 진정한 행복과 깊은 만족감이 주어질 것〉이라고 믿는다. 그의 완성을 돕는 지도자는 마술 능력을 갖고 있지 않다. 모범을 보임으로써 〈완전한 언어의 대가〉가 되는 길을 스스로 터득하게 해준다.

「마술사의 어린 시절」(1923)

세상이 온통 마술로 가득 찬 것 같던 시절은 아름답다. 이 동화는 이 유년기의 순수함에서 서서히 멀어지며 세속화된 성년이 되어가는 안타까움을 그리고 있다. 유년기의 꿈을 이루어주는 마술의 조력자는 요정이나 요괴, 천사 혹은 악마의 속성을 다 지닌 〈꼬마〉이다. 주인공의 유년기에 일어나는 중요한 일의 대부분은 이 신비한 꼬마의 출현과 관련이 있다. 그러나 마술의 도움이 사라지자, 어린 시절의 소망과 꿈이 시들어가며 〈뭔가 제한된 어른들의 세계〉가 다가온다.

이러한 변화는 삶의 여정에 존재하는 불가피한 과정이다. 유년기의 마법은 피부 밑에 숨어 있다고 동화는 이야기하고 있다. 유년기의 지도자 〈꼬마〉는 성년이 되어서도 언제나 함께 있는 것이다. 많은 사람들이 그를 발견하지 못할 뿐이다.

「험한 길」(1916)

이 동화는 1916년 4월과 5월에 씌어졌다. 헤세의 개인적 위기가 고조된 시기로 융의 제자 랑 박사에게 정신분석적인 치료를 받던 때였다. 작품 속의 등산 안내자는 다분히 심리치료사를 암시한다. 그는 지혜와 지도력과 냉정함을 지닌, 인간적 나약함은 찾아볼 수 없는 사람이다. 동행자인 주인공은 그에게 동의하고 그와 비슷해지고 그를 따르고 싶으면서도 그 완벽함에 내심 반감이 생기기도 한다. 긴장과 위험을 무릅쓰고 험한 산을 등반하는 것이 부질없는 일인 양 생각된다.

〈햇살이 눈부신 정상〉에 도달하자 헤세의 작품에 많이 등장하는 〈새의 안내〉 모티프가 나온다. 산봉우리에 이상한 나무 한 그루가 서 있고, 그 위에 검은 새가 앉아 영원을 노래하고 있다. 새는 날갯짓을 하며 세상 속으로 몸을 던진다. 그러자 안내인도, 주인공도 뒤를 따른다.

여기서 〈새〉는 죽음과 부활과의 불사조 같은 관계를 상징한다. 그것은 무의식의 아니마anima가 의식으로 상승하여 인간을 그의 운명의 지배자로 만드는 것을 암시한다.

「다른 별에서 온 이상한 소식」(1915)

평화로운 별에 지진이 일어나 많은 사람들이 죽자 시신을 장식할 꽃이 부족하게 된다. 꽃 없이 죽는다는 것은 영혼의 부활을 막는 것이기에, 왕에게 꽃을 청하기 위해 한 소년이 파견된다. 도중에 만난 커다란 새가 소년을 태우고 다른 별나라로 날아간다. 어린 시절 동화나 전설 속에서나 등장하던 전쟁의 참상이 현

실로 존재하는 세계다. 불행한 별나라의 왕에게 던지는 소년의
질문은 인간 정신의 회복을 희구하는 작가 자신의 메시지이다.

이곳 사람들의 영혼 속에는 자신들이 지금 옳지 않은 것을 행하고
있다는 생각이 들지 않나요? (……) 아무도 모두가 원하지 않는 것
은 하지 않고, 이성과 질서가 지배하고, 인간들이 서로 명랑함과 아
껴주는 마음을 지니고 만나는, 그처럼 다르고 더 아름다운 세상에
대한 꿈을 자면서라도 꾸어본 적이 없나요?

소년의 자각을 도와준 새는 그를 고향으로 데려다준 후 사라
진다. 마술적 조력자의 임무를 끝낸 것이다. 이 동화의 주제는
전쟁의 참상과 무의미에 대한 각성을 촉구하는 것이지만, 〈새
의 인도〉라는 모티프가 사건 전개의 중심이 된다. 새가 마술적
인 방법으로 주인공의 윤리적 통찰을 자극하고 자신의 참된 자
아를 찾게 해주는 것이다.

「픽토어의 변신」(1922)

헤세의 동화 중 가장 민중동화에 가까운 작품이다. 이 동화에
서도 〈새〉가 중요한 역할을 하지만, 핵심이 되는 것은 〈변신의
모티프〉이다.

픽토어는 낙원에 들어가 나무와 이야기를 나누고 아름다운 꽃
향기에 취한다. 행복을 찾고 싶은 그는 붉은 수정의 도움으로 한
그루 나무로 변신한다. 그러나 혼자의 힘으로는 더 이상 변화할
수 없음을 알게 되자 슬픔에 잠긴다. 어느 날 한 소녀가 낙원으

로 들어온다. 픽토어 나무를 보자 소녀의 마음은 그 고독하고 슬퍼 보이는 나무에게 끌린다. 새가 날라온 수정의 도움으로 소녀는 소원대로 픽토어 나무와 하나가 된다. 양성(兩性)을 갖게 된 픽토어는 영원한 변신의 능력을 지니게 된다.

양성을 이룸으로써 완전한 형상을 갖추게 되었다는 설정은 헤세 문학의 화두로 평생을 추구해 온 합일성의 사상과 통한다. 그것은 선과 악의 대립, 정신과 감성, 삶과 죽음의 모순을 해소하고 이 모든 것을 하나의 새로운 합일 속에 포함하려는 노력이다.

「아이리스」(1918)

작품의 끝 부분에서 주인공 안젤름을 〈영혼의 문〉으로 안내하는 것은 〈달콤한 목소리를 가진, 아주 이상한 새〉이다. 그러나 새의 역할은 이 동화에서 조역에 불과하다. 그 내면에의 길로 인도한 정신적 지도자는 아이리스(붓꽃)라는 이름을 지닌 연인이다.

이야기의 열쇠가 되는 이 꽃은 고향, 그리고 어머니와 관련된다. 꽃의 내부에 존재하는 문은 안젤름의 은밀한 내면, 그 무의식 속으로 들어가는 통로이다. 어린이의 순수함 속에서 안젤름은 세계와 하나가 되고, 꽃과 새와 나무와 샘물과 이야기를 나눈다. 이러한 조화의 세계를 떠나 그는 학생이 되고, 나중엔 교수가 되어 학자로서 추앙받는다. 그러나 늘 바라던 삶의 한가운데서 이상하게도 외롭고 만족을 느끼지 못하는 자신을 발견한다. 비판적인 인생의 단계에서 안젤름은 친구의 여동생 아이리스를 사랑하게 된다. 그러나 어린 시절의 기억이 무의식 속에 흩어져, 안젤름은 순수했던 시절의 붓꽃과 아이리스를 연관지어 생각하지 못한다. 안젤름이 청혼했을 때, 아이리스는 조건으로 한 가지 과제를 부과한다.

저는 당신이 당신의 영혼 속에서 뭔가 중요하고 신성한 것을 잃어버리고 잊어버렸다고 믿어요. 당신이 어떤 행복을 찾거나 어떤 특정한 것에 도달하기 전에 우선 그것을 다시 일깨워야 해요.

회의와 절망을 겪으며 안젤름은 차츰 무의식 속에서 자신도 알지 못했던 새로운 것을 재발견하게 된다. 죽어가는 아이리스의 병상으로 달려갔을 때, 그녀는 푸른 붓꽃을 건네주면서 과제를 해결하려는 노력을 계속하라고 당부한다. 아이리스가 자신을 인도한다고 믿는 안젤름은 진정한 자아를 찾기 위해 모든 지위를 포기한다. 유랑자가 되어 자연 속에 살면서 아이들과 함께 놀고 나무와 돌과 이야기를 나눈다.

헤세의 많은 작품들과 마찬가지로 이 아름다운 동화의 주제는 〈합일성을 추구하는 개성화의 투쟁〉이다. 〈그의 길이 고향 쪽을 향해 조용히 내려가고 있었다〉라는 마지막 구절은 신, 열반, 자기 실현을 위한 우주와의 합일을 강하게 시사한다.

3

마술적 생각에 기초한 소원 성취와 변신의 모티프 구사, 〈노인〉, 〈새〉, 〈산〉 등 매개체의 도움에 힘입은 자기 발견과 도덕

적 의식의 성숙——이것이 헤세 동화에 빈번하게 나타나는 특징
이다. 그 속에는 다른 작품에서와 마찬가지로 동양적 요소와 서
양적 요소가 함께 호흡하고 있다. 그림 형제의 민중동화와 낭만
주의 창작동화의 영향을 강하게 받고 있으며, 동시에 『천일야
화』나 인도의 동화, 나아가 중국의 노장사상과 불교의 윤회사상
역시 깊은 뿌리를 내리고 있다. 거기에 헤세 자신의 정신적 위기
를 극복하게 해준 융의 정신분석적 치료법은 여러 편의 동화나
우화 속에서 시련과 방황을 통한 자기 발견이라는 주제로 나타
난다.

번역의 텍스트로 삼은 헤세의 동화 스물여섯 편은 대부분 1차
대전을 전후한 십년 동안 씌어진 글이다. 위에 선별하여 살펴본
작품 외에도 헤세의 동화가 보여주는 교훈적 메시지는 다양하면
서도 분명하다. 「지글러라는 이름의 남자」(1908)에서는 동물의
눈으로 바라본 인간의 추악한 본성을 희화화한다. 한 도시, 혹
은 국가의 영고성쇠를 묘사한 「도시」(1910)와 「제국」(1918)에서는
물질문명 때문에 상실된 인간성과 예술 정신의 회복을 희구하
고, 「유럽인」(1918)에서는 세계의 종말에 직면하고도 공허한 관
념론에 빠져 있는 지식인의 허위 의식을 꼬집고 있다. 헤세의 마
지막 동화 「새」(1932)는 아주 우화적이고, 윤리적 훈계가 강한
글이다. 신비한 존재로 사랑받던 새가 현상금이 내걸린 후 탐욕
스런 인간의 목표물이 된다는 내용은, 물신주의에 영혼이 오염
된 인간 세태를 날카롭게 비판하고 있는 것이다.

이 동화들은 헤세의 인생관은 물론 그의 다른 작품들을 이해
하는 데에도 큰 도움이 된다. 하나의 소우주처럼 그의 동화 속에

는 다른 모든 작품이 지향하는 중요한 주제들, 예컨대 내면성의 추구, 정신분석학적인 무의식 세계로의 진입, 소외된 예술가의 고뇌, 인간은 물론 모든 창조물과의 친화를 향한 노력 등이 분명하게 나타나 있다. 그러나 이보다 더 중요한 것이 있으니, 그것은 헤세의 문학 정신이 항상 강조하고 있는 가치, 즉 인간에 대한 따뜻한 사랑, 명랑하고 해학적인 유머가 그 속에 넘쳐나고 있다는 점이다.

역자는 지난 여름 내내 헤세 동화의 마력과 향기에 취해 무더위도 잊은 채 지낼 수 있었다. 이제 완역본을 내게 된 기쁨을, 아름다운 글들을 함께 읽고 토론하고 번역까지 한 숙명여대 독문학과의 윤예령 선생과 나누고 싶다. 아울러 이 책을 출간하는 데 온 정성을 기울여준 민음사의 여러분에게도 깊은 감사를 드린다.

2002년 봄
정서웅

정서웅

서울대학교 독어독문학과 졸업.
고려대학교 대학원에서 문학박사 학위 취득.
현재 숙명여자대학교 독어독문학과 교수.
역서로『헤르만 헤세 환상소설집』,『파우스트』,『독일어 시간』,
『테신, 스위스의 작은 마을』등이 있다.

윤예령

숙명여자대학교 독어독문학과 졸업.
숙명여자대학교 대학원에서 문학박사 학위 취득.
독일 본 대학에서 수학하였고, 현재 숙명여자대학교에 출강 중.
논문으로「E. 랑게서의 『지워지지 않는 각인』 연구」가 있다.

헤르만 헤세

환상동화집

～❧～

1판 1쇄 펴냄 • 2002년 6월 10일
1판 42쇄 펴냄 • 2021년 11월 26일

지은이 • 헤르만 헤세
옮긴이 • 정서웅, 윤예령
발행인 • 박근섭, 박상준
펴낸곳 • (주) 민음사

출판등록 • 1966. 5. 19. 제16-490호
서울특별시 강남구 도산대로1길 62(신사동)
강남출판문화센터 5층(우편번호 06027)
대표전화 02-515-2000 • 팩시밀리 02-515-2007
www.minumsa.com

ⓒ 정서웅, 윤예령, 2002. Printed in Seoul, Korea

ISBN 978-89-374-0392-7 03850

* 잘못 만들어진 책은 구입처에서 교환해 드립니다.